Asesinato en la Casa Rosa

Asesinato en la Casa Rosa

Arantza Portabales

Lumen

narrativa

Papel certificado por el Forest Stewardship Council®

MIXTO
Papel | Apoyando la silvicultura responsable
FSC® C117695

Penguin Random House Grupo Editorial

Primera edición: enero de 2025
Tercera reimpresión: mayo de 2025

Autora representada por la Agencia Literaria Rolling Words

Travessera de Gràcia, 47-49. 08021 Barcelona

Printed in Spain – Impreso en España

ISBN: 978-84-264-2671-0
Depósito legal: B-19295-2024

Compuesto en M. I. Maquetación, S. L.
Impreso en Unigraf, S. L., Móstoles (Madrid)

H 4 2 6 7 1 0

A Nando, Xoana y Sabela, que me sostienen

Libro I

«Y todos vivían juntitos en una casa torcida». Así somos nosotros. No es que la casa sea pequeña, precisamente.

Agatha Christie, *La casa torcida*

Rosa

Loeiro, marzo de 2020

Le asaltó una náusea. Hacía una semana que se sentía indispuesta, pero había decidido no darle importancia. Tal y como estaban las cosas, no quería preocupar a la familia con cuestiones de salud.

Se recostó en la butaca de la galería y observó, a través de los cristales, a los niños en el jardín. El pequeño Daniel, de seis años, corría tras su hermana. Rosa esbozó una sonrisa al advertir cuánto le recordaba el niño a su madre. Se vio a sí misma en ese jardín con Ada, Álvaro y Eduardo en distintas etapas de su vida. Había vivido lo suficiente como para saber que el pasado no fue necesariamente mejor, aunque su recuerdo sí que lo era. Era un refugio seguro e idealizado, pero incluso así la nostalgia resultaba inevitable. Casi agradecía esta situación que los había obligado a permanecer encerrados en sus casas, a pesar del miedo y la incertidumbre que asolaban el mundo. Le encantaba tenerlos a todos bajo el mismo techo, y eso no sucedía con frecuencia, tan solo venían unas cuantas semanas a lo largo del año. Y justo por esa razón no iba a importunarlos a todos por unas simples molestias estomacales.

Cogió una manta. No conseguía entrar en calor. Estaba a punto de llamar a Carmen, cuando recordó que no había venido a trabajar. Nadie trabajaba. El mundo se había parado diez días atrás.

Se dirigió a la cocina y se preparó otra infusión de jengibre y limón, la segunda de esa mañana.

Ya de vuelta, volvió a acomodarse en la butaca. Le gustaba sentarse allí para leer, escuchar música o simplemente observar el paisaje. Desde la galería tenía unas vistas privilegiadas. La playa, el río Loeiro que desembocaba en ella y daba nombre al pueblo, el monte vecino salpicado de casas y el mar en todo su esplendor cuando, en días de viento como aquel, chocaba contra las rocas y el muelle de la propiedad familiar. No se veía a nadie. Ningún coche circulaba. Le recordaba a esas postales que se vendían en los viejos tiempos.

Ada salió al jardín y llamó a los niños. Seguramente les estaría advirtiendo de que pronto llovería. Su hija levantó la vista y sus miradas se encontraron. Ada alzó la mano y ella le devolvió el saludo. Rosa volvió a sentir la tranquilidad de tener a sus hijos y nietos consigo. Ahora, todos los problemas y enfados de los meses anteriores habían perdido su trascendencia. Los hijos no siempre actuaban como una quería, y rara vez se dejaban aconsejar, pero eso ya no tenía importancia. Estaban vivos y a salvo en la Casa Rosa.

Le invadió el calor de la infusión y sintió una modorra súbita. Cerró los ojos y parpadeó al instante, no deseaba dormir antes de la comida. Empezó a notar un hormigueo en los dedos y el corazón se le desbocó. Sentía el pulso acelerado. Intentó hablar y no pudo. Le faltaba el aire. Un latigazo le recorrió el brazo izquierdo y un peso se le instaló en el pecho. Abrió la boca, pero no fue capaz de emitir ningún sonido.

El único ruido que se oyó en la galería fue el estruendo de la taza de porcelana al estallar en mil pedazos contra el suelo; un suelo blanco y negro como un gran tablero de ajedrez.

Iria

Bueu, mayo de 2024

Cómo le gusta el mar, pensó. Le gustaba, se corrigió. Le gusta, se volvió a corregir. La única realidad es que a Ángel antes le gustaba el mar y ahora ella no tenía ni idea de lo que sentía.

Lo observó: la mirada fija en el ventanal que daba a la playa, la cabeza ligeramente ladeada y las manos caídas a ambos lados de la silla de ruedas. Era una silla posicional, con agarraderas que lo mantenían erguido, creando la falsa impresión de que podía sostenerse por sí mismo.

Iria sacó un pañuelo de papel y le limpió un atisbo de saliva que comenzaba a resbalar por la barbilla. En breve llegaría el transporte adaptado que lo conduciría al centro de rehabilitación.

«Parece que está mejor», había sugerido su suegra ayer. Iria no se molestó en contestarle. Reservaba todas sus energías para buscar los mejores tratamientos, las mejores clínicas. Mientras se decidía por alguno de ellos, acordó enviarlo a un centro especializado en accidentes cerebrovasculares cercano a su casa, pero apenas habían conseguido ningún avance.

La mayor parte del tiempo lo miraba sin mirarlo, para no retener la imagen de la persona que era ahora. No reconocía su cabeza rapada ni la gran cicatriz que atravesaba el cráneo, la mirada inexpresiva, el rictus caído y esa inmovilidad absoluta que resultaba desconcertante en Ángel. Quizá porque este no era Ángel. Ángel era otro, otra persona, y pronto volvería a ser el de antes.

Las clínicas especializadas eran caras y tenían lista de espera, pero no iba a conformarse con el pronóstico que les dio el cirujano. Llevaba meses estudiando terapias, tratamientos, resultados y estadísticas. Y sabía lo que quería: quería esa terapia multidisciplinar que solo ofrecían en una clínica alemana que estaba absolutamente fuera de su alcance. Quería a su marido en pie, hablando, riendo. Lo quería erguido frente a ese ventanal, diciendo que el mar hoy estaba demasiado calmado, que la bruma que entraba despacio por la ría enfriaría el agua o que esta primavera no llegaba jamás.

Iria echó una ojeada al móvil. En el icono del correo corporativo acechaban casi setecientos mensajes. Seiscientos noventa y dos para ser exactos. Desde que había solicitado la excedencia para cuidar de Ángel no se había permitido abrir el correo. Sabía que debía desinstalar la aplicación de su móvil personal, pero continuaba manteniendo ese vínculo con su trabajo y día a día veía el número de e-mails crecer sin pausa. En su otra vida, el mundo continuaba y esos mensajes le recordaban que nadie era imprescindible. También le recordaban que tenía un empleo aguardándola cuando todo pasase. «Cuando todo pasase», ese era su mantra. Todo pasaría. Todo pasa. Se lo tatuaría cuando así fuese. Mientras tanto, había cortado toda relación con la comisaría, con la única excepción del icono del correo corporativo en su teléfono y los escasos mensajes de algún compañero. Eran wasaps cortos e incómodos.

«Santaclara, ¿cómo va todo?».

«Igual».

La respuesta siempre era esa: igual. La realidad podía reducirse a una sola palabra. Por eso le molestaba tanto ese comentario de su suegra, aludiendo a una mejoría inexistente, que sin duda le servía a ella de consuelo, pero que revivía en Iria esa furia que nació en el preciso instante en que había encontrado a Ángel tirado sobre el suelo del baño, hacía ya más de seis meses. Le molestaba esa conformidad. Su suegra se había rendido, pero ella no. Ella iba a conseguir el dinero. Vendería la casa. Aún estaba pendiente de pago más de la mitad de la hipoteca, así que para poder asumir el coste del tratamiento tendría que complementar el producto de la venta con un préstamo personal. En estos momentos estaba negociando con el director de la sucursal bancaria. No quería recurrir a sus padres, pero él insistía en pedirle un aval. En cuanto reuniese el dinero mandaría a Ángel a Alemania. Todavía no sabía cómo haría para que lo aceptasen como paciente, cómo diluiría esa lista de espera interminable. Pero ahora no podía pensar en eso; ya cruzaría ese puente cuando llegase a ese río.

Cogió la cazadora de Ángel y se la puso, con cuidado, como la niña que viste a un muñeco que le han regalado en su cumpleaños. No se acostumbraba a ese estado de pasividad. Empujó la silla hasta la puerta. En menos de dos minutos llegó el autobús del centro de rehabilitación. Saludó a Guille y hablaron del tiempo. Siempre hablaban del tiempo. Llueve mucho. No llueve. Hace un frío que pela. ¿Cuándo se ha visto este sol en invierno? Menos mal que ya estamos en primavera. Los días pasaban y el tiempo cambiaba. Lo demás, no. Iria se despidió sin esperar a que Guille anclase la silla en la parte de atrás del ómnibus.

Entró en casa y se cambió de ropa: mallas deportivas, una camiseta y una sudadera. Bajó a la playa y anduvo sobre la dura arena mojada que la bajamar habilitaba para caminar e incluso correr sin necesidad de ir descalza. El ejercicio físico la reactivaba y le ayudaba a mantener la cordura. Escuchaba la música que le gustaba a Ángel y que ella detestaba; él era de rock y ella de indie, sin embargo, ahora necesitaba sentirse conectada a él. La música de System of a Down la aisló de la pesadilla en que se había convertido su vida.

«Al final has conseguido que me guste. Tenías razón, solo tenía que escucharlos». Hacía eso a menudo: hablar con Ángel e imaginar sus réplicas. Cerraba los ojos y lo imaginaba a su lado.

El teléfono móvil que llevaba en el bolsillo comenzó a sonar y trasladó su vibración al reloj de pulsera. El número era desconocido. Rechazó la llamada. Insistieron. Volvió a rechazarla. A la tercera apagó el móvil, aunque eso supuso que dejó de escuchar la música en los auriculares.

De vuelta a casa y tras ducharse, volvió a encenderlo. Seiscientos noventa y dos. El globo rojo seguía indicando el mismo número de mensajes en su correo corporativo. El teléfono le mostró también cinco llamadas perdidas, todas del mismo número: el de la playa. De súbito, le vino a la cabeza la idea de que algo malo podía haberle sucedido a Ángel. Un accidente de tráfico. Una repetición del ictus. Maldijo su inconsciencia y se apresuró a pulsar el botón de rellamada. Descolgaron casi al instante.

—¿Inspectora Iria Santaclara? —Era una voz de hombre y tenía un tono levemente autoritario.

Estuvo a punto de contestarle que no estaba en la comisaría, pero le asaltaron otras preguntas, como quién le había dado su teléfono personal o por qué tanta insistencia.

—Soy Ulises Villamor.

En un primer momento pensó que era una broma, pero su instinto le dijo que era cierto, que era él. No imaginaba qué podía querer de ella. Lo único que alcanzó a pensar es que nadie rechazaba ocho veces la llamada de uno de los hombres más ricos y poderosos del país.

El trato

Las oficinas del Grupo Villamor se alojaban en un edificio de cristal de treinta pisos de altura, el más alto de la ciudad. Iria echó una ojeada a su reloj y vio que faltaban cinco minutos para el mediodía. El empresario la había citado para las doce en punto. No se molestó en preguntarle por el motivo de la reunión, ni le informó de que no estaba en activo. Algo le decía que la llamada no tenía que ver con su trabajo sino con la situación de Ángel. El conglomerado de empresas del Grupo Villamor se hallaba totalmente vinculado al ámbito sanitario y de los cuidados: residencias de mayores, centros de día, compañías de ayuda en el hogar, hospitales y clínicas. Una red de cuidados bajo la marca Asisgal, Asistencia Gallega, que poco a poco se había expandido por España y por el extranjero. La salida a Bolsa unos años atrás supuso el despegue del grupo, y desde hacía una década Ulises Villamor aparecía en el *top ten* de esas listas de millonarios que publicaban los periódicos. A pesar de ello, la familia Villamor tenía un perfil mediático bajo y continuaba manteniendo su residencia en Loeiro.

Este no era su primer contacto con ellos. Había coincidido con Ada Villamor durante dos cursos, a finales de la EGB, en un colegio concertado de Marín. Luego, ella comenzó el instituto, mientras que a Ada la enviaron a un internado en el extranjero. Por aquel entonces el conglomerado empresarial aún no existía, aunque los padres de Ada eran dueños de una clínica privada, y eso ya evidenciaba grandes diferencias con la familia de Iria, cuyo padre era marinero. No habían sido amigas íntimas, pero recordaba haber acudido a su decimotercer cumpleaños en la mansión de Loeiro. Iria nunca había estado en una casa así, y esa circunstancia convirtió el cumpleaños en un evento inolvidable. Ese día, Ulises Villamor no hizo acto de presencia. De hecho, ninguno de sus progenitores apareció por la fiesta. Merendaron en un jardín, bailaron, pusieron música y finalmente dieron un paseo por Loeiro. Un cumpleaños normal, excepto porque la casa era impresionante y había dos empleadas con uniforme sirviendo la merienda.

Esa relación con Ada era la que le hacía sospechar que la llamada del magnate no estaba relacionada con su trabajo o, al menos, no directamente. Quizá había conocido la situación de Ángel y quería brindarle algún tipo de consejo o ayuda. La idea se le antojaba ridícula, pero debería aguardar esos cinco minutos para confirmarlo.

La recibió una secretaria que la condujo a una sala de espera. Iria observó su propio reflejo en la puerta de cristal. Llevaba más de seis meses vistiendo chándal y pijama. Para la reunión se había puesto unos vaqueros, una blusa blanca y una sobria americana negra. Tampoco había vuelto a la peluquería, y su melena rubia le llegaba ya a la mitad de la espalda; había optado por hacerse una coleta. No tenía pensado maquillarse, pero al verse las ojeras había cedido y se había aplicado un poco de corrector. Era como si llevase años sin mirarse en un espejo. De todas formas, estaba segura de que su aspecto le importaría un pimiento a Ulises Villamor.

La secretaria entró en la salita y le indicó que la siguiera.

El despacho del empresario era grande y, por supuesto, estaba en el último piso y ofrecía grandes vistas de la ciudad y del río

Lérez. Iria aún recordaba el revuelo que se había montado cuando se construyó el rascacielos, pues fueron muchas las voces que se alzaron al considerar que no encajaba con el estilo arquitectónico de la zona. Fue en vano. El edificio se construyó y los pontevedreses se habían acostumbrado a su presencia. El imperio Villamor era un motor económico demasiado potente como para perderse en disquisiciones estéticas.

Entró en el despacho y se dirigió al hombre. Le estrechó la mano con decisión, como acostumbraba a hacer en sus reuniones de trabajo.

El empresario andaría más cerca de los ochenta que de los setenta años. Su imagen era la que reproducían los periódicos: alto, delgado, casi enjuto, cabello blanco y gafas metálicas. Parecía un lord inglés con su traje de raya diplomática y su camisa almidonada, sentado tras un imponente escritorio de madera. A su espalda, un cuadro de Maruja Mallo, que Iria observó con admiración.

—Inspectora Santaclara. —Le indicó con un gesto que tomase asiento.

—Señor Villamor, me temo que en estos momentos no estoy en servicio activo. He cogido una excedencia por asuntos personales.

—Para cuidar de su marido —puntualizó él.

—Veo que está bien informado.

—Lo estoy. Siempre lo estoy.

Un silencio se instaló entre ambos.

—Se estará preguntando por qué la he llamado —dijo él finalmente.

—Así es.

—Antes de nada, debo decirle que necesito su total discreción. Lo que aquí se hable debe quedar entre nosotros.

—No se preocupe, pero no entiendo...

—Quiero hacerle una propuesta —la interrumpió el hombre—. Como ya le he dicho, estoy al tanto de la situación de su marido, y de su intención de enviarlo a Alemania para su terapia de neurorrehabilitación.

—Ese dato no lo conoce mucha gente. —La voz de Iria adquirió un tono de desconfianza.

—No sienta que me entrometo. La sanidad y los cuidados son mi vida y la de mi familia. Tengo muchos contactos, como se puede imaginar. Quiero ofrecerle nuestra ayuda. Pongo a su disposición todas nuestras instalaciones en España o en el extranjero, aunque sé que el centro alemán es el que ha elegido. Si en última instancia se decide por él, puedo hacer valer nuestra influencia para que lo admitan allí. No ha elegido usted mal. En efecto, ellos están a la vanguardia en este tipo de terapias.

La mente de Iria iba a mil, intentando adivinar cómo había llegado esa información a los oídos de Ulises. El banco, eso debía de ser. Ella había hablado con el director de su sucursal para barajar todas las posibilidades de financiación. La otra opción eran sus padres, pero estaba segura de que si Ulises Villamor se hubiese puesto en contacto con ellos, se lo habrían advertido. Ahora estaba aún más intrigada. Si el magnate le estaba haciendo una oferta, querría algo a cambio.

—No se lo tome a mal, pero no me gusta que investiguen mi vida privada —alcanzó a decir ella.

—La situación de su marido no es ningún secreto. —Su voz parecía cordial, pero Iria advirtió su mirada fría. No era un hombre acostumbrado a que le llevaran la contraria.

—¿Ya está? ¿El Grupo Villamor me ofrece toda la red de Asisgal o su influencia para ir a Alemania y atender a Ángel a sabiendas de que no puedo pagarlo? El director del banco le habrá informado también del estado de mis finanzas. Tengo que vender nuestra casa y aun así no me alcanzaría para todo el tratamiento.

—Yo no he hablado de dinero. —Ulises pasó por alto la alusión al director del banco.

—¿Qué quiere?

—Directa al grano. Seré claro y conciso: necesito su ayuda profesional.

—No estoy en servicio activo —replicó Iria—. Ya se lo he dicho.

—Si necesitara a la policía, llamaría al comisario Rial. Necesito a alguien que venga a mi casa e investigue un asunto delicado de manera extraoficial y que, llegado el momento, sea discreto con el resultado de la investigación.

—No soy un detective privado —se resistió ella.

—No, es usted la primera de su promoción de Criminología. También tiene un grado en Derecho. Sacó la mejor nota en la oposición y tras la formación en Ávila pasó seis meses de prácticas en Cartagena. Después de unos años de servicio en Lugo, se casó y pidió el traslado a Pontevedra. Rial no es muy comunicativo, pero según su exjefe, el inspector Araújo, usted sola resolvió el asesinato de la adolescente Carlota Pereira. Sé además que es buena coordinando equipos, que no le gusta la exposición mediática, que es concienzuda en su trabajo. Sus compañeros la respetan. Goza de una reputación profesional excelente, pero de todas sus cualidades, la discreción es la que más valoro.

Iria se acomodó en su silla. No estaba sorprendida. Si Ulises Villamor la había llevado hasta allí, era lógico que la hubiera investigado. La oferta parecía llovida del cielo, pero el sentimiento de suspicacia era inevitable.

—Si del resultado de la investigación se deriva la existencia de un delito, deberé denunciarlo —apuntó, tras una breve reflexión.

—Inspectora Santaclara, ya me ha entendido. La necesito, pero investigará para mí y solo para mí. Mis abogados han redactado un acuerdo de confidencialidad.

—Bueno, me queda claro que quiere que investigue algo relacionado con su familia —se rindió Iria—. ¿De qué se trata? ¿Robo?, ¿chantaje?, ¿relaciones extramatrimoniales?

—Es algo mucho más complejo. En marzo de 2020, mi mujer falleció de un ataque fulminante al corazón. Todos mis hijos y nietos se encontraban en la casa familiar, pues habíamos decidido pasar juntos el confinamiento.

El empresario guardó silencio. Por unos instantes Iria sintió que se humanizaba. Incluso bajó la vista, esquivando la de ella. Persiguió su mirada hasta el cielo de Pontevedra, un espacio limpio de nubes en esa mañana de primavera. Una extensión diáfana e impoluta pero vacía. Percibió su soledad y lo entendió. Ella llevaba meses sintiendo ese mismo vacío doloroso y opresivo.

—Lo siento mucho —acertó a decir.

El hombre se recompuso.

—En ese acuerdo que han redactado mis abogados se establece un plan de ayuda asistencial para Ángel Mosquera. A cambio, usted se trasladará a nuestra mansión de Loeiro e investigará las circunstancias de la muerte de mi esposa. Ese es el trato.

—¿Tiene alguna sospecha de que la muerte no fue natural? —preguntó ella.

Ulises Villamor abrió el cajón derecho de su escritorio y extrajo un sobre. Sacó de él una fotografía y se la tendió a Iria por encima de la mesa.

—A mi mujer la mató alguien que estaba en esa casa y eso nos lleva directamente a mi familia: a uno de mis tres hijos o a sus parejas. No hay más opciones. —Su voz era ahora glacial—. No sé cuánto me queda de vida, pero necesito saber quién lo hizo. Ignoro qué haré cuando sepa la verdad. Pero lo que tengo claro es que no consentiré que esta empresa, y todo lo que Rosa y yo construimos con tanto esfuerzo y trabajo, quede en manos de sus asesinos.

Una mujer discreta

—¿Has firmado un acuerdo de confidencialidad y lo primero que haces es venir a contármelo? —La voz del hombre sonaba casi divertida.

—Si te crees que voy a poder sobrellevar todo esto sola, estás muy equivocado —respondió Iria.

—Llevas meses sobrellevándolo todo tú sola, y no será porque no hemos intentado estar cerca.

Se encontraban en la salita de estar de César. Tras jubilarse, el inspector jefe César Araújo había vendido su casa de Pontevedra y la había sustituido por un apartamento en la playa de Aguete, en Marín. Su esposa había fallecido de un cáncer y su hijo se había independizado hacía años. Le sobraba tiempo y le faltaba compañía. Se había comprado un pequeño bote con motor y se dedicaba a pescar, a leer y a ver documentales de *true crime*. Decía a todo el que quisiera oírlo que no añoraba el trabajo, aunque no era cierto. La realidad es que le costaba llenar las horas y echaba de menos a sus compañeros, especialmente a Iria, con la que había congeniado desde el primer minuto en que puso el pie en su despacho, recién llegada de Lugo y con unas magníficas referencias de sus colegas en esa comisaría. La admiraba por su inteligencia, su carácter reservado, su capacidad de trabajo y el respeto que evidenciaba ante la experiencia de sus colegas mayores, una actitud infrecuente en inspectores y agentes de nueva hornada. Juntos habían resuelto casos complejos y formado un tándem que se deshizo en el momento en que llegó la hora de jubilarse. Desde entonces, se habían acostumbrado a comer juntos todos los jueves. Iria lo mantenía al tanto de lo que sucedía en comisaría y se dejaba asesorar por él.

Tras el ictus de Ángel, las comidas se habían interrumpido. César era una de las pocas personas a las que Iria permitía la entrada en su casa de Bueu en los últimos meses. Aun así, Araújo se dejaba caer poco por allí, era consciente de que Iria no quería compañía, pero un par de veces al mes se acercaba con algún libro, un bizcocho casero o unas pastas. Tomaban café y especulaban sobre lo desquiciado que estaría el comisario Rial ante la ausencia de ambos.

—¡Oh, vamos, César! —se quejó ella—. Tú mejor que nadie sabes por lo que he pasado. Además, no me contaste que estuviste hablando sobre mí con Villamor.

—Yo no hablé con él sobre ti. Ni siquiera lo conozco.

—Dijo que tú le habías contado que yo sola resolví el caso de Carlota Pereira.

César se quedó pensativo durante unos instantes. Dirigió la vista a la figura de Sargadelos que le habían regalado sus compañeros el día que abandonó la comisaría, junto con un libro sobre pesca y un reloj de maquinaria suiza. Eso era pasado, al igual que el comisario Rial, su despacho en Pontevedra y los casos como el de esa adolescente asesinada hacía cinco años.

—El mes pasado me entrevistó una periodista local —recordó César, volviendo al presente—, para un reportaje sobre la vida después de la jubilación. Ahora que lo pienso, me preguntó por ti y por el caso.

—El gran hombre lleva tiempo investigándome —concluyó Iria.

—¿Vas a aceptar? —preguntó Araújo.

—¿Puedo no hacerlo? Mataría por esa terapia, y lo sabes. Además, sé que eres una tumba, y yo no puedo afrontar esto sola. Estoy muy acostumbrada a que investiguemos juntos, a que confrontemos nuestros puntos de vista... Sé que echas de menos el trabajo. Anda, reconoce que te apetece volver al ruedo, aunque sea en la distancia.

—¿Eres consciente de lo irregular que es esto? —le advirtió él—. Si descubres algo y no lo denuncias, estarás incurriendo en un delito tú también.

—Lo sé —reconoció Iria—, precisamente por eso acude a mí. Porque sabe que estoy desesperada. El cabrón es listo, no te lo voy a negar.

—Lo es. Esta gente siempre lava los trapos sucios en casa. No consentirá que procesen a uno de sus hijos por asesinato. Si Villamor se entera de que me has metido en el ajo, es capaz de cancelar el tratamiento de Ángel —apuntó César—. Tiene fama de implacable.

—Ese hombre ha investigado mi vida, mis finanzas y la historia clínica de mi marido —le recordó ella—, yo podré decidir cómo hago las cosas. Las haré a mi manera y eso te incluye a ti. El lunes que viene, Ángel viajará a Alemania acompañado por personal de Asisgal. Al día siguiente me mudaré a la mansión de Loeiro.

—Así, ¿sin más? —se extrañó él—. ¿No resultará sospechoso?

—Villamor me presentará como una policía en excedencia y se inventará un robo. —Habían acordado decir que varios documentos esenciales habían desaparecido de su despacho—. Personalmente, creo que esa excusa no se sostendrá por mucho tiempo.

—¿Siguen viviendo todos en Loeiro? ¿No dijo que esa situación era puntual, debido al confinamiento?

—Parece ser que Ada decidió quedarse porque consideraba que el entorno era muy adecuado para los niños. El monte, la playa, en fin, ya sabes —explicó ella—. Y Álvaro y su esposa también se acomodaron. La casa es enorme. El pequeño es el que anda de saltimbanqui por el mundo.

—Ese me suena. Eduardo, ¿no?

—Exacto. El único de los Villamor que no rehúye a los medios. En estos momentos está en California.

—Y apuesto a que no es por trabajo.

—Por lo visto le van la vela y todos los deportes náuticos.

—Un aventurero que vive con papá... —César arqueó una ceja, sarcástico.

—Según me ha dicho, cuando vuelve a Galicia suele quedarse en un apartamento que tiene en Sanxenxo, pero no es extraño que pase temporadas en Loeiro. Se espera que regrese la semana que viene y su padre le pedirá que se instale en la casa.

—Vida de ricos. —Los dedos de César tamborileaban sobre la superficie de la mesita del comedor, como si ese fuese su antiguo despacho y estuvieran inmersos en una investigación; un característico gesto que Iria recordaba a la perfección y que la retrotraía a su pasado común—. En fin, repasemos los detalles. La mujer murió en marzo de 2020.

—Ataque al corazón —confirmó Iria—. Acababa de empezar el confinamiento. Recuerda el caos de los primeros días, así que ni autopsia, ni entierro, ni funeral, prácticamente. La incineraron y la velaron en la más estricta intimidad.

—Y cuatro años después, a él se le mete en la cabeza que la han asesinado. Y como en la casa solo estaba la familia, deduce que uno de los suyos la ha matado. La verdad, resulta bastante increíble. ¿No estará chocheando? Ya tiene una edad.

—No se le mete en la cabeza; se lo meten. Parece ser que hace unos tres meses recibió un sobre con una fotografía. El sobre no tenía remitente. —Iria sacó su móvil del bolsillo y lo giró hacia él.

—¿Flores? —César observó la foto con sorpresa. La instantánea mostraba un arbusto cubierto de flores rosáceas.

—Adelfas —puntualizó ella—, una de las especies más venenosas que hay, capaz de producir una parada cardiaca en un adulto tras su ingesta. ¿Empiezas a encontrarle sentido a esto? Y, sí, antes de que lo preguntes, en el jardín de la mansión de Loeiro había un arbusto como este.

La última noche

Repasó la lista de cosas que debía meter en la maleta de Ángel, que en realidad eran muy pocas. Algunas mudas, una foto de ambos para que se la pusieran en su habitación y algunos enseres de aseo, que estaba segura de que no serían necesarios, pero quería que algo en esa clínica le resultase familiar.

Lidia, la enfermera que acudía dos veces al día para asearlo y ayudarla a levantarlo y acostarlo, se despidió de ambos y les deseó buena suerte. Iria no creía en la suerte. Creía en el trabajo y el esfuerzo, porque todo lo que había conseguido en la vida había sido a base de ellos, pero le agradeció a Lidia todos sus servicios durante esos meses y le prometió que la tendría al tanto de los avances de Ángel.

Se tumbó al lado de su marido. Recostó la cabeza en su pecho y sintió su respiración. Hubo un tiempo, tras el ictus, en que le bastaba con eso, con saber que seguía vivo, con sentir su aliento y su calor. Después comprendió que necesitaba volver a escuchar su voz, caminar a su lado o compartir una cerveza sentados en el porche de la entrada.

En esa habitación habían hecho el amor en su primera noche en la casa. Los de la mudanza habían llegado tan tarde que no habían tenido tiempo de montar la cama. Habían dormido sobre el colchón, con la ventana abierta, oliendo el mar, como siempre decía él. «El mar no huele, lo que hueles son las algas». Ella siempre se lo repetía, con la condescendencia propia del que se ha criado frente a la ría.

Habían sido inmensamente felices en esa casa, con esa felicidad plácida e inconsciente de los que ignoran que lo son.

Besó su hombro, su rostro y sus labios. «Volverás pronto y todo será como antes». Se lo repitió. Le enumeró mil planes que harían cuando todo pasase. El viaje a los fiordos, la visita a su tía de Barcelona, la reforma del cuarto de invitados. Le prometió acompañarlo a su festival de rock favorito, el Resurrection de Viveiro, y lo llevaría a Mallorca, a Sóller.

Desgranó mil destinos y mil actividades, y siguió hablando incluso cuando se dio cuenta de que él se había quedado dormido.

Fue entonces cuando se permitió llorar, aunque no habría sabido decir si ese llanto se lo provocaba el miedo o la emoción.

La Casa Rosa

El martes por la mañana, un taxi la dejó delante de la puerta de entrada a la mansión de los Villamor. La casa se hallaba en el extremo de Loeiro, justo en el punto donde la bahía acababa, delimitada por el monte de Moledo. Un imponente muro de piedra la salvaguardaba, Iria recordaba que en la parte delantera había un gran jardín y en la trasera una piscina. Habían pasado muchos años, por lo que era posible que las cosas no estuviesen exactamente iguales a como las dibujaba su memoria. En la entrada, una placa rezaba VILLA VANGENEBERG. Tendría que preguntar por el origen de ese nombre, más por curiosidad que por otra cosa. Apretó el timbre y el portalón se abrió con un zumbido.

Iria y su maleta naranja se adentraron en el jardín por un sendero de gravilla. La casa era de piedra y tenía tres alturas y dos alas laterales. El frente mostraba una galería acristalada; desde allí debía de haber unas vistas espectaculares.

Se dirigió a la casa, donde ya la estaba esperando una mujer de pelo cano que rondaría los sesenta años. Llevaba un delantal de un blanco inmaculado sobre una blusa blanca y una falda azul marino.

—Buenos días —saludó la mujer—. Llega usted pronto. Me temo que no encontrará a nadie aún.

—No importa. Ya me lo imaginaba, pero quería instalarme sin prisa —confesó Iria. Eran las once de la mañana y el empresario le había pedido que viniera a la hora del almuerzo.

—El señor Ulises vendrá sobre las dos. La comida está prevista para las dos y media —le explicó mientras la guiaba hacia un ascensor antiguo, con una puerta de hierro forjado dibujando flores de lis.

A Iria no le cupo duda de que estaba ahí desde los tiempos en que fue construida la casa, y le maravilló su estado de conservación, con sus botoneras doradas y sus paredes con paneles de madera.

—¿Estará toda la familia? —se interesó.

La mujer asintió con un ademán.

—El señor le ha pedido a Ada y a Álvaro que vengan.

—¿Y Eduardo? —En la voz de la policía había un deje de extrañeza.

—Está de viaje, creo que regresa mañana.

La asistenta pulsó el botón del último piso.

—¿Lleva mucho tiempo trabajando aquí? —preguntó Iria.

—Desde el 2004. Hará veinte años en noviembre.

—Imagino que son ustedes muchos en el servicio, ¿no?

—Entre semana acudimos tres empleadas diariamente. Una se ocupa de la cocina y otra de la limpieza, y yo me encargo del resto. Los fines de semana vienen dos empleados para cubrir esas mismas funciones. También hay un jardinero que viene dos días a la semana. Y luego está Claire, la *au pair.*

Como un relámpago, reflotó en la memoria de Iria aquella fiesta de cumpleaños en la que Ada le contó que sus padres estaban pensando contratar a una profesora inglesa, porque cuando comenzara el BUP se marcharía al extranjero.

—¿Y Claire lleva en la familia mucho tiempo? —Ya imaginaba una de esas matronas británicas que crían a los hijos de varias generaciones, pero la vio negar con la cabeza.

—Las *au pairs* cambian cada año. Las hemos tenido inglesas y francesas; esta es irlandesa. Ya le queda poco aquí, su estancia se limita al curso escolar.

Las puertas del ascensor se abrieron y la mujer la condujo a una habitación al fondo del pasillo. Era de tamaño mediano y tenía baño propio. Iria comprobó con placer que disponía de un escritorio para trabajar. Colocó su maleta sobre un soporte de equipaje de aspecto moderno.

—La dejo para que se acomode —dijo.

—Se lo agradezco mucho, emm... —Acababa de caer en que no le había dicho su nombre.

—Carmen —se apresuró ahora—. Y tutéeme, por favor, señorita.

—Solo si tú también lo haces —accedió Iria.

—Uy, no, no. —Espantó la idea con la mano—. Es usted una invitada del señor. Y además, policía.

—¿Tu jefe ha dicho por qué estoy aquí? —preguntó Iria, sorprendida, antes de que la mujer abandonase la estancia.

Carmen asintió.

—Por supuesto. El señor me ha dicho que es algo relacionado con la empresa y que se quedará usted una temporada con nosotros. Me ha indicado que respondiese a todas sus preguntas sin temor y que le proporcionase toda la información necesaria.

Bien por Ulises, pensó Iria.

—Perfecto. Pues si te parece bien, Carmen, deshago el equipaje, bajo y charlamos otro rato. Me gustaría que me enseñaras la casa y me hablaras un poco de todos. Y tutéame, por favor —le repitió con una sonrisa—. Insisto.

En la soledad de su habitación, a Iria comenzó a antojársele ridículo todo el asunto. Habían pasado cuatro años, no sería fácil investigar nada. Ulises le había informado de que el arbusto de adelfas lo habían cortado en 2021. Cuando Ada decidió instalarse definitivamente en Loeiro, el jardinero indicó que, habiendo niños en la casa y dada su peligrosidad, sería conveniente podarlo.

Descorrió las cortinas y abrió la ventana. Le decepcionó ver que la habitación no daba al mar, sino a la piscina y el resto del jardín trasero. Una cabaña de madera, un cenador con una gran mesa. La barbacoa. Una zona de tumbonas al sol; otra a la sombra, con sofás. Una barra de bar. Una caseta para un perro (aunque del perro no había ni rastro). Al fondo, un alto palomar que seguramente habían habilitado como vivienda, pues se apreciaban cortinas en la ventana de la parte superior. Era una construcción curiosa, poco habitual en la zona. Todo parecía dispuesto para el ocio, aunque Iria tenía la sensación de que los Villamor no le destinaban mucho tiempo.

Recordaba ese jardín. ¿Se acordaría Ada de ella? Habían pasado veintiocho años. Iria había sabido de ella por la prensa. Era médica y, sorprendentemente, no trabajaba en Asisgal. Lideraba un equipo de investigación que estaba consiguiendo esperanzadores avances en el campo de la demencia senil, el alzhéimer, o algo de ese estilo, no alcanzaba a recordarlo. En el cole ya era una niña brillante, y a Iria le gustaba ese rasgo de rebeldía de no trabajar para su padre, sino para la sanidad pública, una decisión que, si bien podía parecer más fácil para una mujer rica que para el común de los mortales, no dejaba de ser admirable.

Salió de la habitación y recorrió el pasillo. Ya sin maleta, decidió bajar por las escaleras. La decoración de la casa era más moderna de lo esperado, sin caer en estridencias y manteniendo un estilo sobrio. Los muebles eran sencillos, pero de calidad indiscutible. Desde fuera uno podría imaginar una mansión con muebles barrocos y lámparas doradas. Lo cierto es que la casa estaba decorada con un gusto exquisito; muebles funcionales de diseño actual pero de materiales nobles que no desentonaban con otras piezas de decoración que, si bien antiguas, tenían un marcado corte moderno, propias del *art déco* de mediados del siglo XX. Con dinero todo se puede, pensó Iria, feliz de que ese dinero sirviera para que su marido estuviese en esos momentos en la clínica de Alemania.

«En menudo lío me has metido, cariño; más te vale aprovechar el viaje», se dirigió a Ángel, como tantas veces a lo largo de los últimos meses.

Avanzó por el salón y buscó la cocina. Allí encontró a Carmen, que le presentó a la cocinera, María. Le dijo que Nélida, la otra empleada, estaba ocupada arreglando las habitaciones. Le ofrecieron un café o un refrigerio. Iria rechazó la invitación y le pidió a Carmen que le enseñase la casa.

Empezaron por esa primera planta, donde se hallaban la cocina y el ala del servicio, aunque únicamente dormía allí la *au pair*.

—Antiguamente, en tiempos de doña Ada y don Álvaro, los padres de doña Rosa, había mucho servicio interno, pero tras las remodelaciones tan solo quedan un par de habitaciones para empleados.

—¿Se han hecho muchas reformas? —se interesó Iria.

—Ah, ya lo creo: la última fue en 2017. Por fuera la casa permanece igual que cuando se construyó, pero por dentro se ha ido reformando para adaptarla a los tiempos.

Habían seguido andando hasta el cuerpo central, donde, además de la galería, estaban el comedor, el salón de invierno —«que es el que tiene chimenea», le explicó Carmen—, y otro más moderno, que al parecer solían usar los pequeños. En el ala izquierda se encontraban el despacho de don Ulises, una habitación habilitada para el estudio de los niños y otra para Ada.

—Es muy grande, me parece poco personal para la limpieza.

—Los señores son muy discretos. Este es su hogar y quieren preservarlo de ojos ajenos. Las labores complejas de limpieza las hacen empresas especializadas. Me refiero a cristales, tapicerías, etcétera. La ropa también se lava y se plancha en una tintorería. Cuando hay grandes eventos, se encarga la comida y se contrata personal de refuerzo. Las cenas están compuestas siempre de bufés, sin presencia de servicio —aclaró Carmen.

—Entiendo —dijo Iria mientras subían por las escaleras a la segunda planta, donde estaban las habitaciones.

En el centro de la casa, la de los señores. El ala izquierda era la de Ada, su marido y los niños. La derecha, de Álvaro y su mujer. El despacho de Álvaro estaba en ese piso también.

—Eduardo viene poco y se aloja en la última planta, donde están además las habitaciones de invitados. —Carmen hizo un gesto hacia el siguiente rellano de las escaleras, aunque no las subieron—. Son todas muy semejantes a la tuya.

Bajaron de nuevo y, tras una visita rápida al sótano, donde se encontraban la cochera y un espacio bastante grande destinado al ocio —Iria vio un pequeño cine y un gimnasio, aparte de una biblioteca—, se dirigieron al jardín. Hoy lucía el sol. Loeiro era un destino turístico menos concurrido que Sanxenxo, al que solían acudir, sobre todo, madrileños que escapaban del calor. Sin embargo, en el mes de mayo presentaba un aspecto desértico.

—El jardín es lo más característico de la casa. Todas estas plantas que ahora están ya en plena floración le dan nombre a la villa, que es conocida en el pueblo como la Casa Rosa.

—Yo pensé que se llamaba así por la mujer de don Ulises —indicó Iria.

—No me hagas mucho caso, pero creo que fue más bien al revés. Los padres de doña Rosa decidieron llamarla así precisamente porque, cuando ella nació, la casa ya se conocía por ese nombre.

—Hay muchas flores rosas, sí —admitió la inspectora.

—Azaleas, hortensias, buganvillas, begonias, petunias... La señora era una gran aficionada a la jardinería. Ahora soy yo la que se encarga de dar las órdenes al jardinero. Don Ulises quiere que el jardín se mantenga igual.

—¿Y se mantiene igual? —dejó caer Iria—. ¿No han cambiado nada?

—Nada —dijo Carmen.

Estaba claro que la poda de una adelfa no le parecía significativa.

—Eran un matrimonio bien avenido, ¿verdad?

—Él no está mucho en casa y además no paso tiempo con ellos, no sabría decirte. Nunca los oí discutir, si te refieres a eso. Pero no me corresponde a mí juzgarlo. —Se la notaba incómoda.

—Disculpa, vas a pensar que soy una entrometida. Te soy sincera: tengo que investigar un asunto empresarial, pero antes de comenzar una investigación siempre necesito empaparme de la personalidad de quienes la rodean. Los Villamor son todos unos desconocidos para mí y solo sé de ellos lo que publican los periódicos, que es bastante poco. Fui dos años al colegio con Ada, pero desde entonces no he vuelto a verla. —Al pronunciar estas palabras, Carmen se relajó—. Sé que es médica, que trabaja en el Sergas y que tiene dos niños. De los demás sé muy poco. Me vendría de perlas que me pusieras en antecedentes. Nadie cuestionará tu lealtad. Recuerda que don Ulises te ha dicho que puedes colaborar conmigo...

—Lo entiendo, no te preocupes —la tranquilizó Carmen, y comprobó con ojo crítico el estado de los setos, que a juicio de Iria estaban impecablemente alineados.

—Háblame del marido de Ada.

—Rafa. Es un hombre muy amable. Muchísimo. Muy educado, de muy buena familia, los Echevarría. De Pontevedra de toda la vida.

Iria odiaba esa expresión. Sabía muy bien todo lo que conllevaba: un círculo cerrado y esnob que ella siempre había rehuido.

—¿A qué se dedica?

—A sus negocios. Hostelería, principalmente. Siempre está inaugurando algo. Una discoteca, un pub, un restaurante...

—¿Le van bien?

—Pues no sabría decirte. Los abre y los cierra, así que no todos triunfarán, pero yo no pregunto. —Carmen volvía a guardar las distancias.

Se dirigieron a un cobertizo y la asistenta sacó varios cojines que acomodó sobre las tumbonas.

—Lo sé, lo sé. Nadie trabaja para una familia como esta si no es un modelo de discreción —dijo Iria en un intento de suavizarla, mientras la ayudaba en la tarea de colocarlos—. Yo misma he firmado un acuerdo de confidencialidad, si eso te deja más tranquila.

—Todos los que trabajamos para los Villamor lo hacemos —confesó la mujer—. La gente es muy mala, ¿sabes? Todo el mundo quiere meter las narices donde no le llaman, pero esta familia es de lo más normal. Don Ulises, por ejemplo, es de aquí, de Loeiro, y era hijo de un maestro, por eso le pusieron ese nombre tan raro. En esa casa había muchos libros, pero de dinero, nada de nada. Yo era pequeña cuando se casó con doña Rosa. Él era un chaval muy espabilado que enviaron a estudiar al seminario porque era muy inteligente. Doña Rosa se enamoró de él y mira el imperio que han montado.

—O sea, que el dinero es de la familia de Rosa.

—Sí, claro, de la familia Piñeiro. Cuando se casaron don Ulises y doña Rosa, continuaron viviendo aquí, y enseguida ampliaron la casa. Los Piñeiro tenían un sanatorio en Pontevedra y don Ulises pasó a dirigirlo tras la boda. Fueron abriendo más, y luego empezaron con las residencias. Hace unos años todo el mundo cuidaba a sus ancianos en casa. Él se adelantó a los tiempos y abrió un montón de residencias. Bueno, de los detalles de sus negocios ya te hablará él. Pero ya sabes todo lo que han conseguido. Uno puede ir a Nueva York y encontrar un hospital de Asisgal.

—Y Ada y Rafa tienen dos niños.

—Laura de trece y Dani de diez —confirmó la empleada, mientras cerraba la puerta del cobertizo con una de las llaves del gran manojo que guardaba en el bolsillo.

—De ahí la presencia de la *au pair* irlandesa —apuntó Iria.

—Sí. Ada siempre dice que es la manera más fácil de aprender un idioma sin enviar a los niños al extranjero. Ada, Eduardo y Álvaro pasaron varios cursos de su bachillerato en Suiza y Estados Unidos y creo que ella no quiso repetir esa experiencia.

—¿Y Álvaro no tiene hijos?

—Elvira y él llevan años intentándolo. Por lo que he oído, es ella la que no puede quedarse embarazada —añadió este último dato con cierta reticencia.

—¿A qué se dedican?

—Álvaro trabaja con su padre. Se está preparando para llevar el negocio. Elvira era funcionaria, pero dejó de trabajar, y no seré yo quien la culpe por eso: yo tampoco lo haría si me sobrara el dinero. Colabora con una ONG, no recuerdo el nombre. Pero es algo muy puntual.

—Y finalmente Eduardo.

—Eduardo es un desastre, según su padre, pero es maravilloso. —Carmen se echó a reír—. Un desastre maravilloso. Es el hombre más divertido del mundo. Me temo que, al ser el pequeño, doña Rosa lo mimó en exceso. Lo cierto es que no hace nada y hace de todo.

—Es deportista, ¿no?

—Llegó a ser campeón europeo de vela. Y participó en unos Juegos Olímpicos. —Había orgullo en su voz—. Yo tengo mucha debilidad por él. Ahora tiene treinta y cinco años y esas diferencias de edad ya no se notan tanto, pero los siete años que lo separan de Ada eran un mundo cuando llegué a esta casa. Los mayores ya estaban estudiando fuera, y yo he pasado muchas tardes con él, los dos solos. Yo no tengo hijos y él es lo más parecido a uno que tendré nunca.

—Bueno, pues ya sé un poco más de todos ellos —dijo Iria para dar por concluida la conversación, al alcanzar la puerta de la casa, una vez recorrido todo el jardín.

—Los conocerás en el almuerzo. Ahora, si me disculpas, tengo que organizar algunas cosas.

—Gracias, Carmen. Te he entretenido muchísimo, lo siento.

—No es molestia. Además, ahora ya sabes dónde guardamos los cojines de las tumbonas.

Iria le sonrió, agradecida. Mientras observaba a la asistenta entrar en la cocina, comprendió que tendría que ganarse su confianza. Una no duraba veinte años en un trabajo como este si no aprendía a ver, oír, obedecer y callar. Sobre todo, a callar. Necesitaba saber qué habría callado Carmen.

Siempre es así. Siempre callan.

Y nada más que la verdad

La mesa del comedor estaba dispuesta para seis comensales. Ulises, Ada y Álvaro Villamor ya estaban sentados. Se levantaron y el empresario hizo las presentaciones.

—Rafa llega en cinco minutos —dijo Ada, tras consultar su móvil.

Iria los observó con detenimiento, aunque ya los había rastreado en internet el día anterior. No había encontrado mucho, tan solo fotografías de actos vinculados a Asisgal o al trabajo de Ada en el hospital. La presencia en redes de la familia era solo corporativa, y Eduardo era el único cuyo perfil estaba abierto al público.

Ada era una versión madura de la niña con la que compartió aula en el colegio de monjas. Era una mujer bajita, con una media melena castaña y un rostro redondeado y no especialmente agraciado debido a una mandíbula prominente que le restaba atractivo. Vestía informal, con un jersey, vaqueros y zapatillas deportivas. Álvaro, por el contrario, iba de traje como su padre, y aunque se había despojado de la chaqueta, mantenía su apariencia de hombre de negocios con una camisa blanca y corbata azul marino. Su parecido con Ulises era más que notable, desde la complexión física hasta el flequillo y la nariz aguileña. En treinta años sería una copia exacta del empresario.

Una mujer morena, con el pelo a lo garzón, alta y muy delgada, entró en ese preciso instante y se unió a ellos.

—Encantada. Soy Elvi, la mujer de Álvaro.

Llevaba un vestido ligero de primavera y una chaqueta. Iria se percató de que todas las prendas eran de marca.

Se sentaron a la mesa. Por un momento Iria imaginó que les servirían, como en un episodio de *Downton Abbey*. No fue así. María entró y dejó dos fuentes de ensalada sobre la mesa, luego se marchó y cada uno de ellos se sirvió en su propio plato.

—De segundo hay pescado y carne. Ya nos dirás lo que prefieres —apuntó Ada.

Iria sonrió.

—Como de todo —afirmó—. Estás igualita que en el cole. Te hubiera reconocido al instante si nos cruzamos por la calle.

—Estoy mayor. Cuarenta y dos años, ya son años —dijo Ada negando con la cabeza.

—Los mismos que los míos —le recordó ella.

—No sabía que os conocierais —se sorprendió Álvaro.

—Pontevedra no es Madrid —sonrió Iria—. Aquí hasta nos encontramos a los ex.

El comentario relajó el ambiente. Solo Ulises permaneció serio.

Dieron cuenta de la ensalada mientras hablaban del colegio, del trabajo de Ada y de la asociación con la que colaboraba Elvira. Iria se interesó por todos los aspectos de sus respectivos trabajos. Álvaro apenas intervino en la conversación.

Nadie hizo notar la ausencia del marido de Ada. Iria pensó que esos cinco minutos eran los más largos de toda la historia. La normalidad de la situación le indicó que esta circunstancia era frecuente.

—Y en concreto, ¿qué has venido a investigar? —La pregunta que todos querían hacer y nadie verbalizaba salió de los labios de Elvira.

Iria notó que Álvaro se ponía tenso, y dirigió una mirada a Ulises, cediéndole la palabra. No sabía qué había desvelado él exactamente, y no quería meter la pata.

—Hace unas semanas alguien entró en mi despacho —dijo Ulises—. Faltan importantes documentos relativos a la absorción de Net Medical que estamos a punto de acometer. La inspectora Santaclara ha accedido a iniciar una investigación extraoficial, dado que en estos momentos no está en servicio activo.

—¿Por qué extraoficial? —La voz de Álvaro sonó crispada.

—Porque sospecha de uno de nosotros y no quiere a un poli que nos acuse de espionaje empresarial o algo así —apuntó Ada—. Papá, ¿en serio?, ¿no podemos resolver esto entre nosotros sin necesidad de acudir a un extraño? —Dirigió la mirada hacia Iria—. Disculpa, Iria, esto no tiene nada que ver contigo, por supuesto.

—Claire no estaba en casa, era su día libre —relató el empresario—. El resto del servicio es de absoluta confianza. Solo vosotros entráis en mi despacho. Esto trasciende a la importancia de los documentos. Tiene que ver con la lealtad. Os pregunté a todos y cada uno de vosotros por ellos y lo habéis negado.

—¿El resto del servicio es de absoluta confianza y tus hijos no lo somos? —replicó Álvaro.

—¿No te los habrás llevado a la oficina por error, o los habrás destruido en un descuido? —preguntó Elvira.

—¿Crees que estoy empezando a perder la cabeza? —replicó Ulises.

A Iria le llamó la atención su capacidad para mantener la farsa, su frialdad y su impasibilidad.

—Nadie ha dicho nada de eso, papá —medió Ada—, pero tienes que reconocer que has generado una situación extraña e inusual. Esta forma de actuar no es propia de ti.

Iria decidió que era el momento de intervenir.

—En toda investigación saltan todo tipo de suspicacias. El hecho de que don Ulises haya puesto de manifiesto las razones por las que estoy aquí evidencia su deseo de no ocultaros nada y de que esto se resuelva como lo que seguramente es: un malentendido que se debe mantener en el ámbito de la estricta intimidad. Soy consciente de lo importante que es la privacidad para esta familia. No me entrometeré mucho en vuestras vidas. Me limitaré a conversar con todos vosotros y a estudiar los espacios físicos. Solo queremos descubrir la verdad.

—Y nada más que la verdad —sentenció Ulises.

—Claro —asintió Elvira, conciliadora—, a fin de cuentas, solo estamos hablando de papeles. Tampoco es como si se hubiese muerto alguien, ¿no?

Al instante se hizo un gran silencio que se rompió cuando una copa cayó y estalló al tropezar con el borde de un plato.

—Qué desastre —dijo Elvira, mientras se apresuraba a coger una servilleta para secar el vino que empapaba el mantel y apartar los cristales—. Mira que estás torpe, Álvaro. Mira que estás torpe.

La Gestapo

—Álvaro Villamor estudió Empresariales en Madrid. No era excesivamente brillante, tardó unos siete u ocho años en acabar la carrera. Los que lo conocen coinciden en que es un tipo reservado y tímido. Uno de los cursos lo perdió por estar enfermo. No se supo bien de qué, pero parece ser que fue un trastorno de carácter nervioso, me refiero a que no fue una enfermedad física.

Iria estaba en su habitación, recostada sobre la cama. La llamada la había despertado de una pequeña siesta. No acostumbraba a dormir a esas horas, pero llevaba días sin descansar bien. La organización de la partida de Ángel y su traslado a la Casa Rosa habían puesto su vida patas arriba.

—Dios mío, César, ¿quién te ha contado todo eso? —preguntó, sorprendida.

—Mi hijo —confesó el expolicía—. Uno de sus amigos compartió colegio mayor con él en Madrid y hasta fue a su boda.

—No puedes andar preguntando por los Villamor —le recriminó Iria—. Te recuerdo que he firmado...

—Tranquila, solo dejé caer en nuestra comida de los domingos que había leído un reportaje sobre ellos en el periódico y todo vino rodado. Sé muy bien lo que te juegas. ¿Ya los has conocido a todos?

—He conocido al servicio, excepto a la *au pair* que libraba justo hoy, y a Ada y Álvaro. La mujer de Álvaro estaba en la comida, pero el marido de Ada no se dignó a aparecer, aunque parece que nadie lo echó especialmente de menos, ni siquiera ella. Los niños siguen en el cole.

—¿Impresiones iniciales?

—Necesito tiempo para eso.

Iria tenía claro que el padre ejercía un gran dominio sobre todos ellos. Se hacía un silencio reverencial cada vez que abría la boca. Ada era la más normal, aunque si le decía eso a César, él creería que estaba influenciada por su antigua amistad. Lo que acababa de saber acerca de Álvaro le encajaba totalmente con la imagen que había mostrado durante el almuerzo: el típico hijo a la sombra de la figura de su padre, esforzándose por estar a la altura. Si Ulises era el intuitivo hombre de negocios que ella creía, le dejaría su empresa a Ada. Era inteligente, tranquila y prudente. Álvaro estaba tan nervioso que parecía estar sentado sobre una bomba de relojería. Su mujer era otra cosa: parecía una mosquita muerta, pero estaba segura de que era más lista de lo que aparentaba. Si alguien sostenía ese matrimonio, era Elvira. Aunque esas eran tan solo unas primeras impresiones que no quería compartir con César hasta conocerlos un poco más.

—«Necesito tiempo», en tu idioma, significa que tienes claras ya muchas cosas pero que no quieres contaminarme con tus impresiones —replicó César.

—Me conoces demasiado —confirmó ella, que incluso así no soltó prenda.

—Te he recopilado un montón de información sobre el pequeño. Te la mando a tu correo personal esta tarde.

—El desastre maravilloso —apuntó Iria.

—¿Cómo dices?

—Así lo definió Carmen, la asistenta que lleva veinte años trabajando aquí.

—La tendrá en el bote —afirmó César.

—Tiene edad para ser su madre —negó ella.

—Es el típico embaucador. Simpático, guapo... Fiestas, romances con modelos, eventos deportivos. Te he preparado un dosier.

—A mí me suena a vago y vividor.

—Se lo puede permitir. —Parecía decirlo con envidia.

—Bueno, más allá de cómo sean unos y otros, debo tener una seria conversación con Ulises. Si mataron a Rosa, tiene que haber una razón de peso, y en estas familias el dinero o el poder son los factores más relevantes que hay que tener en cuenta. Necesito conocer los entresijos económicos del imperio y de sus finanzas.

—Lo que necesitas es un móvil. ¿Por qué la mataron? —preguntó César.

—Sí, eso es fundamental. Pero hay otra cosa que me tiene loca.

—¿El qué?

—Alguien sabe que la mataron y se tomó la molestia de hacérselo saber a Ulises. Eso también tenemos que investigarlo.

—Lástima no poder examinar ese sobre con la Científica —se lamentó César.

—El viejo no es ningún idiota y le sobran laboratorios. Ya lo mandó analizar —indicó Iria—. Ni rastro de huellas. El sobre es corriente y carece de franqueo. Se limitaron a meterlo en el buzón.

—¿Y qué habría hecho si hubiera hallado huellas? No tiene acceso a nuestra base de datos.

—Tengo la sensación de que Ulises Villamor tiene acceso a todo lo que le dé la gana —afirmó Iria—. Está muy acostumbrado a conseguir todo lo que quiere.

—¿Y qué me dices del buzón? ¿No tienen cámaras?

—En la finca y en el muro. O por lo menos es lo que he podido ver de un simple vistazo cuando llegué esta mañana. El buzón queda fuera de su alcance. Lo examinaré con más detenimiento ahora: voy a salir a dar una vuelta por el pueblo.

—Okey, yo salgo a pescar, que está el día cojonudo. Y de paso a ver si les tiro de la lengua a los viejos marineros del muelle.

—En nada tú también serás uno de ellos.

—Eso espero. De momento todos me miran con desconfianza.

—La culpa es tuya, por haberles dicho que eras poli —rio ella antes de colgar.

Cogió una sudadera del armario. Al igual que Ada, ella también vestía vaqueros y zapatillas. Se recogió su melena rubia en una coleta y se puso las gafas de sol.

Salió por el gran portalón sin encontrarse con nadie. Se preguntó si Rafa ya habría llegado.

Tomó el camino de la playa, para desviarse posteriormente hacia el lavadero. Al lado de este había un parque infantil, que estaba desierto. Continuó el paseo y se encaminó al monte vecino, el que se veía desde la Casa Rosa. Creía recordar que se llamaba Montecelo. Dejó atrás la playa, en cuyo extremo, en verano, abrían un chiringuito y una terraza y se colocaban las atracciones y la verbena cuando celebraban las fiestas de Loeiro. Ahora tan solo había un enorme espacio vacío. «¿Te acuerdas de esto, Ángel? Estuvimos hace tres años, con tu hermano y Noa. En primavera está irreconocible. No hay ni un alma». Callejeó entre las viviendas, imaginando la respuesta de Ángel e intentando adivinar dónde estaría él en esos instantes, quizá en esos jardines que aparecían en la página web de la clínica.

Había múltiples casas cerradas, con persianas que no se alzarían hasta los meses de julio y agosto. Cuando regresaba sobre sus pasos, se topó de frente con una mujer que estaba cortando hortensias a la puerta de su casa.

—Buenas tardes —saludó, educada.

—Hola, hola, hola —le respondió la mujer con efusividad.

—Bonitas flores —dijo Iria, para iniciar una conversación.

—Bueno, yo no tengo jardinero como ustedes en la Casa Rosa, pero hay que reconocer que tengo mano para las flores. Mis rosas son las mejores de Loeiro.

Iria reprimió un gesto de sorpresa que no le pasó desapercibido a la mujer, quien apoyó la tijera de podar y el ramo de hortensias sobre el murete de entrada. Se sacó los guantes y extendió la mano hacia Iria. Tenía el pelo blanco recogido en un moño y lucía una bata de cuadros. Bajo ella llevaba un jersey verde, una falda del mismo color y calzaba unas botas de agua a pesar de que no amenazaba lluvia.

—Soy Sinda. La maestra retirada de Loeiro —se presentó, bajando sus gafas de metal dorado hasta el puente de la nariz y mirándola de abajo arriba sin ningún pudor—. Bueno, ahora ya no tenemos colegio aquí, pero lo fui durante toda mi vida. Por desgracia ya no hay niños suficientes, y los pocos que quedan están todos en el colegio de Seixo.

—Iria —se presentó ella—. Y veo que ya sabe que soy una invitada de los Villamor.

La mujer irrumpió en carcajadas.

—Ser maestra jubilada en un pueblo como Loeiro es lo más aburrido del mundo. Soy una entrometida por naturaleza —confesó sin el menor remordimiento—. Vi llegar el taxi esta mañana y a usted bajar de él.

—Tiene usted una vista excelente.

—Y unos prismáticos estupendos.

Ambas se echaron a reír.

—No es mucha la gente dispuesta a reconocer que espía a sus vecinos.

—Tonterías. Son todos unos hipócritas. Por supuesto que a todo el mundo le importa lo que pasa en la casa de los demás, y no le digo ya en la de los Villamor. A mí no me da reparo confesarlo. No comparto en absoluto la mala fama de la que goza el sentido de la curiosidad. El día que deje de ser curiosa estaré muerta. Y lo mismo se puede decir de todos nosotros.

—No sé yo... —dijo Iria.

—¿Su marido también va a venir? —preguntó Sinda, fijando los ojos en la alianza de ella.

—Mi marido está de viaje. He venido sola. —La mujer le parecía impertinente en extremo, pero no podía evitar sentir simpatía por su franqueza.

—¿Y a qué ha venido?

—¿El interrogatorio es solo para su conocimiento o se lo contará a todo el pueblo? —preguntó divertida.

Sinda rompió a reír de nuevo.

—*Touché*, como dicen los franceses —dijo ella—. Tiene usted razón. Si voy a coserla a preguntas, lo menos que puedo hacer es invitarla a un café. Y respondiendo a eso, soy más de observar que de andar repartiendo chismes.

—Lo acepto encantada. —La franqueza, la curiosidad y los prismáticos de esa mujer eran elementos a los que Iria no quería renunciar.

El exterior de la casa estaba recubierto de azulejo azul y amarillo. Recordó que el azulejo había estado de moda en los setenta y, de hecho, dentro el tiempo parecía detenido en esa década. Mesa camilla, tapetes de ganchillo, muebles de madera oscura y lámparas con lagrimones de cristal. No se le escapó que había una gran cantidad de libros por doquier. Novela histórica, autoayuda, negra, romántica, ensayo y narrativa contemporánea. En el sillón descansaba su lectura actual: *El último barco*, de Domingo Villar, el escritor favorito de Iria.

—Lee usted mucho —apuntó.

—¿Y qué va a hacer una maestra jubilada y sin familia?

—¿No tiene hijos?

—Soy soltera. Por no tener, no tengo ni sobrinos. Me queda un hermano en una residencia en Pontevedra. No voy mucho a verlo —confesó Sinda—, ni siquiera me reconoce ya y me da mucha pena. ¿Y usted tiene hijos?

Iria negó con la cabeza.

Su anfitriona sirvió la bebida en un juego de café inglés decorado con escenas de campo de color azul. También sacó una caja de pastas.

—No, por favor —negó Iria—, acabo de comer.

—Iba usted a contarme a qué ha venido —le recordó Sinda, mientras le acercaba el azucarero.

—Soy amiga de Ada. Estoy escribiendo un libro y quiero ambientarlo en Loeiro. El señor Villamor ha sido muy amable al invitarme.

—Uy, ¡qué interesante! ¿Sobre qué escribirá? Diga, diga...

—Una novela negra —dijo Iria—. De asesinatos.

—Me encantan. ¿Ha leído la última de Úrsula B.?

—Me temo que no, aunque las de Domingo las he leído todas —dijo ella con auténtico pesar al recordar el fallecimiento del afamado escritor.

—Loeiro es un escenario ideal. Es un pueblo pequeño, y ya sabe lo que dicen: pueblo pequeño, infierno grande.

—Puede ser usted una colaboradora magnífica. De hecho, quería inspirarme un poco en los Villamor. Escribir sobre una poderosa familia de millonarios.

—Tiene usted razón. Ahí tiene un filón. La esposa rica —arrancó Sinda, complacida—, el marido hecho a sí mismo que crea un imperio. Y luego están los hijos. El pequeño es un crápula y un vividor. El otro, Álvaro, es un chico nervioso y raro. Un estudiante pésimo. ¿Sabe que estuvo ingresado más de un año? Intentó suicidarse. Esto no lo sabe mucha gente, pero yo vi llegar la ambulancia, y tengo una amiga que trabaja en una clínica de Asisgal, y parece ser que lo llevaron allí. Desde que se casó se le ve más contento. La mujer, la chiquita esa de pelito corto, es bastante espabilada. Es alta y delgada como una modelo, demasiado para mi gusto, pero ahora todas son así, parece que han salido de un campo de concentración. Se la ve feliz, aunque es normal, teniendo en cuenta el cambio de vida. Antes trabajaba en el registro de la Delegación de la Xunta. De poner sellos a vestir trajes de Versace hay un abismo. Y luego está el marido de Ada... —Sinda calló al instante, recordando que Iria había confesado ser amiga de la susodicha.

—Tiene usted una lengua viperina envidiable —dijo Iria. Por lo poco que había hablado con ella, sabía que el comentario no solo no le molestaría, sino que le haría gracia. En efecto, así fue.

—Soy observadora y muy poco hipócrita. Ambas cualidades juntas no suelen despertar simpatías, pero yo estoy ya muy mayor y resabiada como para preocuparme por lo que dicen de mí.

—Volveré por aquí —dijo Iria a modo de despedida mientras se levantaba—. Es usted una fuente de inspiración.

—Será bien recibida. Por cierto, si le habla a Ada de este encuentro, es posible que ella se refiera a mí como la Gestapo. Antes me llamaban la SS, por mis iniciales: me llamo Sinda Sobrado. Lo de la Gestapo me gusta más. Me lo puso el dueño de la churrasquería. —La mujer le guiñó un ojo.

Mientras se alejaba de la casa, iba pensando que podría haberle sacado mucha información, pero prefería hacerlo poco a poco para no levantar sospechas. Puede que esa mujer tuviera una lengua viperina, pero nada de lo que había dicho contradecía la imagen que ella misma se había formado de todos los habitantes de la Casa Rosa.

Y, además, era perfectamente capaz de imaginar a Sinda metiendo la foto de una adelfa en un sobre blanco sin remitente ni dirección.

Secretos de familia

De vuelta a la casa, Iria se adentró en la galería de la primera planta. Un espacio bien aislado con vistas al pueblo. Había una estufa de pellets en la esquina y varias estanterías con libros. También varios butacones, un par de pufs y una mesa con cuatro sillas sobre la que se apilaban varios juegos.

Aquí había muerto Rosa Piñeiro. O la mataron. No sabía qué pensar; la teoría del veneno le parecía disparatada, y una fotografía de una adelfa no constituía un indicio de nada. Necesitaba hablar con Ulises para aclarar los entresijos económicos de la familia. La mayor parte de los casos de asesinato tenían su origen en el dinero o en la venganza. Y aquí había dinero. Demasiado.

Salió de la galería y buscó a Carmen. La encontró en el comedor, colocando los platos en un aparador. Le preguntó por don Ulises y la mujer la acompañó hasta la puerta de su despacho. Iria golpeó suavemente y aguardó a que el empresario le respondiera, dándole paso.

El despacho era de tamaño considerable y desde él se veía el mar.

—¡Qué lugar tan agradable! —dijo ella.

—Trabajo mucho, así que procuro estar lo más cómodo posible.

—Debo decirle que me ha impresionado su capacidad para mentir a toda su familia.

—Cuando uno se pasa tanto tiempo haciendo negocios como yo, se acostumbra a mantener la impasibilidad —reconoció él, mientras la invitaba a sentarse en la confortable silla de cuero beige—. ¿Qué tal su primer día?

—Satisfactorio. Me ha servido para hacerme una composición de lugar.

—Me alegra. ¿Alguna conclusión?

—Demasiado pronto para conclusiones. Acabo de estar en la galería. Fue allí donde ocurrió, ¿no?

—Sí. La encontró Ada. Volvía del jardín con los niños. Fue bastante traumático, sobre todo para los pequeños.

—¿Qué edad tenía su mujer?

—La misma que yo. Setenta y tres en aquel momento.

—Su hija es médica. ¿No sospechó nada?

—Eso deberá preguntárselo a ella. Por cierto, no me dijo que se conocían. —Su voz era cortante.

—No me lo preguntó. Además, pensé que sus informantes le habrían contado todos los detalles de mi vida pasada.

El hombre encajó el golpe.

—Supongo que no es importante. Confío en que no afecte a su imparcialidad.

—Necesito hacerle una serie de preguntas y quiero que me conteste sin guardarse ni un dato.

Ulises asintió con un ademán.

—¿Sospecha usted de alguien en concreto?

—No —reconoció él—, pero, a decir verdad, preferiría que el responsable no fuera uno de mis hijos.

—¿Se refiere a que preferiría que el responsable fuese su yerno o su nuera?

—O la *au pair* que vivía aquí en aquel momento. Una inglesa llamada Ashley Brooks.

—¿Sabe algo de ella? —se interesó Iria.

—Tengo a un detective privado siguiéndole los pasos. En breve le proporcionaré un informe.

—Gracias, seguro que nos servirá. Al menos para descartarla. —Cambió de tercio—: ¿Todos sus hijos están en el consejo de dirección de Asisgal?

—Sí. Cuando salimos a Bolsa se les entregó a cada uno el mismo paquete de acciones y se les incorporó como consejeros delegados, aunque el control mayoritario de las acciones y de la toma de decisiones es mío.

—Álvaro trabaja con usted, imagino que le sucederá en el cargo.

—Eso es mucho suponer, aunque no puedo negar que es el único al que parece interesarle.

—¿Ada nunca trabajó para Asisgal?

—Ada siempre hizo lo que le dio la gana, y Rosa la apoyaba. Resulta inconcebible tener una hija médica y que no trabaje con nosotros. —Ulises hablaba con cierta amargura. Iria se sorprendió, puesto que no parecía un hombre dado a manifestar sus sentimientos.

—A mí, sin embargo, me parece una situación bastante natural. Un ejercicio de reafirmación profesional.

—Tonterías. Debería pensar más en el negocio en lugar de dedicarse a jugar a los médicos. Además, no estaría de más que pasase un poco más de tiempo con sus hijos. Muchas veces se queda en Vigo para poder madrugar más. Ser madre tendría que ser para ella más importante que jugar con ratones en un laboratorio.

—Creo que los avances que está consiguiendo Ada con su investigación van más allá de «jugar a los médicos». —Iria intentó que no se le notase el enfado. No comprendía la postura de ese hombre.

—Su lugar debería estar con nosotros. Mi hija rehúye mis clínicas y mi hijo menor se pasa el día haciendo el payaso de fiesta en fiesta. —Sus sentimientos eran ahora patentes.

—¿Y considera que su hijo Álvaro está preparado para sustituirle? ¿Cómo se encuentra de sus afecciones psiquiátricas?

Ulises la miró sorprendido.

—Veo que no ha perdido el tiempo —le reconoció él.

—¿Me cuenta con detalle por qué faltó un año entero a la universidad? —preguntó Iria.

Ulises jugó con un pisapapeles de cristal azul. Iria sabía que estaba buscando las palabras adecuadas que dibujaran una realidad más amable para su primogénito.

—En tercero de carrera sufrió un trastorno ansioso depresivo. El curso se le complicó. No aprobó ninguna asignatura, aunque era normal; su novia había muerto en un accidente de coche y él estaba muy enamorado. Cuando volvió a final de curso, y antes de comunicarme las notas, tuvo un problema con una ingesta de pastillas. Lo tratamos en una de nuestras clínicas. Tardó unos meses en volver a la normalidad.

—¿Podría acceder a su historia médica? —le pidió Iria.

—Las historias médicas son confidenciales —se resistió.

—También lo era la de mi marido y eso no le impidió curiosear en ella. —Se arrepintió de sus palabras casi al instante.

—Veré lo que puedo hacer —consintió el empresario, tras unos segundos de silencio.

—Sé que esto no es fácil para usted, señor Villamor, pero me prometió acceso a toda la información.

—Ya le he dicho que veré lo que puedo hacer —repitió él.

—Me quedo con que eso es un sí. Otra cosa, la familia de su esposa, los Piñeiro, eran dueños de una considerable fortuna, ¿no es así?

—La familia de Álvaro Piñeiro, el padre de mi esposa, era muy influyente. Amigos íntimos de Montero Ríos, que creo que era padrino de él; porque don Álvaro, además de médico, fue político en su época. Pero su madre, doña Ada, llegó a Galicia sin un centavo, huyendo de la guerra.

—¿Huyendo de dónde?

—De Bélgica. —Abrió los brazos, como abarcando no ya el despacho sino la propiedad entera—. Todo esto lo levantaron entre ambos con esfuerzo, constancia y mucho trabajo.

—¿Se refiere a la Casa Rosa?

—Para mi suegro siempre fue Villa Vangeneberg. Le puso el apellido de su mujer.

Misterio resuelto, pensó ella recordando la placa de la entrada, mientras el empresario se encogía de hombros:

—Imagino que le parecería moderno o romántico. Lo cierto es que es impronunciable.

—En cualquier caso —intentó reconducir la charla Iria—, a la muerte de sus padres, y dado que el patrimonio de los Piñeiro era considerable, la herencia de su esposa debió de alcanzar una cifra importante, y eso quiere decir que, a su muerte, habrá pasado directamente a sus hijos.

—Las disposiciones testamentarias de mi mujer así lo indicaban.

—Me gustaría consultar todos los pormenores con su abogado.

—Todos nuestros asuntos privados los lleva el despacho de Lois Cambeiro. Le pediré que la reciba y que le dé toda la información que solicite. Rosa era propietaria de una considerable fortuna, sí, pero el patrimonio del Grupo Villamor es muchísimo mayor. No es comparable. La herencia de Rosa estaba constituida por su pequeño paquete de acciones en Asisgal, cuyo usufructo me corresponde, y por el patrimonio de la familia Piñeiro.

—¿Se repartió a partes iguales entre sus hijos? —preguntó Iria, aunque más que una pregunta era una afirmación.

—No. —La respuesta del empresario la cogió por sorpresa.

—¿Entonces?

—El paquete accionarial se repartió a partes iguales, con la reserva del usufructo de la que he hecho mención. Pero Rosa dispuso que el patrimonio de los Piñeiro pasase al hijo o hijos que tuvieran descendencia. De hecho, yo mismo hice idéntica disposición en mi testamento. Todos recibirán una importante fortuna, pero solo uno de ellos dirigirá Asisgal y se quedará con la presidencia y la mayoría de las acciones que aseguren el control en el consejo de dirección. Así lo acordamos hace años mi esposa y yo, y ambos nos comprometimos a no modificar dicha condición de nuestros testamentos. Ya le dije que juntos luchamos mucho por levantar este imperio y nos preocupaba su futuro. La única manera de consolidar una empresa familiar es dejar la dirección y la mayoría de la propiedad en manos de un único heredero —dijo él.

—¿Y si más de uno tiene descendencia?

—En ese caso, cambiaré mi testamento y designaré heredero a quien a mi juicio considere más capacitado. Pero eso no ha sucedido y no sé si alguna vez sucederá.

—Eso quiere decir... —dijo Iria.

—Que, hoy por hoy, Ada será la heredera de Asisgal, de igual forma que a la muerte de mi mujer heredó esta casa y todo el patrimonio de los Piñeiro. Ahí tiene usted un móvil, inspectora Santaclara.

Lo normal

—Pasa, Iria —dijo Ada—. Estos son Laura y Dani. Chicos, Iria es una invitada del abuelo. Fuimos juntas al cole cuando teníamos tu edad, Laura.

—Sí. Estuve aquí en uno de tus cumpleaños, ¿te acuerdas? —Iria levantó una mano para saludar a los niños.

—Claro que me acuerdo. Y también me acuerdo de que eras la más lista de clase.

—No. Lo eras tú —la contradijo Iria antes de volverse hacia los niños—. Vuestra madre era la mejor en mates y ciencias. Yo era más de leer y escribir.

Ellos no respondieron. Laura estaba ya en plena adolescencia. Ninguno de los dos era muy alto y solo el niño guardaba cierto parecido con Ada. Vestían uniforme escolar y estaban haciendo los deberes en la mesa de la galería. Ada estaba sentada en una de las butacas, con el móvil en la mano.

—Ya estoy aquí.

Un hombre entró en la galería. Rafa, pensó Iria. Tenía el pelo de idéntico color al de su hija Laura, de un castaño claro, relativamente largo. Tenía también sus mismos ojos oscuros. Los tres hermanos Villamor tenían los ojos claros, seguramente herencia de la abuela belga. Era de la misma estatura que Iria, un metro setenta aproximadamente. Llevaba un pantalón chino y un polo azul. En la muñeca lucía dos pulseras de cuero.

—Lo siento un montón. Cuando salía de Pontevedra me llamó Quique. Hemos tenido un problema con la obra en el local nuevo de Vigo. He tenido que ir a hablar con el constructor. No tenía pensado ir hasta allí hoy.

—Hola. Soy Iria —dijo ella, dirigiéndose a él.

Rafa la saludó con dos besos.

—Lo siento infinito —se disculpó de nuevo—. Me olvidé por completo de que llegabas hoy.

—Te lo recordé ayer por la noche —dijo Ada.

—¿En serio? —Rafa se acercó a su mujer y la besó.

—En serio —le confirmó ella—. Niños, id al cuarto de estudio. Nosotros vamos a tomar algo y a charlar un rato.

Los dos pequeños salieron de la galería y los adultos se dirigieron a la estancia que Carmen había denominado «salón de invierno». Ada se fue a la cocina a buscar un café y Rafa le pidió una cerveza. Iria rehusó el ofrecimiento alegando la inminencia de la cena, para evitar decirle que había tomado ya un café en casa de Sinda, la Gestapo. El recuerdo le hizo sonreír.

—Los martes no está Claire, normalmente hacen los deberes con ella.

—Sí, me lo han dicho.

—Así que eres policía —dijo Rafa.

Iria asintió con un ademán. No había nada que responder.

—¿Y qué me he perdido en la comida?

—Tu suegro ha explicado qué hago aquí: han desaparecido unos importantes documentos de su despacho, cruciales para una inminente operación empresarial. —Iria repitió la historia de Ulises.

—Los habrá cogido Álvaro —dijo Rafa con ligereza—. Es el único que está metido en los negocios.

Su teléfono vibró y él se apresuró a contestar un mensaje. Se le escapó una sonrisa.

—Negocios, pero de los míos —aclaró señalando el móvil.

—¿Ninguno de vosotros tiene interés en Asisgal? —preguntó Iria.

—Yo soy un emprendedor —dijo Rafa—, un tío inquieto, de acción, ya sabes. Siempre fui un pésimo estudiante. Creo que soy el único Echevarría que no se ha licenciado. Mi madre se cansó de mandarme a colegios y universidades privadas. No pasé de primero de Derecho. Ada es otra cosa: ella es una empollona aburrida.

Y tú un gilipollas, pensó Iria. Sin embargo, se limitó a darle la razón.

—Lo sé. Fui con ella al cole y estoy al tanto de lo que hace en el hospital.

—¿Estáis hablando de mí? —Ada entró en el salón y se sentó en la butaca de antes, al lado de su marido—. «Empollona aburrida» suena fatal.

—Estábamos hablando de vuestro escaso interés por los negocios de tu padre.

—Mi padre nunca me va a perdonar que prefiera el laboratorio de un hospital a sus oficinas —Ada hablaba con resignación—. Y aún menos me va a perdonar que ese laboratorio no sea el de una clínica de Asisgal. Táchanos de tu lista de sospechosos. Me importa un bledo la absorción de Net Medical. No pienso involucrarme en la gestión de Asisgal hasta que no tenga más remedio.

Esas no eran las palabras de alguien obsesionado por una herencia. O Ada era muy buena actriz o su padre no la conocía en absoluto. Las dos cosas eran altamente improbables.

—Se ha pasado la vida construyendo un imperio, es lógico que su prioridad sea el futuro de su negocio —dijo Iria, repitiendo las palabras del magnate.

—No, no lo es. Su prioridad deberíamos ser nosotros y no un puñado de clínicas. Así lo era para mi madre.

—¿Murió hace mucho? —preguntó Iria.

—Hace cuatro años.

Esperó a que dijera algo más, pero no lo hizo y los engulló un silencio incómodo. Ada se levantó.

—Me voy a cambiar. Voy a bajar al gimnasio.

Iria se quedó a solas con Rafa.

—Creo que he metido la pata —dijo la inspectora—. Le afecta mucho lo de su madre, ¿no?

—La encontró ella. Fue un golpe duro. Un ataque al corazón totalmente imprevisible. Sé que siente que pudo haber hecho algo más. Intentó reanimarla, pero fue inútil. Cuando la ambulancia llegó, ella seguía haciéndole masajes cardiacos. Para los niños también fue muy duro, lo vieron todo y eran muy pequeños.

—Claro, es lógico. ¿Me disculparás con ella? La poli que llevo dentro no puede evitar hacer todo tipo de preguntas. No he estado muy acertada.

—No has dicho nada indebido —la tranquilizó él.

No, no lo había dicho. Había hecho una pregunta normal. Era la reacción de Ada la que no lo era.

Falsas preguntas

El resto de la tarde pasó en un suspiro. Iria interiorizó su papel de detective privado e inventó un interrogatorio que sostuviera la historia de Ulises.

El empresario le ofreció su despacho para que se entrevistase con los habitantes de la casa. El interrogatorio no le serviría de nada, pero le permitiría observar a cada uno de ellos más de cerca y de manera individualizada.

¿Dónde estabas el 23 de abril? ¿Entraste en el despacho de Ulises? ¿Es normal que entres en su despacho sin pedir permiso? ¿Qué sabes de la absorción de Net Medical? ¿Te parece una buena operación comercial? ¿En qué medida te implicas en los asuntos de la empresa? ¿Consideras que el servicio es de total confianza como mantiene Ulises?

Mientras realizaba las mismas preguntas a unos y a otros, le maravilló ver cuán distintos eran los habitantes de la Casa Rosa.

Álvaro le explicó la política de expansión de Asisgal con un discurso profuso y tedioso, en el que puso de relieve lo importante que sería desde el punto de vista estratégico la absorción de Net Medical. A Iria toda esa información solo le sirvió para darse cuenta de que el mayor de los Villamor vivía por y para la empresa familiar, y que manifestaba una total adhesión a la línea de negocio de su padre. Explicó con todo detalle su trabajo y obligaciones laborales, y durante toda la conversación apenas miró a los ojos a Iria. Estaba segura de que ese hombre se desvivía trabajando, pero carecía del carisma y el empuje de su padre. Recordó la conversación con César. Álvaro Villamor era, aún hoy, un manojo de nervios.

Ada le confirmó que no tenía interés en poner en tela de juicio las decisiones empresariales de su padre, tal y como le había dicho, pero le sorprendió al admitir que estaba al tanto de la intención de absorber Net Medical. Era cierto que no participaba en el día a día de la empresa y que le daba igual la línea de negocio, pero, sin embargo, cuando su padre tomaba una decisión que sometía al conocimiento del consejo de dirección, ella estudiaba las propuestas, y el inicio de esa operación se había acordado en una reunión de marzo. Si algún día sus hijos heredaban Asisgal, ella debía estar al corriente del alcance y el volumen de negocio, no podía desentenderse del todo. Volvió a repetirle que no le importaban las cifras, ni las iniciativas empresariales, y que no pasaba ni un minuto más de lo estrictamente necesario en las oficinas del grupo. Iria no pudo más que pensar que esta información difería bastante de la afirmación de su charla anterior. Ese «me importa un bledo la absorción de Net Medical» aún resonaba en sus oídos. En la galería hablaba la científica que no quería saber de negocios. En el despacho hablaba la madre que intentaba defender los intereses de sus hijos y futuros herederos. Esa perspectiva era nueva para Iria, y muy interesante.

El interrogatorio con Rafa fue una absoluta pérdida de tiempo. Contestó con monosílabos y se centró en intentar que Iria lo visitase algún día en cualquiera de sus múltiples locales, para mostrárselo, tomar una copa o contestarle a todas las preguntas que quisiera.

Y, finalmente, Elvira se limitó a decirle que de todas esas cosas se ocupaba su marido, mientras miraba su reloj, aduciendo que había quedado con una amiga para jugar al pádel, aunque estaba segura de que Álvaro sabría explicarle todo lo relativo a la fusión esa. Luego añadió que Ada seguramente sabría algo, porque, aunque no ayudaba nada con el día a día de la empresa, siempre estaba vigilando lo que hacían Álvaro y Ulises. Soltó el comentario con ligereza, pero cuando Iria le preguntó si consideraba que Ada entorpecía la gestión, ella le soltó un «yo nunca hablaría mal de mi cuñada» que a Iria le sonó casi natural.

Después le tocó el turno al servicio. Carmen confirmó que nunca entraba en el despacho de Ulises si él no estaba. María, casi entre lágrimas, aseguró que ella no salía de la cocina, y que no podía creer que las acusasen de robar. Nélida, la única que entraba en el despacho de Ulises para limpiar, dijo que jamás tocaba ningún papel, y que le extrañaba lo sucedido, ya que el señor siempre guardaba todos los documentos bajo llave. A Claire no iba a interrogarla, ya que Ulises había dicho que no estaba en la casa el día de la desaparición de los documentos y necesitaba dar un mínimo de credibilidad a esa historia disparatada.

Unas horas desaprovechadas haciendo preguntas falsas, que no le servían para nada más que para intentar que bajasen la guardia.

Estaba segura de que no lo había conseguido.

Adelfas

La alarma del móvil despertó a Iria a las ocho en punto de la mañana. Se dio una ducha rápida y se puso unas mallas: quería hacer un poco de deporte antes del desayuno. Prefería ejercitarse en el exterior que bajar al gimnasio, pero se decidió por esta segunda opción por si coincidía con alguno de los habitantes de la casa.

La noche anterior, la cena había discurrido con tranquilidad. Antes de marcharse, María dispuso un bufé frío. Iria se decantó por un poco de fiambre y un yogur. No acostumbraba a cenar mucho. Rafa habló sin parar sobre su nuevo local de copas que inauguraría dentro de tres días en Vigo. Nadie hizo alusión a los motivos de la presencia de Iria ni al falso interrogatorio. Como el día anterior, todos se retiraron relativamente temprano y ella se quedó dormida revisando en el móvil la documentación que le había enviado César al correo.

Carmen le había dado instrucciones sobre dónde dejar la ropa sucia y le indicó que no arreglase su habitación, pero Iria se resistió a dejar la cama sin hacer. «Espero que hayas dormido tan bien como yo, cariño. Con lo que cuesta esa clínica, ya pueden tener sábanas de algodón egipcio». Imaginó a Ángel en su cama, aunque sabía que a esta hora ya estaría desayunando o incluso iniciando su terapia.

Abrió la ventana para airear el cuarto y observó que un hombre estaba trabajando en los setos del jardín trasero.

Sabía que el jardinero venía solo dos días a la semana, y no quería desperdiciar la ocasión de hablar con él. Descartó momentáneamente la visita al gimnasio y bajó las escaleras casi corriendo. Ya en el primer piso le llegaron voces desde el comedor. Se acercó y entró con intención de saludar. La hija de Ada hablaba en un correctísimo inglés con una chica pelirroja que, sin lugar a dudas, era la *au pair*.

—Buenos días —saludó Laura.

—Buenos días —Claire le saludó en castellano.

—Es Iria, una invitada del abuelo —le aclaró Dani—. Es amiga de mamá.

—Ella es Claire —dijo la niña.

—*In English, please* —los corrigió la *au pair*.

—Eso, no quiero interrumpiros, que tenéis que ir al colegio. Un placer, Claire —se despidió Iria.

Ya volvería luego junto a ella. Quería hablar con el jardinero antes de que bajasen los demás. Se dirigió al jardín trasero, donde el hombre seguía recortando los setos.

—Hola —dijo Iria.

El jardinero se dio la vuelta. Era relativamente joven, no llegaría a los treinta.

—Buenos días —respondió él.

—Me llamo Iria, soy una invitada de los Villamor —se presentó—. En cuanto vi este jardín le pregunté a Carmen por usted. Me parece una maravilla lo bien cuidado que está todo.

—Es muy buena época. No es lo mismo verlo ahora, en primavera, que en diciembre.

—Está precioso, no hay ni una flor seca, ni una mala hierba. Sé bien el trabajo que da mantenerlo así, mi madre es muy aficionada a la jardinería, y se pasa el día limpiando hierbajos.

—Lo peor son los camelios. —Señaló con las tijeras de podar hacia las plantas que estaban al lado del cenador—. Generan muchísimo desperdicio. Las flores se marchitan muy rápido y caen. —Se encogió de hombros—. No es una planta que me guste especialmente, pero la señora tenía debilidad por ella. Y por los tulipanes, claro. Los tulipanes y las camelias eran sus flores favoritas.

—Supongo que porque contribuyen a este espectáculo rosa. —Iria hizo un gesto hacia el muro del fondo, en el que había numerosas plantas en flor de ese color.

—El jardín presenta este aspecto desde hace mil años. Mi padre ya trabajaba aquí. No lo recuerdo de otro color.

—¡Vaya! ¿Cuánto hace que se ocupa del jardín, emm...?

—Berto. Berto Graña —se presentó él—. Casi siete años. En cuanto terminé mis estudios comencé a trabajar con mi padre. Se jubiló hace cinco años.

—¿Qué estudió? —Había un deje de extrañeza en la voz de Iria.

—Lo necesario para ser un buen jardinero —dijo él—. Soy técnico superior en paisajismo y medio rural. Siempre quise trabajar con mi padre, así que me preparé para hacerlo. La mayoría de la gente piensa que nos limitamos a cortar el césped, pero no es así.

—Por supuesto. —Iria le dio la razón, avergonzada porque él había adivinado exactamente sus pensamientos—. Supongo que hay que saber mucho de botánica. Una tía mía casi se muere por culpa de una planta venenosa.

—Sí, hay especies muy peligrosas.

—Esas las tendrá a raya —fue encarrilando la charla.

—Desde luego. Aquí teníamos una adelfa enorme. Lo cierto es que era espectacular, pero cuando los nietos de don Ulises se vinieron a vivir a la casa de manera definitiva les recomendé cortarla.

—Esa creo que era la planta con la que se intoxicó mi tía.

—No es tan infrecuente —apuntó el jardinero—. Las adelfas están dentro de las diez plantas más venenosas del planeta.

—¿Y por qué la tenían aquí, si era tan venenosa?

—Imagino que por ignorancia. Es más común de lo que parece. Si presta atención, verá muchas. Da una flor muy espectacular, su crecimiento es muy rápido y apenas necesitan mantenimiento —le explicó Berto—. Se utilizan en las medianas de muchas carreteras, la gente las compra sin saber lo peligrosas que son, y además son muy baratas, por eso están tan extendidas. Y no olvide que esta es la Casa Rosa. Mi padre carecía de estudios y seguramente desconocía su peligro, o simplemente pensó que no era probable que pasase nada malo. Y así fue, por suerte. Trabajó toda su vida en este jardín.

—Bueno, menos mal que no son mortíferas.

—Sí que lo son, o por lo menos pueden llegar a serlo. Todas las partes del arbusto son tóxicas, pero, como le he dicho, aquí nunca tuvimos que lamentar ningún tipo de accidente. Aun así, por si acaso, preferí sugerir su poda. No me quedaba tranquilo habiendo chavales en la casa.

El joven echó un vistazo rápido a los setos e Iria se dio cuenta de que quería retomar el trabajo y se apresuró a despedirse.

—En fin, enhorabuena otra vez, Berto: el jardín es una maravilla. Me preguntaba si podría conseguir algunos esquejes de esas rosas, las de tono más pálido: a mi madre le encantarían —dijo en un intento de mantener su papel de aficionada a la jardinería.

—Por supuesto. Descuide, queda de mi mano.

Iria le agradeció su atención y volvió al comedor. Los chicos ya salían de casa acompañados de Claire. Su charla con ella tendría que esperar.

Cambió de opinión y salió por el gran portalón al mismo tiempo que ellos. Corrió durante más de media hora y luego realizó una serie de estiramientos. El cielo estaba hoy más gris y la marea baja dejaba ver el conjunto de peñascos en mitad del mar, que solo se cubrían con la pleamar. Entró en la playa. La arena era gruesa. A la izquierda discurría el río que desembocaba allí, y en él había varias embarcaciones atracadas. Solo podían salir cuando la marea estaba alta; mientras, permanecían varadas en la orilla. Leyó sus nombres con interés. Benita. Maruxía. Amoriño. Pequeñas embarcaciones a remos o con un motor de poca potencia, como la que César había comprado cuando se mudó a Aguete. Sabía que los Villamor poseían un yate, pero lo tenían amarrado en el puerto de Sanxenxo, donde Eduardo tenía su apartamento. El muelle de Loeiro tan solo admitía embarcaciones de pequeño calado.

—¿Haciendo ejercicio? —La voz, a su espalda, le hizo dar un respingo.

—Caray, Sinda, casi me mata del susto.

—Ya se ve que está usted muy en forma. Yo camino una hora todos los días, y hasta ahí llego con mis setenta y seis años.

—No está nada mal.

—Imagino que no. Además, yo no tengo la obligación de estar en forma como usted. —Sinda la miró con suspicacia antes de lanzarle su dardo envenenado—. O eso dicen de los policías, ¿no?

Rosa

Loeiro, Navidad de 2019

No lograba conciliar el sueño. Ulises estaba de viaje en Madrid, una extraña alarma de un virus chino lo traía de cabeza y llevaba todo el mes viajando. Como cada vez que dormía sola, era incapaz de hacerlo más de tres o cuatro horas del tirón.

Se le hacía raro tener la casa tan llena. Álvaro y su mujer, Ada y su tropa al completo, que incluía a una chica escocesa que solo sabía hablar inglés, y su pequeño Eduardo. Durante dos semanas todos volvían. Quince días en agosto y quince en Navidad. Esa era la exigencia de Ulises que cumplían a rajatabla, como todo lo que él ordenaba.

Su marido era un hombre de rígidas convicciones, chapado a la antigua. El éxito de su matrimonio consistía en hacerle creer que todas sus iniciativas eran propias. Con los años había aprendido a manipularlo de manera que, aunque él lo ignorase, sus decisiones no eran más que el fiel reflejo de lo que Rosa deseaba.

Amaba a ese hombre delgado, recto, serio y circunspecto, por su sentido del deber y de la lealtad y porque él la amaba casi tanto como al imperio que habían construido. Eran el tándem perfecto. Ella tenía un juicio excelente que siempre hacía valer en la sombra, en la soledad de la habitación que compartían. Él se dejaba aconsejar, la escuchaba, tenía su criterio en alta estima, aunque ante el mundo ella era tan solo una mujer preocupada por la crianza, la organización de eventos sociales y el cuidado de su imponente jardín. Con el tiempo, Ulises asumía las ideas y decisiones como propias, interiorizando las estrategias sugeridas por su esposa, tales como la necesidad de expandirse primero a Europa y luego a América, potenciar el departamento de I+D+I o fichar a los mejores ingenieros de Silicon Valley para informatizar tanto la gestión como la parte asistencial de su empresa.

Ella había crecido jugando en el despacho de su padre, que siempre supo que no tendría más hijos y le inculcó la necesidad de formarse, leer y estar informada. Rosa fue la primera mujer de Loeiro en estudiar una carrera, Biología, a sabiendas de que nunca la ejercería, porque en su círculo no estaban bien vistas algunas cosas. Pero en la Casa Rosa, la educación de la niña no discurría por los cauces convencionales. Su padre era un hombre cosmopolita que cometió la excentricidad de casarse con una belga y llevarla a vivir a un recóndito pueblo de las Rías Baixas. En aquellos días de dura posguerra, Ada Vangeneberg, que venía de sufrir los horrores de una Europa asolada por los bombardeos y la destrucción, se adaptó perfectamente a la vida en Loeiro. Se enamoró de ese pueblecito rodeado de agua y monte. Una conjunción de naturaleza en la que se sentía a salvo. Eran tiempos duros, pero los lugareños sobrevivían a base de los cultivos y del mar, que era rico en pesca.

Tras el parto de su única hija, Ada enfermó y los médicos le aconsejaron que no intentara aumentar la familia. Se consagró a su hogar y al jardín de la casa que Álvaro construyó para ella en 1946 y a la que puso su nombre.

Y en ese hogar creció Rosa, rodeada de un lujo inexistente para sus vecinos, entre plantas y libros, criada en francés por su madre, en castellano por su padre y en gallego por las sirvientas. Jugaba con los hijos de los más relevantes políticos e intelectuales de la época, pero también correteaba por la playa de Loeiro con los hijos de los pescadores, porque doña Ada siempre decía que el mundo no se acababa tras los muros de la Casa Rosa.

Desde pequeña, don Álvaro se preocupó por enseñarle los entresijos del negocio familiar, un sanatorio clínico a las afueras de Pontevedra al que acudía lo más selecto de la sociedad gallega para tratarse, y al que doña Ada derivaba todos los casos de Loeiro de los que se apiadaba.

Por eso Rosa entendía que su hija quisiera trabajar en la sanidad pública. Porque en su Ada veía la firme determinación de su abuela, tan alejada de los elitismos y la conciencia de clase. Y sin embargo, se había casado con Rafa...

En fin, no le correspondía a ella juzgar a las parejas de sus hijos. Eduardo no tenía trazas de sentar la cabeza, y lo de Álvaro... Lo de Álvaro se había resuelto de la mejor forma posible. Era una lástima lo de los niños, pero al menos él había encontrado a Elvira, que lo había sacado del abismo de la depresión y lo mantenía calmado. Qué importante era mantener los nervios de Álvaro bajo control. Solo por eso le estaría eternamente agradecida a esa chiquita, que había aparecido de la nada para rescatar a su hijo de la oscuridad.

Un pequeño ruido sonó sobre ella. La habitación de Eduardo estaba justo encima de la suya. Aguzó el oído. Un ruido rítmico. Susurros. Un gemido.

No, Eduardo nunca sentaría la cabeza. Mañana hablaría seriamente con la *au pair.*

Pueblo pequeño

—Pueblo pequeño, infierno grande, ya se lo dije el primer día. No piense que la espío, pero...

—Vamos a ver, Sinda, por supuesto que me espía usted —la cortó Iria—. Nos espía a todos, ya me lo dijo ayer y no seré yo quien la juzgue, no me parece mal. Pero no le voy a consentir que diga que le he mentido.

—Déjeme explicarme —se justificó la mujer—. Le doy mi palabra de curiosa oficial de que no he indagado en su vida ni nada de eso. A eso me refería con lo de que no la he espiado. Simplemente ayer, después de que se marchara, fui a tomar un café con Benita y a jugar una brisca como hacemos todos los martes. El caso es que le dije que la había conocido a usted y que me parecía una chica muy amable y divertida. Ella me dijo entonces que ayer pasó usted por delante de su casa, es la que está justo antes del puente, ya sabe, antes de girar hacia el lavadero. Y que su hijo Manuel le hizo un comentario sobre su profesión.

—¿Su hijo me conoce?

—El hijo de Benita, pobre, tiene muchos problemas. Con las drogas y eso. A la madre la trae por la calle de la amargura. Ahora acaba de salir de un programa de desintoxicación. No sé si se curará, pero a ella ya le ha llevado la salud por delante. Bueno, la poca que le quedaba después del accidente de su hijo mayor, pero esa es otra historia y ya me estoy yendo por las ramas. El caso es que el hijo, el pequeño, dijo algo así como: «¿Qué carallo hace aquí la pasma?». Y así me lo contó la Benita.

—Pontevedra es una ciudad pequeña —confirmó Iria—. Pero repito, yo no le he mentido.

—Me dijo que era escritora —replicó la anciana.

—No. Usted no me preguntó cuál era mi profesión. Me preguntó qué había venido a hacer aquí, y yo le contesté la verdad. He venido a documentarme para escribir un libro —replicó ella—. He cogido una excedencia por motivos familiares y, mientras, he querido aprovechar toda mi experiencia en el mundo criminal para escribir una novela negra. Como le dije, quería inspirarme en una familia rica, y a través de Ada, que fue compañera mía en el colegio, conseguí que me invitasen a la Casa Rosa.

Sinda asintió y bajó la cabeza, avergonzada.

—Lo siento mucho —se disculpó—. Siento haberla puesto en entredicho.

—Bueno, vengo de hacer ejercicio durante casi una hora y no he desayunado. Si me invita a un café, se lo perdono. Así ya le deberé dos.

—Claro, claro, vamos. —Sinda emprendió el camino del poblado de Montecelo.

Le señaló una casa recién reformada y le indicó que esa era la escuela donde había trabajado durante toda su vida. Un abogado de Pontevedra la había comprado y reformado para convertirla en residencia vacacional. Había tristeza en su voz.

El camino hacia la casa de Sinda estuvo salpicado de anécdotas relativas a los vecinos de Montecelo, indicándole qué propiedades seguían en manos de los lugareños y cuáles habían sido vendidas a veraneantes que las ocupaban tan solo durante unas semanas.

—Basta con atender al estado de sus plantas y jardines para distinguirlas —le informó ella.

Ya en su salón, dispuso el mismo juego de café del día anterior y trajo un bizcocho casero cubierto de azúcar glas.

—Lo hice ayer por la noche —le informó.

—Tiene una pinta deliciosa, aunque no soy mucho de dulces.

—Yo sí, y tengo la suerte de poder permitírmelos: no me sobra peso y mis analíticas son estupendas. A mi edad, hay que cuidarse. En fin, cuente, cuente, ¿ya tiene claro de qué va a tratar la novela? —preguntó Sinda.

—Pues creo que recrearé un asesinato en la Casa Rosa. Es un escenario magnífico.

—Lo es. Puede usted tirar a alguien desde lo alto del palomar, debe de haber unos diez metros —sugirió Sinda, señalando a través de la ventana la torre que se vislumbraba al fondo del jardín de la Casa Rosa—. O ahorcarlo colgándolo de las vigas del porche.

—Tiene una imaginación muy viva, Sinda.

—Leo muchas novelas. —La Gestapo se encogió de hombros.

—Aún no sé cómo lo haré. Para mí el cómo no es importante. Lo importante siempre son los porqués. Creo que me inspiraré en los Villamor y haré que uno de los hijos mate al padre o a la madre por dinero, así es como siempre sucede en la vida real —dijo Iria con aire inocente.

—Bueno, en este caso la madre murió de muerte natural, durante la pandemia —le dijo Sinda.

—¿Murió de covid?

—No, de un infarto.

—¿La conocía usted bien? —Iria cambió de tema, no quería hacer hincapié en la muerte de Rosa para no levantar sospechas. Confió en que las preguntas sonaran naturales.

—Bastante bien. Éramos casi de la misma edad. Sus hijos no estudiaron en mi escuela, pero siempre estuvo muy implicada con el pueblo, al igual que lo estaba su madre, doña Ada. Doña Rosa financió una pequeña biblioteca que puse en marcha y venía a menudo a donar libros. En los años ochenta las bibliotecas eran pocas y no llegaban a los pueblos como Loeiro. Era una mujer encantadora y solidaria. Herencia de doña Ada, sin duda. —En su voz había sinceridad y pesar.

—Es una suerte tener una familia tan colaboradora cerca.

—Eso solo era aplicable a doña Rosa. Don Ulises, que se crio comiendo arena de esta playa como todos nosotros, no era como ella. Su padre era el maestro del pueblo. Yo lo sucedí. En cuanto se casó, se aisló en la Casa Rosa. Hay gente así, que cree que el dinero los coloca por encima del resto. La niña, Ada, es como su madre y su abuela, un encanto, y no lo digo porque sea su amiga. Y lo mismo se puede decir del pequeño, Eduardo, que tanto puede verlo en la televisión como tomando una cerveza en el bar del pueblo. El mayor, Álvaro, ha salido a su padre. Siempre guardando las distancias. Y si quiere que le diga la verdad, no se le echa de menos. Tiene un carácter del diablo.

—Es un hombre nervioso. Ya me contó lo de la depresión —le recordó Iria—. Pobrecillo.

—Nada de pobrecillo —dijo Sinda sirviéndole una segunda taza de café—. Cuando digo que tiene un carácter del diablo, digo exactamente eso: del diablo.

Claire

Claire Calhoun tendría unos diecinueve años. Lucía una gran melena de rizos pelirrojos y tal cantidad de piercings que Iria dudaba de que fuera capaz de pasar el control del aeropuerto.

—Hola, Claire —la saludó al regresar a la Casa Rosa.

Estaban en el estudio de los niños. Encima de la mesa había desperdigados varios libros y diccionarios.

—Estoy preparando el C1 de castellano —se explicó ella.

—Supongo que venir a vivir con una familia es la mejor forma de aprender un idioma.

—Sí, desde luego, y esta casa es increíble.

—Tienes razón. —Iria se sentó a su lado—. Si buscabas trabajar como *au pair*, es una suerte acabar en una mansión como esta. ¿Cómo lo conseguiste? ¿Ya conocías a los Villamor de antes?

—No, no, tuve que pasar un proceso de selección, con test psicotécnicos y de personalidad. Hasta me hicieron firmar un acuerdo de confidencialidad.

—Tu castellano es casi perfecto —le dijo Iria.

—Mi tío Hugh se casó con una madrileña. Todos mis primos hablan español. El gallego me cuesta, pero lo intento —le explicó ella—. Lo peor es mi acento, lo sé.

—No está tan mal. ¿Y qué tal es el inglés de los niños?

—Excelente. Llevan desde pequeños con *au pairs*.

—¿Te tratan bien?

—*Awesome*. Son gente muy agradable, educada.

—Ya que pasáis tanto tiempo juntos, solo faltaba...

—Yo paso tiempo con Dani y Laura. Con sus padres, menos.

—¿Y eso? —le tiró de la lengua, para que siguiese hablando.

—Ada trabaja muchísimo y Rafa también está todo el día fuera de casa, pero me imagino que es lo normal tratándose de gente tan ocupada.

—Así que tú te encargas de los niños por las tardes, claro.

—Hacemos los deberes, y si no llueve, salimos a dar una vuelta antes de que se haga de noche. Leemos en inglés, vemos películas... Cuando viene su tío Eduardo es más divertido. Le gusta pasar tiempo con ellos.

—Es una pena que Elvira y Álvaro no tengan niños.

Claire se encogió de hombros, como si no tuviera nada que aportar a esa reflexión.

—¿Te queda mucho aquí? —preguntó Iria cambiando de tercio.

—Hasta finales de junio. Ha sido una gran experiencia. Diez meses muy intensos.

—¿No volviste a casa por Navidad?

Claire negó con la cabeza.

—Los Villamor siempre piden *au pairs* por curso completo —le aclaró ella.

—¿Y eso es habitual?

—Depende. Tampoco es tan extraño.

—Debió de ser horrible durante la pandemia. Imagínate, la *au pair* que estaba aquí se tuvo que quedar aislada sin poder volver a su país. Me dijo Ada que la pobre lo pasó fatal —mintió Iria.

—Ashley. Los niños me han hablado de ella: no les gustaba. Dicen que se pasaba el día llorando y gritando que iban a morir todos.

—Pobre chica —se compadeció Iria, aunque Claire no lo veía así.

—Me imagino que no tenía bien la cabeza y se puso nerviosa con el encierro. Además, acababa de llegar a la casa y no los conocía bien.

—Bueno, era marzo, ya llevaba unos meses con ellos —matizó Iria.

—No, llevaba un mes. Había llegado a mitad de febrero.

—¿Cómo es posible? —se extrañó—. ¿No decías que las *au pairs* siempre venían durante un curso completo?

Claire se puso colorada.

—Yo no sé muy bien cómo fue, pero ese año tuvieron que despedir a la anterior *au pair* y sustituirla por Ashley —se notaba que no quería profundizar en el asunto.

—¿Es eso normal?

—Bueno... yo creo que con esa pasó algo gordo, porque los niños dicen que se marchó llorando. —Se calló al instante, al darse cuenta de que había hablado de más.

Iria decidió no insistir. Le preguntaría directamente a Ulises.

—¡Qué desagradable! —se limitó a decir.

—Sí, claro. —El tono de Claire había cambiado. Iria imaginó que estaba repasando mentalmente los términos del acuerdo de confidencialidad que seguro que también ella había firmado.

—Te dejo que sigas estudiando. ¿Cuándo es el examen?

—En dos semanas.

—*Good luck!* —dijo a modo de despedida.

La *au pair* sonrió y volvió a sus libros de inmediato.

La loba

Iria bajó al jardín, después de darse una ducha. Se había perdido el desayuno, pero le había sacado mucho más provecho al café con bizcocho de Sinda, y eso que no había querido indagar en esa afirmación sobre el endiablado carácter de Álvaro. Prefería que surgiera de forma más espontánea. La había dejado con las ganas de soltar veneno y eso haría que la próxima vez que tocasen el tema no escatimase en detalles. Tenía sentimientos contradictorios respecto a esa mujer: era inteligente, observadora, mordaz y divertida, y su absoluta desvergüenza le resultaba refrescante. Iria no podía con la gente hipócrita y ese era un adjetivo que nunca se le aplicaría a la Gestapo. Pero también era cierto que esa curiosidad insana jugaba en su contra. No podía permitirse que adivinase cuál era la verdadera finalidad de su estancia en la Casa Rosa.

Revisó su móvil. El globo rojo del correo corporativo había alcanzado la cifra de setecientos doce mensajes. Era el privado el que le interesaba: necesitaba comprobar si habían llegado nuevas noticias sobre Ángel. El día anterior había recibido un amable correo del director de la clínica para indicarle que su marido ya había ingresado. También le indicaba el plan de terapias y ejercicios que iban a realizar. Hoy era su primer día.

Cerró los ojos. «Me gusta cuando haces eso». Escuchó la voz de Ángel como si la observase, como si estuviesen en el salón de su casa de Bueu y ella acabase de llegar, reventada, tras doce horas consecutivas de trabajo. Como si se dejase caer de golpe en el sofá, apoyase la cabeza en su hombro y cerrase los ojos exactamente igual que ahora. «Me gusta cuando haces eso». A Ángel le gustaba recoger sus pedazos, los trocitos de esa Iria que llegaba a casa exhausta. Besaba sus párpados, la besaba en los labios, besaba su cuello. Hacían poco el amor, porque ella siempre estaba cansada, pero recordaba esos besos en los párpados. Podía sentirlos. «Me gusta cuando haces eso». Llevaba seis meses y medio sin escucharlo. A veces buscaba audios antiguos en el WhatsApp porque le asaltaba el miedo a no recordar el timbre de su voz.

Se le llenaron los ojos de lágrimas. En estos meses se había permitido llorar muy poco en público. Solo lo hacía cuando estaba sola. La rabia era la principal enemiga de la tristeza e Iria seguía muy furiosa.

—¿Te pasa algo?

Era Elvira quien la había sorprendido en el jardín, con las defensas bajas. Se recompuso y consiguió esbozar una sonrisa.

—Un tema familiar —confesó Iria—. Nada importante.

—Me voy de compras a Pontevedra. ¿Quieres que te acerque?

De compras, por supuesto. Elvira y Eduardo eran los ociosos de la familia.

—Sería genial, tengo algunos recados que hacer.

Subió a buscar su bolso y se reunió con Elvira en el garaje. Conducía un Audi oscuro, un modelo deportivo.

—¡Qué maravilla de coche!

—Fue un regalo de cumpleaños de Álvaro —confesó Elvi—, aunque detesta que conduzca, siempre teme que tenga un accidente.

—Supongo que podríais tener chófer.

—Ya te habrás dado cuenta de que en esta familia no son de contratar mucho servicio. Todos conducimos nuestros propios coches. Salvo mi suegro, claro: él ha dejado de conducir. Ahora va al trabajo siempre con Álvaro.

—Y si Álvaro no está, ¿qué hace? —preguntó Iria—. No me imagino a Ulises Villamor llamando al Tele Taxi.

—Hay empresas que aportan chóferes y coches exclusivos. Ulises tiene una de mano. Pero no tiene a nadie en plantilla.

—¿Qué vas a comprar? —Iria cambió de tema.

—Ropa, calzado. No sé. Un poco de todo. Como buena detective habrás indagado todo lo relativo a mí. Así que ya sabrás que soy la pobretona que pasó de ser funcionaria a vivir de Álvaro Villamor. La mujer florero que se dedica a sus labores filantrópicas y sociales y vive a todo tren.

Iria la miró sorprendida.

—Mi madre siempre decía que no hay mejor defensa que un buen ataque —dijo la policía.

—Y la mía que, aunque la mona se vista de seda, mona se queda. Sé que toda esta ropa de marca no te ha engañado.

—Yo no he dicho nada de eso.

—Pero es lo que piensa todo el mundo, sin tener en cuenta que no acabé la carrera de Farmacia porque no tenía medios para seguir estudiando, aunque era mi verdadera vocación. Piensan que no soy una de ellos. Sé lo que piensan, de la misma forma que yo no me he tragado todo ese asunto de los papeles. ¿A qué has venido, Iria? —No parecía la Elvira del día anterior, quien, solícita, secaba el vino sobre el mantel.

—Ya te lo ha contado tu suegro. No tengo más que añadir —insistió ella—. Pero me llama la atención que pienses que Ulises sea capaz de meter a un poli en casa para investigaros.

—Mi suegro anda loco con el tema de la sucesión. —Elvira no pareció aceptar su explicación—. Su empresa, su imperio, su vida. Se le llena la boca hablando de Asisgal. Es su gran pasión.

Y si quieres saber mi opinión, creo que está hurgando en nuestras vidas para corroborar que somos dignos de pertenecer al gran imperio. Esa es mi teoría para explicar tu presencia en casa. Lo otro no me lo creo.

—¿El tema de la sucesión no está claro? —dejó caer Iria—. Pensaba que Álvaro se haría cargo de todo.

—Así debería ser —dijo Elvi—, pero hay una cláusula testamentaria que deja el control de la compañía en manos del hijo que asegure la descendencia de los Villamor, y esos no seremos nosotros. Álvaro y yo estamos descartados. Bienvenida al pensamiento decimonónico de mi señor suegro.

—Pero tú aún estás en edad de tener hijos.

—No puedo. —Elvira la miró desconfiada—. Pensé que mi suegro te había informado de los pormenores familiares.

—Solo de los de naturaleza económica. No he entrado en temas personales. Siento haber hecho el comentario. —Iria desvió rápidamente la mirada y tropezó con la visión de las chimeneas de la fábrica de papel que se erigía al margen de la ría. Al igual que el rascacielos del Grupo Villamor, amenazaba la belleza del patrimonio natural en aras del progreso.

—Es algo natural, no te preocupes. Ya lo hemos superado —dijo Elvira.

—¿No os habéis planteado la adopción? —Iria apartó la vista de la gran fábrica y la interpeló directamente.

—Sí, claro. Pero a mi suegro solo le serviría un Villamor de verdad, como diría él. Nada de adopciones. Creo que está especificado así en el testamento. Es un hombre muy chapado a la antigua. Pero, testamentos aparte, no voy a traer a un crío a esta casa para que no lo traten igual que a sus primos, y te aseguro que sería así.

Iria decidió que al día siguiente acudiría al despacho de Lois Cambeiro, necesitaba consultar esas cláusulas testamentarias.

—Bueno, de todas formas, se quede quien se quede con la dirección, el dinero nunca será un problema —tanteó.

—No se trata de dinero. —La voz de Elvira sonó ahora alterada, hasta adquirir un tono levemente chillón—. Se trata de que Álvaro es el primogénito y el único que se desvive por la empresa. Ada ni siquiera pone un pie en las oficinas. Trabaja para la pública en ese mundo de Yupi suyo, en el que intenta demostrar al universo que toda su valía profesional no tiene nada que ver con el hecho de haber nacido en una de las familias más ricas del país. Y Eduardo hace bueno el refrán de que las segundas generaciones están para echar por tierra los imperios que levantan las primeras. Y aun así mi suegro sigue con esa estúpida idea de dejar el control a Ada solo porque ella tiene un útero sano y fértil. Es demencial, pero es así. El hecho de tener dos hijos ya ha propiciado que sea ella la que haya heredado la Casa Rosa junto con todo el patrimonio de los Piñeiro.

Sí que se trata de dinero, estuvo a punto de replicar Iria, pero se calló a tiempo. Se trataba de dinero y de poder. De estatus y de posición social. Elvira había descubierto todas sus cartas. Esa mujer iba a pelear por Álvaro con uñas y dientes, como una loba protegiendo a su lobezno. De hecho, la relación que tenía con su marido se parecía más a un vínculo filial que matrimonial.

—Creo que lo que dice el dicho es que son las terceras generaciones las que acaban con las fortunas —la corrigió Iria, para relajar la conversación.

De repente, en cuestión de segundos, el rostro de Elvira se transformó y dulcificó.

—¡Qué idiota! Vas a pensar que estoy loca. —Sonaba ahora inusitadamente tranquila—. Es que me exasperan esas ideas tan antiguas de Ulises. Pero ¿qué sabré yo de negocios?

Iria la observó intentando disimular su fascinación. Esa mujer tenía mil caras, y por un instante le había mostrado la más desagradable.

Y el resorte que lo provocó había sido la mera mención de la herencia de los Villamor.

Los que investigan

—Ya ha llegado Eduardo —dijo Elvira en cuanto entraron en el garaje, al tiempo que señalaba un deportivo rojo descapotable.

Iria había aprovechado el tiempo que había pasado sola en Pontevedra, mientras Elvira se perdía en las boutiques, para comprar algunos enseres de aseo. Con el apuro por preparar el traslado de Ángel, había olvidado un montón de cosas básicas. Solo había incluido en su neceser un cepillo de dientes y otro para el cabello y un desodorante, así que agradeció poder hacer esas compras, aunque su verdadero objetivo era entablar conversación con Elvira. Sin embargo, a diferencia de lo sucedido en el trayecto de ida, en el de vuelta apenas cruzaron una palabra.

En efecto, como había apuntado su cuñada, el pequeño de los Villamor estaba en la galería tomando un vermú. Elvira se acercó y le dio dos besos. Hizo las correspondientes presentaciones.

—Encantada —dijo Iria.

Eduardo Villamor era el fiel reflejo de las imágenes que pululaban por las redes y las revistas del corazón. Alto, atlético, moreno y de ojos claros; no era de extrañar su fama de playboy. Era el tipo de hombre que a Iria le producía una repulsión inmediata. «Soy guapísimo, mírame», parecía decir. Y además, pijo, pensó Iria. Aunque esto último era inevitable.

—Por un momento llegué a pensar que la historia esa de la poli y los papeles se la había inventado Ada, pero ya veo que es verdad —sonrió él.

—Lo es, o eso parece —dijo Elvi, enigmática—. ¿Qué tal por California?

—Sol, chicas rubias y mucho surf. Lo de siempre.

—Eso lo puedes tener en Galicia en cuanto entre el verano, sin necesidad de *jet lag* y de aguantar esa pesadilla que es el control de entrada en Estados Unidos —replicó su cuñada.

—Lo sé, pero me encanta poner un océano entre el viejo y yo de vez en cuando, ya sabes.

Iria observó que había gran camaradería entre ellos. Recordó la asociación que había hecho antes: Eduardo y Elvira eran los ociosos de la familia.

El joven pulsó un timbre y en menos de un minuto Carmen asomó por la galería.

—Tráeles un vermú a estas chicas, Carmiña —le pidió él.

—Yo no quiero —se apresuró a decir Iria.

—¿La inspectora Santaclara no bebe? —preguntó él con retintín.

—No cuando estoy de servicio. —Se giró hacia Carmen—: Un agua con gas, por favor.

Carmen abandonó la estancia. Eduardo se había quedado en silencio, calibrando su próximo movimiento. Iria descubrió en él un rasgo de Ulises: no le gustaba que le llevasen la contraria.

—¿Y no descansas nunca? —Ya había recuperado la sonrisa.

—Por supuesto. Pero solo cuando toca.

—Y ahora no toca —prosiguió él—. ¿Qué toca ahora?

—No lo sé —dijo Iria—. Quizá que me cuentes qué hiciste el martes de hace tres semanas, cuando desaparecieron los papeles del escritorio de tu padre. Todos los demás ya contestaron a esa pregunta ayer.

—Pues estaría haciendo las maletas para huir hacia el sol. Pierdes el tiempo conmigo. Si me importara un carajo la absorción de Net Medical, entraría en ese despacho y le pediría los papeles a mi padre. Te aseguro que el viejo se moriría de la emoción. Lleva toda la vida esperando que me quite el traje de neopreno, me ponga una corbata como la de mi hermano Álvaro y me lea sus putos papeles. —Dio un trago a su vermú—. No necesito robar nada. Asisgal es nuestro, de todos, y mi padre está deseando que nos partamos la espalda para intentar hacer esa empresa más y más grande cada día, como si ese monstruo en el que ya se ha convertido no fuera suficiente. Pero yo no soy así. No tengo ninguna intención de dedicar mi vida a un negocio que, hoy en día, ya daría de comer a veinte generaciones de Villamor. Prefiero dedicarme a disfrutar y, por supuesto, correr en la dirección contraria a la de todos los papeles del mundo con un logo de Asisgal en el margen superior izquierdo. ¿Ha quedado claro?

—Meridiano —contestó Iria—. Y según tú, ¿quién pudo cogerlos?

—Contestar esa pregunta no me corresponde a mí. De hecho, es a ti a quien paga mi padre para contestarla, ¿no?

Su voz sonaba divertida. Vete a vacilar a tu puta madre, pensó Iria, que desistió de hacer comentario alguno.

—¿Irás a Sanxenxo hoy? —intervino Elvira.

—Papá me ha pedido que me quede en la casa mientras Iria siga aquí, pero igual me acerco, para sacar el barco un rato —contestó él—. ¿Te apetece un paseo, inspectora Santaclara?

—Me dijo Carmen que habías participado en unas Olimpiadas —dijo Iria, obviando la propuesta.

—Sí, pero eso fue con barco de vela. Ya he dejado atrás el deporte profesional. Demasiado sacrificio.

—Y exactamente, ¿a qué te dedicas ahora?

—A vivir, y es bastante cansado, no creas. Bueno, de vez en cuando voy a esas reuniones del consejo de administración, y aunque ya no sea profesional, llevo el logo de Asisgal en mi yate y en mi equipación deportiva.

—Hombre anuncio, no está mal —replicó Iria.

—Bastante mejor que ser inspectora de policía por la mañana y enfermera de tu marido por la tarde.

Iria alzó la vista, con sorpresa.

—Ya ves que por aquí tampoco se nos da mal eso de investigar —dijo Eduardo, sin perder la sonrisa.

Elvira sonreía también.

Nueve milímetros de plomo

—Joder, César, tengo la sensación de que son todos lobos con piel de cordero. Sonríen con sus perfectas dentaduras, pero te lanzan dardos envenenados a las primeras de cambio —se quejó Iria.

—Anda, bébete esta cerveza. No debiste venir hasta aquí. —César le tendió el botellín de Estrella Galicia y colocó sobre la mesita del salón un cuenco con aceitunas negras, las favoritas de Iria.

—No estoy prisionera. Es público y notorio que somos amigos y solemos quedar. No lo esconderé. Diré que he venido a hacerte una visita en mi tiempo libre. No creo haber firmado un contrato de esclavitud.

—¿Sabes algo de Ángel? —se interesó él.

—Ya está en la clínica. Hoy ha empezado la terapia.

—Brindemos para que todo salga bien. —César chocó su botellín de 1906 con el de Iria—. Estás arriesgando tu carrera profesional con esta historia.

—Mi carrera profesional me importa una mierda. Ángel está donde tenía que estar desde hace seis meses, espero que no sea demasiado tarde. —Iria se acomodó en el butacón gris, relajándose por primera vez en todo el día.

—¿Cómo va esa investigación? —se interesó César—. ¿Puedo hacer algo por ti?

—Tengo un montón de frentes abiertos. El primero y más claro es el del testamento. De buenas a primeras, solo por ser la única que ya tenía hijos, Ada se convierte en la beneficiaria directa de la muerte de su madre en 2020; pero no tiene sentido que ella la matase, porque no necesita el dinero, y la pasta gansa está en la herencia del padre: habría sido mejor matarlo a él, puestos a matar a alguien. Además, Ada está a otro nivel. No es una mujer ambiciosa. Es sencilla, de gustos austeros. No está interesada en el negocio familiar. Apostaría a que la herencia Villamor es para ella más una carga que un privilegio y, si no renuncia a ella, es precisamente porque tiene dos hijos. No la veo matando a nadie para tratar de cobrar una herencia que va a ser suya más pronto que tarde, poniendo en peligro su vida entera y su herencia futura si la descubren.

—Pero no le falta razón a Ulises, ahí hay un móvil.

—Ya, pero estamos hablando de matar a su madre, César. No lo veo —insistió—. Y menos por dinero. Esa mujer ha renunciado a un puestazo en una multinacional sanitaria para investigar la cura del alzhéimer.

—Sabes tan bien como yo que todo el mundo es capaz de matar, llegado el momento y bajo las condiciones adecuadas.

—Por supuesto —admitió ella—, acepto que hay un móvil económico, pero en ese caso me inclinaría más a pensar en Rafa. No olvidemos que tanto él como sus hijos se benefician de ese patrimonio, y esos negocios suyos deben de requerir de financiación constante. De todas formas no deberíamos perder de vista a los siniestros. Álvaro y Elvira. Creo que no hace falta mucho para que Álvaro pierda los nervios y salte. Es de mecha corta.

—Eso no cuadra con un asesinato planeado, Santaclara.

—No, es cierto. Pero a lo mejor él tiene la mecha corta y ella la paciencia y la mano larga. Álvaro arrastra un pasado psiquiátrico convulso y, tras la conversación con la Gestapo, estaría por decir que violento. Tengo que confirmarlo. ¿Podrías tirar discretamente de alguien de comisaría para ver si hay antecedentes?

—Podría, pero no lo haré. Los tentáculos de Villamor son muy alargados y no quiero que sepa que estoy colaborando contigo. Te aconsejo que acudas a la gente del pueblo. Será más productivo. En los pueblos pequeños no hay secretos.

—Si Sinda fuera diez años más joven, podrías intentar llevarla a cenar y sonsacarle tú —bromeó Iria.

—Esa mujer no necesita que le sonsaquen nada, ya lo larga todo solita. —César soltó una carcajada—. Y yo estoy fuera del mercado hace mucho. Un viudo sesentón, calvo y con barriga no es el sueño de ninguna mujer.

—¡Anda ya! Eres el hombre más inteligente que conozco. Y conozco unos cuantos —le recriminó Iria.

—Volviendo al tema —dijo César, incómodo—, exactamente, ¿qué te dijo de Álvaro?

—Pues lo mismo que me habías adelantado tú: que tuvo un intento de suicidio. Ulises me lo confirmó. Voy a pedir su historia médica.

—Un problema psiquiátrico no conduce al asesinato.

—Por supuesto que no, pero Sinda me dijo que su carácter era diabólico.

—Eso puede ser una exageración.

—No me gusta esa pareja. Ella parece una mosquita muerta por momentos, pero encierra un montón de resentimiento. Tiene una especie de complejo de inferioridad, y te aseguro que la veo capaz de hacer cualquier cosa. Además, es como si siempre estuviera interpretando un papel, solo que de vez en cuando se le cae la careta. Creo que odia a Ada. O por lo menos odia que haya sido capaz de tener dos hijos. Dos hijos que, además, les privaban a Álvaro y a ella de una descomunal herencia.

—En ese caso habría matado a los niños y no a Rosa. La muerte de su suegra solo contribuyó a poner en bandeja la herencia de los Piñeiro para Ada, que, aunque no es comparable al imperio Villamor, es más que considerable. Solo la casa debe de rondar los cinco millones.

César tenía razón, eran los niños los que deberían estar en el ojo del huracán, pero a Iria le parecía que matar a dos niños de tu propia familia era un acto inconcebible. Aunque no era menos cierto que la herencia que estaba en juego no era una herencia normal. Era una herencia que justificaría todo tipo de abominaciones para alguien sin escrúpulos.

—Lo admito. Pero quédate con esto: son chungos, los dos. Y Eduardo me tiene desconcertada. No parece tener nada que ocultar, pero, más allá de su pátina de buena educación y superficialidad, me ha tratado con muchísima agresividad. Mi presencia le molesta un montón y eso me perjudica frente a los demás, que comenzarán pronto a verme como el enemigo.

—¿Y Rafa?

—A ese no le he cogido el punto aún. No me parece peligroso. Es solo un gilipollas que vive a costa de su mujer y que no la valora en absoluto. Y para colmo, le pone los cuernos.

César la miró con sorpresa.

—Y eso ¿cómo lo sabes?

—El otro día atendió un wasap mientras charlábamos. Me dijo que eran negocios, pero ni la cara de idiota que puso al leerlo ni la velocidad con que dejó boca abajo el móvil decía eso. Miré disimuladamente y se lo enviaba una tal Silvia.

—Tienes muy buena vista.

—Me lo chivó su reloj. La gente no es consciente de lo peligrosos que son esos chismes. Nadie debería activar esa función si tiene algo que ocultar —dijo Iria.

—Qué modernos sois. En fin, al lío: que una tía te mande un wasap no prueba nada, por mucha cara de idiota que se te ponga. Sabes como yo que eso es solo una intuición —le recriminó César.

—Créeme, es de esos. No me apartó los ojos de las tetas. —Iria puso cara de asco—. Las tías vemos venir a un baboso a metros.

Él dio un sorbo a su 1906 y volvió a dejarla muy despacio sobre la mesa, mientras negaba con la cabeza.

—No te reconozco, Iria. Vienes aquí solo con impresiones. Este me cae bien, este es un idiota, esta tiene mil caras... Yo no te enseñé a trabajar así.

—Tienes razón —admitió—. Es que hasta ahora solo me he dedicado a esto, a conocerlos. Y son todos unos perfectos estereotipos de niños bien bajo el yugo paterno: la responsable, el vividor, el acomplejado, la nuera entregada, el yerno mujeriego... Pero no me olvido de mi trabajo. Me voy a poner en marcha en serio. Mañana, sin falta, repasaré la parte testamentaria y económica, investigaré el pasado de Álvaro y, sobre todo, intentaré saber qué pasó con la *au pair* que despidieron antes de la pandemia.

—¿Crees que eso puede estar relacionado con la muerte de Rosa Piñeiro?

—No, en absoluto, pero estoy segura de que esa chica estará cabreada —apuntó ella—, y la gente cabreada es muy impredecible: si hay algo que largar, lo largará.

—¿Tienes algún arma? —se interesó César, cambiando de tema.

—Estoy de excedencia. Entregué mi arma reglamentaria.

—Estás viviendo en una casa con alguien capaz de matar a su madre o a su suegra, no me quedo tranquilo.

César se levantó y salió de la salita.

Volvió con una Smith & Wesson y se la entregó.

—Es legal. Está a mi nombre. Si vas a dormir con el enemigo, quiero que seas capaz de defenderte con nueve milímetros de plomo, llegado el caso.

—Hablas como el protagonista de una novela de Hammett —rio ella, pero cogió la pistola y la metió en su bolso.

—Siempre he sido un antiguo, ya lo sabes —confesó César.

Ella le dio un abrazo.

Él se desasió, incómodo.

—Ten cuidado, Santaclara —le rogó—. Tú ten cuidado.

Ada V

El Ada V, el yate que los Villamor mantenían fondeado en Sanxenxo, no se parecía en nada a los barcos que los magnates acostumbraban a exhibir en los grandes puertos. Estos solían escoger yates con cincuenta metros de eslora, que decoraban con lujo y necesitaban una legión de personal para mantenerlos a flote. Eduardo quería un barco para navegar, no para mostrarlo, por eso había elegido un yate de tamaño medio, que le garantizara seguridad en alta mar, pero que le permitiera el acceso a puertos pequeños cuando lo único que quería era navegar sin rumbo y pasar desapercibido.

Había heredado el amor por el mar de su abuela Ada, que desde que se había trasladado a Loeiro se había enamorado del sentimiento de libertad que la embargaba al surcar las aguas al amanecer. Por eso todos los barcos familiares hasta el momento habían llevado su nombre.

Eduardo fondeó el barco cerca de las islas Cíes y se dispuso a darse un baño con sus sobrinos. Ejercía de tío siempre que podía. Le encantaban los niños, aunque siempre matizaba que solo los ajenos. El sentimiento era mutuo: sus sobrinos lo adoraban, e incluso ahora que Laura estaba inmersa en una complicada adolescencia, salía de su acostumbrado aislamiento cada vez que el menor de sus tíos visitaba la Casa Rosa.

Nadaron y jugaron en las aguas heladas hasta que Eduardo se rindió y subió por la escalerilla seguido de sus sobrinos. Sus hermanos y cuñados estaban tomando el sol en la cubierta.

Los niños bajaron al camarote a cambiarse de bañador y Ada los acompañó para prepararles la merienda.

—Túmbate aquí, cuñado. —Rafa señaló a Eduardo la hamaca de su derecha.

—Prefiero secarme de pie —replicó él.

—Así parece que vas a dar un sermón —bromeó Elvi.

—Es lo que merecéis. —El pequeño de los Villamor adoptó un gesto serio—. ¿Se puede saber por qué coño no me contasteis el mismo martes lo de la poli esa?

—Te lo dijimos —contestó Álvaro.

—Me refiero a contármelo bien, a darle la importancia debida. No puedo creer que os hayáis creído ni por un momento esa patraña de los papeles desaparecidos. Papá trama algo, nos está investigando a todos y cada uno de nosotros, y vosotros os limitasteis a decirme que una poli en excedencia estaba ocupando la habitación de invitados del ala norte.

—No te vuelvas loco, Ed. —Elvira le dirigió una mirada preocupada.

—Estoy muy tranquilo —la contradijo él—, y exactamente así debemos seguir todos. Continuaremos fingiendo que nos creemos esa patraña, pero no bajaremos la guardia. No colaboréis con ella, fingid que os tragáis el cuento ese de los papeles y esconded los trapos sucios. Todos los tenemos, y a ella no le importan, pero sobre todo papá debe mantenerse al margen. Los roles están claros en esta familia, no podemos alterar el *statu quo* solo porque a papá se le haya metido en la cabeza sabe Dios qué.

Todos lo miraron en silencio, sin atreverse a replicar.

—Tíooo, ¿no dijiste que tenías Nocilla en el barco? —La voz de Dani se escuchaba cada vez más cerca.

—Está en la nevera, pero primero hay que comer fruta. Hay sandía y cerezas, elegid. —Eduardo se giró hacia la puerta que daba acceso a los camarotes y cambió su tono radicalmente mientras se adentraba en el interior del Ada V.

Cálculos de probabilidades

—¿Cómo va la investigación? ¿Algún adelanto? —preguntó Ulises Villamor.

Era la mañana del jueves e iban en un coche con chófer que Ulises había contratado para acercarlos a Pontevedra. Ese día Álvaro viajaba a Barcelona y, como le había dicho Elvira, él no conducía. Un grueso cristal los aislaba del conductor.

—Señor Villamor, han pasado cuatro años y no puedo entrar en su casa como un elefante en una cacharrería. Además, tampoco puedo hacer preguntas directas, porque se supone que estoy investigando un robo, no un asesinato.

—¿Ha hablado con César Araújo de nuestro trato? —preguntó el empresario.

La pregunta no sorprendió a Iria. Llevaba la respuesta preparada.

—Por supuesto que no —se explicó ella—. Me imagino que sabe que ayer fui a visitarlo. Precisamente lo hice para no levantar sospechas. Pregúntele a sus informadores, acostumbro a quedar con él todas las semanas. Estar en Loeiro, tan cerca de Aguete, y no acercarme a su casa resultaría muy extraño. Le he contado que me ha llamado para investigar un asunto, y que he aceptado porque me viene bien algo de dinero extra con todo lo de Ángel. También le he dicho que he firmado un acuerdo de confidencialidad y que no le puedo revelar nada, porque es un tema empresarial y hay muchos intereses en juego. No soy estúpida, no voy a poner en peligro la terapia de mi marido. Y no necesita espiarme. Cuando quiera saber algo, pregúntemelo directamente.

—No tengo a ningún detective detrás de usted, pero Aguete es un sitio pequeño. Me preocupa que no sea usted discreta. Si se supiera que sospecho que uno de mis hijos tuvo algo que ver en la muerte de su madre, la noticia sería demoledora para nuestra imagen corporativa. Imagine el efecto en Bolsa.

Lo demoledor es que des por hecho como si tal cosa que un miembro de tu familia es un asesino, pensó Iria. Pero como bien había dicho Ada, las prioridades del magnate eran otras. Estaba claro que así se amasaban las grandes fortunas.

—¿Cómo era la relación de Rosa con sus hijos? —preguntó Iria.

—Rosa siempre se mostró muy comprensiva con sus debilidades. —El tono de Ulises dejaba claro que no lo aprobaba en absoluto—. Yo siempre he creído que eso los hacía más débiles, lo cual era un terrible error, no podemos olvidar que estaban destinados a heredar un gran imperio empresarial.

Iria se calló lo que pensaba.

—¿A qué debilidades se refiere? —incidió ella.

—Álvaro siempre fue nervioso, Ada siempre se interesó más por los estudios y la ciencia que por nuestra empresa, y Eduardo... —Hizo una pausa para elegir las palabras—. Solo tiene que leer lo que se escribe de él en revistas y periódicos para entenderme. Y mientras yo me esforzaba en reconducirlos, ella siempre trataba de justificar sus errores.

Antes de que Iria pudiese replicar, Ulises le indicó al chófer que parase a la vuelta de la esquina ante un edificio señorial de Pontevedra que acogía varios despachos y consultas médicas.

—El despacho de Lois Cambeiro está en el segundo piso. Está avisado de su visita.

El magnate se giró hacia ella. Como sucedía siempre que hablaba de Rosa, pareció humanizarse por un instante.

—Yo perdí a mi esposa, por lo tanto sé por lo que está pasando y entiendo que su cabeza esté en Alemania en estos momentos. No soy ningún monstruo. Pero haga un esfuerzo por entenderme a mí. Necesito la verdad. La necesito.

Iria se limitó a asentir y se bajó del coche.

En el bufete ya la estaban esperando, como había indicado Ulises. Un secretario la condujo al despacho del abogado, donde un hombre de la edad de Iria la recibió con cordialidad. Sobre su mesa había varias carpetas.

—Buenos días, inspectora. —Le tendió la mano—. Como ve, tengo preparada toda la documentación de los Villamor. Estamos a su disposición.

—Buenos días, ¿es usted Lois Cambeiro? —preguntó ella al tiempo que se la estrechaba—. Disculpe, imaginaba alguien de la edad de don Ulises.

Lo había dado por hecho, puesto que el despacho llevaba décadas en la céntrica calle de Pontevedra. El otro sonrió comprensivo.

—A diferencia del señor Villamor, mi padre decidió jubilarse hace casi diez años. Pero, descuide, estoy perfectamente al tanto de todos los aspectos jurídico privados de la familia, ya que los llevo yo en persona tal y como hacía mi padre en su momento.

—¿A qué se refiere con jurídico privados?

—A que toda la parte empresarial la gestiona el departamento jurídico de Asisgal. Es un departamento muy potente, como imaginará. Nosotros estamos al margen de todo eso. Solo nos ocupamos de las transacciones privadas de la familia, por ejemplo, las adquisiciones de activos no empresariales y los temas relacionados con el derecho de familia.

Iria hizo un gesto de entendimiento.

—No sé si esto le encaja. Si necesita información de Asisgal, tiene que acudir a las oficinas del engendro de cristal. —Lois Cambeiro sonrió al aludir al rascacielos por el nombre con el que lo habían bautizado todos los pontevedreses.

—Es horrible ese edificio —concordó Iria, sonriendo a su vez. El abogado le parecía sumamente agradable—. En fin, para que yo lo entienda: ¿qué voy a encontrar en esas carpetas?

—Pues desde la compra de coches, inmuebles o acciones a título particular, hasta las disposiciones testamentarias de todos ellos, la constitución de fideicomisos para los nietos de don Ulises, o las capitulaciones matrimoniales de sus hijos, por ponerle algunos ejemplos.

—¿Está todo en estas carpetas? ¿No está digitalizado? —preguntó ella.

—Por supuesto. Por indicación de don Ulises se lo hemos imprimido todo y ponemos a su disposición un espacio para que lo examine —le ofreció Lois—. Cuando el señor Villamor nos trasladó su petición, le pedí que los documentos no saliesen de nuestras oficinas, para evitar incidentes con la protección de datos, y nos pareció una buena solución. Si prefiere examinarlos en formato digital, le daremos acceso al expediente en uno de nuestros ordenadores.

—En papel está bien, si me asegura que esto es todo lo que hay. No quiero molestarles más de lo debido.

—No es molestia. Ya imaginará quién es nuestro cliente más importante. —El hombre le indicó la puerta, mientras cogía las voluminosas carpetas—. Ahora, si le parece, la acompañaré al despacho. Le he pedido café y agua. Si necesita algo más, no dude en pedirlo.

La estancia era de un tamaño considerable y tenía una gran mesa en el centro, con toda probabilidad era una sala de juntas. Las sillas parecían confortables, y más valía que lo fueran pues tendría que pasar ahí un buen rato. Numerosos manuales de derecho llenaban las estanterías de la sala. En la pared frontal reconoció un cuadro de Xoana Penas, una artista compostelana que estaba dando mucho que hablar y que había triunfado en la última edición de ARCO en Madrid. Eso indicaba que a Lois Cambeiro le gustaba el arte y que tenía gran intuición para invertir en él. El abogado colocó las carpetas sobre la mesa. Realizó una llamada y al instante apareció el mismo secretario que le había abierto la puerta con una bandeja con las bebidas.

Antes de despedirse, el abogado se dirigió a ella con timidez.

—Esto no tiene nada que ver con este asunto, pero quiero que sepa que la admiro muchísimo. Soy íntimo amigo del padre de Carlota Pereira. Ellos le están infinitamente agradecidos.

Iria suspiró. El crimen de Carlota había sido su primer gran caso. La adolescente había aparecido descuartizada y enterrada bajo un árbol en un monte de Ardán. El principal sospechoso era su novio. Iria y César se dejaron la piel, pero solo una casualidad permitió que atraparan a su asesino. Iria se empeñó en barrer todo el monte: dos fibras en un arbusto y una prueba de ADN les condujeron al asesino, que resultó ser el camarero de la cafetería de su instituto. Recordaba a esos padres y su dolor. También recordaba haber buscado las palabras adecuadas para comunicar la aparición del cuerpo, y haber comprendido que nunca hay palabras adecuadas. Decidió en ese instante que no estaba preparada para ser madre, para ese dolor. Pero el dolor no entiende de precauciones. Lo supo el día que encontró el cuerpo de Ángel, mojado, sobre las baldosas de pizarra negra de su baño.

Iria solo asintió. No se veía capaz de hablar de Carlota, porque todo la conducía a Ángel, y ahora tenía que trabajar.

El tiempo pasó volando entre los papeles. La información era de lo más interesante, aunque no sabía hasta qué punto le ayudaría. Examinó minuciosamente los testamentos de todos ellos. En efecto, el grueso del accionariado de Asisgal pertenecía privativamente a don Ulises y, al igual que su esposa, había establecido que el destinatario de ese paquete de acciones, así como la condición de presidente de Asisgal, sería para el hijo o hija que tuviese descendencia a su muerte. En caso de concurrir esa circunstancia en varios de ellos, don Ulises designaría a su sucesor. Y tal y como le había confirmado Elvira, se especificaba que esa descendencia tenía que ser biológica. Sintió una ola de indignación. Como si fueran monarcas, pensó Iria.

La cláusula del testamento de doña Rosa era sustancialmente idéntica. Ambos testamentos databan de septiembre de 2019. Tan solo seis meses antes de la muerte de la matriarca. Revisó los testamentos anteriores. No había diferencias, a excepción de la cláusula relativa al carácter biológico de los herederos, que había sido añadida.

Imaginó la razón. Rebuscó entre los papeles y, en efecto, según un documento de mayo de 2019, Álvaro Villamor Piñeiro y Elvira Lamas Pardo habían iniciado los trámites para una adopción internacional, de la que desistieron en octubre de 2019. Elvira colaboraba con una ONG que ayudaba a niños sin hogar, sin embargo, no estaba dispuesta a llevarse uno a casa si eso no le garantizaba la sucesión. A Iria le resultó repulsivo que la única motivación para adoptar a un niño fuera un testamento. Pero por lo menos una cosa le quedaba clara: Elvira y Álvaro querían suceder a Ulises y estaban dispuestos a cualquier cosa por ello. Era una lástima que eso no justificase el asesinato de doña Rosa, sino todo lo contrario. Con dicha cláusula activa, Ada seguía siendo la principal beneficiaria de esa muerte. Recordó a un profesor de la universidad que les dijo que, en criminología, como en la vida, todo eran matemáticas, y que la mayoría de los casos se resolvían haciendo un cálculo de probabilidades. En este caso, ese cálculo la dirigía inexorablemente de vuelta a Ada o, como era lógico, a Rafa.

Continuó con el resto de la documentación. Revisó las capitulaciones matrimoniales. Los Villamor pagaban el divorcio al módico precio de dos millones de euros y silencio. No estaba mal.

La última carpeta contenía borradores de documentos. Compraventas de inmuebles que no llegaron a consumarse, documentos preliminares de negociaciones, de las capitulaciones o de los testamentos.

Hasta que un documento hizo que todo el cálculo de probabilidades saltase por los aires.

Entre los borradores encontró un testamento de Rosa Piñeiro que nunca llegó a firmarse. Estaba fechado el 7 de marzo de 2020. Y el contenido era claro: revocaba su testamento anterior y desheredaba a Eduardo Villamor Piñeiro.

Rosa

Loeiro, Nochevieja de 2019

Los fuegos artificiales iluminaron la playa. El espectáculo pirotécnico de la noche de fin de año era una tradición que se había iniciado siendo Rosa una niña. Recordaba a doña Ada abriendo las puertas de la Casa Rosa y sirviendo ponche a los lugareños, y nueces, pasas e higos a los más pequeños. Con Ulises, tan solo la tradición de los fuegos artificiales resistió el paso del tiempo. La familia los observaba desde la ventana del torreón. La construcción, un antiguo palomar, la había acondicionado Rafa con la idea de que los niños tuvieran un espacio propio cuando fueran mayores: en lo alto había creado una habitación y un estudio con baño, que ofrecía una imponente vista panorámica de Loeiro, incluso mejor que la de la galería.

Laura estaba entusiasmada, pero el pequeño Dani, aterrorizado, permanecía junto a su madre, con los ojos cerrados y tapándose los oídos con fuerza.

Rosa se acercó al niño y le tendió la mano.

—¿Quieres volver a la casa grande con la abuela? —le preguntó ella.

—Tiene una especie de fobia a los fuegos artificiales —aclaró Rafa—. Cuando estuvimos en Disneyland tuve que llevármelo al hotel.

El pequeño asió la mano de su abuela.

—Yo me encargo —dijo Rosa, apretándosela de vuelta.

Bajaron las escaleras con cuidado.

—La abuela ya no está para bajar corriendo, Dani —le dijo a su nieto.

—¿Te cansas?

—Mucho, y además puedo caerme.

—¿Me acuestas tú? —le pidió.

—Por supuesto que sí.

Lo llevó a su habitación y esperó a que se pusiera el pijama y se lavase los dientes.

—¿Me cuentas un cuento? —dijo el niño.

—Claro. ¿Cuál te gusta? —Rosa se dirigió a la estantería.

—Uno de animales —le indicó él—. Alexa está leyendo uno de brujas y yo paso mucho miedo. —El niño señaló el ejemplar de *The Witches* de Roald Dahl en su versión original.

—Pues entonces leeremos este de *A xoaniña rosmona*.

Cogió un ejemplar en gallego que le habían regalado al niño esa Navidad y leyó el cuento pausadamente, para dar así tiempo a que concluyera el espectáculo de fuegos artificiales.

—Papá dice que soy un miedoso —murmuró Dani de pronto—. ¿Tú crees que se me va a pasar? Laura es una chica y no tiene miedo.

—Te voy a contar un secreto —dijo Rosa—. Ser valiente no tiene que ver con ser chico o chica. Y tener miedo es de personas inteligentes. La gente que no tiene miedo se llama «temeraria» y suele cometer estupideces. Cuando seas mayor, dejarás de tener miedo de unas cosas, pero tendrás miedo de otras. No dejes que nadie se ría de ti por eso. Y mientras, cuando estés en la habitación y tengas miedo, llama a la *au pair* o a tus padres.

—Mamá también me dice que llame a Alexa, pero Alexa nunca está —dijo Dani.

—¿Nunca está? ¿Te refieres a su día libre?

—No, nunca está en su habitación. Le prometí que no lo diría, pero ¿te cuento ahora yo a ti un secreto?

La anciana asintió.

—A veces duerme en el palomar. La veo por la ventana. En cuanto se hace de noche, baja y cruza el jardín. Pero ella me ha pedido que no lo cuente. Me dio muchas chuches cuando me lo pidió. No le digas nada, abu. Me cae muy bien Alexa. Es muy divertida y prometí que no se lo contaría a nadie —le rogó Dani.

Rosa se quedó en silencio y arropó al niño.

—No diré nada, cariño. Por supuesto.

El desheredado

Lois Cambeiro observó el documento y al instante respondió a la pregunta de Iria.

—Claro que lo recuerdo.

—¿Esto se puede hacer? ¿Desheredar a un hijo? Estudié Derecho y creo recordar que las causas están muy tasadas, aunque también es verdad que no estoy al corriente de las especialidades de nuestra normativa en Galicia. Me especialicé en Criminología y me temo que tengo el derecho privado muy olvidado —confesó Iria.

—Lo recuerda usted bien. Las causas de desheredación están tasadas en el Código Civil y son muy pocas. Van desde haber maltratado físicamente al progenitor hasta haberle negado alimentos. Ninguna de las causas legales concurría en este caso y así se lo expliqué a la señora Piñeiro. Le dejé claro que, si estas causas no se daban, no podía dejar a su hijo sin la legítima estricta.

—Eso no es lo que dice este documento.

—Este documento está sin firmar, porque no es válido desde el punto de vista jurídico. Y de haberse firmado, sería fácilmente impugnable —le informó Lois.

—No entiendo nada —reconoció Iria.

—No me siento cómodo revelando información proporcionada por un cliente, pero la señora Piñeiro ha fallecido, y tengo órdenes estrictas de don Ulises de colaborar con usted —aclaró el abogado con gesto serio—. Doña Rosa sabía que el documento no era válido, pero me pidió que hiciese esta especie de borrador. Tan solo me dijo que su hijo la había disgustado y quería hacerlo entrar en razón. Evidentemente no le pregunté por las causas de ese disgusto.

—¿No le pareció extraño?

—Inspectora Santaclara, ambos tenemos trabajos en los que estamos acostumbrados a ver cosas insólitas y en los que la discreción es fundamental. Nunca me planteo las decisiones de mis clientes o las causas que los llevan a tomarlas. Solo examino su viabilidad legal, como hice en este supuesto.

—¿Don Ulises estaba al tanto? —preguntó Iria.

—No lo sé. Deberá preguntárselo a él, pero tengo la sensación de que no. Ella nunca venía sola a mi despacho y en esta ocasión sí que lo hizo.

—Y ahora, la pregunta más importante —dijo ella—, el documento no se firmó, pero ¿se lo llegó a entregar a doña Rosa? ¿Sabe si hizo uso de él? Me refiero a si llegó a las manos de Eduardo.

—Ella se llevó una copia, pero no sé decirle el uso que hizo de ella. Como puede ver por la fecha, a los pocos días se inició el confinamiento, y ese mismo mes falleció doña Rosa.

—Comprendo —dijo Iria—. ¿Puedo llevarme esta copia?

—Por supuesto, el documento no está firmado, así que creo que podemos hacer una excepción.

—Tengo otra duda relativa a la herencia: se determina que el heredero principal de ambos progenitores será aquel de los hijos que tenga descendencia biológica. Esto se modificó después de que Álvaro y su esposa iniciasen un proceso de adopción.

—Así es —confirmó Lois.

—¿Es esto usual?

—Creo que no, pero esto no solo afecta al testamento, sino que tuvo efectos en el grupo empresarial. Evidentemente eso no lo hicimos nosotros, pero sé que se modificaron los estatutos de Asisgal para recoger la condición de empresa familiar y la forma de elección del presidente del consejo de dirección en concordancia con lo establecido en el testamento. Estuvimos en contacto con el departamento jurídico de la empresa por esta circunstancia.

—Don Ulises me explicó que él y su esposa querían garantizar la viabilidad de la empresa dejando zanjada la sucesión y asegurándola a través de sus nietos. Me surge la duda de si él podría cambiarlo ahora —consultó Iria.

—No sería coherente —dijo el abogado—. Estaría traicionando la voluntad de su esposa, y creo que es algo que él nunca haría. La respetaba muchísimo. Además, no solo tendría que cambiar el testamento, sino los estatutos de la empresa.

—Les preocupaba mucho el tema de la sucesión, ¿verdad?

—Sí, a ambos. Pero más allá de asegurar el futuro de todos sus hijos con legados específicos, ya que recordemos que estamos hablando de un ingente patrimonio, fue doña Rosa la que sugirió este método sucesorio para la presidencia de Asisgal. Yo creo que don Ulises accedió pensando que el escenario sería distinto y él podría elegir al heredero, pero lo cierto es que los años pasan y ni Álvaro ni Eduardo han tenido descendencia.

—Por fortuna para ellos, Ada ha hecho los deberes. Me va a disculpar, pero me parece todo tremendamente arcaico.

—Son gente conservadora.

—No conocí a doña Rosa, pero no es esa la impresión que tengo de ella por lo que me han contado aquí y allá —dijo Iria, sin precisar.

—Y no anda desencaminada. Era una mujer muy adelantada para su tiempo, pero solo en determinados aspectos. En lo familiar era terriblemente tradicional. Y lo mismo se puede decir de su esposo.

Iria asintió.

—Pues creo que esto es todo —dijo a modo de despedida.

—Espero haberle sido de utilidad y que haya encontrado lo que buscaba.

—Ha sido usted muy amable. —Iria no le contestó y se limitó a darle la mano.

No sabía qué buscaba, pero había encontrado algo.

Oleandrina

—Lo iba a desheredar y se la cargó. Caso resuelto —dijo César.

—Claro que no. Es una posibilidad, pero no es tan obvio. Eduardo no me va a decir qué hizo para provocar esta reacción en su madre, pero Rosa actuó a espaldas de su marido y eso no era propio de ella.

—Eso aún no lo sabes, a lo mejor él lo sabía todo. Tendrá que confirmártelo Ulises.

—Apuesto a que no tenía ni idea. De saberlo, no me necesitaría a mí. Habría atado cabos —apuntó Iria.

—¿Dónde estás ahora? Te oigo regular.

—En mi habitación de la Casa Rosa, la cobertura es mala. Muros de piedra, ya sabes. Y deja de enviarme información —le recriminó ella—. Ese tratado de botánica que me has mandado tiene sesenta y tres páginas. ¿De verdad crees que me importa saber que lo que hace que la adelfa sea una planta mortal es la oleandrina? Me basta con lo que me dijo el jardinero.

—Siempre dije que serías la detective perfecta si no fueras tan impaciente. —La voz del expolicía adquirió un tono paternalista—. Lee el cuerpo del correo, te he indicado las páginas que tienes que revisar. En concreto, verás que esa oleandrina es la que provoca la parada cardiaca y que está presente en todo el arbusto. Raíces, tallo, hojas y flores, aunque la mayor concentración está en las raíces. Todo es tóxico; incluso si la planta arde, la inhalación del humo puede ser letal. Pero lo que me ha llamado la atención es que el envenenamiento puede ser gradual. Su sabor es amargo, por lo que veo improbable que no se diera cuenta si se la colaron en la comida. Una opción es que se la dieran en pequeñas dosis, y de forma disimulada.

—Hablaré con Carmen para verificar si tomaba alguna medicación —indicó Iria—. Pudieron darle el cambiazo. O meterlo en una infusión.

—Eso me parece más probable —concordó él.

—Revisaré el documento —se rindió ella—. Gracias por el curro, César. Es verdad que voy a mil.

—Eso era lo que quería escuchar —dijo él—. Cambiando de tema, ¿tienes alguna teoría sobre las causas para desheredar a Eduardo?

—No lo iba a desheredar, solo quería asustarlo —lo corrigió Iria—. Lo más obvio es que tuviera algo con la *au pair* y su madre se disgustase. Tengo que hablar con Ada. A la *au pair* la echaron en febrero. Ulises me ha dicho que está investigando a la tal Ashley, que es la que estaba en la casa en el mes de marzo, pero ahora mismo me interesa más la anterior, que por cierto no sé ni cómo se llama.

—Coño, si cada vez que se hace público que Eduardo se acuesta con alguien lo desheredan, ya estaría viviendo debajo de un puente —dijo él con ironía—. Según la prensa del corazón ha salido con todas las modelos y actrices de menos de veinticinco años.

—Que se acueste con alguien no es motivo para que su madre se disguste tanto. Y para cuando Rosa redacta ese testamento, a la chica ya la habían largado de vuelta a su país.

—¿Y si él quería casarse con ella? —aventuró César.

—No encaja. Rosa no era clasista. Ella se casó con Ulises, que era pobre como una rata. Y Elvira tampoco es hija de marqueses, precisamente. Además, Eduardo no tiene pinta de ser de los que se casan.

—¿Y si no tiene que ver con faldas? —dijo él.

—¿Qué puede haber hecho tan grave? —se preguntó Iria—. ¿Un robo?, ¿una traición empresarial?

—Acude a la Gestapo. —Soltó una carcajada.

Iria también se rio.

—Eso voy a hacer, pero primero voy a hablar con Carmen. Adora a Eduardo.

—¿Tanto como para matar por él? —preguntó César.

—No voy por ahí —dijo Iria—. Además, no estaba en la casa cuando ocurrió. Pero estoy segura de que estaba al tanto de todo lo que le concernía.

—Si la envenenaron, la presencia en la casa tampoco era fundamental. Pudieron mezclarlo con algo que tomase siempre —dedujo él.

—No te falta razón. Te dejo. Voy a localizar a Carmen.

—¿Tienes la pipa bien guardada?

—A buen recaudo, escondida dentro de mi neceser, al fondo del armario.

Quedaron en llamarse al día siguiente y se despidieron. No sabían que ese día la vida de Iria, de nuevo, se pondría del revés.

Café o infusión

—Hola, Carmen. Me preguntaba si podría tomar un café —pidió Iria.

—Por supuesto —contestó la empleada—. Ahora se lo pedimos a María. ¿Te apetece algo para acompañarlo? ¿Quizá algo de repostería?

—No, no. Solo un café con leche. Ya son las doce y media. Soy una mujer de costumbres y necesito mi dosis de cafeína de media mañana.

—Yo hace tiempo que me he pasado al descafeinado. La edad no perdona y no me puedo permitir no dormir. El café altera mucho —reconoció Carmen—. ¿Qué tal por Pontevedra?

—Bien, muy bien —dijo Iria, sin añadir nada más.

—He visto que has vuelto en taxi. La próxima vez podemos pedirte un coche como el que os llevó esta mañana.

—No es necesario. ¿Te tomas un descafeinado? Necesito charlar un rato contigo. Tengo dudas sobre un montón de cosas.

—Yo no tomaré nada, pero pregunta lo que quieras —dijo Carmen, mientras tocaba un timbre para llamar a María y se sentaba a su lado.

Estaban en la galería de suelo ajedrezado. A Iria seguía impresionándole la belleza del río y su desembocadura en el mar, que hoy estaba picado, formando nubes de espuma por doquier. «Ovejitas», como acostumbraba ella a llamarlas cuando era tan solo una niña y su padre la llevaba al puerto.

—No quiero preguntar nada en particular —comenzó la policía—. Solo quería conocer un poco las costumbres de la casa. Por ejemplo, me ha extrañado que Claire me dijera que las *au pairs* vienen siempre a pasar un curso completo, pero que hubo una que se fue a mitad de curso.

—Alexa —apuntó Carmen.

—¡Esa! ¿Se puso enferma? —Iria sabía que esas preguntas no casaban con una investigación empresarial, pero Carmen era el tipo de persona que no cuestiona a sus jefes y tenía orden de don Ulises de proporcionarle toda la información necesaria.

En efecto, Carmen contestó sin mostrar extrañeza.

—No. Alexa vino con la familia a pasar dos semanas en Navidades. Por aquel entonces ni la familia de Ada ni la de Álvaro vivían aquí y tan solo venían un par de quincenas al año. Cuando regresaron durante el confinamiento, Alexa ya no estaba, y en su lugar estaba una chica que se pasó todo el tiempo llorando por volver a casa. Además, no hizo buenas migas con los niños. Se llamaba Ashley.

Dime algo que no sepa, pensó Iria.

—¿Por qué se fue Alexa?

—La despidieron —dijo Carmen—. Eso fue lo que me dijo Ada. Y antes de que me preguntes por qué, no me lo dejó muy claro. Simplemente me dijo que no era una buena influencia para los niños.

—Por lo tanto, solo pasó quince días en esta casa, en Navidades.

—Así es.

—¿Qué tal le caía a doña Rosa?

Iria pensó que Carmen se extrañaría con la pregunta. No lo hizo.

—Lo sabes, ¿verdad? —dijo la mujer con franqueza.

—¿Qué sé? —la puso a prueba Iria.

—Eduardo es un mujeriego y guapísimo. No se puede culpar a una chica de veinte años por caer rendida a sus pies.

—Eso es lo que imaginé. Cuéntamelo todo con detalle.

—Yo solo sé lo que oí y lo poco que me contó Eduardo —dijo ella con prudencia—. Nunca pregunto nada. El día anterior a la cabalgata de Reyes, la *au pair* estaba jugando al Trivial con los niños y doña Rosa la llamó a su estancia. Lo siguiente que pasó es que la chiquilla lloraba desconsolada, pidiendo que no la echasen.

—Pero la echaron.

—No. Ada habló con su madre y dijo que no lo haría, que era una *au pair* muy competente y que solo a ella le correspondía despedirla. Discutieron y, al día siguiente, Ada, Rafa y los niños se volvieron a su casa con dos días de antelación. Alexa estaba desolada. Lloraba muchísimo.

—Entonces, ¿lo que pasó es que Alexa tuvo una aventura con Eduardo y doña Rosa la quiso echar por ese motivo?

—Nadie me contó nada. Lo deduje, Eduardo estaba muy afectado. El día que se marcharon, se quedó en la galería muy compungido. Mientras le servía una bebida, recuerdo a Elvira diciéndole que no se sintiera culpable y a él decir que le sabía muy mal por ella, pero se callaron al advertir mi presencia. Como es natural, la familia no acostumbra a comentar este tipo de asuntos con nosotros, pero mi relación con Eduardo es especial. Al día siguiente vino a hablar conmigo. Me cameló como siempre diciendo que era la mejor del mundo, y luego me confesó que había cometido un error y que se sentía culpable, que le daba mucha pena la chiquilla. También me pidió que no dijera nada, aunque no era necesario. Si ahora te lo cuento es porque don Ulises me ha pedido que colabore contigo.

—Entiendo —dijo Iria, comprensiva—. Pero si Ada se fue tras enfrentarse con su madre, no entiendo por qué despidió a Alexa después.

—No lo sé, pero cuando eso sucedió, recuerdo a doña Rosa comentar con don Ulises que por fin su hija había entrado en razón. Si quieres saber mi opinión, me parece muy injusto. Pero los señores son de una generación en la que las culpabilidades recaen siempre en las mujeres.

—Pero no me cuadra, Ada no es así.

—No es fácil llevarle la contraria a don Ulises —la defendió Carmen.

—Ya me he dado cuenta.

Se hizo un silencio entre ellas, que rompió finalmente la policía.

—Creo que voy a tener que darte la razón, tanta cafeína no puede ser buena. A lo mejor me paso a las infusiones.

—Solo tienes que pedirlo. Tenemos de todo.

—¿De todo? ¿Son muy aficionados a ellas en la casa?

—Ada toma té verde y Álvaro alguna tila de vez en cuando. Pero la despensa de la Casa Rosa está siempre preparada para asumir cualquier petición.

—Y doña Rosa ¿tomaba infusiones?

—Sí, doña Rosa sí. Le encantaban, de todo tipo. Y sobre todo las naturales. Nada de bolsitas compradas en el supermercado. Las encargábamos en un herbolario. Si lo último que probó la pobrecilla antes de morir fue, precisamente, una infusión de jengibre y limón, o por lo menos así me lo contaron. Yo no estaba aquí.

La verdad

La comida transcurrió casi en silencio. Tan solo Elvira, Ada y Ulises acompañaban a Iria. Álvaro estaba en Barcelona, Eduardo en Sanxenxo y Rafa en Vigo, ultimando los detalles de la apertura de su nuevo negocio.

Cuando terminaron, Iria le pidió a Ulises que le concediera unos minutos en su despacho.

—¿Cómo le ha ido con Cambeiro? —preguntó él en cuanto se quedaron a solas.

Iria sacó del bolsillo trasero de sus vaqueros un papel doblado que tendió al empresario. Ulises lo leyó con detenimiento mientras ella examinaba su rostro en busca de una reacción. No la encontró.

—No está firmado —se limitó a decir él.

—No, no lo está. Según su abogado, doña Rosa se lo pidió para hacer entrar en razón a su hijo Eduardo. Me surgen muchas preguntas. La primera es si usted estaba al corriente de esto.

Ulises negó con un ademán.

—¿Está usted seguro? —insistió Iria.

—Me ha hecho una pregunta y le he contestado. No acostumbro a mentir ni a dar rodeos —dijo el magnate, tajante.

Iria entendió en ese momento el respeto reverencial que le mostraban sus hijos.

—Perdone, pero es que me dio la impresión de que usted y su esposa no tenían secretos.

—Y no los teníamos. —Su voz se suavizó—. Acabo de descubrirlo. Disculpe si me muestro así de brusco.

—Pues su mujer se llevó una copia de este documento para amenazar a Eduardo. Mi teoría es que descubrió que él tenía una aventura con la *au pair*, me refiero a Alexa, no a Ashley, y que lo amenazó con desheredarlo con este documento para que la dejase.

—Es un sinsentido —negó él—. No es tan fácil desheredar a un hijo.

—Lo sé. Me lo ha explicado el abogado. Su mujer le confesó a Cambeiro que solo quería utilizar el documento para amedrentarlo. ¿Qué sabe usted de Alexa?

—Alexa Ward. Así se llama.

—No me contó nada de ella. —Iria intentó que no hubiera reproche en su voz.

—Alexa llevaba un mes fuera de nuestras vidas cuando murió mi mujer, y sinceramente, el asunto estaba del todo encarrilado, nunca creí que Rosa siguiera preocupada por ese tema.

—¿Estaba embarazada? —aventuró Iria—, ¿fue eso?

—Creo que sí.

—¿Cree? ¿No está seguro?

—Rosa descubrió que Eduardo tenía un lío con la *au pair* cuando pasaron las vacaciones de Navidad con nosotros. Exigió a Ada que la echase, pero ella se negó. Discutieron y Ada agarró sus cosas y a su familia y se fue de casa. Un mes después, Rosa me contó que Ada la había acabado echando, que la cosa era grave y que necesitábamos callarla, me dijo que iba a ofrecerle una suma de dinero. Di por hecho que estaba embarazada, pero me negué a entrar en detalles escabrosos y desagradables. Le pedí que se ocupara de todo. Yo me desentendí. Y es normal que lo hiciera, en ese momento era para mí solo un asunto doméstico —se justificó Ulises—, estábamos en prepandemia, la población mundial aún no sabía lo que vendría, pero nosotros ya teníamos conocimiento de lo que estaba sucediendo en China y habían comenzado los primeros brotes en Italia. Estábamos absolutamente desbordados, preparando los centros, los protocolos, las compras. Por suerte, nuestros pacientes no sufrieron como otros. Estábamos listos. Gozamos de excelentes profesionales y nuestra expansión internacional nos hizo conocedores de la dimensión del problema, por eso fuimos capaces de anticiparnos a las medidas de prevención. Para el sector sanitario aquella época fue un caos. Y luego pasó lo de Rosa. Esos días son para mí confusos y dolorosos. Así que no, no sé bien lo que sucedió con Eduardo y Alexa, y entiendo perfectamente a dónde quiere llegar y no la culpo. Yo la he contratado para desentrañar el asesinato de mi esposa y, desde luego, ese documento constituye un móvil.

—Le propongo algo. La opción más fácil es interrogar a Eduardo, pero siempre nos quedaremos con una única versión. Lo que quiero es que haga venir a Alexa Ward de Escocia, para que yo pueda someterlos a ambos a un careo.

Ulises se mostró dubitativo.

—No creo que sea buena idea. Mis hijos sospecharán que algo raro sucede. La historia de los papeles robados se nos cae si hago venir a Alexa.

—Diremos que estaba de vacaciones en España y que pidió ver a los niños.

—No sé... —Él frunció el ceño, indeciso.

—Me dijo que quería saber la verdad. —La voz de Iria era implacable.

El empresario bajó los ojos.

—La localizaré y la haré venir. —Se le veía abatido—. Pero recuerde, suceda lo que suceda, el resultado de su investigación me lo comunicará a mí y solo a mí. La verdad me pertenece.

—Descuide —dijo ella—, soy consciente de lo que he firmado.

La verdad, ese monstruo que hiere e incluso mata, pensó Iria mientras abandonaba el despacho de un cabizbajo Ulises Villamor.

No

El único sonido que Iria recordaba del día que encontró a Ángel desvanecido en el cuarto de baño era el del agua cayendo dentro de la ducha, como una lluvia artificial, de flujo constante y cadencia perfecta, tanto que resultaba antinatural. El único sonido que ella emitió fue una negación. El monosílabo salió de su garganta con un chillido aterrador.

No.

Lo repitió. Lo repitió una y otra vez.

No.

No.

No.

No.

Una sucesión de noes salió de su garganta a pleno grito, mientras se arrodillaba ante él, abría sus párpados y escudriñaba sus pupilas en busca de un resquicio de vida.

No.

No.

No.

Más negaciones, mientras intentaba moverlo, aunque su cuerpo era una losa pesada e inerte.

Seguía negándolo cuando la ambulancia llegó y se lo llevó a toda velocidad al hospital.

Y días después, agarrando su mano en los escasos diez minutos diarios en los que se le permitía la entrada a la UCI, eso era lo único que le pedía el cuerpo: negarlo. No. Este no es Ángel. No, no continuará inconsciente. No, esto no es real. No, esto es solo una pesadilla.

Y qué poco había pasado desde entonces, apenas unos meses, aunque ahora todo parecía muy lejano, debido a esa elasticidad que invade al tiempo cuando sobrevuelan las desgracias.

Por eso, cuando Ulises le pidió que bajase a su despacho y le contó lo sucedido, Iria se derrumbó en una silla y solo acertó a musitar, muy bajito, no, no, no, no.

Dieciséis horas

Permitió que Ulises se hiciera cargo de todo. Dejó que el empresario llamase a su secretaria para ordenarle que sacase los billetes. Carmen se encargó de hacer su maleta mientras ella permanecía desplomada en la silla del despacho, sin fuerzas para nada más que para seguir negando mentalmente que la pesadilla hubiera vuelto a comenzar.

«No me hagas esto, Ángel. No te rindas. No puedes. Ayer hablé con tu hermano, Noa está a punto de salir de cuentas. En un par de semanas seremos tíos». Hablaba con él mientras mantenía la mirada perdida y el paisaje se deslizaba camino del aeropuerto de Santiago de Compostela. De allí salía el primer vuelo disponible, que hacía escala en Mallorca. El viaje a Alemania se le hizo eterno. A su llegada al aeropuerto de Múnich, un chófer la estaba esperando y la llevó directamente a la clínica.

La recibió la doctora Ilse Beck, que le explicó con detalle el estado actual de Ángel. El nuevo accidente cerebrovascular se debía a la ruptura de una maraña anómala de vasos sanguíneos de paredes delgadas. Seguramente otra malformación arteriovenosa idéntica a esta había sido la causa del primer ictus.

No podían asegurarlo, pero creían que la rápida intervención de todo el equipo había resultado determinante y no se apreciaban nuevas secuelas. Esa era la buena noticia. La mala era que esa maraña intravenosa seguía ahí. Una bomba de relojería que podía volver a estallar de un momento a otro.

La doctora Beck la acompañó a la sala donde varios médicos le detallaron los pasos que iban a seguir. El primero de ellos era la operación.

Otra más, pensó Iria. Se preguntó qué sería distinto esta vez. Los doctores le explicaron cómo abordarían la intervención, le hablaron de porcentajes de éxito, le ofrecieron el mejor escenario y el peor. Hablaban y hablaban. Iria no conseguía procesar toda la información, aunque entendía el inglés a la perfección. Era su propio cerebro el que iba por detrás, incapaz de asimilarlo todo. No preguntó nada, tan solo se limitó a firmar los documentos de autorización que le pusieron delante, sin leerlos, porque, de hacerlo, sabía que no tendría valor para firmarlos.

El mismo chófer la condujo al hotel para dejar el equipaje, darse una ducha y cambiarse de ropa.

Cuando volvió a la clínica se dirigió a la UCI. La doctora Beck le dijo que le permitiría verlo antes de la operación. «Verlo». Iria sabía que la palabra adecuada era otra. «Despedirse». Por si acaso. Por si ese porcentaje de supervivencia que le habían dado, y que era inferior al 30 por ciento, no se aplicaba a su marido.

Todas las unidades de cuidados intensivos son iguales. Da lo mismo que estén en Múnich o en Pontevedra. Todas huelen a miedo y a desinfectante. En todas ellas, los pasos se amortiguan por las calzas verdes, y el único sonido que se oye es el pitido de las máquinas, el fuelle de los respiradores y el goteo de la medicación.

Iria cogió la mano de Ángel y se acercó a su cara. Besó sus párpados como él acostumbraba a hacer con ella. Se asomó a su oído, con la intención de decirle todo lo que se le había pasado por la cabeza mientras el avión la traía hasta él. Lo sintió inmóvil, inerte, casi muerto. No la escuchaba, estaba segura. No dijo nada. Solo dejó que su respiración cayese sobre él.

No iba a despedirse. No quería recordar esas últimas palabras. Tampoco eran necesarias, no había en ellas nada que su marido ignorase. Ángel ya lo sabía todo. El amor es eso: saberlo ya todo. No era necesaria una confesión estéril, era un acto innecesario y doloroso. Besó su frente, su mejilla, sus labios y salió de la UCI.

Se sentó en la sala de espera y abrió el WhatsApp por primera vez. Un mensaje de Ulises deseándole buena suerte. Otro de César en idénticos términos. No los contestó. Tan solo escribió a sus padres y a su suegra para decirles que la operación acababa de comenzar. Los médicos habían estimado que duraría unas doce horas.

Dieciséis horas después, Iria seguía en esa sala.

Sabor amargo

César Araújo entró en la herboristería y pidió kuzu, un remedio japonés que era mano de santo para todas sus indisposiciones gástricas y que le había descubierto su hijo tras un viaje a ese país. Al expolicía le gustaba la comida picante y era amante de las salsas. Tenía un sobrepeso notable, pero no podía resistirse a la buena mesa y cada semana postergaba el inicio de una dieta o la vuelta al gimnasio. Al menos, desde que se había jubilado salía a caminar, y su organismo ya había empezado a notar los beneficios del cambio de costumbres.

El dependiente de la herboristería era un treintañero que lucía una de esas barbas larguísimas que tanto le disgustaban. Mientras el hombre buscaba el kuzu en la estantería, César comenzó a relatar la historia que había preparado de camino a la tienda.

—Quería saber si me puedes aconsejar también alguna infusión —arrancó.

—¿Alguna dolencia específica o simplemente alguna que esté buena? Me acaba de llegar una de regaliz negro que a mí me encanta, claro que el sabor es peculiar.

—El caso —prosiguió César— es que me han recetado una medicina que sabe a rayos, realmente asquerosa, muy amarga, y querría una infusión para disimular el sabor, o al menos mitigarlo.

—Creo que no tengo nada específico para eso —se lamentó el barbudo.

—Me han hablado del jengibre —insinuó él.

—El jengibre deja una sensación de picor, pero no sé si será suficiente para tapar el amargor. Tenemos varias mezclas de jengibre. Las que más se venden son las combinadas con limón o con mango.

—Pues no sé qué voy a hacer —disimuló César.

—Lo que se me ocurre es que, tras la medicación, tomes cualquier infusión con anís estrellado. De hecho, aquí vendemos una que va muy bien para la gota, que combina hojas de fresno con lespedeza y hojas de coronilla de fraile. Es superamarga y esto lo mitigamos con anís estrellado.

—O sea, que si a cualquier infusión muy amarga le añades eso, disimula el amargor —insistió César.

—Bastante —confirmó el dependiente—. Lo tengo a granel y en bote. ¿Cómo lo prefieres?

César salió de la herboristería con el kuzu, un bote de anís estrellado y un folleto para un programa de control de peso, tras prometerle al dependiente que se pensaría lo de empezar la dieta.

En cuanto se alejó unos metros, cogió el móvil para llamar a Iria. No se había vuelto a poner en contacto con ella, desde que esta le había mandado un breve wasap para decirle que la operación había terminado y que de momento Ángel había sobrevivido. Ese «de momento» lo disuadió de solicitar más información y ya hacía cuatro días de eso. Sabía por experiencia que, en las situaciones más difíciles, Iria se sentía mejor encerrándose en sí misma y afrontándolo todo en soledad. En estos meses no la había visto perder su entereza ni un solo instante. La entendía. Cuando Chelo enfermó, comprendió lo importante que es que te dejen solo con tu dolor. Cada mensaje en el móvil le causaba un hastío infinito, aunque era consciente de la buena voluntad de todos los que se interesaban por su mujer. Precisamente por eso, se esforzaba por guardar una prudente distancia de seguridad con Iria y estaba seguro de que ella se lo agradecía.

—¿Cómo va todo, Santaclara? —preguntó, en cuanto descolgó ella.

—Hemos vuelto a la casilla de salida, jefe. —Iria aún no había perdido la costumbre de llamarlo así de vez en cuando—. Está exactamente igual que cuando llegó aquí, pero han desactivado esa bomba que llevaba en el cerebro. Parece ser que nació con una malformación congénita. Está vivo de milagro.

—No sabes cuánto me alegro —dijo César al percibir el alivio en su voz—. ¿Cuál es el plan ahora?

—Comenzar con todas las terapias de estimulación. —Sonaba cansada—. El abanico de posibilidades es muy amplio. Puede que vuelva a andar y caminar o puede que no consigan ningún avance. El primer obstáculo lo hemos salvado: durante la operación no tocaron nada que no debieran tocar. Pero han sido terriblemente sinceros, César, tengo claro que nunca volverá a ser el de antes. Aunque ahora no puedo pensar en eso.

—Y haces bien —la animó él—. Vengo del herbolario. Si te sirve de algo, cualquier infusión a la que le añadas anís estrellado disimula el amargor. Este es el gran descubrimiento del día.

—No es un mal descubrimiento. ¿Ves como estabas deseando volver al ruedo?

—¿Y cuándo vuelves tú al ruedo? —se interesó Araújo—. ¿El gran magnate no te reclama en su mansión de Loeiro?

—Por supuesto que sí. Una vez pasada la conmoción inicial, ya me ha pedido que vuelva. Alexa Ward llegará mañana a la tarde al aeropuerto de Vigo. Yo aterrizaré unas horas después. Con las escalas, no llegaré a Loeiro hasta medianoche.

—Joder, qué negrero.

—No —lo justificó Iria—. Lo entiendo. Aquí ya no tengo nada que hacer y él necesita que avance. Además, se ha portado muy bien. No me quiero ni imaginar lo que ha debido de costar todo esto.

—No sufras, pague lo que pague, es calderilla para él.

—No es solo cuestión de dinero. Si Ángel no llega a estar aquí monitorizado y vigilado cuando comenzó el sangrado cerebral, ahora mismo estaría muerto. Le debo a Ulises Villamor la vida de mi marido.

¿Y eso es vida?, pensó César, pero se abstuvo de hacer ningún comentario.

—Pues entonces nos vemos tan pronto como puedas escaparte sin levantar sospechas. —No quería entretenerla más, la notaba agotada—. Intenta descansar un poco.

—Lo haré —dijo ella.

Su voz se quebró. Durante un instante, César pensó que rompería a llorar.

No lo hizo.

La muerte nos ronda

Era la única española en el vuelo a Mallorca. Con su melena rubia y sus ojos grises podía pasar por una de esas alemanas que acudían masivamente a la isla en busca de sol y sangría de cava. Iria se hundió en el asiento, cerró los ojos e intentó poner la mente en blanco. Era tan difícil no pensar. En su conversación con César se había mostrado tranquila y confiada. La realidad era que todo el estrés y el desánimo acumulados en los meses anteriores habían caído de golpe sobre ella. Apretó los ojos con fuerza, para hacer desaparecer la visión de esa sala de espera, como si con ello pudiera hacer desaparecer también el miedo y la incertidumbre.

Los abrió cuando el avión tocó suelo bruscamente. Alguien aplaudió. No podía con eso. Con esa evidencia de que la muerte te ronda. Esa puesta de manifiesto de la fragilidad e indefensión que supone dejar tu vida en manos de alguien cuya competencia ignoras, cuya formación desconoces. Alguien que no has elegido. Un piloto que puede estar borracho, drogado o enajenado. Alguien en quien no sabes si puedes confiar.

Quizá debería haber aplaudido a la doctora Ilse Beck y a todo su equipo. Ella los había elegido. Por su fama, formación y excelentes resultados. Sabía de su competencia, sobradamente probada y acreditada, y, aun así, Ángel había estado a punto de morir. No, no tenemos poder sobre la muerte. Y es cierto que nos ronda. Vivir sin esa conciencia es necesario, por eso no deberíamos aplaudir en los aterrizajes, porque esos aplausos nos recuerdan esa nimia posibilidad, ese universo paralelo en el que las ruedas del avión no tocan esa pista de asfalto y tu cuerpo yace destrozado o envuelto en llamas.

«Estás desvariando, Santaclara», diría César. Su recuerdo le hizo acercarse a uno de los puestos de ensaimadas. Compró dos. Una para su exjefe y otra para llevar a casa de Sinda.

Se sintió ridícula en cuanto subió al siguiente vuelo, el que la llevaría hasta Vigo, cargando con las dos cajas hexagonales. Cerró los ojos e intentó conciliar el sueño, pero tampoco lo consiguió en esta ocasión. Eran las nueve y media de la noche y el trayecto le llevaría casi dos horas. No era capaz de leer. Intentó repasar de cabeza las notas del caso que había recopilado en su agenda durante la escala, mientras se tomaba una cerveza escandalosamente cara y un bocadillo de jamón más caro aún.

Viajaba encajada entre un chaval de unos veinte años que veía una serie en el móvil y un individuo con sobrepeso que invadía parte de su espacio vital. Echó una ojeada a su propio móvil antes de activar el modo avión.

Aburrida, abrió la libreta y releyó las notas. En realidad, lo allí escrito carecía de sentido. Cuando tenía un caso entre manos, escribía lo primero que le venía a la mente para intentar conectar los hechos. A veces sucedía y, como en esos pasatiempos infantiles en los que unes puntos numéricos, la visión de esas ideas inconexas podía acabar formando una figura a partir de un hecho, de un detalle inadvertido hasta ese momento. Tenía varias palabras encerradas en globos y estos se conectaban con flechas.

Álvaro. Carácter diabólico. Sucesión. Embarazo biológico. ¿Ashley? Rafa y sus negocios. Pasado de Elvira. Conocimientos de jardinería. Infidelidad. Testamento. Anís estrellado. ¿Carmen? Despido Alexa. Fechas. Desheredación. Abogado.

Advirtió que el gordo estiraba el cuello para acompañarla en la lectura, sin disimulo ni atisbo de vergüenza. Iria cerró la libreta de golpe y el hombre le sonrió. Ella no se molestó en devolverle la sonrisa. Se hizo pequeñita en su asiento, cerró los ojos y volvió a repasar mentalmente todos esos interrogantes. Mañana, a primera hora, interrogaría a Alexa Ward y podría despejar alguno de ellos.

En el aeropuerto la esperaba un chófer que la condujo a Loeiro. En poco más de media hora estaba ante el portalón de la Casa Rosa. El viaje se le había hecho eterno.

—Bienvenida —dijo Claire, que la aguardaba ya con la puerta abierta en cuanto atravesó el jardín.

—Lo siento muchísimo. Es muy tarde —se disculpó Iria—. Te ha tocado esperarme despierta.

—No hay problema —la chica sonrió—, nunca me duermo antes de la una.

—¿Ha llegado Alexa Ward? —preguntó Iria.

—Llegó a la hora de la merienda. Está en la habitación de la torre. —Había extrañeza en la voz de Claire.

—Lo veo lógico —explicó la policía—. Imagino que a Ada no le hace gracia verla por aquí, si tuvo que despedirla. En fin, me voy derecha a la cama. Estoy muerta.

—¿Muerta? —preguntó la irlandesa, confusa.

—Quiero decir que estoy muy cansada —se explicó Iria.

Se dirigió al ascensor, con la maleta y las ensaimadas. Cayó a plomo en la cama, después de ponerse una vieja camiseta y cepillarse los dientes. Realmente estaba exhausta.

Tanto, que durmió casi ocho horas del tirón.

Tanto, que no oyó el disparo en la noche.

Ni los gritos de Carmen por la mañana, tras descubrir el cadáver.

Rial

—¿Qué coño haces aquí, Santaclara? —preguntó Anxo Rial, enfadado y confuso, en cuanto Iria entró en el despacho de Ulises Villamor.

El comisario de Pontevedra era un tipo malencarado que gozaba de pocas simpatías entre sus subordinados. Estaba a punto de jubilarse y su máxima aspiración era pasar inadvertido hasta que pudiera salir por la puerta de la comisaría para dedicarse a leer el periódico y ver concursos de televisión en los que alguien estaba siempre a punto de ganar un millón de euros.

—Lo siento, señor Villamor, ha sido la sorpresa —se disculpó Rial en cuanto se percató de la inconveniencia de su tono ante el magnate.

Iria nunca había sido santo de su devoción. Era mujer, era inteligente y no se arredraba en su presencia. Esa chica no disimulaba su admiración por otros compañeros, saltaba a la vista que respetaba a Araújo, pero nunca percibió ni la mitad de ese respeto hacia él, su superior directo, y era siempre tan correcta y cumplidora que no podía reprocharle nada.

No, no le gustaba esa mujer.

Sabía lo que pensaban Iria y todas las de su calaña de los comisarios como él. Los consideraban machistas, antiguos e incluso fachas. La realidad es que no tenían ni idea de lo que significaba lidiar con unos jefes que lo único que querían de ti es que fueras invisible. Y él lo conseguía. Pontevedra era una ciudad tranquila, y si en algún momento dejaba de serlo, su misión no era conseguir que lo fuese, sino que lo pareciera. Las listillas con varios másteres y carreras llegaban a comisaría después de haber pasado por un periodo de estudios, oposiciones y prácticas. Se creían que eran Clarice Starling a punto de ponerse a investigar un caso con Hannibal Lecter. La realidad era que, en las ciudades de provincias, no había grandes crímenes. El día a día se reducía a peleas, algún abuso sexual, ahora que a todas las tías les daba por denunciar, y robos de los de toda la vida, de esos en los que los ladrones van a tiro fijo en las casas donde hay dinero o joyas, que cada vez eran menos, porque la riqueza, en estos tiempos, había perdido su tangibilidad y ya no era susceptible de ser guardada en una caja fuerte. Si alguna vez moría alguien, la prioridad era que el caso se resolviese deprisa, partiendo de la premisa de que la mayor parte de esos casos tenían su origen en disputas familiares o en la llamada violencia de género, término que Rial no tenía más remedio que utilizar, debido al imperio de lo políticamente correcto. El comisario estaba muy cansado de esa jerga moderna y de la deriva de los nuevos tiempos, pero le tocaba lidiar con este tipo de policías. Lo único que Rial necesitaba era que su gente trabajase para que los habitantes de Pontevedra se sintieran seguros en su ciudad. A Iria lo que le importaba era que lo estuviesen de verdad. Y aunque ambos fines pudieran parecer similares, lo cierto es que los deseos de ambos policías no siempre convergían.

Iria miró a su jefe, impertérrita. No le extrañaba que hubiera acudido en persona; no le correspondía en absoluto personarse en un homicidio, pero todo lo que rodeaba a Villamor requería de las altas instancias.

—Soy amiga de Ada Villamor. —Iria dirigió la mirada a Ulises y este la animó a que prosiguiese con un leve ademán—. Como consecuencia de ello, don Ulises se ha interesado por la salud de Ángel, y me ha ayudado en todo lo referente a su recuperación. Por eso, cuando me dijo que habían desaparecido unos papeles de su despacho, me vine aquí para echarle una mano e intentar descubrir qué había pasado. Era lo menos que podía hacer después de lo que han hecho ellos por mi marido.

Ulises asintió complacido por la explicación.

—¿Estás haciendo de detective particular? —preguntó su jefe. Su tono era ahora menos agresivo, condicionado sin duda por la presencia del magnate.

Sabía que Rial le tenía ganas, a pesar de que lo sucedido con Ángel había supuesto un paréntesis en su tensa relación. Solo cuando César se jubiló, se dio cuenta de cuánto la había protegido hasta ese instante. A veces deseaba liarse la manta a la cabeza y aceptar la oferta de su antiguo compañero, el comisario Veiga, y marcharse en comisión de servicios, pero le gustaban demasiado su casa y su ciudad. En Compostela no vería el mar por la ventana del salón.

—No, jefe —contestó ella—, estoy ayudando al padre de una amiga que tiene un problema. Estoy segura de que él le pondrá en antecedentes.

—Quizá le debo una disculpa por no haberle advertido de la presencia de la inspectora Santaclara en casa —intervino Ulises tajante, con un tono en el que no se apreciaba el más leve arrepentimiento—. Pero, a fin de cuentas, entiendo que no debo dar explicaciones sobre a quién invito a mi casa, trabaje o no para usted, comisario. Y en este momento, que yo sepa, la inspectora no está en servicio activo.

Rial carraspeó, incómodo, sin saber qué decir.

—Me gustaría saber exactamente qué ha pasado —dijo Iria—, he sentido jaleo abajo y solo me han dicho que ha aparecido Alexa muerta y que la policía estaba aquí.

—Exactamente —confirmó el empresario—. Le estaba contando al comisario Rial que Alexa trabajó para Ada hace cuatro años, como *au pair*. Que estaba de vacaciones en España y vino a visitarnos para ver a los niños. La alojamos en la habitación de la torre. Esta mañana, Carmen se acercó a su habitación para ver si todo estaba en condiciones y para indicarle que el desayuno estaba servido. La puerta estaba entreabierta. Carmen llamó varias veces y al ver que no contestaba, entró. Se encontró a la chica muerta y dio la voz de alarma.

Iria dejó que Ulises llevase la voz cantante. No sería ella la que le contase a Rial lo que había venido a hacer Alexa Ward a Loeiro.

—Rial, necesito contar con su discreción en este asunto —añadió el empresario.

—No va a ser fácil. La embajada del Reino Unido se interesará. Un asesinato son palabras mayores.

—¿Asesinato? ¿Lo tenemos claro? —preguntó Iria.

—Como para no tenerlo: le dispararon en el centro de la frente, mientras dormía.

—¿Ha llegado la Científica?

—Están en ello —respondió Rial, al que la presencia de Ulises lo intimidaba lo suficiente como para contestar a su subordinada como si fuese un sospechoso en la sala de interrogatorios.

—¿Tenemos arma homicida?

—La tenemos, a buen recaudo —confirmó el comisario.

—No sé cuánto ha pasado desde el disparo. ¿Estamos a tiempo de realizar a todos los presentes las pruebas para detectar los RDD? —Iria parecía haber olvidado que no estaba de servicio.

—¿RDD? —preguntó Ulises.

—Los residuos de disparos, podemos intentar buscarlos porque se quedan adheridos durante unas horas en el pelo, manos y ropa de quien dispara —explicó la policía.

—Inspectora Santaclara —dijo Ulises, contrariado—, ¿no estará dando a entender que los ocupantes de esta casa son sospechosos de este homicidio? Evidentemente, alguien ajeno a nuestra familia entró durante la noche y mató a Alexa.

Ni Iria ni el comisario se atrevieron a aventurar otra hipótesis. Ella decidió cambiar de tema. Era obvio que todos los presentes eran sospechosos, le gustase o no al todopoderoso Ulises Villamor.

—¿Y el arma homicida? ¿Es común?

Rial asintió.

—Una Smith & Wesson de 9 milímetros.

Iria se quedó paralizada. Se dejó caer a plomo sobre una silla. Resopló. No sabía bien qué decir, ni qué historia inventar para explicarle a su jefe que esa pistola, que legalmente pertenecía a César Araújo, había salido del fondo de su armario.

La mujer del césar

La policía no abandonó la casa hasta bien entrado el mediodía. A la puerta de la torre habían colocado precintos para impedir el paso y la habitación del piso superior permanecía cerrada a cal y canto. El comisario Rial le había denegado la entrada a Iria y ella no insistió, porque sabía que no tenía sentido hacerlo y la razón no la acompañaba en este caso.

Los habitantes de la Casa Rosa habían interrumpido su rutina. La policía los había interrogado ya a todos. Ada había enviado a los niños al colegio y pedido a una amiga que los recogiese y se los llevase a dormir a su casa, para evitarles el mal trago.

Ninguno tenía apetito, pero Carmen ordenó que se sirviera un bufé frío en el comedor, donde Iria reunió a toda la familia.

Elvira se sirvió una copa de vino blanco, y le pidió a Carmen una tila para Álvaro, que estaba visiblemente nervioso. Ambos vestían ropa informal. Iria se dio cuenta de que nunca había visto a Álvaro sin corbata. Ulises mantenía el gesto serio y contrariado, e Iria podía adivinar lo que estaba pensando: aquel asesinato le demostraba que tenía razón, que alguien había asesinado a Rosa y no había tenido reparos en volver a cometer un crimen.

Más allá de lo que eso suponía, tenía la certeza de que el magnate estaba tan preocupado por ello como por el hecho de que el asesinato de Alexa los pondría en el ojo del huracán mediático. La mujer del césar no era honrada, pero ahora tampoco lo parecía. Había consultado los medios digitales: la noticia no había saltado aún y estaba segura de que lo haría de una forma discreta, pero todo Loeiro había visto a la policía y a la ambulancia a las puertas de la mansión. Iria imaginó que los prismáticos de la Gestapo estarían echando humo.

Rafa no se había molestado en cambiarse y vestía una especie de pantalón de pijama y una camiseta. Parecía algo ido. Ada permanecía sentada a la mesa, revolviendo un té que hacía rato que se le había quedado frío.

Eduardo era el único que aparentaba calma. Con su camisa azul celeste y sus vaqueros, se le diría a punto de entrar en una fiesta veraniega en un puerto náutico. No era nada que Iria no se esperase, estaba preparada para esa actitud. Ignoraba si había matado a Alexa, pero Eduardo era consciente de que las principales sospechas recaerían sobre él. La policía estaba acostumbrada a esa actitud en comisaría. La gente se comportaba a menudo como esperaba que no lo haría un culpable, sin darse cuenta de que ese estado de normalidad que se esforzaba en aparentar la delataba.

Iria se sirvió un vaso de agua, y pidió permiso a Ulises con un gesto para comenzar a hablar. Antes de la reunión ambos habían consensuado lo que transmitirían a la familia: una media verdad capaz de justificar ciertas preguntas que iban más allá del ámbito empresarial, sin desvelar de lleno la auténtica investigación en marcha.

—Sé que lo sucedido hoy nos ha dejado a todos muy impresionados. Alexa era muy joven y todos habíais tenido relación con ella, en mayor o menor medida. Antes de nada, quiero dejar claro que la investigación de este crimen le corresponde a la policía y yo no estoy en servicio activo en este momento, debido a la enfermedad de mi marido, como algunos sabéis. —Iria dirigió la mirada a Eduardo y a Elvira—. Esa es la razón por la que don Ulises me pidió que viniera: a cambio de su ayuda con el tratamiento de Ángel estoy intentando desentrañar algunos sucesos extraños que tuvieron lugar antes de la muerte de doña Rosa y que afectaban en parte a vuestra herencia.

—Ya sabía yo que lo de los papeles de Net Medical no podía ser verdad —intervino Elvira.

—¿Qué sucesos extraños? —preguntó Ada.

—Tranquila, hermanita —la cortó Eduardo—, yo me encargo, voy a hablar. Y hablaré con la poli también. No quiero que tengas que dar explicaciones por el despido de Alexa. Lo haré yo.

Ada lo miró con sorpresa.

—A estas alturas, la inspectora Santaclara ya sabe lo que sabía todo el mundo: que tuve un lío con Alexa y se quedó embarazada, que se complicó, que quiso chantajear a mamá y la despediste. Yo hablaré con el comisario Rial. Alexa abortó en una clínica de Asisgal y se fue a Edimburgo con cien mil euros.

—No sabía lo de los cien mil euros —balbuceó Rafa.

—Nadie más lo sabía. Y esos son los «sucesos extraños» que estabas investigando, ¿cierto? Tranquilos —repitió Eduardo—, no dejaremos que esto salpique a los niños. Rafa, es mejor que os mantengáis al margen. Decid simplemente que mamá os pidió que la despidierais.

Ambos asintieron. Parecían aliviados. A Iria le sorprendió la tranquilidad con la que Eduardo tomaba las riendas. La tranquilidad que te da una cuenta corriente en la que no hacen mella cien mil euros, pensó.

—Eduardo —dijo la inspectora—, no creo que debas dirigir tú la declaración de un testigo en un caso de asesinato.

—Esta familia se va a ver envuelta en un escándalo simplemente porque me acosté con una tía. Fue una relación consentida. Eso no es ilegal —le recordó él—. Ella consiguió su dinero, y yo, que no hubiera un Villamor bastardo que le quitara el sueño a mi padre.

—Pero se lo quitó a tu madre —dijo Iria—. ¿Vas a contarle a la policía que estuvo a punto de desheredarte?

—No sé de qué me hablas. —La voz de Eduardo tenía ahora el mismo tono gélido que el de Ulises cuando algo le contrariaba.

Iria evaluó su siguiente paso. Rafa se bebió su vino de un trago y se sirvió otro. Álvaro continuaba en silencio, sudando a mares. Elvira mantenía su mano sobre la de él.

—Tu madre estaba muy enfadada contigo antes de morir —insistió Iria.

—Lo estaba y no era la primera vez —dijo el pequeño de los Villamor—, pero eso no quiere decir que yo haya matado a Alexa. De hecho, debo de ser el único aquí que tiene una coartada. Ayer estuve en mi casa de Sanxenxo. Mucha gente puede corroborarlo. Desde el dueño del restaurante donde cené, hasta la asistenta que me hizo el desayuno esta mañana.

Ahí estaba, la razón de toda esa seguridad y prepotencia acababa de salir a la luz.

—Pues uno menos —contestó Iria, con ironía.

—Bien —dijo Elvira—, tendremos que comer algo, ¿no?

—Yo tengo el estómago revuelto —dijo Rafa.

—En fin, Iria —intervino Eduardo—, ahora que ya ha quedado claro lo que sucedió con Alexa, imagino que no será necesario investigar nada más de ese pasado. Creo que eso hace innecesaria tu presencia aquí, porque me imagino que para eso te llamó mi padre: para darle una explicación a ese desembolso de cien mil euros hace años —dirigió su vista hacia Ulises—. Papá, esto era del todo innecesario. No estoy orgulloso de lo que pasó, pero actué de forma responsable y me ocupé de que a Alexa no le faltase nada. Me duele que hayas contratado a una policía con falsas excusas en lugar de tener una conversación conmigo. No había nada que ocultar. Si es cierto eso que dice Iria de que mamá quería desheredarme, yo no tuve noticia de ello. Seguro que se debió a un primer arrebato cuando supo que habíamos tenido una aventura. Pero no era necesario que Iria...

Ulises se puso en pie.

—Cállate la boca —lo interrumpió—. Esta es mi casa. Yo decido quién viene y quién se va. La inspectora Santaclara va a seguir aquí. Una chica de veinticuatro años con la que tuviste una aventura ha muerto. La gente va a hablar, y va a hablar mucho. Estás consiguiendo que por primera vez en la vida me alegre de que tu madre no esté aquí para verlo. La versión oficial es que un intruso entró y la mató. Repatriaremos el cadáver, asumiremos los gastos, indemnizaremos a los Ward y conseguiremos que los principales medios de comunicación no se hagan eco de lo que ha ocurrido aquí esta noche. A los niños les diremos que Alexa murió de muerte natural. Pero Iria seguirá aquí y tendrá plena libertad para investigar qué pasó ayer por la noche. Porque lo que pasó ayer está relacionado con lo que me ocultasteis hace cuatro años. No sé lo que fue, pero estoy convencido de que no es lo único que calláis.

Todos guardaron silencio. Un silencio sepulcral que no se rompió ni cuando Ulises abandonó el comedor, ni cuando Carmen entró para anunciar que el exinspector jefe César Araújo acababa de llegar y pedía hablar con la inspectora Santaclara.

El otro trato

—No deberías estar aquí —le advirtió Iria.

—Entonces no me mandes un mensaje para decirme que han matado a la *au pair* con mi pistola y para pedirme perdón por haberla cogido prestada en mi casa sin decirme nada.

—Lo he hecho solo para...

—Ya sé por qué lo has hecho, Santaclara. Pero si vas a sacarte de la chistera una prueba para mi defensa, no se te debería olvidar contar con mi consentimiento.

César hablaba casi en susurros, pero estaba visiblemente enfadado. Iria nunca lo había visto así de enojado con ella. Es cierto que siempre había sido un inspector de carácter, pero la sintonía que tenían en el trabajo la había mantenido alejada de las sonadas broncas de su jefe. No eran muchas, aunque César, al igual que ella, toleraba mal la desidia y la incompetencia, así que alguna les caía a sus compañeros muy de cuando en cuando.

—Ya sabes por qué lo he hecho. Lo último que quiero es que acabes en una sala de interrogatorios contando por qué me diste una pistola y que eso lleve a Rial a la verdadera razón por la que estoy aquí —se justificó ella—. Ya está muy mosca. Nadie necesita una pistola para investigar el robo de unos documentos.

César se calmó. Estaban en el despacho de Ada, que amablemente les había cedido ese espacio para que pudieran hablar. Era un cuarto austero y moderno, que en nada se parecía al señorial despacho de Ulises Villamor. Había varias fotografías de Laura y Dani en distintas etapas de su vida, y una de Ulises y Rosa en el jardín.

—Está bien, no tengo la menor intención de meterte en un lío. Dime qué debo decirle a Rial.

—Solo eso. Que fui a tu casa a tomar café y aproveché para cogerte la pistola. Y que desde luego no la habías echado de menos hasta hoy.

—No, de eso nada. Lo haremos a mi manera. —César sacó unas llaves de su bolsillo y se las tendió—. Diré que somos muy amigos, que tú guardas las llaves de mi casa por si algún día me quedo de puerta afuera, y que conocías de la existencia de mi Smith & Wesson. También dirás, y yo confirmaré, que tenías mi permiso para cogerla si un día la necesitabas y así te lo recordé cuando me dijiste que ibas a iniciar una investigación. Y con eso me quedo tranquilo. Rial es capaz de investigarte por hurto si no sabe muy bien hacia dónde apuntar. Es tan cabrón que ahora mismo puede insinuar que eres la principal sospechosa del homicidio con tal de tener una.

—Pero... —Iria abrió la boca.

—Esto no es negociable, Santaclara. —Su tono no admitía réplica.

—Joder, me haces sentir como una poli en prácticas —se quejó ella—. Deja ese tono conmigo.

—Y tú deja de tratarme como a un viejo chocho. Puede que pase la tarde intentando pescar pulpos, pero sé de este trabajo más que tú, por mucho máster y muchas carreras que tengas. Sé verle las orejas al lobo, y Rial va a ir a por ti. Te tiene ganas.

—Es idiota.

—Ya deberías saber que no hay nada más peligroso que un idiota con poder —dijo Araújo—. Tienes una respuesta en tu móvil a tu wasap desde esta mañana.

Iria cogió su teléfono. «Ya te dije que podías cogerla siempre que quisieras, no está de más para sentirse segura. Espero que pronto cojan al asesino. Lo siento por la pobre chica, qué desgracia».

—No se lo tragará.

—Nos da igual —dijo César—. Lo importante es que no se vuelva loco.

—No lo hará, le tiene mucho respeto a Villamor, que ha cogido las riendas del asunto al instante. Tenías que verlo cuadrando a toda su familia. Hasta yo me hice pequeñita, y sabes que no es fácil intimidarme.

—Bueno, más allá de la tragedia que supone la muerte de una chica tan joven, lo que nos demuestra esto es que el viejo no andaba desencaminado. Alexa Ward sabía algo y ha muerto por eso. No sé con qué has dado, pero está claro que Alexa tenía algo que contar y no le ha dado tiempo a hacerlo.

—En teoría, sucedió lo que imaginábamos. Se lio con Eduardo, se quedó embarazada y accedió a abortar a cambio de cien mil euros. Él lo ha confesado con toda tranquilidad hace un rato.

—Bueno, pues queda demostrado que no es eso lo que Alexa tenía que contarnos, aunque querrán hacernos creer que sí.

—Exactamente —convino Iria—. En un primer momento, cuando esto se descubre, Rosa quiere echar a Alexa y Ada se niega. Al final, Ada acabó despidiendo a Alexa en febrero. ¿Qué pasó en ese tiempo? ¿Qué descubrió Ada para cambiar de opinión y despacharla sin contemplaciones?

—¿Le has preguntado a Ulises al respecto?

—Sí, y me dijo que dejó el asunto de la *au pair* en manos de su mujer porque él estaba muy ocupado con el inicio de la pandemia —respondió Iria—, literalmente me dijo que para él era «un asunto doméstico». «Doméstico», menuda palabra, me dieron ganas de vomitar. Ese hombre equipara el embarazo de la *au pair* a la lista de la compra.

—Pues ahora el asunto es doméstico de verdad. Tiene en su casa a una mujer con un disparo en la cabeza.

—¿Cómo sabes que es en la cabeza?

—Eso es lo que andan diciendo por ahí. Está Loeiro patas arriba. Todos los vecinos han visto desfilar por la Casa Rosa una ambulancia, el coche de la policía judicial y el de la jueza de instrucción.

—No sé para qué coño firman acuerdos de confidencialidad los que trabajan en esta casa si lo largan todo.

—No se trata de ellos. Desde el camillero hasta el conductor de la ambulancia pueden abrir la boca. No se le pueden poner puertas al campo.

La del despacho de Ada se abrió y entró Ulises Villamor.

—Inspector Araújo —dijo a modo de saludo.

—Señor Villamor. —César le estrechó la mano. No se molestó en decirle que ya se había jubilado. Estaba seguro de que el hombre ya lo sabía.

—Iria, sé que me dijo que el inspector Araújo desconocía las razones de su investigación —comenzó el magnate—, pero a la vista de los acontecimientos, tengo claro que eso no es verdad.

—Yo... —comenzó Iria.

—Déjeme terminar —la cortó Ulises—. La entiendo. Sé lo que le pedí y sé que no lo ha cumplido. Y no la voy a juzgar, ya no tiene sentido. Lo hecho hecho está, y no sirve de nada lamentarse. Ahora tiene dos muertes por investigar. Confiaré en su criterio; si quiere que el inspector Araújo colabore en la investigación, lo admitiré, pero entenderá que tendré que tomar con él las mismas precauciones que tomé con usted.

—No sé a qué se refiere —insistió César.

—No voy a perder el tiempo. —El empresario fue tajante—. Mis abogados están redactando ya el acuerdo de confidencialidad para usted. Confío en el criterio de la inspectora Santaclara. Incluso yo lo barajé para asumir esta investigación, aunque las especiales circunstancias de la inspectora Santaclara la hicieron más idónea.

Yo estaba más desesperada, pensó Iria, que estuvo a punto de compartir su opinión en voz alta.

—No conozco los pormenores —mintió César.

—Ella le pondrá al día. Por supuesto, retribuiremos su trabajo. Transmitiré al servicio y a la familia que deben colaborar con usted. Pero recuerde, esta investigación es privada y su resultado me pertenece.

—Pero si descubrimos algo, tendremos que denunciarlo. —César siguió con la farsa, conocía la respuesta de Villamor.

—No lo harán, y esto no es negociable. Sé que accederá a esta petición, piense en la situación de su compañera —le recordó el empresario.

César asintió con un ademán. Aquello era un chantaje en toda regla, pero no tenía sentido discutirlo.

—Les dejo para que se pongan al día. A partir de ahora tiene libertad para venir a esta casa y colaborar con la inspectora Santaclara.

Salió del despacho y un silencio se instaló entre ambos.

—Tenías razón —dijo César—, es jodidamente listo.

—Y bastante amoral también, no te dejes impresionar —le advirtió Iria—. Así son los habitantes de esta casa. Solo son capaces de mirarse su propio ombligo. Y no se dan cuenta de que todos los ombligos son iguales, con independencia de que tengas millones de euros en la cuenta corriente o un imperio que dirigir.

—O que heredar.

Fotografías

Sonaron dos golpes secos en la puerta. Tras gritar un «adelante», entró Carmen.

—Disculpen —dijo la asistenta, en tono formal, consciente de la presencia del expolicía—, me preguntaba si querrían tomar algo.

—Gracias, Carmen —dijo Iria—. Yo estoy bien. Este es César Araújo, exinspector de policía y mi antiguo jefe. Lo verás por aquí de ahora en adelante porque colaborará conmigo. Puedes tutearlo, sin problema.

Ella asintió.

—Tampoco quiero nada, gracias —dijo él.

—¿Te encuentras bien? —le preguntó Iria—. Te veo bastante desencajada.

—Llevo todo el día llorando —confesó ella—. Ha sido durísimo.

—Lo imagino, somos unos desconsiderados. Cuando estés más calmada, si te parece, charlamos un rato sobre lo sucedido —sugirió Iria.

—Si queréis que lo hagamos ahora...

—No es necesario —la cortó César—, quizá podemos dejarlo para última hora de la tarde, cuando hayas tenido tiempo de asimilar lo que ha pasado. Aún tienes muy recientes las declaraciones ante la gente del comisario Rial.

—Me preguntaba —intervino Iria, antes de que la empleada abandonara la estancia— si la familia guarda viejos álbumes de fotos. Me gustaría hacerme una idea de cómo eran ellos y de cómo era la vida aquí.

—Por supuesto que sí. Incluso en esta época en que todo el mundo tiene todas las fotos en el móvil, doña Rosa insistía en que se las imprimiesen. Tenía un álbum por año. Era muy metódica. A menudo la veía sentada en la galería, repasando esos álbumes, sobre todo antes de que Ada y Álvaro volviesen a vivir en la casa. Los echaba de menos.

—Suena muy melancólico, pero tengo entendido que era una mujer activa.

—Sí, sí, y muy inteligente. Tenía una carrera y siempre estaba al tanto de los negocios y decisiones de don Ulises. Pero el hecho de que así fuera no impedía que se volcase en su familia. Adoraba a sus hijos y nietos.

—¿Y don Ulises? —preguntó César.

—Don Ulises imagino que también, pero siempre fue más frío, ya sabéis, un hombre de antes, poco dado a manifestar afectos, y eso sin contar que pasaba mucho tiempo fuera de casa.

—¿Nos puedes traer esos álbumes?

—Son muchísimos. Están en el salón de invierno. Quizá es mejor que vayáis allí y los reviséis. Daré orden a Nélida para que no entre a limpiar y podáis estar más cómodos.

La siguieron al salón. Carmen señaló la gran librería que recorría una de las paredes, que tenía acoplada una escalera para acceder a los volúmenes más altos.

—La biblioteca principal está en el sótano, justo al lado del gimnasio, pero aquí hay bastantes libros, sobre todo las últimas adquisiciones, principalmente novela. Clásicos, modernos y en varias lenguas. Y en esos estantes —Carmen señaló toda la parte superior de la gran estantería de castaño— están todos los álbumes. Los primeros son antiguos y cada uno abarca varios años. Son álbumes a la antigua usanza, de esos en los que se iban pegando las fotos. Los de los últimos años son libros que se mandaban imprimir a partir de archivos digitales, esos son los anuales. Los tenéis desde 2007.

Le dieron las gracias a Carmen, que se dirigió hacia la puerta de salida para dejarlos trabajar.

—Un momento —alcanzó a decir César antes de que abandonase la estancia—, creo que me he arrepentido. Me siento un poco molesto, me temo que es el estómago. ¿Podrías traerme una infusión? Me sirve cualquiera, basta con que la acompañes con un poco de anís estrellado, si es que tenéis.

—Por supuesto que tenemos —dijo Carmen—. ¿Una manzanilla?

—Una manzanilla con anís —aceptó César—. Gracias.

—Has estado fino con eso, jefe —alabó Iria en cuanto se quedaron solos.

—A ver a qué sabe, seguro que a rayos. En fin, al lío.

—Ya me subo yo, no te vayas a romper la cadera.

—Un chiste más sobre mi edad y te dejo plantada. —César comprobó, satisfecho, lo fácil que era recuperar su camaradería y, sobre todo, cómo el trabajo le devolvía a la Iria que él admiraba y que había desaparecido tras el accidente de Ángel.

Iria bajó los primeros álbumes. Había numerosas fotografías en blanco y negro que se remontaban a la infancia de Rosa Piñeiro. Encontraron fotos de la boda de sus padres. Ada Vangeneberg era una mujer rubia y de rasgos delicados, unos centímetros más alta que su marido. Lucía un vestido de satén blanco y un gran velo. La boda había sido un acontecimiento social, como atestiguaban la gran cantidad de invitados y la exquisita decoración de la iglesia.

Ojearon esos álbumes con rapidez. Rosa Piñeiro había sido una niña feliz, que miraba a la cámara con determinación y sin un atisbo de timidez. Los años corrían raudos en esos libros y el paisaje de Loeiro mudó rápidamente del blanco y negro al color. Rosa crecía página a página. Su adolescencia, una orla de graduación de la Facultad de Biología de la Universidad de Santiago de Compostela, plagada de una mayoría de rostros masculinos, un recorte de periódico con la noticia de la pedida de mano, la boda con un Ulises joven y feliz que recordaba mucho a su hijo Álvaro, y que ya presentaba su característico flequillo y las gafas metálicas.

Fotos del matrimonio en la clínica familiar de Pontevedra, con los hijos recién nacidos en brazos. Bautizos, comuniones, cumpleaños e instantáneas de primeros días del curso escolar. Múltiples imágenes en la playa, con una Rosa Piñeiro joven y moderna que lucía en plenos años ochenta un biquini escueto, un pañuelo de vivos colores en la cabeza y enormes gafas de sol. En muchas de ellas aparecía rodeada de sus hijos. Ada lucía siempre dos coletas y Álvaro aparecía siempre haciendo castillos de arena.

—Esta señora tenía mucha clase, y desde luego no es tan convencional como yo imaginaba. Me había hecho una idea equivocada —dijo César.

—Era guapa, le venía de la madre, porque Álvaro Piñeiro era bastante feo.

—Su hija Ada ha heredado poco de esa belleza —afirmó él.

—Su hija Ada es una de las mujeres más listas y educadas que conozco —le rebatió Iria.

—Bueno, no te enfades. Es un hecho objetivo, es bajita y no muy agraciada —se defendió él—, y quiero que seas consciente de que toda esa inteligencia puede usarse para muchas cosas, entre otras para cometer un par de asesinatos sin dejar rastro. No te olvides de que Ada es médica. Si alguien sabe cuál es el efecto que produce la adelfa en el organismo humano, es ella. Y nadie nos puede asegurar que realizó correctamente las maniobras de reanimación.

—Eres muy retorcido.

—Y tú también, pero Ada fue tu amiga y congenias con ella. Solo estoy intentando devolverte un poquito de tu parcialidad.

Iria estuvo a punto de discutírselo, pero decidió callarse. En su fuero interno sabía que su exjefe no andaba del todo desencaminado.

—Mira esto, qué raro —dijo César.

Le mostró un álbum de tapas rojas con ribete dorado que correspondía al año 2000. Fue pasando las hojas, e Iria entendió qué le había llamado la atención: más de la mitad estaban vacías. No siempre había sido así, porque podían distinguirse los espacios que en algún momento habían ocupado las instantáneas, en un color más claro que contrastaba con las hojas amarillentas.

Llamaron a la puerta y esta se abrió. César cerró el álbum de golpe justo cuando Carmen entraba con una bandeja que contenía una taza humeante.

—Siento la tardanza —se disculpó—, he perdido el tiempo buscando el anís estrellado, y resultó que el que teníamos había caducado. Lo siento muchísimo. Ya he mandado a María que lo incluya en la lista de la compra. Me dice que tras la muerte de doña Rosa dejó de comprarlo.

—¿Ella lo tomaba? —preguntó Iria, mientras continuaba pasando páginas de los álbumes y aparentando ligereza.

—Eso me ha dicho María —contestó Carmen—. Si queréis algo más, no dudéis en pedirlo.

Iria cogió uno de los últimos álbumes en cuanto la empleada salió del salón.

—Hablando de lo que tomaba Rosa, busquemos el famoso arbusto —propuso.

—Aquí lo tienes. —Le señaló César.

La planta en todo su esplendor podía apreciarse en cada una de las fotos que tenían como escenario el jardín trasero, que eran bastantes y en casi todas aparecían los niños con su abuela.

—Era imponente —dijo César—, ocupaba gran parte del muro trasero.

—Ahora hay una buganvilla. Pero el color de la nueva planta es mucho más intenso que el de la adelfa y contrasta con las rosas que la rodean, que son más pálidas. Era más bonito antes.

—¿Sigues teniendo la foto que le enviaron anónimamente a Villamor?

—La duda ofende. —Iria cogió su móvil y recuperó el archivo en un segundo.

—Fíjate.

César cogió la foto y la fue comparando con varias instantáneas de los álbumes.

Iria vio al momento lo que había captado la atención de su compañero.

—En la foto de Ulises aparecen otras flores junto a la adelfa.

—Rosas, de un tono tan pálido que casi parece blanco.

Sacó una foto a varias instantáneas del álbum. Amplió la imagen y las comparó con la de Ulises.

—Las flores que aparecen al lado de la buganvilla son las mismas que aparecen al lado de la adelfa —señaló Iria—. Y fíjate, en ambas fotos hay un pequeño tubo de autorriego tras el rosal.

—La foto que le enviaron a Ulises la sacaron en su propio jardín —concluyó Araújo—. No es una adelfa cualquiera, es su adelfa. Una adelfa que no existe desde hace tres años.

—Y esto no es el jardín de la alameda de Pontevedra. Esto es el jardín privado de una familia muy celosa de su intimidad, lo que significa que la foto la sacó uno de ellos y hace mucho tiempo —dijo Iria, excitada.

—Pero... ¿para qué?

—Para esto. Para traernos aquí. Para abrir una investigación que descubra al verdadero asesino de Rosa. Y algo mucho más importante: para dejar a su asesino en evidencia delante de Ulises. Para apearlo por la carrera en la sucesión y asegurarse el poder en Asisgal. Por dinero, como siempre, por el maldito dinero.

Un asesinato

—Me has colocado a la altura de una chismosa de pueblo —dijo César mientras dejaba la ensaimada dentro del maletero de su coche.

Iria lo esperaba con la otra en la mano.

—Te gusta el dulce, es un hecho. Y esta otra ensaimada es nuestra excusa para que Sinda nos cuente qué ha pasado en el pueblo durante mi estancia en Alemania.

—¿Y qué le dirás para justificar mi presencia? —preguntó él.

—Diré que me estás ayudando con lo de la novela. No tiene sentido ocultarle que eras mi jefe, se enteraría antes de que volvieses a tu casa esta noche. Iremos caminando. Ya recogerás tu coche mañana.

En menos de diez minutos estaban en casa de Sinda, que les abrió la puerta antes de que *timbrasen*.

—Los he visto subir —se explicó la Gestapo—, podría decirles que estaba regando los geranios, pero lo cierto es que llevo todo el día pegada a los prismáticos.

—Ya me lo imaginaba —dijo Iria—. Estamos en shock. En fin, este es César Araújo, mi exjefe. Vive en Aguete y voy a acompañarlo a su casa. De camino quería dejarle esta ensaimada. He estado de viaje y me acordé de traerle un detalle. Le debo dos cafés y un postre.

—No me puedo creer que se haya acordado de mí. —La voz de Sinda mostraba sorpresa y un agradecimiento sincero—. Pero pasen, pasen.

César e Iria entraron en la casa. Lo primero que el expolicía observó al entrar en la sala de estar fueron unos prismáticos sobre la mesa camilla.

—Veo que no lo decía de broma —apuntó, al tiempo que los señalaba.

—Es horrible —dijo Sinda, cuya excitación era palpable—. ¿Es cierto que ha muerto la chica irlandesa? No me lo puedo creer, hace unos días la vi con los críos cerca de la fuente. Venían de dar una vuelta por la ruta de los molinos.

—No, Claire no ha muerto —la corrigió Iria—. La chica que ha fallecido es una antigua *au pair* que estaba de visita.

—¡Oh!, ¿cuál de ellas? ¿Edith, Françoise, Julie, Ashley?

—Madre mía, ¿las conoce usted a todas? —preguntó César.

—Pues claro, siempre me hago amiga de ellas. En verano Loeiro se llena de turistas, pero en invierno somos cuatro gatos. Acabo congeniando con todas. Soy una mujer inquieta, me gusta conocer su cultura, mostrar un poco de la nuestra. Todas han acabado tomando café o té en esta salita. Yo les presto libros e incluso las ayudo con sus estudios, no es fácil aprender nuestra gramática. Puede que esté jubilada, pero sigue gustándome dar clase —afirmó Sinda—. Pero díganme, ¿cuál ha sido?

—Ha sido Alexa —contestó Iria.

—Esa no me suena —apuntó Sinda, estupefacta.

—Es que trabajó para Ada cuando aún no vivía aquí. Pasó en Loeiro las Navidades de 2019, justo antes de la pandemia.

Sinda se quedó pensativa.

—En Navidades no salen mucho, pero sé a quién se refiere, Julie me habló de ella. Es a la que echaron, ¿no?

—Exactamente.

—Pero esto es muy emocionante —dijo la Gestapo—. No me malinterpreten, lo siento por la chiquilla, pero esto significa que han cometido un asesinato de verdad, como los de las novelas.

—Nosotros no hemos dicho tal cosa. —Iria ni confirmó ni desmintió nada.

—Me ha dicho Josefa, la hermana de Benita, que su sobrina María, la que trabaja en los juzgados, le ha contado que un compañero suyo le ha confirmado que han venido a levantar el cadáver de una chica a la que le habían pegado un tiro.

—Madre mía, creo que me he perdido a mitad de la frase —dijo César.

—Me reiría si esto no fuera tan serio —le recriminó Sinda—. ¿Quieren café?

Ambos asintieron. Mientras la mujer lo preparaba en la cocina, Iria miró a César con complicidad, se encogió de hombros y extendió las manos, con un ademán que indicaba «te lo dije». En cuanto la maestra volvió, los tres se sentaron a la mesa.

—Entonces, díganme —Sinda volvió a la carga—, ¿es verdad que le han disparado?

—Creo que no vamos a poder contestar a esa pregunta —se apresuró a decir Iria, antes de que César abriera la boca—. Sería de muy mal gusto por mi parte, soy una invitada de la familia.

—Sí, claro, lo entiendo. —Había algo de desilusión en la voz de la mujer—. ¿Van a investigar el asesinato?

—¿Nosotros? —dijo César—. Claro que no. Yo estoy jubilado e Iria tampoco está de servicio.

—Lo sé, pero me cuesta creer que don Ulises los tenga a los dos husmeando por su casa y no les pida que le echen una mano. Y gracias por no negar que sea un asesinato. —La Gestapo les guiñó un ojo.

—Pues tendrá que creerlo. No vamos a investigar nada. Yo solo estoy ayudando a Iria en la ambientación de su novela.

—Claro, claro —dijo la mujer con socarronería—. En fin, poniéndonos serios, es terrible que pasen estas cosas. Y qué quieren que les diga, no saben lo que me indigna que casi siempre les acaban pasando a las mujeres. ¿Quién iba a pensar que en Loeiro se iba a cometer un crimen? ¡Y en la Casa Rosa, ni más ni menos! Imagino que don Ulises andará como loco; le guste o no, él y todos sus hijos son ahora sospechosos de asesinato.

—Nadie ha dicho que sean sospechosos —le indicó Iria.

—Me imagino que todos los que están en la casa lo son, ¿no? Incluso usted —apuntó Sinda—. En las novelas es así. Alguien muere y todos los que están en la casa son sospechosos.

—Punto número uno: esto no es una novela. Punto número dos: se olvida usted de que existe la posibilidad de que alguien ajeno a la casa haya entrado por la noche —la corrigió Iria—, y, finalmente, punto número tres: no todos sus hijos estaban ayer a la noche en casa. Eduardo estaba en su piso de Sanxenxo.

—¿Eso les ha dicho? —Sinda los miró con extrañeza—. Vaya, vaya...

—Vaya, vaya, ¿qué? —preguntó César.

—Pues que puede que estuviera en Sanxenxo, pero a las dos de la mañana tenía su barco de vela atracado en el muelle de Loeiro.

César e Iria la miraron con sorpresa.

—¿Está usted segura?

—Totalmente. —La Gestapo se mostró firme—. Me levanté al baño de madrugada y allí estaba. No sé cuándo se iría. Esta mañana a las seis, desde luego, ya había desaparecido. Pregúntenle a él. No lo podrá negar. ¡Dios mío!, ¡un asesinato! Si doña Rosa levantara la cabeza...

Un hombre inteligente

—No sé cómo no lo vi. Sanxenxo está casi enfrente. Solo tuvo que coger su barco, plantarse aquí y cargársela —afirmó Iria.

Estaban de nuevo en la Casa Rosa. Se habían despedido de forma apresurada de la Gestapo, alegando que reclamaban a Iria en la mansión. Nada más llegar, habían pedido a Carmen que fuese a buscar a Eduardo, y ahora estaban esperándole en el despacho de Ulises, con la mansión de los Villamor sumida en un extraño letargo. Rafa y Ada habían salido a ver a sus hijos; Claire permanecía encerrada en su cuarto, y Ulises estaba descansando. Las voces de Álvaro y Elvira, que tomaban café en la galería, no llegaban hasta ellos, como si la casa contuviese el aliento, a la expectativa.

—No te precipites. A lo mejor tiene alguna explicación —le aconsejó César.

—Sí, claro que la tendrá, pero no me la voy a creer. Si ese cabrón se ha cargado a la chica, vamos a tener que pelearnos con Ulises para ponerlo a disposición judicial. No voy a ser cómplice de un asesinato, por mucho que ese hombre esté pagando el tratamiento de Ángel.

—Te repito que no te aceleres. Tu mente siempre va dos pasos por delante de los acontecimientos. Tenemos dos crímenes por aclarar y ambos hemos aceptado las reglas del juego de Villamor.

Ya veremos a dónde nos conducen los prismáticos de Sinda. Necesitaremos más que eso para acorralar a Eduardo.

Aún no había acabado de pronunciar su nombre cuando el pequeño de los Villamor entró sin molestarse en llamar a la puerta.

—¡Hola! Dice Carmen que me buscáis.

Iria examinó su rostro y sus ojos claros y fríos a la búsqueda de un atisbo de inquietud. No lo encontró. Él la retó con la mirada. Iria, sentada tras el escritorio de Ulises, le indicó con un gesto que se sentase en una silla, al lado de César. Lo hizo adoptando un aire despreocupado. Cruzó las piernas y mantuvo las manos en los bolsillos. Todos sus gestos evidenciaban la intención de ocultar algo. Iria no se sorprendió: Eduardo ocultaba demasiadas cosas. Todos lo hacían en esa casa.

—Sí —le confirmó Iria—. Queríamos hacerte una pregunta, nos ha surgido una duda. César y yo estábamos comentando lo cerca que está Sanxenxo por mar, pero no somos capaces de calcular la distancia. Estoy segura de que, como campeón de vela, podrás echarnos una mano.

Eduardo se tomó su tiempo. Por un momento, Iria pensó que comenzaría una estrategia de defensa y se lanzaría a negar que la noche anterior hubiera cruzado la ría en barco. Sin embargo, tras pensarlo durante unos instantes, se limitó a contestar a su pregunta.

—No creo que llegue a las cinco millas náuticas.

—Y exactamente, ¿cuánto tardaría un barco de vela en recorrer esa distancia?

—Pues depende de muchos factores: de si hay viento o no, de la eslora del barco, del peso y volumen de la embarcación, del velamen...

—No necesitamos una clase magistral —lo cortó Iria—. Creo que sabes de sobra a dónde quiero ir a parar, Eduardo.

—Por supuesto que lo sé. —Su voz no se alteró lo más mínimo.

—Solo te lo voy a preguntar una vez: ¿viniste ayer por la noche a casa para ver a Alexa?

—Lo hice —confesó, para sorpresa de ambos policías—. Supongo que no tiene sentido negarlo, pero ambos sabéis que eso no significa nada.

—Salvo por el hecho de que nos has mentido.

—No he mentido. Me has preguntado si vine y te he dicho la verdad —replicó él—. Por la mañana te dije que había dormido en mi apartamento de Sanxenxo, y que el dueño del restaurante donde cené y mi asistenta podrían corroborarlo, y hasta donde yo sé, eso también es verdad. Esta es la casa de mi padre y, salvo que él me lo prohíba, puedo entrar y salir a mi gusto. Y creo que estoy siendo bastante amable al contestar a vuestras preguntas, teniendo en cuenta que él es un policía jubilado y tú una poli en excedencia. Si tienes alguna sospecha, te aconsejo que hables con el comisario Rial y se la transmitas. No tengo nada que ocultar.

Iria lo miró fijamente, sentado al otro lado de la mesa. Ella se levantó y apoyó las palmas de las manos sobre el escritorio de Ulises.

—Escúchame bien. Hace cuatro años la dejaste preñada, le pagaste un aborto, le diste cien mil euros para que volviese a su país, y la visitaste ayer a la noche a escondidas. Si crees que eso no significa nada, es que no eres tan listo como te crees.

Eduardo también se puso en pie.

—No podrás probar que la maté porque no lo hice. Vine ayer a eso de las dos de la madrugada con intención de tratar un asunto con ella. Quería hablar con Alexa para dejar claras algunas cosas respecto de nuestra relación pasada, antes de que hablases con ella. Hay cosas que sucedieron entre nosotros que no le incumben a nadie y que quiero que se mantengan en silencio. Pero la única verdad es que ese silencio no es lo suficientemente importante como para que yo mate a nadie. Cuando llegué, Alexa ya estaba muerta. Entré en la habitación y me encontré con el mismo escenario con el que se topó Carmen esta mañana. Comprendí al instante en qué posición me dejaba el haber atravesado la ría en barco para hablar con ella. No quería dar explicaciones sobre asuntos que solo nos concernían a Alexa y a mí. No sé si tú me crees listo o no, pero lo soy. Lo suficiente para adivinar lo que pasaría si alguien descubriese que había cogido un barco en la madrugada para hablar con ella a escondidas, así que no toqué nada, me di media vuelta y me fui. Esa es la verdad. Y nadie, absolutamente nadie, podrá probar lo contrario.

Después del discurso, Eduardo abandonó el despacho sin ni siquiera despedirse.

César e Iria se miraron. No necesitaban decirse nada. Habían interrogado a múltiples sospechosos en su vida.

Ambos lo tenían claro.

Eduardo Villamor era inteligente. Y, lo más importante, estaban casi seguros de que decía la verdad.

Un carácter endiablado

Carmen estaba en la cocina tomando una tila, sentada frente a María, la cocinera. Seguía visiblemente afectada, los ojos enrojecidos mostraban que llevaba tiempo llorando, y no se levantó cuando César e Iria entraron en la estancia.

María, solícita, les preguntó si deseaban tomar algo.

—No, gracias. Tal y como comentamos antes, querríamos charlar un ratito contigo, Carmen, pero solo si te encuentras en condiciones —dijo Iria, con tacto.

La mujer le caía muy bien, tenía todas las virtudes que se esperan de alguien que trabaja en una casa como la de los Villamor. Era servicial, respetuosa, educada y muy discreta, atributos todos ellos difíciles de encontrar hoy en día.

Ella asintió con un ademán.

César e Iria se sentaron a la mesa. María se despidió y los dejó solos, abandonando sobre la encimera un bol de verduras cortadas en tiras.

La cocina recordaba a las de los grandes chefs: grandes fogones, numeroso menaje y varios robots de cocina.

—Siento muchísimo por lo que has pasado hoy. Imagino que sigues muy impresionada.

Carmen no contestó y César se dio cuenta de que estaba a punto de romper a llorar de nuevo.

—No se trata del hecho de encontrar a una persona muerta, lo de la sangre y todo eso —dijo al fin—, se trata de que ayer estuve con Alexa y, no sé, era tan joven, estaba tan llena de vida... Charlamos durante un buen rato. Me contó que había estudiado Filología hispánica, y que estaba trabajando en un colegio en Edimburgo. Parecía tan feliz de volver a ver a los niños...

—¿A qué hora llegó? —preguntó César.

—Sobre las cinco. Los niños estaban en el estudio con Claire y se pusieron muy contentos al verla, sobre todo Laura, que es la que más la recuerda; Dani era muy pequeño cuando Alexa trabajó para Ada. Yo me tomé un té con ella y luego ayudé a María con el bufé. Preparamos una cena sencilla. A fin de cuentas, solo cenarían don Ulises, Álvaro y Elvira, porque Eduardo estaba en Sanxenxo y Ada y Rafa cenaban fuera. Después me despedí de ella, que estaba con Claire y los niños. Le recordé a Claire que llegarías sobre la medianoche y me fui a casa. Esta mañana, al ver que no bajaba a desayunar, fui a despertar a Alexa y, bueno... el resto ya se lo he contado a la policía.

—¿A qué hora fue eso?

—A las ocho y media, creo.

—¿Sabes si Ada o Rafa hablaron con Alexa? —se interesó Iria.

—No lo creo. Estaba claro que Ada no tenía ganas de verla. En cuanto se enteró de que vendría, dijo que esa noche no cenarían en casa. Y Rafa tampoco estaba por la labor, porque lo vi preparar una maleta. Dijo algo de un viaje de negocios, pero lo que yo creo es que, después de lo que pasó, preferían rehuirla. Lo mismo puede decirse de Eduardo. Aunque esta es solo mi opinión —concluyó la asistenta, prudente—, deberías confirmarla con ellos.

—Así lo haremos —le indicó César.

—¿Visteis algo interesante en las viejas fotografías de doña Rosa? —quiso saber Carmen.

Iria meneó la cabeza. Carmen le caía muy bien, pero no tanto como para contarle lo de la foto de la adelfa. Además, desde que conoció a la empleada, consideró que era bastante plausible que ella fuera la responsable de dicho envío. Conocía como nadie los entresijos familiares y estaba bastante implicada emocionalmente con ellos. Quizá quería favorecer a Eduardo a costa de sus hermanos. Si esa era su estrategia, no le estaba saliendo bien.

—No hemos encontrado gran cosa —confesó finalmente Iria—, pero lo que nos ha llamado la atención es precisamente lo que no hemos encontrado.

Carmen la miró confusa.

—Nos ha extrañado ver que uno de los álbumes estaba casi vacío. Se notaba que alguien había sacado las fotos —le aclaró César—, aún se apreciaban las marcas.

—Supongo que serían las de Álvaro en su época universitaria. —La mujer se calló al instante, consciente de que había hablado de más.

—Sé lo que sucedió con Álvaro —le informó Iria para tranquilizarla—, lo de su crisis nerviosa y su internamiento.

—Cuando comencé a trabajar aquí, Álvaro ya tenía veinticuatro años, y Ada veintidós. Como te dije el otro día, solo Eduardo vivía aún en la casa, aunque los otros dos venían muy a menudo. Doña Rosa adoraba tenerlos a todos. De lo sucedido con Álvaro solo tengo referencias. Nunca pregunté nada, pero la cocinera que trabajaba aquí por aquel entonces, Nieves, me puso en antecedentes. De nuevo os tengo que pedir que preguntéis a la familia para tener una idea más fiable de lo sucedido.

—Pero aun así piensas que las fotos que faltan corresponden a esa época —apuntó Iria.

—Es lo primero que se me ha ocurrido. Alguna vez oí a doña Rosa lamentarse de lo mal que lo había pasado Álvaro cuando falleció su novia, y que había que evitar a toda costa todo lo que le recordase a ella. Por eso se me ha ocurrido que esas podían ser las fotos en las que aparecía ella. Creo que se llamaba Laura.

—Sí, estamos enterados —la animó Iria.

—Él no tuvo la culpa, o esa es la versión oficial. Era ella la que conducía, aunque hay quien dice que era él. Pero, con independencia de quién condujese, doña Rosa siempre decía que él nunca dejó de sentirse responsable. De aquellos polvos estos lodos...

—¿A qué te refieres? —incidió Iria—. Sé que tiene fama de tener un carácter endiablado, pero...

—Habéis estado hablando con Sinda, ¿verdad?

Iria asintió.

—Esa mujer se morderá un día la lengua y morirá envenenada —replicó Carmen.

—Yo no diría tanto —la defendió Iria—. Es muy observadora y está muy aburrida. Es cierto que se pasa la vida espiando a todo el mundo, pero no creo que disfrute expandiendo rumores falsos. Al contrario, me parece una mujer sagaz, con un buen juicio crítico y gran capacidad de análisis.

Carmen la miró con sorpresa.

—Caray, puedes ficharla como ayudante en la comisaría.

—Tampoco será la cosa para tanto —César quitó hierro a su afirmación.

—Sea como fuere, ella piensa mal de Álvaro porque es amiga de Benita, pero los hijos de esa mujer nunca han sido trigo limpio.

—Claro, claro —dijo Iria, dando a entender que sabía de lo que hablaba.

—El pequeño es un drogadicto que trae a la madre por la calle de la amargura. En cuanto al hijo mayor, nunca dudé de que lo que le pasó fue un accidente.

—Sinda me lo contó, pero apenas recuerdo los detalles —dijo Iria.

—No hay mucho que contar. Hubo una discusión y una pelea entre Álvaro y él. El chico cayó del puente y se quedó parapléjico. Pero le aseguro que fue un accidente. Eso es lo que siempre decía doña Rosa, que había sido un desgraciado accidente.

Rosa

Loeiro, julio de 2002

—Ha sido un accidente. Un desgraciado accidente. —Rosa hablaba con convicción mientras le servía a la mujer un café con leche y le alcanzaba el azucarero.

Estaban en el jardín. Rosa sabía que el interior de la casa le impondría demasiado respeto a Benita. Esta permanecía sentada al borde de la silla de forja blanca, muy recta, sin apoyar la espalda. Se la veía incómoda, a pesar de que Rosa le había pedido al servicio que las dejase solas.

La mujer sacó un pañuelo del bolsillo.

—¡Qué va a ser de mi Antonio! —acertó a decir.

—Ya sabe que a su hijo no le va a faltar de nada. —Rosa extendió la mano y la colocó sobre las de Benita, con el ánimo de calmarla.

—Le faltan sus piernas. Se va a quedar en una silla de ruedas para siempre. —Levantó la vista y la fijó en la de ella—. Para usted es fácil hablar, su hijo no está en el hospital.

—Le proporcionaremos los mejores tratamientos, acondicionaremos su casa y le pasaremos una pensión. Yo soy madre y sé cómo se siente.

Benita sacudió la cabeza, negando tímidamente.

—Mi hijo pequeño, Manuel, no va por buen camino, voy de disgusto en disgusto, no hago carrera con él. Y ahora esto. No creo que pueda imaginar cómo me siento. Llevo muchos años viuda, sola, viviendo en esa casa que se cae a pedazos, trabajando como una mula. Pero lo peor es no tener a quién contárselo, no tener a quién pedir consejo —sollozó.

—Ahora podrá dejar de trabajar y dedicarse a cuidar a Antonio. Y le repito que aquí me tiene para lo que quiera.

Benita la miró desconcertada. Doña Rosa le hablaba como si fuera una amiga, pero ella sabía que nada la unía a esa mujer. Sus hijos eran de la misma edad, pero Benita era bastante más joven. Los Piñeiro siempre se mostraban amables con los vecinos de Loeiro y su madre siempre le decía que la difunta doña Ada era un ángel de la guarda. Pero la realidad es que Rosa no podía ser más diferente a ella. No sabía lo que era lavar la colada en el agua fría del lavadero. Benita no había tenido lavadora hasta hacía apenas diez años. Tampoco sabía lo que era comer solo patatas para llegar a fin de mes, ni que tus hijos siempre usaran ropa prestada, o que te llamasen de comisaría porque tu pequeño ha robado en una farmacia, o buscarlo desesperada durante toda la noche para encontrarlo tirado, inconsciente, en un banco de la alameda de Marín.

No iba a defender a su Antonio, pero entendía esa pelea, ese odio hacia los Villamor, con sus coches deportivos, sus barcos de vela, sus fiestas y su casa con un jardín rosa perfectamente cuidado. Doña Rosa gastaba en ese jardín en un mes más de lo que ella ganaba en todo el año.

Además, los chicos de la Casa Rosa no eran discretos como siempre lo habían sido la señora Ada y doña Rosa. El pequeño apenas tenía trece años, pero exhibía tablas de surf que los demás chicos veían con envidia. La chica estaba estudiando Medicina, y siempre había sido una chiquilla más bien tímida, que nunca se interesó por las demás chicas de Loeiro. En la playa siempre permanecía apartada y, en cuanto dejó atrás la adolescencia, redujo su círculo de amigos a una pandilla de chicos de Pontevedra que veraneaba en Loeiro. Chavales que, como ella, estudiaban en colegios en el extranjero y cuyos padres eran médicos, abogados o profesores universitarios. Álvaro, el mayor, se paseaba con un descapotable rojo y no ponía un pie en el pueblo desde que se había ido a estudiar a Madrid.

Nunca se mostraban mucho y esa actitud, consciente o no, daba a entender que no consideraban que los demás chicos de Loeiro estuvieran a su altura.

Después había pasado lo de la novia de Álvaro. Benita no conocía todos los detalles de lo sucedido, pero sabía que Toño había tenido un encontronazo con Álvaro a raíz de un comentario de su hijo que había ofendido a su novia, cuando esta había venido al pueblo a pasar unas vacaciones de verano.

Chiquilladas. Todos los chavales miran a las chicas, tengan o no novio, y comentan cosas. Siempre había sido así, de toda la vida del Señor, pero la cosa desembocó en una pelea en la que Toño le dejó a Álvaro un ojo morado y el orgullo herido.

Eso había sido hacía un par de años. El pasado verano, el chico volvió solo de Madrid. Parecía abatido y poco después desapareció. Lo que contaban por el pueblo es que la novia se había matado en un accidente. Álvaro no regresó a Madrid y se decía que estaba enfermo. Nadie lo confirmó, pero decían las malas lenguas que se había vuelto medio loco. También decían que era él el que conducía el coche el día del accidente en el que se mató su novia.

Y sin duda no andaban desencaminados porque, cuando reapareció, el mayor de los Villamor lo hizo visiblemente desmejorado, pálido y muy delgado. Apenas salía y, cuando lo hacía, siempre lo acompañaba doña Rosa, que no lo dejaba ni a sol ni a sombra.

Hasta que llegó la noche de la fiesta de la playa en Loeiro, y pasó lo que pasa en todas las verbenas, que los chicos beben de más y acaban haciendo y diciendo todo tipo de tonterías.

—Le llamó loco —confesó Benita—. Yo no sé por qué. Bueno, sí lo sé. Esto es un pueblo pequeño. Pero no estuvo bien, no, no lo estuvo.

—Ambas sabemos lo que es ver sufrir a un hijo. Una daría lo que fuera por hacer desaparecer su dolor. Pero no se puede, lo único que nos queda es acompañarlos en su sufrimiento. Álvaro quería mucho a Laura, cuando ella faltó perdió las ganas de vivir. —Rosa parecía estar hablando para sí misma. Luego reaccionó y volvió en sí—. Pero eso ya no tiene remedio. Laura no revivirá, y Antonio no volverá a andar. Lo de Laura no podemos arreglarlo, pero puedo asegurarle que yo misma me encargaré de que su hijo lleve una vida digna, cuidado por usted, en una casa adaptada, con muebles nuevos y reformada, a la que acudirán una asistenta y una enfermera a diario para que usted solo tenga que preocuparse de que Antonio se recupere. Hay tantas cosas que se pueden hacer sin andar... Conducir, estudiar una carrera, trabajar. No, lo de Laura no tiene ya remedio, pero lo de Antonio sí. Le doy mi palabra de madre.

La palabra de la madre del chico que había dejado a su hijo en silla de ruedas. El que lo empujó a traición, haciéndolo caer del puente. Había poca altura, pero la marea estaba baja. Mucha gente se había caído de ese puente a lo largo de los años. No era la primera vez que pasaba. Pudo no suceder nada, pudo salir ileso o simplemente romperse un brazo o una pierna, pero cayó mal. Una caída de apenas tres metros de altura convirtió a Antonio en lo que era ahora.

Y doña Rosa tenía razón. Ya no podían volver atrás, y ella necesitaba toda la ayuda posible para ayudar a Toño.

—Yo también estoy segura de que fue un accidente —dijo finalmente Benita, y se llevó a los labios la taza de café.

¿Quién es el jefe aquí?

Iria recordó el día que había cruzado esas puertas por primera vez hacía nueve años, después de siete de servicio en la comisaría de Lugo. La idea inicial era pasar en su primer destino el menor tiempo posible, hasta conseguir el traslado a Pontevedra, pero Ángel se había cruzado en su camino y la decisión de volver a su ciudad se había demorado.

La casa de Bueu, en la que ambos habían invertido todos sus ahorros, tan solo la utilizaban en vacaciones y los fines de semana, porque Ángel era reticente a abandonar su trabajo de mecánico en un concesionario. Cuando el tío de Iria les comentó que se jubilaba un amigo suyo, dueño de un taller en Moaña, y que traspasaba el negocio a un precio más que aceptable, vio el cielo abierto.

Los que nacen cerca del mar saben que tarde o temprano necesitan volver a él. Ángel se resistió al principio, pero la idea de ser su propio jefe y levantarse cada día en la playa, en esa casa que habían reformado y amueblado con tanta ilusión, fue suficiente para que renunciase a su trabajo e Iria solicitase el traslado a Pontevedra.

Pero eso fue antes, cuando su marido era algo más que un ser inerte con la mirada perdida. Antes, cuando ella atravesaba las puertas de la comisaría con el aval de ser la primera de su promoción y la experiencia acumulada en la comisaría de Lugo. Allí, junto a su compañero, el inspector Álex Veiga, había realizado un excelente trabajo, centrándose en la lucha contra la violencia de género y la explotación sexual. Juntos habían desmantelado una red internacional que traficaba con mujeres. El caso le había valido un ascenso a Veiga, que acabó de comisario en Compostela.

Tenían suerte en Santiago, ella mataría por un jefe como Veiga; de los que bajan a la arena, te escuchan, te dan libertad de movimientos, pero al mismo tiempo asumen las responsabilidades, imponen su criterio cuando así lo estiman conveniente y no se amilanan ante la presión política y mediática.

Justamente lo contrario de lo que sucedía con Anxo Rial, pensó ella, mientras llamaba a la puerta del comisario y esperaba a que este le permitiera el paso.

—Bueno, bueno —comenzó Rial—, ya tenía ganas de tener esta conversación contigo, Santaclara, sin la presencia de Ulises Villamor. Ahora que no está aquí para defenderte, quiero que me expliques de manera muy clarita qué es lo que estás haciendo en casa de ese hombre. Y antes de que me digas que no es de mi incumbencia, quiero recordarte que una mujer ha sido asesinada con un arma que tú llevaste a esa casa. Ya sabes en qué posición te coloca ese hecho.

Iria se tomó unos instantes para decidir cuál sería su estrategia ante Rial. Durante el trayecto en coche hasta Pontevedra había decidido mostrarse sumisa para calmar al comisario, pero, como siempre le sucedía, la actitud de su jefe la sublevaba, y ahora, por primera vez, podía decir lo que pensaba al no estar en servicio activo.

—No lo sé, dímelo tú, Anxo.

—No me provoques, Iria, no te pases de lista. —Rial enrojeció—. Dime qué estás haciendo en casa de Villamor.

—Ya te lo dije ayer. —Iria intentó calmarse, tampoco le convenía acabar en un calabozo como sospechosa de asesinato—. Estoy acometiendo una investigación de carácter empresarial. Los gastos del tratamiento de Ángel son muy elevados y la oferta de Villamor era demasiado tentadora. Tendrás que creerme cuando te digo que nada de lo que me ha llevado a esa casa tiene que ver con la muerte de la chica escocesa.

—Pero estás allí, podrás contarme algo que me permita hacerme una idea de lo sucedido. ¿De qué se trata? ¿Tenía Ulises una aventura con ella?

—Por el amor de Dios, ¡tiene al menos cincuenta años más que Alexa! —dijo Iria.

—Como si fuera la primera vez que ocurre.

—Te contaré lo que sé. La chica trabajó para Ada Villamor desde septiembre de 2019 hasta febrero de 2020. Fue despedida. Ulises quería investigar si la chica había tenido algo con su hijo Eduardo, y la hizo venir. Por temas de herencia. Imagino que llegó a sus oídos que había estado embarazada. Eduardo Villamor no estaba en la casa la noche del asesinato, pero he averiguado que de madrugada vino en barco desde Sanxenxo. El propio Eduardo me ha confesado que lo hizo para hablar con ella, pero que cuando llegó ya estaba muerta. Creo que la Científica te puede dar una hora aproximada de la muerte. Si quieres saber mi opinión, creo que Eduardo dice la verdad. Yo llegué a la casa pasada la medianoche. La actual *au pair* me abrió la puerta. No oí nada, estaba totalmente destrozada después del viaje y me dormí en cuanto me metí en la cama.

—Con lo que me cuentas, Eduardo es el principal sospechoso.

—Podría asegurar que habéis encontrado sus huellas en el pomo de la puerta —aventuró Iria.

—No estás aquí en calidad de investigadora, no voy a compartir contigo información confidencial.

—Sabes que es así. Si la hubiera asesinado, habría limpiado todas sus huellas, y si no lo hubiera hecho, encontrarías sus huellas en la habitación. Pero si solo están en el pomo, resultará que Eduardo dice la verdad, lo cual será un alivio para ti porque no quieres detener al hijo de Ulises Villamor.

—Ulises es un hombre muy importante, pero si se demuestra que uno de sus hijos ha cometido un asesinato, lo detendremos —aseguró Rial, cuya voz había perdido parte de su confianza.

Iria no le creyó ni una sola palabra, aunque decidió seguirle el juego.

—Lo sé, pero no lo harás hasta tener la certeza absoluta de su culpabilidad. Una detención basada en pruebas circunstanciales no te dejará en buen lugar.

—¿Cuál es tu opinión?

Iria no recordaba que Rial le hubiese pedido nunca su opinión. Debía de estar desesperado y muy solo. César y ella habían cargado con el peso del trabajo en esa comisaría durante años. Parecía que ahora que ambos habían dejado sus puestos, Rial valoraba la labor que habían desempeñado.

—Mi opinión es que la mató alguien de la casa. Ese alguien sabía que yo guardaba un arma, y para eso debía haber tenido acceso a mi habitación. Eso reduce las posibilidades a la familia y al servicio.

—¿Crees que el propio Ulises...? —Rial no se atrevió a acabar la frase.

—Lo creo —dijo Iria—. Ese hombre mataría por proteger a su familia y su empresa. Pero también creo que es lo bastante listo como para que no lo pillen y para hacer que los suyos salgan indemnes. Sin embargo, no creo que lo hiciese en su propia casa, ni que se ocupase personalmente de hacerlo. Si me admites un consejo, sigue investigando sin que él lo sepa. Mantén la versión oficial del intruso que entra en una mansión. Apura los análisis de la Científica para ver si encuentras algún resto biológico en la habitación. Intenta conseguir la hora aproximada de la muerte, insístele al forense. No se atreverá a ponerlo en el informe, prefieren manejar un intervalo que les cubra las espaldas y minimice su error, pero extraoficialmente pueden afinar su análisis y darte una idea certera que te ayude a cercar al posible culpable. Y, sobre todo, no cometas el error de detener a nadie sin tener la completa seguridad de que es culpable, porque eso te destruirá.

Iria había sido todo lo sincera que su acuerdo de confidencialidad le permitía.

—¿Por qué colaboras conmigo? No estás de servicio y no soy santo de tu devoción. —Rial la miraba con suspicacia.

—No estoy colaborando contigo. No quiero interferir en tu investigación. Sé que ya estáis examinando las cámaras de seguridad del jardín. Piensa en si Eduardo hubiera cometido un asesinato sin preocuparse de borrar esas grabaciones o inutilizar las cámaras. Por otro lado, su barco estuvo atracado en el muelle de Loeiro, que durante la noche está iluminado por una farola. Si yo atracase ahí para cometer un crimen, le daría una pedrada a esa luz. La gente de Montecelo pudo observar el barco desde sus casas. Creo en su versión. No quiero que mis compañeros metan la pata y la imagen del Cuerpo quede en entredicho. Esto te trasciende. Solo quiero lo mejor para mis compañeros y esta comisaría. Esta ha sido siempre mi actitud, no es culpa mía que no te hayas dado cuenta hasta ahora.

—No te pases de lista, Santaclara. Tu único problema es que siempre te olvidas de quién es el jefe aquí.

—Nunca me has permitido que lo olvide. Ese sí que es tu problema, que necesitas recordármelo a cada momento —replicó ella—. Ahora, si no quieres nada más, y no me vas a detener como sospechosa del asesinato de Alexa, voy a volver por donde he venido.

Rial la despidió con un gesto.

Efectivamente, a veces dudaba de quién era el jefe ahí.

Pirado

—Pasen, por favor.

Iria entró en la casa, acompañada de Sinda. El hogar de Benita la sorprendió. El aspecto exterior de la casa, una pequeña edificación pintada de un azul desvaído, no dejaba adivinar el confortable hogar que alojaba. Frente a ella, el río Loeiro discurría tranquilo. Hoy la marea estaba baja, por lo que podría atravesarse su cauce y acceder a la playa sin que el agua alcanzase los tobillos. Cuando estaba alta, el puente que separaba la zona del lavadero de la playa permitía atravesar el río. La casa de los Pousada estaba en un lugar privilegiado, pero como les ocurría a todos aquellos que habían nacido en Loeiro, el paisaje estaba tan integrado en sus retinas que pasaba desapercibido a sus ojos.

En un primer momento, estuvo a punto de pedirle a César que las acompañase, pero finalmente decidió que iría sola con Sinda. La presencia de la profesora era necesaria, porque estaba segura de que Benita sería reacia a recibir en la casa a la policía. Se acordaba de Manuel Pousada. Nolo, como lo llamaban, era un viejo conocido de la comisaría de Pontevedra con un largo historial de pequeños hurtos. Iria lo buscó con la mirada, pero en el salón tan solo estaba un hombre en una silla de ruedas que sin duda era el hijo mayor. Ante él había una maqueta de madera de un barco en la que estaba trabajando.

La casa estaba perfectamente acondicionada y adaptada para que Antonio se moviera sin dificultad en ella. El comedor estaba comunicado con la cocina a través de una rampa de acceso. Los muebles eran de madera y había una chimenea de pellets que, sin duda, proporcionaba un ambiente agradable durante el invierno. Las ventanas eran de calidad indiscutible y aislaban la estancia del frío y el ruido exterior.

—¡Hola! —saludó Iria—. Muchas gracias por recibirme, Benita.

La mujer no contestó. Vestía de negro de pies a cabeza, y llevaba un mandilón de cuadros por encima.

Iria fijó la vista en su hijo. Sinda tomó la palabra, con ánimo de hacer las presentaciones y relajar el ambiente.

—Este es Toñito, el hijo mayor de Benita.

Iria le sonrió y él apartó la vista, tímido.

—¡Qué casa tan bonita tienen! —dijo la inspectora.

—Lo importante es que es muy cómoda, teniendo en cuenta la situación de Toño —afirmó la mujer con modestia—. ¿Quiere tomar algo?

—No, gracias, solo un vaso de agua.

—Haz un cafeciño, Benita, que a estas horas siempre sienta bien algo caliente —le sugirió Sinda.

Mientras Benita se afanaba en la cocina, Iria se dirigió a Toño. Aparentaba ser mayor que ella, la policía le calculó al menos cuarenta y cinco años. Su cabello ya presentaba numerosas canas. Vestía una camiseta negra y un chándal gris. Era inevitable dirigir la vista hacia sus piernas, desplomadas sobre la silla, y a sus tobillos hinchados.

—¿Es Elcano? —preguntó Iria, señalando la maqueta en la que estaba trabajando.

El mayor de los hermanos Pousada estaba encolando el palo mayor proel del característico velero que todos los marinenses conocían bien, dado que recalaba cada año en la escuela naval donde se formaban los oficiales de la marina y en la que a partir de septiembre cursaría sus estudios la princesa Leonor.

—Sí —se limitó a decir él, mientras esquivaba sus ojos.

—Le encantan los barcos —dijo Benita, de vuelta en el salón, con el café, el agua y varias porciones de empanada de manzana en una bandeja.

—Es precioso —admitió la policía.

—Lo es, hace unas maquetas increíbles —se enorgulleció la madre de Toño—. Tengo el piso de arriba lleno de ellas.

—¿Las vendes? —preguntó Iria.

El hombre se limitó a negar con la cabeza.

—Es una lástima, estoy segura de que te pagarían bien por ellas.

—A Toño no le falta de nada. —La voz de Benita sonó cortante.

—Perdón, no he querido insinuar lo contrario.

—Me ha dicho Sinda que está usted escribiendo un libro.

—Sí. Al principio iba a escribir una novela negra, pero la vida de los Villamor es tan apasionante que estoy pensando en recrear simplemente la historia familiar, remontándome a los tiempos de Ada Vangeneberg y Álvaro Piñeiro.

—¿Y qué tienen ellos que ver con nosotros? —Benita cada vez sonaba menos amable. Era obvio que solo la presencia de Sinda hacía posible que esa mujer la hubiera recibido en su casa.

—Dígamelo usted. En los pueblos no hay paredes. Todo el mundo lo ve y lo oye todo. Sé lo que pasó entre Álvaro y su hijo. —Iria se giró y dirigió la vista a Toño—. No vengo a despertar recuerdos dolorosos, pero no quiero que la idea que me haga de los acontecimientos provenga de las habladurías de la gente. Si no quieren hablar, lo entiendo. Si desean que me haga una idea exacta del tipo de gente que son los habitantes de la Casa Rosa, les agradecería que me contasen su historia. Si lo desean, no escribiré ni una sola palabra sobre ustedes, pero lo que me cuenten me ayudará a conocerlos a todos un poco más.

—Pensé que era usted amiga de la familia. ¿Me promete que ni mi nombre ni el de mis hijos saldrá en ningún libro? —preguntó Benita.

—Se lo prometo. —Iria la miró a los ojos, y vio en ellos mucho dolor y mucho cansancio.

Benita se revolvió incómoda en el sofá. Depositó su taza de café sobre la mesita y su mirada se perdió en una foto que, sobre el aparador, mostraba a dos chiquillos vestidos de comunión, con sendas chaquetas azules y dos crucifijos colgados al cuello.

—Si pregunta en el pueblo, le dirán que lo que le sucedió a Toño fue un accidente. Y lo hacen porque eso es lo que respondemos nosotros cuando nos preguntan qué pasó hace casi veintidós años en la fiesta de la playa. —Benita hablaba como si su hijo no estuviera presente.

—Pero esa no es la verdad —la animó Iria.

—¿Y a quién le importa la verdad cuando necesitas los mejores cuidados para tu hijo? Todo lo que ve aquí lo pagó Rosa Piñeiro. Una enfermera viene todos los días para ejercitar y masajearle las piernas. Una asistenta me ayuda con la limpieza. La casa está adaptada. La silla de motor es una de las más modernas y yo recibo una pensión que me permite vivir sin trabajar para cuidar a Toño. Ya que he fracasado con Nolo, lo único que puedo hacer es atenderlo a él.

A Iria le parecía casi ofensivo que hablase de su hijo como si fuese tan solo una carga.

—¿Cómo sucedió el accidente, Toño?

Él pareció dudar. Su madre le hizo un gesto con la cabeza para animarlo a comenzar.

—Era un día de fiesta como muchos, bebimos, fumamos y nos dedicamos a tirarles los trastos a todas las chicas del pueblo. Éramos jóvenes, yo acababa de cumplir veintidós años. Trabajaba en el supermercado de Seixo y los sábados salía siempre a desfasar. Ese día no me metí nada. No es que fuese un santo, alguna vez había tonteado con las drogas, pero nunca me enganché. Lo de Nolo me tenía bastante jodido, y procuraba controlar.

—¿Álvaro era de tu grupo?

—Al contrario, me caía fatal. Era el típico pringado, un niño de papá que se creía superior porque estudiaba en Madrid y la pasta le salía por las orejas. Él tampoco me aguantaba a mí. Un verano invité a su novia a una cerveza y, cuando se enteró, se volvió loco. Yo a la tía le molaba. Era una chica muy guapa, de pelito corto y muy delicadita. Imagino lo que debe ser salir con un idiota aburrido como Álvaro. No me extraña que yo le gustase más.

—Se llamaba Laura, ¿no? —preguntó Iria.

—Sí.

—¿Solo os tomasteis una cerveza? —preguntó Iria, que adivinó la respuesta antes de que Toño le sonriese por primera vez en la tarde.

—Nos enrollamos una noche en el baño de un pub de Marín y no sabe lo bien que me sentó levantarle una tía a ese inútil. Es agradable comprobar que un deportivo rojo y un montón de pasta en el banco no siempre te convierten en el tío más atractivo.

—Y Álvaro se enteró y tuvisteis una pelea, pero él se encargó de decir que te habías propasado con su novia.

—La verdad nunca está del lado de los pobres. Ese invierno Laura murió. Tampoco me he creído nunca que fuera ella la que conducía, y no soy el único que lo piensa. Probablemente te habrán contado que Álvaro tuvo una depresión causada por la muerte de Laura. Yo creo que lo que realmente sucedió es que no podía con la culpa, y además tenía a su disposición todas las clínicas de su padre. Seguramente pensó que si algún día descubrían que era él el que conducía, unos antecedentes psiquiátricos le ayudarían a rebajar la pena si alguien demostraba su implicación, porque estoy seguro de que ese accidente no fue tal. Esa gente nunca da puntada sin hilo. Él pudo haberla matado. Casi lo hizo conmigo.

—¿Cómo fue? ¿Cómo te caíste del puente?

—No me caí, me tiraron, aunque eso ya lo sabéis. Esa noche había bebido mucho. Álvaro llevaba como un mes en la Casa Rosa tras haber pasado casi un año ingresado en la clínica y todo Loeiro comentaba que estaba muy afectado por la muerte de Laura. Él estaba con una pandilla de chicos de Madrid, de esos que vienen todos los años de vacaciones. Por aquí no les tenemos mucho cariño a los *fodechinchos.* No recuerdo cómo, pero acabamos enzarzados en una pelea. Ellos nos llamaron paletos, nosotros les llamamos pijos de mierda, en fin, que se montó una buena.

—¿Y él te empujó?

Toño negó con la cabeza.

—Eso fue más tarde. La pelea fue al lado de la verbena. Le di un buen repaso. Recuerdo que lo tumbé, lo agarré por el cuello y le dije: «Sé que conducías tú, pirado». He pensado muchas veces qué habría sido de mi vida si no hubiera pronunciado esas palabras, si hubiera cerrado la boca. Pero no lo hice. Lo dejé allí, tirado en el suelo, lloriqueando como una niña. Unas horas más tarde, cuando volvía a casa, me paré en el puente a fumar un cigarrillo. Serían las seis de la madrugada.

—Lo recuerdas todo con mucha claridad —apuntó Iria.

—Esa fue la última vez que mis piernas me sostuvieron, como para olvidarlo. Me recuerdo en pie, en el puente, con la vista fija en el lavadero. Ya no quedaba nadie. Di una última calada y entonces sentí un ruido a mi espalda. Me giré y vi a Álvaro Villamor venir hacia mí. No tuve tiempo de reaccionar. Un empujón me hizo caer de cabeza. La columna vertebral se me partió en dos. Recuerdo el crujido. Sueño con él. Mi psicóloga dice que es imposible que lo recuerde, que mi cabeza ha construido este relato y mi mente lo recrea como si fuese real, pero fue así. Lo fue.

—Yo te creo —dijo Iria.

No mentía. Puede que el episodio fuera una recreación de alguien con estrés postraumático, pero esa era la verdad de Antonio, la que él creía a pies juntillas, y ella no era nadie para cuestionarlo.

—Nadie lo hizo, solo mi madre. Pero lo recuerdo todo. Hasta la voz de Álvaro diciendo: «No vuelvas a llamarme pirado, cabrón».

Dos gotas de agua

Iria se hartó de deambular por el Hospital Álvaro Cunqueiro. Necesitaba hablar con Ada fuera del enrarecido ambiente que había en la Casa Rosa. El edificio era enorme y sentía que estaba en un gigantesco laberinto. Desesperada, decidió llamarla por teléfono. Descolgó al tercer tono.

—Ada, estoy totalmente perdida dentro del hospital. Necesitaba hablar contigo fuera de la casa y he pensado en venir hasta aquí, pero creo que no ha sido muy buena idea. ¿Tienes un hueco?

—Lo tengo. Trabajo en la Fundación de Investigación Galicia Sur, pero no es fácil orientarse si es la primera vez que vienes, así que dime dónde estás y paso a buscarte. Los lunes esto es más caótico de lo habitual, las urgencias del fin de semana nos saturan. Acabaremos antes que si te guío por este laberinto.

Ada apareció pasados diez minutos. Con su bata blanca, parecía aún más bajita. Al verla así vestida y con el pelo recogido, advirtió cierta semejanza con su abuelo, Álvaro Piñeiro, una semejanza que iba desde la mandíbula prominente hasta la nariz ancha. Solo los ojos, de un color gris claro, eran los mismos que los de su madre y su abuela.

Antes de ir a su despacho se dirigió al laboratorio donde ella y su equipo trabajaban. Le mostró a Iria las instalaciones y la aturdió con un montón de datos sobre inteligencia artificial, biomarcadores del envejecimiento del cerebro, juegos de estimulación cerebral y el fármaco con el que estaban experimentando y que frenaba el deterioro cognitivo.

A Iria estuvo a punto de explotarle la cabeza. Nunca le habían atraído las ciencias, aunque por cuestiones de trabajo estaba familiarizada con la terminología médica, sobre todo con la patología forense. El cerebro vivo no entraba dentro de su campo de intereses.

—Es fascinante —dijo la policía.

—No lo es —dijo Ada, mientras la conducía ya a su despacho—. A veces se me olvida que este trabajo no es tan apasionante para los demás como para mí. Rafa me tiene prohibido hablar de él en casa, dice que no hay quien me entienda.

—Me parece bastante más interesante que la elección del color del papel pintado para los baños de su nuevo restaurante. —Iria se mordió el labio. Había sido demasiado mordaz. Por suerte a Ada no se lo pareció y estalló en una gran carcajada.

—Acabo de recordar por qué te invité a mi cumpleaños, ¡eras la más divertida de la clase! —dijo la médica.

—Me temo que últimamente no soy la mejor compañía.

—Siento muchísimo lo de tu marido. No quiero ni imaginarme qué haría yo si me quedase sola con los niños.

Iria se sintió incómoda. No soportaba pensar en Ángel. Los hospitales le seguían trayendo demasiados recuerdos, todos dolorosos, aunque a decir verdad el despacho de Ada era un espacio aséptico, alejado de las salas de urgencias que tan bien conocía la policía. Le llamó la atención el desorden de la mesa de Ada; revistas científicas, informes impresos, manuales de medicina y varias agendas y libretas.

—He aprovechado que estaba cerca para hablar contigo fuera de la casa. Allí está todo el mundo muy nervioso —se justificó Iria.

—Es terrible lo que ha pasado. Cada vez que pienso que un asesino entró en la casa y pudo haberle hecho algo a Laura o a Dani...

—¿De verdad crees posible que alguien haya entrado, Ada? Ya sabes que no estoy en servicio activo, pero estoy convencida de que cuando mis compañeros revisen las cámaras de seguridad no encontrarán nada, excepto a tu hermano Eduardo entrando a hurtadillas de madrugada.

—Ya veo que lo sabes. Eduardo me lo ha contado. Sé que puede parecer sospechoso que no dijese nada, pero se asustó, es normal. Entró en pánico y volvió por donde había venido.

—Supongo que la posición y la fortuna de tu padre le hacen creer que es intocable, pero no lo es. Mentir a la policía nunca es una opción inteligente.

—Eso no es justo, Eduardo tan solo nos estaba protegiendo —replicó Ada.

—Ya me quedó claro, pero la pregunta es: ¿protegiendo de qué? ¿Qué sabía Alexa?

Ada la miró con sorpresa.

—Con todos los respetos, Iria, no creo que esto sea de tu incumbencia. Como muy bien acabas de recordarme, no estás en servicio activo.

—No, trabajo para tu padre. Me ha encargado que averigüe quién mató a Alexa.

—No te creo, mi padre nunca nos entregaría a la policía.

—¿Ves como es cierto que os creéis intocables?

—Me estás ofendiendo, yo no me creo nada. Nunca, en toda mi vida, he hecho valer que soy hija de Ulises Villamor. Trabajo en la sanidad pública, cuando podría estar ganando una fortuna en las clínicas de mi padre.

—A eso me refiero, crees estar al margen de Asisgal y de todos los privilegios derivados de pertenecer a la familia Villamor, pero la realidad es que no estás renunciando a nada. No necesitas una fortuna, porque ya la tienes. No digo esto para ofenderte, pero lo cierto es que tu padre quiere que investigue qué sucedió la pasada noche en la Casa Rosa. Puedes colaborar conmigo o no hacerlo. Yo voy a seguir intentando descubrir quién mató a Alexa y por qué lo hizo.

Ada permaneció en silencio unos instantes.

—Ya sabes lo que pasó. Eduardo tuvo una relación con Alexa, se quedó embarazada y la despedí. —Su voz sonaba temblorosa.

—Eso ya lo sabías cuando tu madre te lo contó —le recriminó Iria—, y en un primer momento te negaste a despedirla. Pasó más de un mes hasta que lo hiciste. Además, no tiene sentido que alguien haya matado a Alexa por algo que ya sabía toda la familia y que se descubriría en cuanto se investigase su muerte. Ese asunto estaba resuelto y olvidado. Alexa sabía algo y por eso murió, y creo que todos sabéis qué es. No deberías ocultármelo.

—Yo no sé nada, pero quizá tú sepas más que yo. ¿Qué estás haciendo realmente en nuestra casa? ¿Por qué mi padre hizo venir a la *au pair*? Alexa salió de nuestras vidas hace más de cuatro años. Cometió la estupidez de creer que mi hermano querría con ella algo más que sexo y diversión. Supongo que se vio a sí misma viviendo en esta casa y siendo una de nosotros. Pero creo que cien mil euros resultan suficientes para compensar cualquier desengaño amoroso.

Ahí estaba. Se había equivocado con Ada. Bajo la mujer entregada a la investigación, amable y preocupada por sus hijos, estaba esa arrogancia propia de los que se creen por encima de los demás. Apenas cinco minutos antes estaban recordando sus tiempos en el colegio, y ahora la miraba con la misma superioridad con la que Eduardo Villamor le aseguró que absolutamente nadie podría probar que había matado a Alexa.

Iria decidió guardarse esos pensamientos, necesitaba seguir manteniendo la confianza de Ada.

—Creo que vuestro padre hizo venir a Alexa porque fue tu madre la que se encargó de «resolver» ese asunto en su momento. Supongo que tu padre querría conocer los detalles. Seguramente le surgió la duda de si habría algún crío en Escocia que algún día pudiera reclamar su parte de la herencia —improvisó Iria—. Tu padre está muy preocupado por saber quién lo sucederá al frente del negocio. De todas formas, deberías preguntárselo a él si quieres salir de dudas.

—Debería preocuparse más por nosotros que por su empresa, pero a mi padre solo le preocupa esa estúpida cláusula testamentaria que establece que la presidencia del grupo empresarial será para el hijo que tenga descendencia. Y esa soy yo —lo dijo casi con pesar.

—Siempre puedes renunciar —le indicó Iria.

—Lo haría, si eso me afectase solamente a mí, pero tengo dos hijos a los que irá a parar esa herencia. Asisgal es un imperio infinito, que cada día crece y crece. Se multiplica exponencialmente. Es mi obligación y mi responsabilidad garantizar su continuidad. Además, no puedo perjudicar a mis hijos solo porque quiera seguir hurgando en el cerebro de estos ratones.

—Pensé que Álvaro sería el encargado de asumir la presidencia.

—Y no lo descartes. Elvira hará todo lo posible para que así sea.

—No te entiendo —dijo Iria, que la había entendido perfectamente.

—No te fíes de ella. No puede soportar el hecho de que mis hijos vayan a heredar la presidencia de nuestra empresa. Siempre me pareció sospechoso cómo apareció de la nada para rescatar a Álvaro cuando más hundido estaba.

—Sospechoso, ¿por qué? ¿Crees que está con él por su dinero?

—Por supuesto que está con él por su dinero —afirmó Ada—, mi cuñadita adora ser una Villamor. Cuando decidí continuar en la casa para que los niños disfrutasen de las ventajas de vivir en el entorno de Loeiro, ella también se plantó en la casa con Álvaro. No podía dejar que mi hermano quedara en una situación de desventaja frente a papá. Si consigue tener un hijo, papá tendrá que decidir entre él y yo para la presidencia. Todos sus movimientos están calculados al milímetro. Estoy segura de que se mudaron contra el criterio de él. Álvaro odia Loeiro. No es muy popular en el pueblo por razones que ahora no vienen a cuento. Estaba feliz en su inmenso ático con vistas al río Lérez en Pontevedra. Pero Elvi no quiere ceder ni un milímetro en su lucha por la presidencia de Asisgal. Sinceramente, debería conformarse con ser parte de esta familia. Ya le ha sacado mucho partido a esa casualidad del destino que hizo que Álvaro se enamorara de ella.

—¿Qué casualidad? —preguntó Iria, intrigada.

—¿No lo sabes? Mi hermano perdió a su primera novia en un accidente de coche.

—Lo sé. Laura. Me han hablado de ella —la interrumpió Iria.

—Exactamente. De hecho, mi hija se llama así por ella. Álvaro es su padrino y fue él quien eligió el nombre.

—¿Y a Elvira no le pareció mal? —se extrañó.

—Elvira siempre supo a qué atenerse. Como te estaba contando, la razón por la que Álvaro se casó con Elvira estaba clara desde el primer momento, y ella fue la primera persona en aprovecharse de eso, ya que es una réplica exacta de Laura. Son tan iguales que podrían pasar por hermanas gemelas. Pensé que lo sabías. Elvira y Laura son idénticas.

—¿Idénticas? —dijo Iria con incredulidad.

—Idénticas —confirmó Ada—, como dos gotas de agua.

Rosa

Madrid, junio de 2006

En cuanto acabaron los discursos y la entrega de diplomas, Ulises y Rosa se levantaron de sus asientos para ir a felicitar a su hijo, al igual que hacían el resto de los padres.

Rosa pensaba que este día no llegaría nunca. A diferencia de Ada, que acababa de terminar Medicina con un expediente magnífico, Álvaro había tardado ocho años en completar sus estudios. Ulises estaba realmente decepcionado y apenas podía disimularlo, pero a Rosa lo único que le preocupaba era la estabilidad mental de su hijo.

Primero fue la muerte de Laura, que lo había sumido en una profunda depresión. Después vino el intento de suicidio, y el internamiento en la clínica. Temió que nunca se recuperase. Cuando volvió a casa, Rosa sintió que habían retrocedido en el tiempo y que Álvaro volvía a ser el niño retraído, incapaz de leer en voz alta en clase y del que todos se burlaban en el recreo. Y cuando parecía que estaba empezando a recuperarse sucedió lo de la pelea con el mayor de los Pousada. Aunque habían hecho lo posible para que todo se solucionase, la gente de Loeiro no había creído la versión de Benita y su hijo. Álvaro se había convertido en persona non grata en el pueblo, así que Ulises decidió comprarle un ático en Pontevedra para alejarlo de la polémica. En ese ático pasaba la mayor parte del tiempo cuando volvía de Madrid. Si visitaba a sus padres, se recluía en la Casa Rosa. Loeiro era un pueblo pequeño, pero su memoria no lo era. Hacía un par de años había tenido una recaída y había pasado dos meses ingresado nuevamente. Por lo menos lo vieron venir a tiempo y esta vez no había atentado contra su vida.

Álvaro, como primogénito, era el hijo en el que Ulises había depositado todas sus esperanzas, pero también era el eslabón débil de la cadena de los Villamor. Rosa sabía que debía protegerlo de Ulises y de sí mismo. Su padre ejercía gran presión sobre él, sobre todo porque era el único que demostraba interés por seguir sus pasos. Ada había rechazado comenzar a trabajar en una de las clínicas de la familia y en estos momentos estaba preparando el examen para conseguir una plaza como residente en la sanidad pública. Eduardo, que estaba en primero de bachillerato, había manifestado su deseo de tomarse un año sabático en cuanto cumpliera dieciocho años.

—Felicidades, cariño. Estamos orgullosos de ti —dijo Rosa mientras abrazaba a su hijo.

Ulises estrechó su mano, como si estuviera cerrando un acuerdo comercial.

—En octubre inauguraremos la nueva sede de Asisgal en Pontevedra —le informó el magnate—. Habrá un despacho para ti, esperándote. Pero antes de eso, comenzarás trabajando en el departamento comercial. De ahí pasarás a gestión y luego a planificación y a logística. Trabajarás como un empleado más. Tendrás que conocer la empresa desde abajo.

Álvaro enrojeció. Sabía lo que eso supondría. Empleados que le harían el vacío, otros que se le acercarían con la única finalidad de aprovecharse de él. Volverían los cuchicheos a sus espaldas, las miradas de reojo y las burlas disimuladas.

—Gracias, papá. —Su voz sonó temblorosa.

—Estoy seguro de que harás un gran trabajo —dijo Rosa—. Pero ahora celebremos que has acabado tus estudios. Tenemos mesa reservada para las nueve.

—Quisiera presentaros a una persona muy especial para mí. Me gustaría que nos acompañase en la cena —acertó a decir Álvaro.

Sus padres lo miraron con curiosidad.

—Se trata de mi novia. No quise deciros nada hasta que estuvierais aquí. La conocí las pasadas Navidades. Se llama Elvira, es de mi edad y también vive en Pontevedra. —Álvaro sonrió con nerviosismo.

—¡Qué buena noticia! —Su madre volvió a abrazarlo.

—De hecho, está aquí hoy.

—Y ¿quiénes son sus padres, los conocemos? —se interesó Ulises.

—Por Dios, Uli, como si eso importase —lo regañó Rosa—. Si tú estás feliz, yo estoy feliz, cariño.

Álvaro levantó la mano y la agitó. Rosa y Ulises dirigieron la mirada a la chica que ya caminaba hacia ellos.

Era morena y alta, de una delgadez extrema. Tenía el pelo negro y muy corto, los ojos verdes y una nariz respingona.

Rosa abrió la boca y la volvió a cerrar. Se había quedado sin palabras. Por un momento pensó que la joven Laura se había levantado de su tumba.

—Encantada de conocerles —dijo Elvira en cuanto llegó a donde ellos. Extendió la mano para estrechar la de Ulises.

Rosa, todavía bajo los efectos de la impresión, le dio dos besos sin acertar a decir nada.

Álvaro sonreía como llevaba años sin hacerlo.

—¿A que es maravillosa, mamá?

I... ri... a

César sacó un par de cervezas de la nevera. Estaban en el apartamento de Aguete, a salvo de miradas, prismáticos y oídos indiscretos.

—Necesitamos volver a nuestro método de investigación tradicional, el que mejores resultados nos ha dado: hablar mientras bebemos —bromeó él.

—No digas esto públicamente, suena fatal.

—Bueno, ya me entiendes. Necesitamos relajarnos, coger distancia e intentar situarnos. Vamos recogiendo información de aquí y de allá. Hay que parar y analizarlo todo.

—He escuchado excusas mejores para invitarme a una birra, jefe.

—Bien visto, Santaclara. —Araújo le guiñó un ojo—. En fin, explícame eso de la falsa gemela. Cuanto más sabemos, más se embarulla todo.

Iria cogió su bolso y sacó su móvil.

—Laura Carmen Moreno Ferrer —recitó—. Nacida en Tarragona en 1980 y fallecida en un accidente de tráfico en enero de 2001. Estudiaba Farmacia en Madrid, para seguir la tradición familiar. Sus padres eran dueños de una farmacia en Altafulla. Comenzó a salir con Álvaro a finales del 98, cuando ambos acababan de empezar sus respectivas carreras. Se conocieron en la residencia de estudiantes. En agosto del año 2000 pasó un mes de vacaciones en la Casa Rosa. Ella es la causa de la disputa en julio de 2002 entre Toño Pousada y Álvaro, que acabó con el primero postrado en una silla de ruedas. Pero lo más increíble es su aspecto físico.

Localizó una foto y se la mostró a César. En ella se veía a un jovencísimo Álvaro Villamor en la playa, con un bañador azul con flamencos rosas. A su lado, una chica muy alta y delgada sonreía mirando a la cámara. El color de ojos, el corte y el color de pelo, y la dentadura, con una separación entre las dos paletas superiores, no les eran desconocidos. Era una versión rejuvenecida de Elvira Lamas.

—Esto no es casualidad, no puede serlo —dijo César.

—No sé si es casualidad, pero sin duda es enfermizo —afirmó ella.

—Por parte de ambos. ¿Estás segura de que no son parientes?

—No estoy segura de nada, pero ayer llamé a su único hermano, que está ahora al frente del negocio familiar. Con toda la delicadeza que me fue posible le dije que lo llamaba de parte de Ulises Villamor. Me inventé que estaba escribiendo la historia familiar y que Laura era una pieza importante en la vida de Álvaro.

—¿Y se lo tragó? —preguntó él.

—Creo que sí, pero se mostró un poco reticente. Me dijo que Álvaro era el único que podía hablar con propiedad de su relación con Laura. Le dije que para él aún era muy doloroso recordarlo. Le pedí una fotografía y me mandó esta. También me confirmó que no tenía familia en Galicia. Su padre era madrileño y su madre catalana.

—No creo que podamos rascar nada ahí —admitió César—. Resultaría extraño.

—No sabes cómo echo de menos el plantarme en una casa, sacar la placa y ponerme a hacer preguntas. No estoy acostumbrada a dar explicaciones —se quejó Iria—. Me hubiera encantado preguntarle por el accidente, pero no me atreví. Le hubiera sonado raro y quiero tenerlo de mano por si necesitamos más información sobre Laura.

—Veo más factible que investiguemos a Elvira.

—Yo también. Ya le he preguntado a Ulises por su familia. Los padres viven en Porriño, están jubilados. Mañana me acercaré allí.

—Yo puedo cogerme un avión y visitar esa farmacia en Altafulla. Cara a cara se consigue más información.

—¿Y qué vas a decirle al hermano? —preguntó Iria.

—Puede que hasta le diga la verdad. Algo rascaré, estoy seguro. —Había excitación en la voz del expolicía.

—Ulises se hará cargo de los gastos, no te preocu...

Se vio interrumpida por el sonido de su teléfono. La pantalla se llenó de un nombre: Ilse Beck. César no necesitaba preguntar quién era. Mentalmente rogó para que no fueran malas noticias. Iria ya había sufrido demasiado.

Descolgó el teléfono con rapidez, era una videollamada de WhatsApp y, al instante, la cara de Ángel invadió la pantalla. Estaba en la misma silla de ruedas posicional que le había acompañado en los últimos meses. Tenía la cabeza vendada. César alcanzó a percibir un ligero cambio en él. Sus ojos parecían más vivos, aunque puede que se debiese a una sugestión causada por el deseo de que Ángel se recuperase.

La voz de la doctora Beck se oyó de fondo. Le pidió a Iria que le hablase.

—Hola, amor —dijo ella, al tiempo que estiraba la mano y rozaba la imagen de Ángel con las yemas de los dedos.

Ángel no pareció inmutarse al percibir su voz. Sin cambiar la expresión de su rostro, acertó a abrir la boca. Su voz, titubeante y débil, tardó unos segundos en escucharse.

—I... RI... A.

¿Iria?

—¿Iria?

La primera vez que Ángel pronunció su nombre, ella estaba corriendo por el paseo fluvial del Miño. En un primer momento no reconoció al mecánico tímido que la semana anterior le había cambiado las ruedas a su viejo Renault Clio. El sol la deslumbraba y entrecerró los ojos, mientras su mente se esforzaba por recordar de qué conocía a ese chico alto, algo desgarbado y de ojos oscuros.

Iria. Él recordaba su nombre y ella ni siquiera era capaz de saber si era el camarero del bar donde tomaba café o el reponedor del supermercado.

Iria. Él sabía su nombre y no se había conformado con eso: en un descuido de su jefe, le había echado un vistazo a su ficha de cliente para saber algo más de ella. Claro que luego no se atrevió a hacer nada más. Tenía su teléfono y su dirección, pero ninguna excusa para volver a verla sin delatarse.

—¿Iria? —repitió. Aunque acababa de confirmar que ella no había reparado en él, consiguió sobreponerse a su habitual timidez—. Ángel, del taller. Las ruedas.

No, ella no se acordaba de él, ni fue amor a primera vista. Pero ese día Ángel le explicó que, si le gustaba correr, nada igualaba el espectáculo del amanecer sobre la muralla. A ese día le siguieron otros, tras coincidir mientras corrían. Le enseñó cuáles eran los mejores bares, la acompañó a la playa fluvial de O Corgo y comenzaron a quedar para hacer rutas de senderismo. Él no fingió que le gustaban las mismas películas que a ella. Le confesó que leía poco, que nunca se le había dado bien estudiar, pero que le encantaba la mecánica y todo lo que tuviera que ver con los trabajos manuales. Se mostró sin presunciones ni dobleces, y ella empezó a pasar con él todo su tiempo libre, que no era mucho. Un jueves de octubre, él acudió a su casa para arreglarle la puerta de un armario y ella lo invitó a cenar. También fue ella la que lo besó la primera vez, tras pensarlo mucho porque no sabía si la actitud distante del mecánico se debía a su timidez o a su indiferencia.

No se dijeron que se querían hasta que llevaban muchos meses haciéndolo, porque a Ángel no se le daban bien las palabras, y a Iria no se le daba bien el amor.

Cuando lo llevó a Bueu y le enseñó la casa que vendían al lado del restaurante Loureiro, casi colgada sobre la playa, él pronunció otro Iria. Un Iria entre signos de admiración al imaginarse viviendo en esa casa que a sus ojos ya era un hogar.

«Iria, Iria, Iria», repitió en su oído mil veces, mientras hacían el amor.

Y llevaba muchos meses callando su nombre. Muchos meses en los que ella se limitó a escucharlo en esos audios de WhatsApp. «Iria, compra pan». «Iria, ¿estás bien?, no me lo coges». «Iria, acuérdate de llamar a mi madre, hoy es su cumpleaños».

Todos esos Irias vivían ahora encerrados dentro de su teléfono y se había resignado a que serían los últimos que escucharía con la voz de su marido.

Hasta ese nuevo Iria, un Iria entrecortado, balbuceante.

Un Iria sin exclamaciones ni admiraciones.

Un Iria simplemente rodeado de amor, esfuerzo y esperanza.

Esa gente

La casa era la típica de aldea, construida sin planificación y en distintas fases, seguramente a medida que crecía la familia, y con poco sentido estético. Aquí no hay jardín rosa, pensó Iria, dirigiendo la vista al montón de leña desordenada que había sobre el patio de cemento gris, esperando que lo trasladasen al *pendello* anexo a la casa, donde se veía más leña, esta ya apilada. No se habían molestado en recubrirlo ni pintarlo, así que el ladrillo de la construcción continuaba a la vista. Un Ford Fiesta antiguo color oro estaba aparcado ante una caseta para el perro, que no se veía por ningún lado.

Nada más tocar el timbre, se abrió la puerta y asomó una mujer alta y corpulenta. Tras ella apareció un hombre justo en el momento en que se presentaba como la inspectora Iria Santaclara.

Los padres de Elvira eran algo más jóvenes que Ulises Villamor. La madre era una mujer de nariz imponente y rostro serio que miraba a Iria con desconfianza. Su cabello corto y pelirrojo estaba pidiendo a gritos una visita a la peluquería, ya que las raíces blancas eran bastante visibles. El padre era un hombre calvo, con bigote y un rostro surcado por pequeños derrames varicosos, propios de los que beben más de lo deseable. Vestía un pantalón de tergal gris y una camiseta interior blanca de tirantes. Era evidente que no esperaban ninguna visita.

Se llamaban Gerardo y Teresa, de acuerdo con la información proporcionada por Ulises. Él había trabajado toda su vida como conserje en un colegio, mientras Teresa criaba a sus dos hijas, Loli y Elvira. Habían vivido en Pontevedra, en la vivienda que el colegio habilitaba para el conserje, pero tras su jubilación habían vuelto a Porriño. También le había dicho que apenas tenían relación con Elvira.

Iria decidió presentarse sin avisar, para evitar que su hija los predispusiese en su contra. La noche anterior había esquivado expresamente a los Villamor. Avisó de que no iría a cenar y tras volver de casa de César, se escabulló a su habitación sin pasar a saludar.

Estaba conmocionada. La voz de Ángel seguía resonando en su cabeza. Se repetía a sí misma que no era para tanto, era solo una palabra y, después de esa, quizá no vendrían más. No quería concebir esperanzas, pero la doctora Beck le había dicho que Ángel evolucionaba de manera satisfactoria. Y exactamente así se mostraba la doctora: satisfecha. Iria se limitó a darle las gracias con un hilo de voz. Tras colgar, mantuvo la compostura, se despidió de César y salió pitando. De camino a Loeiro sintió ganas de correr. Le invadía una energía que sabía muy bien de dónde procedía: de esas cuatro letras que Ángel había sido capaz de pronunciar.

Borró el pensamiento y se dirigió a los padres de Elvira:

—Trabajo para su consuegro, Ulises Villamor. Si no me creen, pueden llamarlo ahora. Me imagino que su hija ya les habrá contado lo sucedido en la Casa Rosa.

Teresa y Gerardo se miraron confusos. Iria se percató de que no tenían ni idea de qué les estaba hablando.

—Se lo explicaré todo si me permiten pasar —les indicó.

Teresa se hizo a un lado y ella entró en la casa. Posiblemente había pertenecido a los abuelos de Elvira, como atestiguaban los numerosos retratos que poblaban las paredes. El interior era oscuro. Iria observó las estampas de vírgenes sujetas contra el marco del espejo del recibidor. Gerardo desapareció mientras Teresa la acompañaba a un salón comedor en el que seguramente no habían entrado en años.

Los muebles eran castaños y las paredes, cubiertas con paneles de madera, contribuían al aspecto lóbrego de la estancia. Iria acomodó la vista a la escasa luz, lo suficiente para distinguir a dos niñas con traje de comunión acompañadas de sus padres en una enorme fotografía con un marco dorado que colgaba de la pared. Reconoció a Teresa y a Gerardo, así que dedujo que las niñas eran Elvira y su hermana; sin embargo, ninguna de las dos se parecía a la esposa de Álvaro. Teresa encendió las luces y el cuarto se iluminó débilmente. Las persianas permanecían cerradas a cal y canto.

Iria aguardó a que la mujer le indicara que tomase asiento. No lo hizo. Permanecieron de pie, la una frente a la otra, sin dirigirse la palabra hasta que Gerardo reapareció vistiendo una camisa de cuadros que hacía tiempo que no veía una plancha.

—Como les he dicho, trabajo para su consuegro. Soy policía, pero en estos momentos investigo un asunto de manera privada para don Ulises.

—¿Qué asunto? —preguntó el padre de Elvira.

—Se trata de una cuestión empresarial, no me está permitido dar detalles, pero en medio de la investigación ha pasado algo terrible. Una chica que trabajaba para la familia ha aparecido muerta. Se llamaba Alexa.

Teresa levantó la vista. Hizo amago de hablar, pero finalmente desistió.

—¿Les habló alguna vez de ella? —preguntó Iria.

—No —contestó el hombre—. Y no sé qué tiene que ver eso con nosotros. Apenas tenemos contacto con esa gente.

Esa gente. A Iria no se le escapó el desprecio que rezumaban esas palabras.

—Por supuesto que no estoy insinuando que tengan nada que ver con el asesinato de Alexa. —Iria pronunció la palabra «asesinato» por primera vez.

—Entonces ¿a qué ha venido? —le escupió Gerardo.

—Estoy completamente segura de que un intruso entró en la casa y mató a la pobre chica —mintió Iria—, pero el protocolo me obliga a investigar a todos los presentes en la casa esa noche. Estoy aquí para saber un poco más de su hija. Siempre es bueno conocer a sus padres y el ambiente donde se crio para hacerme una idea de su personalidad.

—Ya veo que no le ha dicho a mi hija que vendría, porque a ella no le hace gracia que la gente sepa de dónde salió —continuó el hombre, con más reproche que pesar.

—¿Quiere tomar algo? —lo interrumpió su mujer.

—Un café con leche, por favor —le pidió Iria. No tenía ganas de tomar nada, pero sabía por experiencia que la gente hablaba más sentada alrededor de una mesa y compartiendo una bebida.

La mujer desapareció e Iria tomó asiento en una de las sillas que rodeaban la gran mesa de comedor.

—Teresa malcrió demasiado a estas niñas —refunfuñó él—, ahora no podemos esperar otra cosa que lo que tenemos.

—No le entiendo —le tiró de la lengua Iria.

—Elvira siempre se ha avergonzado de nosotros. Ni siquiera nos invitó a la boda, dijo que estábamos enfermos. Jamás hemos pisado la Casa Rosa.

—No es esa la impresión que yo tuve. Me dijo claramente que procedía de una familia humilde —dijo la policía, con tacto.

—Una cosa es contarlo, y otra dejar que los demás nos conozcan. Tan solo comemos juntos en su cumpleaños y siempre en un restaurante, y el único Villamor al que conocemos es Álvaro. Las Navidades las pasamos siempre con Loli. Elvi viene a comer el día de Reyes cargada de regalos, y desde la pandemia no ha vuelto a venir acompañada.

—No hables así de la niña —le recriminó Teresa, que entraba en el comedor con una bandeja y tan solo una taza de café.

—*Nin que estivese a mentir* —dijo Gerardo, dirigiéndose a ella.

Teresa tomó asiento ante Iria.

—¿Qué va a pensar la señora? —preguntó la madre de Elvira, sin ánimo de obtener una respuesta. Luego se dirigió a la policía—: Elvira siempre fue muy buena niña, y muy estudiosa, pero con el sueldo de mi marido no podíamos permitirnos pagarles una carrera. Loli y ella tan solo se llevan un año. Loli estudió para ser auxiliar de enfermería y Elvira preparó unas oposiciones de auxiliar administrativo. Las dos trabajan desde bien jóvenes. Lo que pasa es que Elvira ahora tiene otra vida y, si quiere que le diga la verdad, yo agradezco no tener que juntarme con esa gente tan fina. Así estamos todos más cómodos.

—Imagino que ahora ella puede ayudarles económicamente —aventuró Iria.

Teresa guardó silencio.

—No necesitamos nada —dijo él.

—Ella es muy generosa —añadió la mujer—. Quiso que arreglásemos la casa y regalarnos un coche, pero...

—Pero nada —estalló Gerardo—. Puede meterse todas esas cosas por donde le quepan. Mientras yo viva, no le voy a coger un duro. Si no somos lo bastante buenos como para ir a la boda de nuestra hija, tampoco lo somos para recibir sus regalos.

Iria dirigió la vista hacia el mueble bar. Observó el retrato de una adolescente de melena castaña y gafas que sostenía un trofeo de un torneo de patinaje. Guardaba gran parecido con Teresa, ya que ambas lucían la misma nariz, enorme y aguileña.

—¿Esa es su hija Loli? —se interesó Iria, señalando la foto, con ánimo de relajar el ambiente.

—No —contestó la mujer—. Es Elvi, antes de la operación.

—¿Se operó la nariz? —dijo Iria.

—Estaba muy acomplejada —la justificó Teresa.

—*Parvadas* —dijo Gerardo—. Nunca se había preocupado mucho por su aspecto, pero de repente se volvió loca. Se operó la nariz, la barbilla, se cortó el pelo, empezó a usar lentillas y se puso a régimen, y hasta se redujo el pecho para quedarse así, tal y como está ahora, como un palo de escoba. Incluso fue a un dentista a que le separase los dientes, ¿a quién se le ocurre? Dijo que estaba de moda tener los dientes separados. Se gastó todos sus ahorros. Quedó totalmente irreconocible.

Iria estaba estupefacta.

—¿Tienen alguna otra foto de antes de la operación?

Teresa se levantó y cogió un álbum verde. Pasó las páginas y le mostró una foto en la que aparecían ellos con una chica de unos veinte años. Los tres estaban vestidos con ropa de fiesta.

—Esta es en la boda de mi sobrino Luis. Es del año anterior a que se operase.

—¿Y esto cuándo fue? —preguntó Iria, incapaz de creer que esa joven de cabello rizado, gafas y nariz prominente fuera Elvira. Tendría que confiar en que no le estaban mintiendo.

—Pues hace veinte años que se casaron, creo. Tú qué dices, Gerardo, sería allá por el 2004, ¿no?

—Y yo qué sé —contestó él, malencarado—. No llevo la cuenta.

—¿Eso quiere decir que se operó en el año 2005? —puntualizó Iria.

—Por ahí sería. No estoy segura. Será mejor que se lo pregunte a ella —dijo la mujer, confusa.

—Así lo haré —le confirmó la policía—. Y su otra hija, ¿no fue a la boda de su primo?

—Tenía guardia ese día. Se llevó un disgusto horrible porque no consiguió que ningún compañero cubriese su turno, y no quería perder su trabajo por nada del mundo. Acababa de comenzar a trabajar en una clínica de los Villamor y estaba muy contenta. Así fue como Elvira conoció a Álvaro, ¿sabe? A través de Loli.

—Fue una suerte para ambos —apuntó Iria.

—¿Necesita saber algo más? —protestó Gerardo, poniéndose en pie—. Yo tengo que ir al pueblo a comprar el pan.

Iria negó con la cabeza y se levantó también. Ni siquiera había tocado el café.

—Claro, no quiero molestarles. Me voy ya. Han sido muy amables.

—No le diga a Elvira que ha venido, por favor —le rogó la madre—. Ella se disgustaría si sabe que ha estado aquí. De todas formas, le repito que es muy buena niña. Siempre lo fue.

Iria salió de la casa escoltada por Gerardo, que se echó encima una chaqueta de lana que había conocido tiempos mejores.

Cuando Iria llegó al coche, se echó la mano al bolsillo de su cazadora.

—Creo que me he dejado el móvil —dijo, aparentando cierto fastidio.

El hombre pareció debatirse entre acompañarla o seguir hacia el pueblo. Iria estaba segura de que pararía en el bar a tomarse unos vinos antes de comprar el pan.

La inspectora dio media vuelta antes de que este se decidiese a acompañarla. Cuando timbró en la puerta de la casa, giró la cabeza. No la había seguido.

—Teresa, disculpe, creo que me he olvidado el móvil en el salón —se justificó ella en cuanto la madre de Elvira abrió la puerta.

Iria volvió a entrar y comenzó una infructuosa búsqueda. No podía ser de otra forma porque su móvil estaba a buen recaudo en su bolso.

—Pues no lo veo por aquí. A lo mejor lo tengo en el coche. Le dejo mi número por si lo encuentra o por si recuerda algo sobre Alexa. —Iria le extendió una tarjeta—. Me dio la sensación de que el nombre no le venía de nuevas.

Teresa la miró, reticente.

—Es que sé que a mi marido no le gustará que hable con usted. Es un buen hombre, aunque con mucho carácter, y la policía no le gusta demasiado.

—Lo que me diga puede ayudar a que su hija deje de ser sospechosa.

La mujer la miró con horror.

—¿Cómo va a ser Elvira sospechosa? Todo lo contrario. Si lo que dijo era bueno.

—¿Lo que dijo? —repitió Iria.

—No es nada. Hace unos años, en un día de Reyes, la escuché hablar por teléfono y mencionó a esa mujer. Recuerdo que el nombre me hizo gracia porque el niño de la Puri, mi vecina, se pasaba el día hablando con un aparato que se llamaba así, Alexa. Le mandaba poner música o le preguntaba por el tiempo.

—Esto es muy importante. Necesito que me repita lo que dijo Elvira sobre Alexa —insistió Iria—. ¿Lo recuerda bien?

—Solo dijo que Alexa los ayudaría, que estaba muy contenta con el acuerdo al que habían llegado.

—¿Y sabe qué le contestó Álvaro?

—¿Álvaro? —preguntó extrañada—. No estaba hablando con Álvaro. Por aquel entonces Álvaro aún venía a comer en Reyes. No tengo ni idea de con quién hablaba, pero lo que sí sé es que Álvaro estaba con Loli tomando café en el salón.

Miedo

La farmacia Ferrer estaba muy cerca del castillo de los Montserrat, un edificio medieval que constituía el mayor atractivo turístico de la zona junto con sus playas. Como estaban a finales de mayo, el pueblo aún no lo habían tomado los turistas y aquellos que habían hecho de Altafulla el lugar elegido para la compra de su segunda residencia.

César Araújo dejó la pequeña maleta en la habitación del hotel. La secretaria de Ulises Villamor se había ocupado de reservar los vuelos, encargar a un chófer que lo recogiese en el aeropuerto de Barcelona y escoger el establecimiento para una estancia de una noche: un hotel de cuatro estrellas muy cercano a la farmacia que tenía que visitar. Al pasar por la recepción, César observó con envidia el cartel que anunciaba el spa y recordó cómo le gustaban a Chelo los balnearios. Desde su muerte no había vuelto a ninguno. Desechó el pensamiento doloroso.

Ojeó el reloj. Las ocho y media. Faltaba media hora para que la farmacia cerrase. Se sentó en una terraza cercana y pidió un agua bien fría. No estaba de servicio, pero había costumbres demasiado arraigadas. Transcurrida esa media hora, el hermano de Laura bajó la persiana de la farmacia y se dirigió calle abajo. César se acercó a él.

—¿Señor Moreno? —preguntó a modo de saludo.

Albert Moreno se giró y lo miró sorprendido.

—Soy el inspector jefe César Araújo, de la comisaría de Pontevedra. Quisiera charlar con usted un momento. Si es tan amable, me gustaría invitarle a tomar algo mientras hablamos. Sé que la inspectora Santaclara ya contactó con usted hace unos días y le puso en antecedentes del asunto que nos ocupa.

El farmacéutico lo miró confuso.

—¿Inspectora? Me dijo que era escritora. No entiendo este empeño en remover el pasado —replicó molesto—. Laura murió hace más de veinte años. Ya le dije a su compañera que no teníamos familia en Galicia y que no conocía a ninguna Elvira Lamas. Incluso le envié una foto de mi hermana. Déjennos en paz.

—He recorrido más de mil kilómetros para hablar con usted. —César lo miró con la autoridad que caracteriza al que está acostumbrado a que le respondan a todas las preguntas, y señaló la terraza que acababa de abandonar.

—¿Lo envían los Villamor? —preguntó él mientras se dirigía hacia la mesa más próxima.

—Señor Moreno...

—Albert, por favor —lo cortó el hombre.

—Albert, voy a contarle qué me ha traído aquí. Efectivamente, a mi compañera y a mí nos ha contratado Ulises Villamor. Ella está de excedencia y yo recién jubilado. Le digo esto para que no piense que está hablando con un policía en activo. Si desea marcharse o no hablar, está en su derecho.

—¿Ulises les ha contratado para averiguar cómo ocurrió el accidente de Laura? —se extrañó—. No hubo nada raro. Durante un tiempo creí que sí, pero la investigación lo dejó todo muy claro. Tan solo fue un lamentable accidente.

—No, me temo que me he explicado mal. Estamos investigando la muerte de una *au pair* que trabajó en casa de los Villamor. Don Ulises quiere que el asunto se resuelva lo antes posible y para eso tenemos que descartar a los ocupantes de la casa como posibles sospechosos. Le ruego discreción respecto de lo que le voy a contar.

—¿Qué tiene que ver mi hermana Laura con la muerte de una *au pair*?

—Nada, pero en el curso de la investigación hemos descubierto esto. —César sacó del bolsillo una fotografía de Elvira.

Albert observó la foto con sorpresa.

—Pero qué demonios...

—Exacto. Esta es la esposa de Álvaro Villamor. De ahí nuestras preguntas. No parece una coincidencia. Nos preguntábamos si eran ustedes familiares de Elvira. Sus padres viven en la provincia de Pontevedra. Se llaman Gerardo Lamas García y Teresa Pardo Paz.

—Esos nombres no me dicen nada —dijo Albert—. Mi familia nunca ha tenido ningún vínculo con Galicia. Los Ferrer llevan en Altafulla toda la vida, y la familia de mi padre, los Moreno, es madrileña de pura cepa. El parecido debe de ser pura casualidad, pero si quiere que le diga la verdad, me parece una aberración. También le digo que nada de lo que haga Álvaro me extraña.

—¿Qué recuerda de la muerte de su hermana y de su relación con Álvaro Villamor? —César eludió el último comentario. Ya habría tiempo de mostrarse incisivo.

—Yo tenía tan solo diecisiete años cuando Laura murió —respondió Albert—. A veces echo la vista atrás y siento que no la recuerdo en absoluto. Los últimos tres años de su vida los pasó en Madrid y el verano anterior a su muerte, en Galicia. A Álvaro solo lo vi una vez antes del funeral. Era un chico callado, nervioso y bastante tímido, todo lo contrario de Laura.

—Laura era una chica bastante popular y el único atractivo de Álvaro era su dinero, por lo que tengo entendido —dejó caer el policía.

—Laura nunca habría estado con nadie por dinero —negó el hombre—. Nosotros no somos millonarios como los Villamor, pero jamás hemos tenido problemas económicos. Yo creo que Laura estaba con Álvaro por la misma razón que recogía perros abandonados o regalaba su ropa a sus compañeras de clase menos favorecidas: era una amante de las causas perdidas.

—O sea, que estaba con él por pena —concluyó Araújo.

—Yo no he dicho exactamente eso, pero es una explicación.

—¿Cómo fue el accidente?

—Se quedó dormida al volante. Venía de pasar un fin de semana con una amiga de Salamanca.

—¿Conducía ella o era Álvaro quien lo hacía? —planteó César, sin rodeos—. En Loeiro se ha extendido el rumor de que era él quien llevaba el coche, pero que le cargaron a ella la culpa del accidente. Incluso hay quien se plantea que el accidente no fuera tal.

—Eso es un disparate. Era ella la que conducía, por supuesto. Álvaro ni siquiera iba en el coche. Quien le haya dicho eso miente. De hecho, cuando se presentó en el funeral llorando como una Magdalena no lo entendí muy bien.

—¿Por qué?

—Porque se comportó como el novio destrozado —se explicó Albert—. Nadie lo cuestionó. Pero yo sabía que Laura lo había dejado. Hablé con ella dos días antes del accidente y me dijo que había cortado con Álvaro. Estaba harta de sus celos obsesivos. Imagino que dejó de verlo como un animalillo asustado. Decía que era muy joven para atarse a alguien para siempre y que esa relación se le había ido de las manos, pero que no quería decírselo a nuestros padres porque le tenían cariño. Me hizo prometer que no les diría nada. También me dijo que él se lo había tomado fatal.

—¿Y nadie más sabía que Laura había dejado a Álvaro? —preguntó César.

—Creo que su amiga Silvia, la de Salamanca, también lo sabía. En el funeral ambos comentamos que no entendíamos por qué seguía diciendo que era el novio de Laura, pero no dijimos nada a nadie. Mis padres estaban destrozados. Todos lo estábamos. Nunca volvimos a hablar de Laura en casa, por lo menos, no con normalidad. Mi madre murió dos años después, de un ictus repentino. Si quiere que le diga la verdad, creo que nunca se recuperó de su muerte.

—¿Le dijo algo más su hermana en esa última llamada? —se interesó César.

—No mucho. Que se iba a casa de Silvia para poner algo de distancia con Álvaro. Literalmente me dijo que no quería verlo en un tiempo. Espero que lo que le voy a decir no se lo cuente a Ulises Villamor; como le digo, no merece la pena andar revolviendo el pasado, pero es la razón por la que en un primer momento pensé que su muerte podía no ser accidental. Nunca dije nada, porque quedó demostrado que Laura iba sola y los motivos de la salida de la vía no se debieron a ningún fallo mecánico, ni a nada por el estilo. Aun así, recuerdo perfectamente las últimas palabras de mi hermana antes de despedirse de mí y colgar, y no fueron nada tranquilizadoras. —Había tristeza y resentimiento en la voz de Albert.

—¿Cuáles fueron?

—Dijo algo así como que había algo extraño en Álvaro. Luego añadió: «Te juro que a veces me da miedo» —pronunció las palabras lentamente—. «Miedo». Eso es lo que dijo. No lo he olvidado.

Los herederos

El verano se había adelantado en Loeiro. A pesar de que faltaban tres semanas para la llegada oficial de la estación, el termómetro marcaba veintiséis grados y no había rastro de nubes. Claire había convencido a los niños para ir a darse un chapuzón a la playa, aunque finalmente acabaron en el muelle.

Tras los cristales de la galería, Ada observó a sus hijos saltar agitando las piernas y salpicando a Claire. Con las ventanas cerradas no podía escucharlos, pero en su cabeza casi podía oír los gritos, las risas y los chapoteos, porque eran los mismos que los de su infancia. Recordaba los baños interminables, los paseos en barco de vela, su primera tabla de windsurf y las bromas de Eduardo, que siempre la empujaba hacia el fondo del mar fingiendo que quería ahogarla.

Esa franja de arena clara era para Ada la representación de la libertad. Recordaba el sabor dulce del agua del río antes de adentrarse en la ría para acabar siendo salada, el olor de las algas, los partidos de béisbol y voleibol, el juego del escondite que acababa siempre con ellos agazapados en el lavadero, bajo el puente o en el cañaveral salvaje que crecía frente a la playa.

Loeiro había sido un inmenso parque de atracciones. Aunque eso fue antes.

Antes de que la muerte entrara en la Casa Rosa.

Ada sintió un escalofrío y se apartó de los cristales.

—¿Dónde están los demás? —preguntó Eduardo, a su espalda.

Ada dio un respingo.

—Me has dado un susto de muerte.

—Entonces me atribuirían dos asesinatos en una semana —dijo su hermano.

—No sé cómo puedes bromear con el cadáver de Alexa aún caliente.

—No bromeo. —Eduardo se puso serio—. De hecho, vengo de contestar a las preguntas del comisario Rial acompañado del mejor abogado penalista del país.

—¿Te acusan de algo? —La voz de Ada sonó preocupada.

—No, de momento —respondió él, precavido.

—Estoy segura de que todo se arreglará. —Ada estiró la mano y la colocó en el antebrazo de su hermano pequeño, a modo de consuelo.

—Ojalá yo pudiese ser tan optimista. En fin, aprovechando que la poli esa está todo el día fuera y papá está en Valencia y no vuelve hasta la noche, creo que deberíamos reunirnos todos para aunar nuestras fuerzas.

—No te entiendo —dijo Ada.

—Ya me entiendo yo —replicó Eduardo—. ¿Dónde están Álvaro y mis cuñaditos?

—Rafa y Elvi en la piscina. Álvaro creo que está en su despacho.

—¡Por el amor de Dios! ¡Es sábado! —exclamó Eduardo.

—Ya sabes cómo es. Primero Asisgal, después Asisgal y, por último, Asisgal.

—Voy a buscarlo y a despegarlo del ordenador. Mientras, vete avisando a Elvi y a Rafa. Quedamos en tu despacho en diez minutos.

Ada obedeció sin rechistar. Efectivamente, Rafa y Elvi estaban tomando el sol en sendas tumbonas. Cuando les dijo que había cónclave familiar en su despacho, Elvi la miró extrañada. Rafa se limitó a coger su camiseta blanca y a ponérsela, dócil.

Álvaro y Eduardo ya estaban esperando, en pie frente al ventanal que daba directamente a la piscina, cuando Rafa y Ada entraron en el despacho.

Elvira fue la última en llegar y tomó asiento en el único sillón del despacho, un modelo en piel y ergonómico con reposapiés.

—¿Vamos a decidir ahora el menú de la cena de Navidad? —bromeó Rafa.

—Si vinieras de estar sometido a un interrogatorio de más de tres horas en la comisaría de Pontevedra, dejarías el cachondeo de lado, cuñado —contestó Eduardo.

Álvaro carraspeó.

—¿Ha trascendido algo a la prensa? —dijo el mayor de los Villamor, con visible preocupación.

—Tranquilo, Alvin. —Eduardo se dirigió a su hermano por su mote infantil—. La cotización en Bolsa de las acciones de Asisgal no se desplomará porque yo decidí dar un paseo en barco a las dos de la mañana.

—Estoy segura de que Álvaro no está pensando en negocios —dijo Elvira—. Estamos preocupados por ti, Eduardo. Me vas a perdonar, pero no estuviste muy vivo. No logro entender cómo tuviste la suficiente sangre fría como para descubrir un cadáver, dar media vuelta y volverte por donde habías venido.

—No la tuve. De hecho, no llegué a entrar en la habitación. Abrí la puerta y vi a Alexa dormida. Decidí entonces que no merecía la pena intentar hablar con ella. Si notaba lo desesperados que estábamos, sospecharía algo, así que, en el último momento, me di media vuelta y me marché. Y ahora le he tenido que confesar la verdad a Rial porque la hora de la muerte no cuadra con mi versión inicial. Está mosqueado, pero lo cierto es que, según el análisis forense, es improbable que yo la matara. Si hubiera estado muerta, me habría preocupado de borrar mis huellas del pomo de la puerta y de hacer desaparecer las grabaciones de las cámaras de seguridad.

—Y aun así la Gestapo habría visto tu barco atracado —apuntó Rafa, y soltó una carcajada.

Su mujer lo miró con desaprobación.

—A eso voy. Si hubiera venido a matar a Alexa, no habría dejado el barco en el muelle a la vista de todas las arpías de Loeiro —apuntó Eduardo.

—Deja de intentar convencernos de tu inocencia —dijo Elvira—. Sabemos que no lo hiciste. Pero el problema es que tenemos a esa listilla en casa indagando sobre todos nosotros. Y ahora se ha traído a su exjefe.

—No tenemos nada que ocultar —replicó Ada—, ninguno de nosotros mató a Alexa.

El silencio se apoderó de la estancia, mientras se miraban los unos a los otros. Finalmente fue Eduardo el que tomó la palabra:

—Creo como tú, hermanita, que ninguno de nosotros mató a Alexa, pero no es cierto que no tengamos nada que ocultar. Por eso os he juntado aquí. Tendremos que ponernos de acuerdo en el relato de lo que pasó hace cuatro años con ella. Si empiezan a tirar del hilo llegarán a lo que descubrió mamá, y sabéis de sobra lo que vendrá después.

Todos bajaron la vista.

—¿Creéis que Iria sabe algo? —preguntó Ada.

—Creo que no, pero está en el camino de saberlo. Hizo venir a Alexa, anda preguntando a Carmen por qué la despediste, fue al despacho de Lois Cambeiro... Está cerrando el círculo. Y lo peor es que lo está haciendo porque papá se lo ha pedido.

—¿Sabemos qué le ha pedido papá? Estamos dando por hecho que él la hizo venir para investigar a Alexa. Quizá tan solo quería buscarle una explicación al hecho de que mamá quisiera desheredarte. ¿Y si le contamos a papá la verdad? Quizá así nos libraríamos de Iria —dijo Ada.

—Nadie va a contar nada —rugió Álvaro, sobresaltándolos a todos—. Nada, excepto que dejaste embarazada a Alexa y le pagaste un aborto y cien mil euros. ¿Está claro? Nada va a desestabilizar a esta familia ni a esta empresa.

—No sé por qué te preocupas tanto por la empresa —intervino Rafa—. Son mis hijos los que van a heredarla.

—Vaya, vaya —sonrió Eduardo—, esto se pone interesante. ¿No crees que deberías callarte la puta boca, Rafa? ¿O quieres que diga en voz alta lo que todos estamos pensando?

—Eduardo —gritó Ada—. Creo que no es el momento de...

—No lo defiendas —dijo Elvira—. Además, que yo sepa, aún puedo quedarme embarazada. Si otro Villamor viene al mundo, estate segura de que me encargaré de contarle a tu padre qué clase de yerno tiene.

—¿Qué clase de yerno soy? —la incitó Rafa—. Aquí podemos hablar todos. ¿Quieres que hable, Elvira?

Elvira se levantó de golpe.

—No voy a seguir aquí para escuchar lo que imagina tu calenturienta cabeza.

Eduardo los miró a todos desconcertado.

—Por una vez en mi vida le voy a dar la razón a Álvaro. Todos mantendremos la misma historia con respecto a Alexa. Con todos mis respetos, Elvira y Rafa, ninguno de los dos os apellidáis Villamor. Los temas sucesorios los trataremos los tres hermanos cuando fallezca mi padre y, afortunadamente, creo que falta mucho para eso. Mientras, preocupémonos de convencer a la poli de que un intruso entró y mató a Alexa. Según mi abogado, todas las pruebas contra mí son circunstanciales, y creo que a Rial le faltan huevos para detenerme y ponerme a disposición judicial si no encuentran alguna prueba de peso. Y como ya os he dicho, el informe forense no le ayuda. Y ahora, repito la pregunta: ¿tenemos claro lo que pasó aquí hace cuatro años?

Todos asintieron.

—En ese caso —concluyó Eduardo—, olvidémoslo. Lo que pasó no le importa a nadie. Yo mismo me encargaré de desmentir al que se mueva un ápice de la versión oficial que dimos el otro día. Si seguimos unidos y callados, pronto pasará el temporal. En lo que tenemos que pensar es en cómo convencer a papá para que se deshaga de ese par de sabuesos que nos ha metido en casa.

Mentirosos

—Están todos para encerrar, César, y lo que es peor, no podemos creernos absolutamente nada de lo que nos digan —exclamó Iria en cuanto el expolicía le relató su encuentro del día anterior con Albert Moreno.

—Eso mismo pensé yo. Resulta que el novio enfermo de amor ante la muerte de su amada no era tal novio —dijo César mientras abandonaba el salón.

Regresó al cabo de unos minutos con una gran jarra de limonada fría.

—Bueno, puede que ya no fueran novios, pero está claro que la muerte de Laura lo dejó marcado. No creo que nadie finja una enfermedad psiquiátrica que te lleva a estar encerrado en una clínica, por mucho que esta sea propiedad de tu familia —continuó ella.

—Resulta curioso cuán poliédrica es la realidad —apuntó César mientras rellenaba los vasos— y cómo el relato de los hechos varía según quién lo cuente. Para Albert, Álvaro era un hombre celoso al que su hermana abandonó, pero sin embargo constata que su hermana iba sola en el coche. Pero Toño Pousada asegura que resulta probable que Álvaro condujese y provocase el accidente. Además, el hecho de que hubiese tenido una aventura con Laura deja en evidencia que a lo mejor los celos de

Álvaro no eran infundados, lo que por supuesto no justifica nada.

—Siempre es más fácil contarle a tu hermano que tu novio es celoso que confesarle que le has puesto los cuernos —replicó Iria.

—Tan solo fue un magreo en un pub —la contradijo César.

—Pues el magreo le costó una paraplejia a Pousada.

—Qué bestia eres a veces, Santaclara.

—Podemos dulcificar la realidad todo lo que quieras, pero eso no hará que el hijo de Benita se levante de la silla de ruedas. Ahora entiendo por qué la propia Sinda nos dijo que Álvaro era el mismo demonio. Además, Elvira me da mala espina. Y no es para menos. Analiza lo que hemos descubierto sobre ella. Se crio en un ambiente humilde. Su hermana es auxiliar de enfermería y ella es funcionaria en una Delegación de la Xunta en Pontevedra. En algún momento, su hermana Loli le cuenta la historia de Álvaro, probablemente tras su ingreso psiquiátrico, ya que ella trabaja en una clínica de Asisgal. Examinando las fotos de Elvira de joven, vemos que puede compartir determinados rasgos con Laura, pero, en efecto, su nariz, el corte de pelo y demás no ayudan. Lo que sí es cierto es que tienen el mismo color de ojos y la misma forma, ligeramente rasgada. Incluso hay coincidencia en la frente, ¿lo ves? —Iria señaló esa circunstancia en las dos fotografías que descansaban sobre la mesita del salón de César.

—Puede ser —coincidió César.

—Lo es, porque con solo operarse la nariz y la barbilla, cortarse el pelo y separarse los dientes consiguió ser una réplica casi exacta de Laura.

—Me parece muy enrevesado. Resulta difícil de creer —insistió el expolicía.

—Por supuesto que es enrevesado —le reconoció Iria—, pero sucedió. La Elvira que aparece en los álbumes familiares no puede ser más diferente a Laura. Por eso el lunes vas a ir a la clínica donde estuvo internado Álvaro, para hablar con alguien de la dirección. Diré a Ulises que los avise para que estén preparados. Y de paso preguntas por Loli Lamas, te apuesto lo que quieras a que trabaja allí. Si estoy en lo cierto, debes interrogarla. La despellejas. Necesitamos saber qué hizo que su hermana se operase hasta las pestañas.

—Ya sabes lo que fue: la oportunidad de entrar en esa familia.

—Cierto, es una mujer ambiciosa, y no se molesta en ocultarlo —afirmó Iria—. Pero estoy cada vez más confusa. Tenemos muchos interrogantes. El primero es qué pasó con Alexa. Sea lo que fuere, estoy segura de que Rosa lo descubrió. Alguien la mató para silenciarla y, de la misma manera, ese alguien acabó con la *au pair*.

—No te va a gustar lo que te voy a decir —César la apuntó con el dedo—, pero la realidad es que los que más tienen que perder con esto son Ada y Rafa. En principio son los únicos que se están jugando la herencia.

—Pues eso nos lleva al segundo interrogante: ¿quién envió la foto de la adelfa a Ulises? —preguntó la inspectora.

—Te sigo. Ya sé por dónde vas.

—Llevamos demasiado tiempo trabajando juntos —sonrió Iria—. En efecto, si partimos de la premisa de que Ada o Rafa mataron a Rosa para asegurarse la herencia, alguien quiso que Ulises lo supiera. Y ese alguien es, probablemente, Elvira. Si consigue predisponer a su padre contra Ada, todos pasarán a estar en igualdad de condiciones.

—¿Por qué no Eduardo?

—Porque Eduardo es el único de los tres hermanos que no quiere esa presidencia. Ada no desea trabajar para su padre, pero estoy segura de que quiere que sus hijos acaben al frente de la empresa. Y ya sabes lo que uno puede hacer por un hijo. Álvaro se está dejando la piel para demostrar que puede dirigir ese imperio, por si suena la flauta y su mujer se queda embarazada. Lleva toda la vida intentando demostrar que puede quedarse al frente de Asisgal. He convivido con él en la Casa Rosa y trabaja como si le fuera la vida en ello. Pero Eduardo es otra cosa.

—¿Cómo puedes estar tan segura?

—Tenía un heredero en camino y se deshizo de él a toda velocidad —apuntó Iria—. Era su oportunidad de entrar en la carrera por la sucesión. Huye de todo compromiso. No sabes con qué desprecio me habló de Asisgal y de la presidencia. Ese hombre solo quiere gastar dinero, y es lo bastante listo como para hacer que los demás lo ganen por él.

—Y si no quiere entrar en esa carrera, ¿por qué se descuidó tanto como para engendrar a ese hijo con la *au pair*? —le rebatió César.

—Dímelo tú —preguntó Iria.

—Quizá ella le dijo que tomaba anticonceptivos, o lo engañó de alguna forma. O tal vez fue un accidente.

—No me resulta muy creíble —negó la inspectora—. Está muy curtido en todo tipo de lides amorosas. Ella era solo una cría de veinte años. Tenemos que adivinar qué pasó con Alexa. ¿De qué quería hablar Eduardo con ella a las dos de la mañana?

—¿De verdad crees que no lo hizo él? —César arqueó las cejas.

—He conseguido la autopsia. La hizo Fuentes, ya sabes lo escrupulosa que es.

César asintió, Uxía Fuentes era una forense muy metódica.

—La autopsia se practicó a las cuatro de la tarde del jueves 23, el mismo día de la muerte —continuó Iria—. El cadáver aún presentaba una rigidez parcial. Ya sabes lo que significa eso: que habían pasado menos de doce horas desde el momento del deceso. Resulta completamente imposible que la matasen a las dos de la mañana.

—Eso no es definitivo, hay circunstancias que...

—No estaba a la intemperie ni especialmente resguardado. No existen circunstancias anómalas que aceleren o retarden el proceso —lo cortó—. En la autopsia figura como hora aproximada de la muerte el intervalo entre las cuatro de la madrugada y las ocho y media de la mañana.

—¿Lo ves? Sinda se levantó a las seis y el barco ya no estaba, pero el intervalo...

—He llamado a Fuentes —dijo Iria—. Ya sabes cómo se curan en salud todos los forenses. Me ha dicho que está casi segura de que la muerte no se produjo antes de las siete y media y así se lo ha dicho a Rial.

—Pero eso deja en entredicho la versión de Eduardo. Dijo que cuando entró en la habitación ya estaba muerta.

—Quizá lo pensó o quizá estaba encubriendo a alguien. Tendremos que preguntárselo. Sé que Rial lo citó esta mañana.

—¿Cómo has conseguido que Fuentes te contase eso? Es vox pópuli que no estás trabajando desde que sucedió lo de Ángel.

—Uxía me debe algún favor. —Iria le guiñó un ojo.

—¿Me lo vas a contar? —preguntó César, curioso.

Iria desvió la mirada. No estaba dispuesta a compartir con él el infierno que la joven doctora sufrió cuando su exnovio, un abogado de éxito, la sometió a un acoso que la llevó a estar medio año de baja y que casi acaba con su carrera profesional y su estabilidad mental. Iria se había mostrado implacable con él. Rememoró el momento en el que irrumpió en el despacho de Pablo Carreira, sacó su pistola, la apoyó en la sien del exnovio de Uxía y le susurró al oído que en Lugo se había cargado a una mafia que traficaba con esclavas sexuales. Acto seguido le informó de que, si lo veía a menos de cien metros de la doctora Fuentes, se encargaría de enseñarle qué hacía ella con los tíos que no trataban bien a las mujeres.

Efectivamente, el muy cobarde no volvió a acercarse a Uxía. Ella no le había contado a la médica lo que había hecho, y mucho menos lo que iba a hacer ahora con César. Se limitó a decirle que Pablo no la molestaría más. Por eso, cuando esa mañana le pidió por favor que le mostrase la autopsia, Uxía no hizo ninguna pregunta. Tan solo se la imprimió y le pidió que la destruyese en cuanto sacara algo en limpio.

—No te voy a contar nada —Iria esbozó una leve sonrisa—, y no preguntes tanto. Luego dices que te pongo a la altura de una chismosa de pueblo.

Lo cierto es que no se sentía especialmente orgullosa de lo ocurrido con el abogado. Iria rara vez perdía los papeles, y esa había sido una de las pocas veces en las que se había extralimitado. Hacerlo contra alguien que disfrutaba insultando, vejando y amenazando a otra mujer por el mero hecho de haberlo abandonado no la hacía sentir mejor, pero también sabía que, si volviese atrás, haría exactamente lo mismo.

—Algún día te lo sonsacaré —dijo su exjefe con sorna.

—No te digo que no, pero hasta entonces concentrémonos en desenmascarar a esa panda de mentirosos, antes de que se maten los unos a los otros.

—¿Lo ves posible? —César recuperó el tono serio.

—¿El qué? ¿Que los desenmascaremos o que se maten los unos a los otros?

—Las máscaras ya están cayendo. Mi pregunta va más allá. ¿Crees que habrá más muertes?

—Ya ha habido dos, me parecen más que suficientes. Pero los veo capaces de desollarse vivos por la herencia.

—En ese caso, si yo fuera Ulises, me cubriría las espaldas. Es él quien decide, en definitiva, quién va a heredar la empresa.

Un plan B

Eduardo Villamor pasó la mano por el escritorio de caoba, impoluto, sobre el que tan solo había un moderno ordenador cuya pantalla era más grande que el televisor de algunos hogares. El nuevo despacho de su padre estaba decorado con sobriedad. Las maderas eran nobles, pero el diseño actual. Destacaban a su vez algunos elementos decorativos como la lámpara Arco de estructura curvada con base en mármol de Carrara, o los sillones cubo de Le Corbusier. Le sorprendió que su padre hubiera elegido esas icónicas piezas de diseño. El viejo se estaba modernizando o había contratado a un decorador que no le había consultado demasiado.

El menor de los Villamor se asomó a la ventana y en lugar de mirar hacia el suelo, donde los viandantes semejaban una colonia de hormigas, extendió la vista al horizonte y sintió que podía fundirse con la línea que lo dibujaba. Este edificio, que su madre odiaba tanto como Ulises lo había anhelado, ejemplificaba todo lo que su padre había deseado en la vida: alzarse sobre los demás, no para sentirse grande, sino para que los demás se sintieran pequeños a su lado. No hacía falta ser un experto en psicología para adivinar la causa de esa megalomanía.

—Has llegado casi con media hora de antelación. —La voz de Ulises lo sobresaltó.

—Siempre te ha gustado la gente puntual, papá.

—¿Qué tal te fue ayer con Rial? —se interesó su padre, haciendo caso omiso de su observación.

—Pues yo diría que bien. He dicho la verdad, y mi abogado asegura que todo lo que tienen contra mí es circunstancial.

—¿En qué demonios estabas pensando cuando descubriste el cadáver y te fuiste por donde habías venido? —Ulises no podía disimular su disgusto.

—¿En qué estabas pensando tú cuando nos metiste a ese par de polis en casa? Y no me vengas con milongas de documentos robados. Exactamente, ¿por qué llamaste a Alexa? Ese asunto estaba muerto y enterrado —contraatacó Eduardo.

—Tu madre estuvo a punto de desheredarte, y no me creo que fuera por lo del lío con la *au pair*. Quería saber qué pasó de verdad, y no se me ocurrió mejor manera.

—¿Desde cuándo es más fácil contratar un detective que hablar con tus hijos?

—¿Vas a contarme lo que pasó? —preguntó Ulises, devolviéndole la pregunta.

Eduardo guardó silencio.

—Ahí tienes la respuesta —dijo Ulises—. En algún momento sabré lo que sucedió en ese año 2020 que se llevó a tu madre por delante. Hasta entonces, me he hartado de todos vosotros. Se acabó el que cada uno haga lo que le venga en gana. A partir de mañana lunes te quiero aquí, trabajando con Álvaro y conmigo.

Eduardo miró a su alrededor y comprendió que ese no era el nuevo despacho de Ulises.

—Te agradezco el esfuerzo de haberme preparado un despacho tan bonito, pero ya sabes que nunca he tenido interés por el negocio. Álvaro sabe de empresas y Ada de medicina. Ese tándem es más que suficiente para garantizar la supervivencia de Asisgal. Yo no tengo nada que aportar —argumentó.

—Álvaro es débil y Ada no le tiene apego a la empresa. Pero hay algo más —le confesó Ulises—. Si sucede algo que haga que ellos no puedan ponerse al frente de Asisgal, necesito saber que el negocio queda en buenas manos. Esto no es un ultimátum. Podría amenazarte con retirarte todo el apoyo económico, o con dejarte solo frente a Rial. Pero no lo haré. Te estoy pidiendo ayuda.

Eduardo lo miró sorprendido. Nunca había visto a su padre mostrar un atisbo de vulnerabilidad.

—En toda mi vida solo me he dedicado a dos cosas —continuó el magnate—: a tu madre y a esta empresa. Eso no habla muy bien de mí como padre, es cierto que dejé que vuestra madre os criase. No voy a criticarla, pero lo que pasó es que os crio igual que lo hicieron con ella, en una libertad absoluta. Yo tuve un padre autoritario, que me educó a base de disciplina y trabajo. No puedo evitar ser como soy, de la misma manera que Rosa creía que cada uno de vosotros debía seguir su propio camino sin imposiciones. Es muy tarde para juzgar si eso es lo correcto. Lo único que sé es que, cuando yo falte, Ada heredará esta empresa. Pero si sucede algo que lo impida, debo asegurarme de que o tú o Álvaro podéis ocupar mi sitio. No te presionaré. Podrás seguir con tus viajes. Solo te pido que pases en estas oficinas tres días a la semana, que conozcas el negocio por dentro. Que estés preparado por si, por alguna pirueta del destino, acabas siendo el presidente de Asisgal.

—Ada tiene dos hijos. La voluntad de mamá era que...

—Sé bien cuál era la voluntad de tu madre —lo cortó Ulises—, y era que cuando nosotros faltásemos, uno de sus hijos continuase al frente de Asisgal para garantizar su pervivencia.

—Iba a decir que quería que fuéramos felices —lo corrigió Eduardo—. Imagino que es mucho pedirte que entiendas cuánto me ahogan estas paredes.

—Te he pedido ayuda. No te he exigido nada.

—Esto es de locos. Ada heredará Asisgal. No pienso tener hijos, ni casarme, ni venir a la oficina de ocho de la mañana a seis de la tarde. Sabes que me matarías.

—No es eso lo que te he pedido. Solo estoy pidiéndote que te prepares por si les pasara algo a tus hermanos.

—Esto está relacionado con la presencia de Iria Santaclara en casa, ¿verdad? Estás investigando a Ada y a Álvaro y soy tu plan B, por si Iria descubre algo que les impida ponerse al frente de la compañía.

Su padre lo miró con sorpresa.

—Siempre fuiste el más listo de los tres —se limitó a decir.

—Eso no es justo, papá. ¿Qué está pasando? ¿Qué han hecho mis hermanos?

—Nada —reculó Ulises—, se trata exactamente de lo que has dicho. Necesito un plan B.

—¿Y si digo que no?

—No lo harás.

—¿Por qué estás tan seguro?

—Porque en el fondo sabes que eres igual que yo.

Eduardo guardó silencio. No quería confesarle a su padre que no era así. Su padre nunca hubiera hecho lo que había hecho él.

—¿Acabarás con la investigación de Santaclara si digo que sí? —Decidió jugar fuerte su mejor baza.

Ulises lo pensó unos instantes.

—Necesito saber la verdad. Pero sí te puedo prometer que esa verdad no la utilizaré contra vosotros.

Eduardo sabía que eso era lo máximo que le sacaría. También sabía que no era el momento de llevarle la contraria a su padre, porque intuía que este sabía más de lo que dejaba entrever. Necesitaba tiempo para averiguar hasta dónde había llegado Santaclara, pero lo más importante era demorar esa conversación con su padre en la que este le preguntase qué había pasado realmente con Alexa. Rodeó la gran mesa y se sentó en la silla de cuero marrón. Luego esbozó una sonrisa.

—¿Podré elegir a mi propia secretaria?

El rumor

Toño Pousada estaba sentado al sol, frente a su casa. Fumaba un cigarro. Como era habitual, no había nadie paseando y la playa estaba desierta. Faustino, su primo, empuñaba los remos de su viejo bote, el Benita. Soltó uno de ellos durante un instante y levantó la mano a modo de saludo antes de continuar su camino. Toño le devolvió el saludo. Pronto desapareció tras el recodo del río que desembocaba en el mar. Los habitantes de Loeiro estaban en sus casas o en sus respectivos trabajos en Pontevedra, Marín, Bueu o Cangas. Tan solo en verano el pueblo cobraba vida y dejaba de ser un conjunto de casas rodeadas de monte, río, mar y silencio.

—Buenos días, Toño —dijo Iria, sentándose a su lado, en una gran piedra pulida que hacía las veces de banco.

Por toda respuesta, Toño se limitó a hacer un movimiento con la cabeza.

—Quería darte las gracias por todo lo que nos contaste. Pero se te olvidó decirnos lo del parecido de Laura y Elvira.

Toño la miró extrañado.

—¿No lo sabíais? ¡Pero si no se habló de otra cosa en el pueblo! —dijo antes de darle una larga calada a su cigarro—. Ya os dije que Álvaro está pirado. Cuando nació su sobrina ya estaba casado con Elvira y, aun así, le pusieron Laura a la niña porque él así lo pidió. Es el padrino. Todo en esa familia está podrido.

—Bueno, yo creo que es un gesto bonito —opinó Iria.

—A mí me parece que deja muy claro que ese tío no está bien.

—Y tú lo sabes mejor que nadie —corroboró Iria, dirigiendo la vista hacia sus piernas.

—No tiene sentido revolver la mierda. Por mucho tiempo que pase, sigue oliendo mal —sentenció el hijo de Benita.

—¿Por qué no lo denunciaste? —preguntó Iria.

—Porque mi madre decidió que era más fácil olvidar y coger su dinero que plantarles cara. La justicia no paga cuidados ni sillas de ruedas.

—¿Y tú qué querías hacer?

—Yo querría tirarlo por el puente y oír cómo su columna vertebral se parte en dos contra una piedra —dijo él con resentimiento—. Pero eso no es posible. Mi madre tenía razón.

—Siento estar despertando recuerdos tan terribles...

—No has despertado nada. Sigo recordando cada día lo que pasó. No tengo mucho que hacer, aparte de dedicarme a mis maquetas o a fumar en la puerta de casa.

—Quería preguntarte por una cuestión a la que le estoy dando vueltas desde que charlamos el otro día.

—Dispara —dijo Toño.

—Dijiste que estabas seguro de que Álvaro era el responsable de la muerte de Laura. Incluso insinuaste que conducía él y que su internamiento en la clínica era un intento de cubrirse las espaldas ante un posible juicio.

—Eso es lo que se dijo y lo que todo el mundo afirmó —insistió él.

—Pues según el hermano de Laura, ella iba sola. He tirado de algunos hilos, conozco a alguna gente en la Guardia Civil. Y resulta que es así: Laura conducía su coche y nadie más iba en él el día que murió. No hubo fallos mecánicos. Simplemente se durmió y se salió de la carretera. El coche dio varias vueltas de campana. En la autopsia quedó demostrado que no había bebido ni ingerido ningún tipo de droga. Quedó probado que Álvaro estaba en Madrid. Por lo tanto, me resulta muy extraño que se mantenga en el tiempo una mentira que es tan fácilmente rebatible. —Iria lo miró, interrogante.

—No sé a dónde quieres ir a parar —dijo Toño, molesto.

—A que todo el mundo piensa que Álvaro es un asesino, o por lo menos que hay algo oscuro en él, y en este caso queda claro que no es así. Y tú has contribuido a que así sea. —No pretendía que su comentario sonase a acusación, pero así fue exactamente como sonó.

—¡Al final eres como todos! —estalló Toño, alzando la voz—. Trabajas para ellos y cobras de ellos. ¿Para eso te han contratado? ¿Para blanquear el pasado de ese hijo de la gran puta? Mírame bien: me tiró por el puente a sangre fría, solo porque me di dos morreos con su novia. Una novia que se mató en un accidente de coche del que no se ha dicho mucho. Sí, me creo que él acabase con ella, de igual forma que intentó hacerlo conmigo. Así que no me extrañaría que tus coleguitas de la Guardia Civil estuvieran untados hasta las cejas con el dinero de los Villamor. A fin de cuentas, conmigo le funcionó.

Iria respiró y permaneció un rato en silencio. Necesitaba que Toño se calmase. Lo entendía perfectamente, sabía bien cuánta impotencia y resentimiento podía producir una silla de ruedas.

—Toño, yo no estoy aquí para blanquear nada —dijo finalmente.

—Tampoco estás aquí para escribir un libro —le recriminó él—. Mi hermano te conoce bien, inspectora Santaclara. Tu marido está enfermo. Seguro que el viejo te ha ofrecido cuidados para él, ¿no? Le sobran clínicas y médicos. ¿Qué te ha pedido a cambio?

—Que investigue una cosa —confesó Iria, a sabiendas de que la única posibilidad que tenía de que Toño confiase en ella pasaba por un ejercicio de sinceridad—, y te prometo que no tiene nada que ver contigo ni con lo que le sucedió a Laura. Pero necesito hacerme una idea de cómo son los habitantes de la Casa Rosa.

—Unos pijos de mierda estirados —dijo él—. No son buena gente. No lo son, por mucho que mi madre y Sinda se empeñen en poner a doña Rosa y a su madre por las nubes.

—No te estoy pidiendo que perdones a Álvaro —insistió ella—. Solo quiero saber por qué afirmas tan categóricamente que era él el que conducía. Te aseguro que mis contactos en la Guardia Civil son de fiar.

—Yo no inicié ese rumor. Eso salió de la Casa Rosa. Incluso años después de la muerte de Laura, todo el pueblo seguía hablando de que Álvaro se había vuelto loco y que había acabado en el psiquiátrico porque no podía con la culpa. Todo el mundo cree que era él el que conducía el coche.

—¿Cómo que salió de la Casa Rosa? —preguntó Iria—. ¿Te refieres al servicio?

—No, no. Me refiero a su familia. Ni siquiera los suyos guardaron silencio para encubrirlo, así que no entiendo ese empeño en hacerlo tú. El propio Rafa Echevarría lo dijo en voz alta en la taberna del pueblo a todo el que quisiera oírlo.

El Sendero

César aparcó su coche a las puertas del edificio al que le había guiado el navegador del móvil. Por un momento temió haberse perdido, porque el aparato lo condujo por una intrincada carretera de monte, plagada de curvas y cubierta a ambos lados por la espesura de un bosque de robles. Si la página web de Asisgal no mentía, el sanatorio El Sendero, que formaba parte de Mensgal, la división sanitaria de la multinacional que se ocupaba de las dolencias relacionadas con la salud mental, era ese edificio del que solo se podía divisar el tejado al fondo de un jardín cuyos cipreses se alzaban sobre un muro de piedra de más de cuatro metros de altura.

Estaba en el municipio de Moraña, cerca de Amil, lugar famoso por su procesión de los Milagros, que todos los años movilizaba a muchos feligreses de la comarca, aunque se encontraba lo suficientemente alejado del santuario como para garantizar la calma y relajación que anunciaba la publicidad de la clínica.

Se identificó en el mostrador de la recepción y, tras llamar al director del centro para confirmar que tenía una cita con él, la empleada le dio unas sencillas instrucciones para llegar al despacho del doctor Andrés Bascoi. De camino hacia allí, César observó a varios internos en los pasillos y en los jardines que se veían tras los ventanales, pero apartó la vista rápidamente, como aquel que esquiva al mendigo a la puerta del supermercado, pretendiendo huir así de su propia conciencia.

Sabía de buena mano que las fronteras entre la tristeza y la locura se difuminaban sin que uno se diera cuenta. Cuando Chelo murió, él estuvo a punto de rendirse, de abandonarse al dolor y precipitarse en un agujero inhóspito y oscuro, un camino unidireccional en el que el regreso no tenía cabida. Si su hijo no se hubiera mudado con él durante un par de meses, ahora podría ser una de esas personas que permanecían sentadas en un banco del jardín.

El despacho del doctor Bascoi estaba al fondo del pasillo. Era un hombre corpulento; su aspecto resultaba intimidante, lo cual no ayudaría mucho en el trato con los pacientes. Debía de estar ya próximo a la jubilación, porque no aparentaba ser más joven que el expolicía. Tras las presentaciones, César no se anduvo con rodeos y le preguntó por el cuadro clínico de Álvaro Villamor.

—Como comprenderá, no compartimos este tipo de información con nadie, pero don Ulises nos informó de su visita y, de acuerdo con los protocolos, me dijo que usted traería un consentimiento firmado por su hijo. En caso contrario, nuestro deber de confidencialidad nos impediría revelar nada de la historia clínica de nuestros pacientes.

A lo largo de su carrera profesional el inspector César Araújo había tropezado mil veces con el deber de confidencialidad de muchos profesionales, así que agradeció la previsión de Ulises Villamor, aunque estaba seguro de que Álvaro no había firmado de buena gana ese papel.

—Tengo entendido que Álvaro Villamor pasó cerca de ocho meses internado en esta clínica como consecuencia de un intento de suicidio —dijo César mientras le mostraba el consentimiento al doctor Bascoi, que se lo devolvió tras comprobar que estaba firmado.

—Yo no lo llamaría un intento de suicidio, aquí nos gusta más decir que tuvo un problema con una ingesta de medicación, porque en ningún momento él manifestó deseos de morir.

—Ya me ha entendido —se explicó César—, simplemente me gustaría saber si su dolencia fue real.

—¿A qué se refiere con «real»? —preguntó el médico. Estaba claro que el doctor Bascoi no se lo iba a poner fácil.

—Justo a eso, a si su enfermedad mental, esa depresión de la que me han hablado, existió realmente o fue tan solo la exageración de un estado de tristeza.

—La exageración de un estado de tristeza, como usted dice, no requiere de una intervención psiquiátrica y psicológica de casi un año. El señor Villamor cayó en una profunda depresión como consecuencia del fallecimiento de su novia, aunque creo que eso ya lo sabe. Por aquel entonces yo ya trabajaba aquí, acababa de comenzar a hacerlo, y le puedo asegurar que su dolencia era real. No tenemos por costumbre tratar dolencias imaginarias, y menos si estas afectan a alguien tan importante como el hijo de don Ulises Villamor.

César no quería molestar más al doctor, aunque le entraron ganas de decirle que esperaba que todos sus pacientes fueran tratados con igual diligencia al margen de quién fuera su padre. Se mordió la lengua, no habían comenzado con buen pie.

—Disculpe el comentario —dijo, en un intento de reconducir la conversación—, evidentemente me he dejado llevar por todo el prejuicio que rodea a la enfermedad mental. Exactamente, ¿cómo definiría usted la dolencia que trajo aquí a Álvaro?

—Presentaba todos los síntomas de lo que se denomina «trastorno de duelo complejo y persistente» que derivó en una sintomatología depresiva. La diferencia de un TDCP y un duelo típico supongo que explica su inoportuna pregunta de si su dolencia era real. Imagino que lo que ha querido preguntar es si Álvaro sufría una patología derivada de la muerte de su novia. En ese caso, la respuesta es sí. Álvaro estuvo enfermo «de verdad», empleando su lenguaje —le reprochó el doctor Bascoi.

—Me temo que tengo muy olvidados mis conocimientos de psicología forense —admitió César, aceptando la regañina—. ¿Diría usted que está curado?

—A Álvaro se le dieron las herramientas suficientes, si no para vencer sus futuras recaídas, sí al menos para reconocer los síntomas y conseguir así intervenir a tiempo cuando se manifestasen indicios de un incipiente cuadro depresivo.

—Tengo entendido que más adelante volvió a ingresar durante dos meses —preguntó el expolicía.

—En efecto, fue a raíz de un incidente con un muchacho de Loeiro —le reconoció el doctor Bascoi.

—Un incidente que acabó con ese chico en una silla de ruedas.

—Veo que está usted bien informado. —El médico torció el gesto—. No tengo más información que la que le hayan proporcionado al respecto. Si ha venido a investigar ese asunto pierde el tiempo, aquí nos centramos en que nuestros pacientes superen las consecuencias de sus actos, no en juzgarlos.

—Pero imagino que esos actos son reveladores de patologías.

—No hubo nada de patológico en el ataque a ese chico —aclaró el psiquiatra—. Álvaro fue víctima de acoso escolar en su infancia. Parte de su tendencia al trastorno depresivo deriva de esa circunstancia. Como todas las víctimas de acoso escolar, presenta un bajo nivel de autoestima. Si a esto le añadimos que Álvaro es el primogénito de Ulises Villamor, por lo que ha cargado con el peso de las expectativas laborales y profesionales que su padre ha depositado en él durante toda su vida, eso nos lleva a explicar muchas cosas. Entre otras, la explosión de violencia tras verse humillado públicamente por un chico que alardeó de haber tenido una relación con su novia fallecida.

—Ese chico está en una silla de ruedas —le recordó de nuevo César, tajante.

—No estoy justificando nada. Solo digo que hay una explicación médica a esa reacción. Y también es cierto que el incidente estuvo rodeado de una gran dosis de infortunio. No es previsible que una caída de solo tres metros tenga tan graves consecuencias.

César pensó que si pasaba diez minutos más en esa consulta, acabaría convencido de que Álvaro Villamor era una hermanita de la caridad. Ese hombre no iba a morder la mano que le daba de comer.

—Imagino que sabe usted que Elvira Lamas, la esposa de Álvaro, es hermana de una trabajadora de este centro —aventuró.

—Sí, claro. Pero Dolores ya no trabaja aquí. Estaba deseando salir del área de salud mental y le pidió a don Ulises un traslado. Hace años que trabaja en una residencia de mayores de Asisgal, en el centro de Pontevedra. Intentó estudiar enfermería, pero no todo el mundo es capaz de compaginar los estudios con el trabajo. Ahora ya no es auxiliar de clínica, ocupa un puesto de adjunta a la gerencia de la residencia.

El doctor Bascoi se calló lo que ambos pensaban. La cuñada del hijo del jefe había ascendido por la vía rápida.

—Una última pregunta. Desde el punto de vista de ese trastorno de duelo, ¿cómo es de grave que alguien se case con una doble exacta de su novia difunta? —César no iba a andarse con miramientos.

Abrió el móvil y le mostró las fotografías de Elvira y Laura.

—No hace falta que me las enseñe. —El médico apenas echó un vistazo al teléfono de César—. Imagino la causa de su extrañeza. La fotografía de Laura estuvo permanentemente en la habitación de Álvaro, así que conozco su aspecto. Los Villamor no se prodigan en los medios, pero los trabajadores coincidimos con ellos en eventos puntuales, como fiestas de Navidad o aniversarios de centros, por lo que conozco a su esposa. Es más, yo conocí a Elvira antes de que comenzase su relación con Álvaro. Estaba en un grupo de teatro aficionado en Pontevedra que colaboraba con nosotros y sabía que era hermana de Dolores. Recuerdo que vinieron a representar una función en Navidad antes del ingreso de Álvaro. La primera vez que vi a Elvira tras la boda me percaté de su cambio y del parecido con Laura, y adiviné lo que había sucedido. Para usted lo raro es que Álvaro haya desarrollado un trastorno obsesivo con su primer amor. Si tiene en cuenta los antecedentes de los que le he hablado, como el déficit de autoestima o el acoso escolar, no es extraño ese nivel de obsesión con la primera persona con la que vivió una experiencia afectiva satisfactoria. Si quiere que le diga la verdad, para mí es mucho más extraño lo de su esposa.

—¿De verdad que le parece normal lo de Álvaro? —insistió César.

—Esto se lo digo en la más estricta confidencialidad, espero que nunca se lo repita a mi jefe, porque estamos hablando de su nuera. La mujer que se casó con Álvaro Villamor no se parecía en nada a la chica que vino a representar una obra de teatro. Tengo claro que jugó fuerte sus bazas para conquistarlo. Toda esa transformación física requirió un esfuerzo brutal. Pero más allá del aspecto físico, lo increíble es que estaba casi mimetizada con el personaje. Recuerdo haberle preguntado por el teatro y llegó a decirme que nunca le había gustado. También me dijo que había iniciado la carrera de Farmacia, cuando yo sé por Dolores que era funcionaria desde los dieciocho años. Sin embargo, Laura estaba estudiando Farmacia cuando falleció. No es mi paciente y dudo mucho que llegue a serlo algún día, pero creo que Elvira necesita ayuda. Una de las complicaciones postoperatorias más frecuentes en la cirugía estética es la dificultad para identificarse con la nueva imagen, principalmente si la zona intervenida es el rostro. En ocasiones, esto puede generar trastornos de despersonalización. Otra de las cosas que puede suceder es que desarrolle un trastorno de personalidad múltiple. Lo que voy a decir es poco profesional, porque requeriría de un estudio del caso y de varias sesiones con la paciente que no he tenido, pero no me extrañaría nada que Elvira se creyese, por momentos, Laura.

El Cisne Negro

Mientras se maquillaba, Iria se dio cuenta de que la última vez que había usado la máscara de ojos había sido hacía casi un año, cuando había ido al vecino restaurante Loureiro a cenar con Ángel para celebrar su aniversario de bodas. El producto estaba seco. «Tendrás que volver pronto, cariño, y yo te prometo que me compraré un rímel nuevo». Si Ángel la escuchase, le respondería que era más probable que llegase a tiempo para celebrar el aniversario del ictus. Sonrió, porque estaba segura de que eso sería muy propio de su marido: llevarla a un restaurante para celebrar un sangrado masivo dentro de su cerebro. Tiró el envase a la papelera del baño y se conformó con un poco de colorete rosáceo y un brillo de labios en el mismo tono. Luego se soltó el pelo y dejó que la melena rubia, cada vez más larga, cayese sobre su espalda.

Llevaba un sencillo top negro ajustado, unos vaqueros y unas sandalias también negras. Tras unos instantes de reflexión se decidió por la misma americana negra que había llevado a su primera entrevista con Ulises Villamor.

El espejo le devolvió la imagen de una mujer de cuarenta y dos años atractiva y triste. Debería dejar atrás esa tristeza si quería que a Rafa Echevarría se le soltase la lengua. No trataba de resultarle deseable, pero quería despojarse de la etiqueta de policía durante un rato, y sabía que cuanto más se fijase en su físico, más se olvidaría de lo que pasaba por su mente.

En cuestión de media hora Iria aparcó su coche, que había rescatado de su casa de Bueu, en un céntrico aparcamiento de Vigo.

El Cisne Negro, el local que había inaugurado Rafa semanas atrás, estaba bastante concurrido para ser lunes. Dentro, la decoración era opulenta, en tonos rojos, negros y dorados, quizá para intentar justificar que el precio medio de un cóctel rondase los trece euros. Fuera, en la agradable terraza con aire *chill out* no quedaba ni una mesa libre. Quizá fuese la novedad, pero desde luego este no sería uno de los negocios fallidos de Rafa si mantenían esa clientela.

Iria se acercó a la barra y preguntó por él. Se identificó como amiga suya. El camarero se dirigió al fondo del local y abrió una puerta sobre la que lucía un rótulo con la palabra PRIVADO. En menos de un minuto, Rafa Echevarría se dirigía hacia ella y la abrazó con efusividad. Le ofreció una bebida. Iria pidió una copa de vino blanco, prometiéndose que solo tomaría una, ya que tenía que conducir. Rafa pidió otra para él.

—Menuda sorpresa —la saludó.

Iria permitió que le diera dos besos.

—Bueno, he quedado con una prima mía que vive en Vigo —mintió—, y me he animado a acercarme a hacerte una visita. Hemos pasado tanto tiempo en las comidas hablando de tu Cisne Negro que me han entrado ganas de conocerlo. ¡Cuánta gente! Está yendo bien, ¿no?

—Esta vez hemos acertado de pleno —se felicitó él—, y es un alivio. Mis dos inversiones anteriores no funcionaron todo lo bien que debieran y Ada estaba realmente molesta. Al fin y al cabo, ella es mi principal socia capitalista.

—Brindemos por el éxito. —Iria levantó la copa de vino.

Rafa chocó su copa con la de ella, encantado de encontrarse con esa Iria más mujer y menos policía.

—Ada nunca me había hablado de ti y sin embargo fuisteis al mismo colegio, ¿no?

Estaba segura de que él conocía la respuesta, pero era obvio que quería entablar una conversación e Iria no estaba dispuesta a dejar pasar esa oportunidad.

—Es que fue hace mucho, los dos últimos cursos de la EGB. Luego ella se fue a estudiar al extranjero. ¿Cuándo comenzasteis a salir? ¿Antes o después de que volviese?

—Ya ni lo recuerdo. Mis tíos veraneaban en Loeiro, así que solíamos coincidir todos los veranos. Al principio ella no me hacía ni caso. A Ada nunca le interesó mucho echarse novio. De hecho, yo soy el único que ha tenido. Estaba siempre estudiando. Pasó por Suiza, París y Estados Unidos. En Alabama lo pasó fatal. La familia que tenía que acogerla la recluyó en una habitación en un sótano, y no se atrevió a protestar. Ya sabes lo tímida que es. Luego decidió estudiar Medicina. Todos sus amigos creímos que lo hacía para trabajar con su padre, pero nos equivocamos. Ahí me demostró que tenía más carácter del que imaginábamos y creo que ahí comencé a fijarme en ella. Poco a poco todos los de la pandilla se fueron emparejando, y llegó un momento en que solo quedábamos nosotros dos. No sé, surgió de forma natural. Ella siempre me había parecido una tía estupenda, maja y tan inteligente, ya sabes...

En esa lista faltaba el adjetivo «millonaria», pensó Iria.

—¿Lleváis mucho casados? —se interesó ella.

—Quince años.

—Un auténtico récord, para los tiempos que corren.

—Y tú, ¿cuánto tiempo llevas casada? —Rafa le devolvió la pregunta.

Iria contuvo el aliento. Diez años. Once el próximo 23 de junio, si Ángel sobrevivía. Parpadeó, ahuyentando las lágrimas. Fijó la mirada en el enorme cisne negro que se erigía en el centro del local dentro de una fuente dorada.

—Diez —dijo finalmente.

—Lo siento, veo que sigues muy afectada —se disculpó él.

Rafa extendió su mano y la posó sobre la de Iria. La policía se esforzó por mantener la mano bajo la de él, aunque sentía el impulso de liberarse y cruzarle la cara.

—Supongo que está siendo duro. —La mano de Rafa estaba caliente. Dibujó círculos sobre el dorso de las de Iria.

Ella se aproximó a él, de manera que sus rostros quedaron casi pegados.

—No todos tenemos una Silvia en nuestras vidas para ayudarnos a sobrellevar las desgracias que se abaten sobre un matrimonio —le susurró al oído.

Era un disparo a ciegas, pero estaba segura de que ese nombre que había visto furtivamente en su móvil no era el de una compañera de trabajo.

Rafa se separó de ella como si lo impulsase un resorte. La miró furioso.

—¿Qué carallo haces aquí, Iria? —Su tono había cambiado tanto que parecía otra persona. No quedaba ni rastro del Rafa encantador que le preguntaba por su marido enfermo.

—Charlar contigo. —Mantuvo la calma—. Es necesario que entiendas que soy tu amiga. Lo que hablemos quedará entre nosotros. Necesito que compartamos información tranquilamente. No te preocupes, soy una mujer discreta. Muy discreta, de hecho. Además, tengo mala memoria. Seguro que en cuanto salga de este maravilloso local del que llevo oyendo hablar semanas, habré olvidado quién es Silvia y cuál es su relación contigo.

Rafa tragó saliva.

—¿Qué quieres saber? —se rindió el marido de Ada.

—Quiero que me cuentes qué sabes del accidente de Laura, la primera novia de Álvaro.

Él la miró con sorpresa, como si esperase que le preguntara por otro asunto.

—Ni idea. Yo ni siquiera salía con Ada en aquel entonces.

—¿Sabes si iba sola en el coche? —preguntó Iria.

—Eso dijeron —admitió él.

—Efectivamente. Eso es lo que dijo la familia de ella, el atestado de la Guardia Civil y todos los que tenían contacto con Laura Moreno en aquella época.

—Pues si ya lo has investigado, asunto resuelto —concluyó Rafa, levantándose—. Ahora, si me disculpas, debo atender a la clientela, acaba de entrar el entrenador de la selección gallega y quiero darle la bienvenida personalmente.

—No tan rápido. —Iria lo retuvo y lo obligó a tomar asiento de nuevo—. Sé que hasta hace no mucho te dedicaste a esparcir por Loeiro el rumor de que tu cuñado tuvo algo que ver con la muerte de Laura.

Rafa la miró furioso.

—Me parece que pasas mucho tiempo con la Gestapo. Somos los habitantes de la Casa Rosa, a la gente le encanta hablar y especular sobre nuestra vida —le rebatió—. Nunca hago caso de chismorreos y te aconsejo que hagas lo mismo, si no quieres que mi suegro te despida.

—No ha sido Sinda —replicó ella—. Y los chismorreos de los que hablas los creaste tú. Sabes a qué me refiero. Solo contesta a esto: ¿por qué?

—Está bien. Puede que dijera algo sobre Álvaro. A fin de cuentas, todo el mundo sabe que es... de naturaleza nerviosa. No es un secreto que la presidencia de Asisgal la heredará el hijo que tenga descendencia. Esa persona ahora es Ada, pero si Álvaro y Elvira tienen un hijo, Ulises deberá decidir entre ambos quién será el próximo presidente.

—Y tú quieres dejarle claro a tu suegro quién es la mejor candidata —Iria terminó la frase por él.

—Tengo dos hijos. Debo velar por que un Echevarría acabe presidiendo Asisgal en el futuro. Si tuvieras hijos, me entenderías.

—Si tuviera hijos, no me dedicaría a decir a todo el que quisiera oírme que su tío es un psicópata asesino —dijo ella.

—¿No te cansas de ser siempre perfecta, Santaclara?

—No soy perfecta, es solo que no entiendo esa necesidad de difamar a tu cuñado. Sobre todo, si tenemos en cuenta que no pueden tener familia.

—Mi cuñada dice eso a todo el que quiere escucharlo, pero es mentira —dijo Rafa—. Me imagino que le interesa seguir así, fingiendo que están fuera de la carrera a la sucesión. No te fíes de ellos.

—¿Por qué estás tan seguro de que es mentira? —se sorprendió Iria.

Rafa se levantó.

—Ese es tu trabajo. El mío es hacer que el seleccionador no se vaya sin que me haga una foto con él para subirla a las redes sociales.

—Dime lo que sabes —lo presionó ella, reteniéndolo del brazo—, y lo de Silvia se quedará entre tú y yo.

La miró dubitativo.

—Elvira estuvo embarazada. Fue antes de la pandemia. No sé lo que pasó con el niño, pero escuché una conversación entre mi suegra y ella en la que Elvira le confesaba que estaba de ocho semanas e inmensamente feliz. Nunca le conté esto a mi mujer. Elvi miente cuando dice que no puede quedarse embarazada. No te fíes de ella —le insistió Rafa, antes de zafarse y dirigirse a una mesa en la que un hombre bebía un cóctel en un vaso con forma de cisne.

Rosa

Loeiro, 25 de febrero de 2020

—Estoy tan feliz —dijo Elvira—, es algo que hemos deseado tanto...

Rosa miró a su nuera, estupefacta. Álvaro y Elvi llevaban casi trece años casados y ya habían perdido las esperanzas de tener familia. Ella acababa de cumplir cuarenta, una edad que en los tiempos de Rosa se consideraba tardía para un primer embarazo, pero que en la actualidad estaba a la orden del día. Sin ir más lejos, ella había tenido a Eduardo con cuarenta y dos.

—Pero... ¿de cuánto estás?

—Ocho semanas. —Elvira estaba eufórica—. Sé que es un poco pronto, pero necesitaba compartirlo con alguien. Si te parece bien, guardaremos el secreto hasta la semana doce. Si se malograse, no soportaría tener que dar explicaciones o que sintiesen lástima de nosotros.

—Pero sin duda Ulises ya lo sabe, es una noticia muy importante, quizá en la clínica...

—No he ido a mi ginecólogo habitual —confesó Elvira—. Sé que es un profesional y no diría nada, pero incluso así no he querido que me tratasen en una clínica de Asisgal. Acudí a un especialista en Vigo. No me reconoció. Di el nombre de mi hermana.

—¿Por qué tanta cautela? —se extrañó Rosa—. Es una gran noticia.

—Lo es, y en cuanto pasen unas semanas lo celebraremos como se merece. —Posó una mano sobre su barriga, que no mostraba nada de su incipiente estado.

—Pero imagino que Álvaro lo sabe...

—Aún no —reconoció Elvira—. En cuanto me lo confirmaron, pensé en decírselo. Luego me percaté de que si la cosa no salía bien, él se llevaría un disgusto enorme. Así que voy a pedirte tu complicidad, y que aguantemos hasta que todo esté reconducido. Un pequeño Villamor, ¿te lo imaginas? Si es niño quisiera que se llamase Ulises, y Rosa si es niña.

Seguramente su nuera esperaba que ella se sintiera halagada, pero Rosa no podía evitar pensar que si fuera la madre de Elvira, le gustaría que su hija tuviera esa conversación con ella y no con su suegra.

Rosa tan solo había visitado a su consuegra una vez en Pontevedra, antes de que se mudasen a Porriño. La llamó por teléfono y la invitó a tomar un café. La mujer se mostró visiblemente nerviosa e incómoda, y le confesó que entendía que su hija quisiera mantenerlos alejados de la Casa Rosa. Que creía que eso sería lo mejor para todos. Y le dijo que era muy buena chica. Repitió eso una y otra vez.

Desde entonces, no se había producido contacto entre ambas familias, ni siquiera en la boda, aunque Rosa siempre le recordaba a Elvira que sus padres serían bien recibidos en Loeiro. Ella se limitaba a poner excusas y a demorar el encuentro.

Desde el primer momento su nuera le había generado una gran desconfianza, pero con el paso de los años había comprendido que hacía feliz a Álvaro y, para ella, eso era más que suficiente. No así para Ulises, que hubiera deseado que su primogénito se hubiese casado con una mujer con estudios o de buena familia. Cada vez que Uli empleaba esa expresión, Rosa se limitaba a recordarle con una mirada que ella se había casado con el hijo del maestro de Loeiro y no con alguno de los hijos de los amigos de su padre, como a él le hubiera gustado.

El parecido con Laura había resultado ser sanador para su hijo, y lo cierto es que catorce años después de su primer encuentro con Elvira en Madrid, Rosa no podía más que agradecer el azar que había hecho que su nuera y Álvaro se cruzasen. Un golpe de suerte que había salvado a su hijo de un abismo del que Rosa temió que nunca saldría.

—Es un gesto muy bonito —dijo, finalmente.

—Un Villamor —dijo Elvira, con satisfacción.

—Un Villamor —repitió Rosa.

Eso, sin duda, lo cambiaba todo.

Reproches

Ada Villamor saludó a Olga, la secretaria de su padre, y le preguntó por su hijo Alberto. Tras un par de minutos de charla intrascendente centrada en los achaques de la cadera de la secretaria y los estudios de su hijo en la escuela militar de Marín, le pidió que le anunciase a su padre que quería verlo.

El despacho de Ulises era una fortaleza cuyas llaves guardaba Olga desde hacía más de veinte años, cuando Adela, su antecesora, se había jubilado. A Ulises no le gustaban los cambios.

A Ada tampoco.

—¡Hola, papá! —Se acercó y lo besó sin que a él le diera tiempo a levantarse de la silla.

—¡Menuda sorpresa! Ya no recuerdo cuándo fue la última vez que viniste a verme al trabajo. Desde que los consejos de dirección los celebramos en hoteles, ya no pones un pie aquí —se quejó su padre.

—Hace año y medio, cuando comparecimos todos ante los medios para anunciar la apertura de los centros para el tratamiento oncológico con inmunoterapia celular. Los CAR-T merecieron la presencia de los Villamor al completo —le recordó Ada.

—Siempre has tenido buena memoria —reconoció Ulises.

Ella lo miró asombrada.

—Pensé que no te habías dado cuenta. O quizá es que nunca me lo habías dicho. Sea como sea, nunca es tarde.

—Sabes que no soy muy dado a los elogios —dijo, incómodo—. ¿A qué has venido, Ada?

—A preguntarte qué está pasando. Las últimas semanas están siendo de locos. Y no me refiero solo a lo de la muerte de Alexa. Eres tú el que está haciendo cosas extrañas.

—¿A qué te refieres?

—A lo de meternos a esos polis en casa y a hacer traer a esa mujer desde Escocia, porque no me creo la historia de sus vacaciones en Galicia. Siempre has sido extremadamente celoso de nuestra intimidad y de repente dejas que todo nuestro pasado quede expuesto ante extraños. Todos sabemos que lo que sucedió con Alexa fue incómodo, pero ya lo habíamos dejado atrás. Y ahora... ¿Ahora te traes a Eduardo a trabajar contigo?

—Exactamente, ¿por qué te molesta que tu hermano esté aquí? —Ulises la miró con sorpresa.

—En esta familia las reglas siempre han estado claras. Álvaro te ayuda en el día a día con la presidencia, Eduardo se dedica a vivir la vida y yo crío a los futuros herederos de Asisgal.

—Creía que no te preocupaba Asisgal. Es una agradable novedad saber que no es así.

—¿Qué hace Eduardo aquí, papá? —preguntó Ada haciendo caso omiso de su ironía.

—Es mi hijo y esta es mi empresa. Mi responsabilidad es que todos vosotros estéis preparados para garantizar su continuidad.

—Sabes que Álvaro es un incompetente redomado y que Eduardo detesta esto. Yo soy la única que sabe algo de medicina y que tiene la suficiente capacidad para entender la dimensión de Asisgal. Pregúntale a mis hermanos si saben lo que es un CAR-T.

—Ahora soy yo el que piensa que algo extraño está pasando. No heredaréis esta empresa hasta que yo muera. Mientras, tanto Eduardo como Álvaro pueden tener hijos.

—Elvira tiene cuarenta y cuatro años —le recordó Ada.

—Elvira no es mi hija. Hay más mujeres en el mundo —le replicó él.

—No me puedo creer que estés insinuando que...

—¡No insinúo nada! —le gritó Ulises—. Digo claramente que hasta que yo no esté en nuestro panteón en el cementerio de Santa María del Campo, al lado de tu madre, nadie heredará esta empresa. Y de mis tres hijos, tú eres la que menos reproches debe hacerme. Deseo que quien se haga cargo de Asisgal tenga cierto apego por la empresa. Creo que no es tanto pedir.

—¿Y te dedicas a formar a Eduardo? —Ada perdió el control también—. ¿El hijo que siempre ha despreciado tu empresa, tu imperio y tu estilo de vida? ¿El que solo quiere salir de noche, navegar y saltar de fiesta en fiesta o de cama en cama?

—Todo puede reconducirse. Si tú estás aquí hoy defendiendo lo que nunca creí que defenderías, es posible que tu hermano sea capaz de darse cuenta, a sus treinta y cinco años, de que esto que tu madre y yo construimos merece la pena.

—Y si es así, hasta es posible que tenga un hijo, ¿no?

—Si tal cosa sucede, eso no quiere decir que él vaya a dirigir la empresa. Simplemente tendré que tomar una decisión. Y no dudes de que será justa y ecuánime.

Ada sintió una lágrima deslizarse por su mejilla y se la limpió de un manotazo.

—Llevo toda mi vida siendo todo lo que un padre desearía de una hija. Me licencié con una media de ocho y medio. Fui la número veintidós en el examen del MIR. Hablo cuatro idiomas. Me casé con un chico de buena familia. Tengo dos hijos. He llevado a cabo una gran labor en el campo de la medicina. Es cierto que no me quedé en tu empresa, pero porque sabía que en el futuro tendría que volver. Solo quería trabajar en un sitio en el que el apellido Villamor no oscilara sobre mi cabeza como una espada de Damocles. En el hospital soy simplemente Ada. Tu dinero es una anécdota que olvidan en cuanto les demuestro que soy una investigadora competente. Y a pesar de todo esto, no me has perdonado. ¿Qué más tengo que hacer, papá?

Ulises se calló. Se miraron largamente.

—¿Es porque soy una mujer? ¿Es eso? —Ada lloraba sin control.

Ulises apartó la mirada. Pensó en Rosa. En su insistencia en criarlos en libertad, en que ellos mismos tomaran sus propias decisiones. En no juzgar esas decisiones. Luego recordó la alegría que sintió al ver a Eduardo en ese despacho que había encargado para él.

Quizá era mejor que pensase eso.

Solo una criada

César aparcó el coche en la barriada de Mogor. Lo que en los años sesenta del siglo pasado había nacido como un barrio para marineros, construido por el Instituto Social de la Marina, era en este momento un pintoresco conjunto de casas con una vista privilegiada a la playa de Mogor y a la ría de Pontevedra en el que vivían aún algunas familias obreras pero que, cada vez más, se utilizaba para usos turísticos.

La de Carmen era una pequeña casa adosada y contaba con un patio al que se accedía libremente, ya que la verja de hierro forjado negro estaba abierta de par en par. Aún no había anochecido. Esperaba que la visita no le resultara inapropiada a la empleada. Las cortinas se descorrieron en varias de las casas. La Gestapo, la CIA y la KGB, pensó César, que siempre había mantenido que las dos guerras mundiales habrían acabado mucho antes si hubieran reclutado como espías a algunos vecinos de las aldeas gallegas.

César entró y al instante un perrito pequinés color canela salió de la nada y se abalanzó sobre los bajos del pantalón del expolicía.

—Yuliii. —La voz de Carmen llegó antes que ella.

La mujer salió al patio y se acercó al perro, lo agarró por el collar y le colocó una correa que sujetó a un poste para impedir que molestase.

—Inspector Araújo —se la notaba confusa—, ¿qué hace usted aquí?

—¿Ya no soy César? ¿Ya no me tuteas? —dijo él.

—Supongo que ha sido la sorpresa.

Él le sonrió.

—Llevo todo el camino intentando inventar una excusa que explique por qué me he presentado en tu casa sin avisar. Pensé en aparcar el coche en la playa y decirte que había venido dando un paseo, pero en cuanto vi la cuesta me rendí. Luego pensé en contarte que había venido a ver los petroglifos grabados sobre las piedras, pero no hay nadie en toda la zona que no los conozca ya. Voy a confesar la verdad, que no es otra que quería verte fuera de la Casa Rosa para hablar sinceramente de todos los que viven allí. No hace falta que te recuerde lo feas que se han puesto las cosas. Así que le pedí tu dirección a don Ulises. Espero que no te moleste.

—Ya os dije todo lo que sabía —dijo ella, a la defensiva.

—No, nos respondiste a aquello que te preguntamos. Así que me encantaría que charlásemos, para ver si así surgen nuevos datos que a priori no te parezcan importantes pero que quizá nos ayuden a entender quién pudo matar a Alexa.

Carmen se dirigió hacia la puerta de casa y le indicó que entrase con un gesto.

El interior sorprendió a César, que esperaba encontrar un mobiliario anticuado. La casa era pequeña, pero estaba amueblada con buen gusto y desde luego bastante moderno.

—¿Vives sola?

—Sí. Soy viuda. Me mudé aquí cuando me casé, pero mi marido murió joven, un infarto. Era marinero, falleció en el barco. Me quedó una pensión mínima, así que acudí a doña Rosa y le pedí trabajo.

—¿De qué la conocías?

—Esto es un pueblo. Nací y me crie en Loeiro, y aunque era mucho más joven que ella, tengo que decir que siempre fue muy amable conmigo y con mi familia. Por aquel entonces yo tenía treinta y nueve años y no había trabajado nunca. Solo contaba con los estudios básicos. Trabajar para Rosa Piñeiro ha sido lo mejor que me ha pasado en la vida.

—Debió ser una gran mujer —dijo César.

Carmen se limitó a asentir.

—¿Una cerveza? —le ofreció ella.

—Estaría bien —dijo, pensando que a fin de cuentas no estaba de servicio.

Carmen llevó dos botellas de cerveza y dos copas al salón, junto con un bol de aceitunas. Él rechazó la copa y bebió directamente del botellín. Ella, por el contrario, se sirvió en una. La cerveza estaba muy fría, como a él le gustaba.

—Puestos a confesar —dijo César—, quería preguntarte por Elvira. Hemos descubierto un montón de cosas raras. ¿Sabías que su aspecto físico cambió radicalmente? Parece ser que se operó para parecerse a Laura, la primera novia de Álvaro.

Carmen negó.

—Yo nunca conocí a Laura. Murió unos años antes de que yo entrase a trabajar en la Casa Rosa. Sabía que había un parecido grande entre ambas, porque lo decían en el pueblo, pero no sabía lo de las operaciones. No sé todo lo que pasa. Solo soy una criada.

—Pero entras en las habitaciones, escuchas parte de sus conversaciones. Quizá hay algo que hayas olvidado decirnos que sea importante.

Ella bajó la vista.

—¿Carmen?

—No es nada importante. Pero no dejo de darle vueltas.

—¿De qué se trata?

—Yo sabía que Iria tenía una pistola —confesó finalmente—. Fue el día que sucedió lo de su marido. Cuando el señor Ulises le dio la noticia, ella quedó devastada, sin capacidad de reacción. Yo me ofrecí a hacerle el equipaje, así que subí a su habitación, abrí el armario y metí en una maleta un par de mudas y sus enseres de aseo. Encontré un neceser al fondo y, dentro, la pistola. Cerré el neceser y lo dejé donde lo había encontrado.

—Bueno, eso no es importante si no la cogiste, ni la sacaste de la habitación, ni se lo dijiste a nadie...

—Lo hice —lo interrumpió Carmen—. Fue algo inocente. Ese fin de semana que Iria pasó en Alemania, salió el tema. Varios miembros de la familia estaban en la galería tomando el aperitivo. Comentaron que era una pena lo que le estaba sucediendo a la inspectora Santaclara. Recuerdo que en ese momento Eduardo dijo que deberían dejar de llamarla inspectora, ya que no estaba en servicio activo.

—Sigue siendo inspectora hasta que la separen del Cuerpo —le indicó César.

—Claro, claro. Pero después empezaron a hablar sobre si sería legal lo que hacía en la casa, lo de trabajar para don Ulises e investigar. Fue entonces cuando Ada dijo que quizá debería tener un título de investigadora privada o algo así y que desde luego, si descubría algo, no podría detenerlos, ni interrogarlos, y que ni siquiera podría tener su arma reglamentaria. Y entonces lo dije.

—¿Les dijiste que Iria tenía un arma?

—Yo estaba recogiendo los vasos cuando escuché eso y me vino a la cabeza que había una pistola en su armario. En esa casa hay dos niños, así que me creí en la obligación de advertirlo. Me limité a comentar que la inspectora Santaclara tenía un arma en su habitación y que ignoraba si era o no su arma reglamentaria, pero que entendía que era mi deber comunicárselo para que ellos tomasen medidas y evitar cualquier desgraciado accidente.

—¿Y por qué no lo has dicho hasta ahora? Debiste decírselo al comisario Rial o a cualquiera de los agentes que os tomaron declaración —le recriminó César.

—Es que no pensé que fuera importante —se justificó Carmen—. Hasta hace unos días no supe que el arma con la que mataron a Alexa era la misma que guardaba Iria en su habitación.

—Pues es un dato fundamental. Yo mismo me encargaré de decírselo al comisario Rial, si te parece bien.

—Gracias, César, te estoy muy agradecida. Llevo días rumiando cómo contarlo. Había decidido decírselo a don Ulises mañana. Me siento avergonzada, debí haber hablado antes. —Había alivio en su voz.

—Yo me encargo —se apresuró a repetir César, que no tenía tan claro que Ulises Villamor acabase contándole al comisario Rial que sus hijos sabían de la existencia del arma homicida—. Pero necesitaría que hicieses un esfuerzo y recordases quién estaba en la galería tomando el aperitivo.

—No es ningún esfuerzo, tan solo estaban Eduardo, Ada y Elvira —dijo ella—. Lo recuerdo a la perfección porque yo no trabajo los fines de semana, pero ese me ofrecí a cubrir la ausencia de Margarita, que estaba en un viaje con su marido. Se les casaba una sobrina en Asturias. Hasta recuerdo lo que tomaron: Elvira y Eduardo un vermú y Ada una tónica.

—Gracias, Carmen. Esto es muy importante.

—Me pregunto si Iria tendrá problemas a raíz de esto —se preocupó Carmen—. A fin de cuentas, ha cometido una grave negligencia al dejar esa arma al alcance de cualquiera.

—Imagino que nunca creyó que saldría pitando hacia Múnich.

—Cierto. ¿Sabes algo del estado de su marido?

—Parece que la cosa avanza, pero poquito a poco, ya sabes lo complicadas que son estas enfermedades —respondió él.

—¿Quieres otra cerveza? —le ofreció Carmen.

Él negó con la cabeza.

—He venido conduciendo —se excusó él, mientras se ponía en pie.

—Pues si te apetece venir otro día andando, podemos dar un paseo por la playa. —Fue decirlo y ponerse roja al instante.

César observó a esa mujer de apenas sesenta años, y de físico más que agradable. Sintió ganas de aceptar de inmediato, pero le abatió el recuerdo de Chelo y murmuró confuso una despedida.

Lo último que oyó al dejar la casa atrás fueron los ladridos del pequinés cuando Carmen lo liberó de su correa.

Un hijo

—Llevo aquí menos de un mes y parece que llevo toda una vida —dijo Iria.

—Bueno, pasaste cinco o seis días en Múnich —le recordó César.

—Echo la vista atrás y me doy cuenta de que todo lo que creía saber sobre los habitantes de la Casa Rosa era mentira.

Estaban dando un paseo por la playa. La marea estaba baja y dejaba ver el montón de peñascos que sobresalían en el centro de la bahía, que los lugareños llamaban *os cons* de Loeiro. En el extremo de la playa, emergiendo sobre el mar, otra gran roca, el *Con do Chirleu*, separaba la bahía de Loeiro del puerto de Aguete. Las gaviotas sobrevolaban la playa, a la búsqueda de restos de comida. César las espantó lanzándoles arena con el pie. No soportaba a esos pájaros.

—Seguramente nos están observando desde sus ventanas —continuó Iria—, imaginando nuestras conversaciones, conspirando para engañarnos, ocultando la realidad. Saben qué pasó con Alexa: uno de ellos la mató. Estoy muy harta y cansada de bucear entre sus mentiras y sus verdades a medias. No me fío de ninguno. El otro día le vi la verdadera cara a Ada. Puede que ella no quiera trabajar en Asisgal, pero tanto ella como Rafa forman un equipo. Al principio me preguntaba qué tenían esos dos en común, cómo una tía tan brillante podía estar con un tío que es más simple que un puzle de dos piezas. Ahora lo tengo claro: no sé si son un matrimonio real o bien avenido, pero sí son unos padres en perfecta sintonía trabajando para asegurarse de que Laura o Dani acaben presidiendo el mayor grupo empresarial del país en el ámbito sanitario.

—¿Y eso implica cargarse a su madre? —preguntó César.

—No lo sé, quizá no fue ella y Rafa actuó por su cuenta. Lo que tengo claro es que su muerte propició que la primera parte de la herencia, la relativa a los Piñeiro, ya sea de ellos. No debemos olvidar ese hecho. Sé que Rafa me contó lo del embarazo de Elvira para que pongamos el foco en sus cuñados. Y creo que no se da cuenta de que ese embarazo lo cambia todo. Ese embarazo pudo ser la causa de que matasen a Rosa —apuntó Iria.

—Y a raíz de las últimas noticias, ni siquiera Eduardo está fuera de la carrera a la sucesión —le recordó César—. ¿Sabías que ahora tiene un despacho en Asisgal?

—Lo sé. Esta mañana se presentó a desayunar con traje —dijo Iria—. Le pregunté de coña si se iba a una boda.

—Deberíamos intentar saber qué pasó con ese hijo, ¿no?

—Tengo pendiente una charla con Ulises: me prometió el acceso a las historias clínicas. Seguramente Elvira perdió al bebé. Quiero conocer los detalles. Es importante saber si lo perdió antes o después de la muerte de Rosa.

—Yo tengo acceso a la historia de Álvaro —dijo César—. Tengo un papelito firmado que dice que puedo acceder a su historia clínica. Me lo dio Ulises cuando fui a la clínica de Moraña.

—No es él quien estuvo embarazado.

—A lo mejor se sometieron a un tratamiento *in vitro.*

—Esa opción debió de ser la primera —apuntó Iria—, pero tienes razón. Vayamos a la clínica de Asisgal con tu papelito y a ver qué sacamos.

—Lo tengo en mi casa. Vayamos hasta ahí y cojamos mi coche. Pero no sabemos a qué clínica ir.

—Empecemos por el engendro de cristal.

Una hora más tarde estaban ante Olga, la secretaria de Ulises, solicitando que los recibiera.

—Don Ulises está ocupado, inspectora Santaclara —le informó la mujer obviando las explicaciones de Iria, que insistía en que necesitaba hablar con él—. Ya le he dicho que está en una videoconferencia. No puedo interrumpirlo.

—Yo me ocupo, Olga —dijo una voz tras ellos.

—Eduardo —lo saludó Iria en cuanto se giró y reconoció al pequeño de los Villamor.

—Venid conmigo, por favor —les ofreció él—. Olga, en cuanto acabe mi padre, dile que tengo un par de asuntos que comentarle.

Los dirigió a su despacho, al fondo del pasillo.

—Bonito sitio —dijo César tomando asiento en una de las sillas frente a él.

—Mi padre no tiene un gran gusto, pero está claro que sus decoradores sí —admitió.

—¿Qué hay de esa intención de echar a correr en la dirección contraria a la de todos los papeles del mundo con un logo de Asisgal en el margen superior izquierdo? —preguntó Iria.

Eduardo la contempló con sorpresa.

—A veces digo muchas tonterías —dijo él finalmente, esbozando una sonrisa—, no deberías tomarme en serio.

—Yo, sin embargo, bromeo poco, sobre todo cuando se trata de cosas de trabajo.

—Ya me he dado cuenta. Y es una lástima.

Iria pasó por alto el intento de flirteo y le hizo una seña a César para que hablase.

—Eduardo, querríamos consultar la historia clínica de su hermano Álvaro. Pero no la de un hospital en concreto, ni de una especialidad en concreto.

—Me temo que...

—Tengo la autorización que me va a pedir —lo interrumpió César, al tiempo que extendía un papel sobre el escritorio.

Eduardo lo examinó con atención.

—Imagino que el viejo obligó a Álvaro a firmarlo.

—¿Nos puedes acompañar al departamento de informática? —dijo Iria, sin más explicaciones.

Eduardo frunció el ceño.

—Yo pensaba ofreceros un café o un aperitivo, antes —dijo él—, pero veo que no tenéis el más mínimo interés en socializar.

Levantó el teléfono y llamó a su secretario. La puerta se abrió.

—Juanjo, acompaña al inspector Araújo y a la inspectora Santaclara al departamento de informática. Llamaré personalmente a Xurxo para que les dé acceso a una historia clínica. Llevan la autorización. Tendréis que firmar unos formularios. Somos muy exigentes con la protección de datos —les aseguró Eduardo—. Sin consentimiento firmado no se accede a ninguna historia clínica. Los usuarios pueden acceder con clave o certificado digital. Gastamos mucho dinero en ciberseguridad para mantener toda la información a salvo.

—Es un alivio saberlo —dijo Iria, sorprendida por la actitud de ese Eduardo que en nada se parecía al que tomaba vermú en la galería y hablaba del surf en California.

El secretario aguardó a que se despidieran.

Bajaron a la planta diecisiete en un ascensor de cristal que parecía precipitarlos sobre las orillas del río Lérez.

—Esto recuerda más a una atracción de un parque temático que a un ascensor —masculló César.

El secretario les sonrió con educación, pero no dijo nada. Los condujo al departamento de informática, donde les presentó al jefe del departamento Xurxo Garrido y a la ingeniera Alba Cidrás. César le mostró la autorización de Álvaro.

—Si les parece, les daré un código de acceso, que cambiaremos después de la consulta. Les prestaremos un equipo. No podrán imprimir nada ni descargar archivos. Si desean una copia, se la facilitaremos con gusto, pero seremos nosotros los que la haremos. Necesito que me firmen estos formularios.

Los condujeron a una sala. Alba preparó un ordenador y les dio el usuario y la clave de la historia clínica de Álvaro Villamor.

—Ni que fuéramos a entrar en los papeles del Pentágono —dijo César en cuanto se quedaron solos.

—Bueno, en la comisaría también tenemos estos filtros, imagínate si salen de repente a la luz los documentos de una operación —le recordó Iria.

—Odio la informática.

—Supongo que no puedes evitar ser analógico.

—Ni tener sesenta y seis años —se lamentó César, mientras observaba cómo Iria navegaba por los distintos archivos de la historia clínica del mayor de los Villamor.

—Puff, mira —dijo ella—, lo tuvieron medicado hasta las trancas. Y no solo después de lo de Laura. Con quince años ya presentaba un trastorno depresivo.

—Aquí dice que era disléxico —le indicó Araújo—. Me cuadra con todo el tema del acoso escolar que te comenté tras mi visita al doctor Bascoi.

—Lleva en terapia más de treinta años.

—Lo operaron de apendicitis en 1992 —leyó él.

—No sé a dónde nos lleva esto, jefe. Lo que necesitamos es la historia de Elvira, no la de él.

—Habrá que hablar con Ulises.

—Elvira no nos firmará un papel ni loca. —Iria negó con la cabeza—. Esa tía ha renunciado a muchas cosas para estar en esa casa, siendo la mujer de Álvaro. No nos lo va a poner fácil.

—¡Joder!

El exabrupto salió de la boca de César en cuanto Iria abrió el resultado de tres pruebas realizadas en 2011.

—¿Estás viendo lo mismo que yo? —dijo ella con sorpresa.

—No entiendo nada, Santaclara. Nada de nada.

Rosa

Loeiro, 26 de febrero de 2020

Ulises abrió la puerta de la habitación y se descalzó para no hacer ruido. No encendió la luz y entró despacio, con las manos extendidas, tanteando, para no tropezar con los muebles. Era tardísimo y no quería despertar a Rosa.

Se sentó en la cama.

—Enciende la luz —dijo su esposa—. Intenté esperarte despierta, pero justo ahora me había quedado traspuesta.

Ulises encendió la luz y la besó en la mejilla.

—¿Qué hora es? —dijo ella, aún somnolienta.

—La una y media de la madrugada.

—Creía que llegabas sobre las once de la noche.

—Llegaba, pero había niebla, así que salimos con casi dos horas de retraso y finalmente nos acabaron desviando al aeropuerto de Santiago de Compostela. Estoy agotado.

—Tienes setenta y tres años. No deberías estar llevando esto tú directamente. Tenemos a gente en las clínicas del extranjero que puede ocuparse de la gestión de esta crisis. Seguro que al final no es tan grave.

—Lo es —dijo su marido con preocupación—. En Italia ha empezado a morir gente. Las primeras muertes se produjeron hace cuatro días. Es un virus letal, no hay vacuna y no tenemos una cura efectiva. Solo podremos combatirlo aislando a la población. En unos días declararán un confinamiento en Italia. Y mucho me temo que en un par de semanas habrá llegado aquí.

—¿Estás seguro? —dijo Rosa, ya completamente despierta.

—He hablado con el presidente para informarle de lo que he visto en Italia. El análisis de su gabinete coincide con esta información.

—Mañana llamaremos a los chicos y les pediremos que se muden aquí, ¿te parece bien? Si nos van a confinar, quiero estar con mis hijos y nietos.

—Lo que tú digas —accedió Ulises, que no acostumbraba a contradecir los deseos de Rosa.

—Y no viajes más, por favor —le rogó ella—. No podría soportar que te pasara nada. No ahora.

—No lo haré. Pero ¿por qué ahora? —Él la miró con extrañeza, mientras se ponía el pijama—. ¿Ha sucedido algo?

Rosa se incorporó.

—Prometí guardar silencio —reconoció ella—, pero creo que esto lo cambia todo. Ayer vino Elvira a tomar café por la tarde.

—¿Le pasa algo a Álvaro?

—No, no es nada malo, a Dios gracias. —Rosa sonrió—. Vamos a ser abuelos. Elvira está embarazada de ocho semanas. De momento no ha dicho nada, ni siquiera al futuro padre. Estoy deseando que Álvaro lo sepa. ¡Esto le hará tan feliz!

Ulises se quedó paralizado.

—¿Estás segura? —acertó a decir después de unos instantes.

—No te entiendo. Evidentemente no puedo estar segura, pero imagino que Elvira no me lo habría dicho de no estarlo.

—¿En qué clínica la están tratando? ¿En la del centro de Pontevedra?

—Fue a un ginecólogo privado en Vigo —dijo Rosa—. No me desveló el nombre. Dijo que no quería ir a una de nuestras clínicas para evitar generar expectativas o esperanzas que se trunquen. Es algo que llevan mucho tiempo esperando. Sé que ella tenía problemas, pero a veces pasan estas cosas. La gente se relaja y de repente se obra el milagro. Sé que ya tiene cuarenta años, pero...

—No es de Álvaro —la cortó Ulises.

—¿Cómo dices? —Rosa lo miró, incrédula—. ¿Te has vuelto loco?

Ulises se dejó caer pesadamente sobre el colchón.

—Hace nueve años, Álvaro acudió a mí. Elvira había manifestado que tenía problemas de concepción, pero entonces, al igual que ahora, ella había acudido a un ginecólogo privado. Álvaro sospechó que lo estaba protegiendo. Ya sabes cómo es con él, a veces lo trata como si fuera un niño. Me dijo que necesitaba saber si él era el responsable de que Elvira no se quedase embarazada. Así que pidió que le hicieran una biopsia testicular, un análisis de semen y una prueba de niveles de testosterona. Un análisis de fertilidad masculina en toda regla.

—¿Y? —Rosa sabía que podía obviar la pregunta.

—Es estéril —le confirmó Ulises—. Prometí guardarle el secreto. Me dijo que valoraba mucho el esfuerzo de Elvira de cargar ella con esa responsabilidad. Y ahí se murió el cuento.

—Hasta hoy —dijo Rosa, apesadumbrada.

—No sé qué hacer —dijo Ulises—. Esto destrozará a Álvaro.

—Quizá haya alguna explicación. A lo mejor han acudido a la fecundación *in vitro*.

—Los especialistas en fertilidad más importantes están en nuestras clínicas, y si hubiesen ido a otra, me habría enterado. El mundo de la medicina es un pañuelo.

—Crees muy poco en el deber de confidencialidad —le recriminó Rosa, incapaz de asimilar aún la noticia.

—Mis colegas no me habrían contado nada relacionado con el tratamiento —se defendió Ulises—, pero sí me habrían informado de que mi hijo ha acudido a una clínica de fertilidad ajena. De todas formas, ya lo intentaron y no funcionó.

—No debimos desanimarlos con el tema de la adopción —dijo Rosa.

—Pueden adoptar mil niños si quieren —le contestó él—. Nosotros no se lo impedimos. Solo decidimos conjuntamente que ese niño no dirigiría nuestra empresa. Y si desistieron, eso demuestra que hicimos lo correcto. La única razón por la que estaban dispuestos a adoptar era para entrar en la carrera de la sucesión. Como si estuviéramos con un pie en la tumba.

—Después de las noticias que traes, es posible que eso pase más pronto de lo que creemos —dijo ella.

Ulises la abrazó.

—No pongas el carro antes que los bueyes —la consoló—. Nuestros mejores virólogos e inmunólogos ya están trabajando a destajo. Saldremos de esta. Me preocupan más las noticias que me has dado tú. ¿Cómo vamos a afrontarlo?

—Déjamelo a mí, Ulises —le pidió ella—. Hablaré con ella. De mujer a mujer. Le prometí a Elvira que no diría nada.

—Está bien, démosle la oportunidad de explicarse.

—Seguro que hay una explicación —dijo Rosa—. Seguro que sí.

Nuestro pacto

—Llevas un par de días sin venir a casa. Te llamé y no me cogiste —dijo Rafa en cuanto Ada entró en la habitación.

—Estaba liada. Pero hablé con los niños —se excusó su mujer.

—Antes de ayer vino Iria al Cisne Negro.

Ada se quitó la camisa y el pantalón y cogió del armario una camiseta y un pantalón de algodón.

—¿Y? —se interesó ella.

—Cada día sabe más cosas —dijo Rafa.

—No es ella quien me preocupa. Es mi padre —confesó Ada—. Ayer fui a verlo al despacho, por lo de Eduardo.

—No tienes que preocuparte por Eduardo —le dijo su marido—. Es muy listo. Las cosas se le han puesto difíciles con todo lo de la muerte de Alexa, y le interesa mantener a tu padre tranquilo, por eso le sigue el rollo. Ya te digo yo que no tiene la menor intención de asumir ninguna responsabilidad en Asisgal.

—No se trata de él, se trata de papá. Te aseguro que si encuentra el más mínimo resquicio hará que la presidencia de Asisgal quede en manos de cualquiera que no sea yo. Lo cierto es que perdí el control. Por primera vez en mi vida le dije todo lo que pensaba. Y me reprochó que nunca me hubiera interesado por la empresa.

—Y tiene razón —le recordó su marido.

—Puede que quiera ejercer mi profesión en lugar de encerrarme en el engendro de cristal, pero también es cierto que he tenido dos hijos y, de acuerdo con la voluntad de mi madre, ellos deben presidir Asisgal.

—Y yo haré todo lo posible para que así sea, aunque a veces me pregunto si no estaremos haciendo con ellos lo mismo que tu padre pretende hacer contigo.

—Si el día de mañana no quieren trabajar en Asisgal, tendremos que escucharlos —admitió Ada.

—Claro —dijo Rafa, mientras cogía el móvil para revisar sus mensajes.

—¿Y qué tal te fue con Iria? —dijo Ada—. Me pone nerviosa que se plante en Vigo sin avisar.

—Sabe lo de Silvia —dijo Rafa.

—¿Cómo? —Ada se alteró—. ¿Y me lo cuentas ahora? ¡Te dije que tuvieras cuidado! No me importa en absoluto que hagas tu vida, pero ese no era nuestro pacto. Te pedí discreción absoluta. Pero claro, es mucho pedirte que mantengas subida la bragueta de tus pantalones.

—No me faltes al respeto. —Hizo un esfuerzo por mantener la calma—. Como tú has dicho, hicimos un pacto. No protesto por tus noches en Vigo, tu dedicación absoluta al trabajo, ni cuestiono esos congresos a los que vas tres o cuatro veces al año. Te he dado dos hijos y un matrimonio estable a los ojos de tu familia. Necesito lo que necesito, Ada, y tú no me lo das.

—No me importa lo que hagas mientras no trascienda. Ahora esa poli sabe que me pones los cuernos, y espero que sea discreta porque si mi padre...

—Lo será —la cortó él—. Hemos llegado a un acuerdo.

—¿Qué acuerdo?

—Silencio a cambio de información.

—¿Qué le has dicho? —La voz de Ada sonaba alarmada—. ¿No le habrás contado lo de Alexa?

—Claro que no. Entonces pensaría que teníamos un motivo para matarla. Le he contado lo del embarazo de Elvira.

—Pero si tira del hilo...

—Tirará —dijo él—, pero eso la centrará en Elvi y nos dejará tranquilos. Nuestra prioridad no es que no descubra nada, sino que lo que descubra no nos perjudique. Por cierto, le he dicho que tú no sabías nada del embarazo de Elvira. Recuérdalo por si te pregunta.

Ada se dejó caer a plomo en la cama.

—Perdí los nervios con papá —dijo ella—. Estoy muy harta de no ser lo suficientemente buena para él.

—Nunca nadie es lo suficientemente bueno para tu padre —le rebatió él—. Yo soy un claro ejemplo.

—No soporta que su heredera sea una mujer. Él mismo me lo reconoció.

—Ni siquiera Ulises Villamor es tan cavernícola.

—Créeme que sí.

—Bueno, pues hasta que Eduardo o Álvaro no tengan un hijo, tú eres su única opción —Rafa le pasó el brazo por los hombros—, y todo por lo que llevamos luchando toda la vida se hará realidad. Cuando él muera, ya no nos importará lo que piense la gente. Aguanta un poco más. Solo un poco más.

Nuestro pacto

—Hoy César e Iria han estado en la oficina —dijo Eduardo.

—¿Qué querían? —preguntó Elvira.

—No te va a gustar. Traían un consentimiento firmado para ver el historial clínico de Álvaro. No me quedó más remedio que darles acceso.

—¡Mierda! —mascculló Elvi—. No se lo digas a Álvaro.

—Él firmó ese consentimiento y era un consentimiento genérico —le recordó su cuñado.

—Sí, me lo dijo. Ulises se lo ordenó, pero en teoría lo iban a usar solo en El Sendero.

—¿Qué hay en esa historia clínica?

—En principio sus depresiones, ya sabes, todo lo que pasó después de lo de Laura. No lo he visto, pero dudo que haya nada más que sea importante. Lo que me preocupa es que están centrándose en nosotros. Iria ha ido a ver a mis padres, me lo ha contado mi hermana.

—Si no hay nada en esa historia clínica, no tienes que preocuparte. Y tus padres tampoco saben nada de lo que pasó.

—No se trata de eso —dijo Elvira—. Conoces nuestro pacto. Hay que dejar a Álvaro al margen. Sus nervios...

—Estoy muy harto de los nervios de Álvaro —dijo Eduardo de mal humor.

—Y yo de que no me digas la verdad. Siempre dijiste que no querías trabajar en Asisgal —le reprochó ella.

—Y no quiero. Pero hay que mantener al viejo tranquilo —se explicó Eduardo—. Tiene algo entre manos. Si estoy en Asisgal, estaré más cerca de saber qué es.

—Tenemos que permanecer unidos. Y sobre todo no debes perder los nervios. Mentiste dos veces a la policía. Primero, no contaste que habías venido de madrugada, y luego dijiste que Alexa estaba muerta cuando entraste en su habitación —le recordó ella—. No te han detenido porque eres hijo de Ulises Villamor, pero no estaría de más que recordases que ni siquiera eso impedirá que vayas a la cárcel si encuentran pruebas.

—Lo que le dije a Iria el día que descubrieron el cadáver es verdad. Nadie podría probar que he matado a Alexa porque yo no lo hice —replicó Eduardo—. ¿Puedes decir tú lo mismo?

Elvira lo miró furiosa.

—Eso os vendría a todos genial, ¿no? —gritó ella—. Así los todopoderosos Villamor os libraríais de mí.

Eduardo la agarró por los hombros.

—¡Cálmate! Tenemos un pacto. Nadie va a librarse de nadie. Solo yo sé que cogiste la pistola. Y esa es la razón por la que he guardado silencio.

Ella lo miró con la boca abierta.

—Eso no es verdad —dijo con voz temblorosa.

—Te vi cuando salías de su cuarto mientras Iria estaba en Alemania.

—No es verdad —insistió ella—, no lo es.

—Fue después de que Carmen nos contase lo de la pistola en la galería. ¿Quién más lo sabe? —le preguntó Eduardo.

Ella guardó silencio.

—¿Álvaro? —preguntó Eduardo.

—Creo que no. —Su voz era débil.

—Cuéntamelo todo —le ordenó Eduardo.

—No sé por qué la cogí. Solo quería dejarle claro a esa poli que la estábamos vigilando de cerca. No me gustaba nada que estuviera armada. Pero te juro, Eduardo, que yo no la maté. Te lo juro. Cuando dijeron que el arma con la que mataron a Alexa era la de Iria, pasé mucho miedo. Estaba segura de que iban a encontrar mis huellas en ella. Pero el que la mató las limpió. —Rompió a llorar—. He pasado tanto miedo...

Eduardo la abrazó.

—Sssshhhh —la consoló—. No tienes que tener miedo. Estamos a salvo.

—Pero Álvaro...

—Álvaro no sabe nada —dijo Eduardo—. Tranquila, nadie va a hablar. Todos tenemos cosas que esconder. Solo hay que conservar la sangre fría. Tenemos un pacto, recuérdalo.

La oscuridad

El pelo ya le había crecido un poco, excepto alrededor de la cicatriz de la última operación. Vestía un polo azul marino y un pantalón de chándal del mismo color. Detrás de Ángel, la doctora Beck se mostraba sonriente.

—Ángel, saluda a Iria —le ordenó la neuróloga.

Ángel levantó la mano. Apenas unos centímetros. Mostraba la palma abierta. Su rostro seguía sin registrar ningún movimiento.

La doctora Beck le dijo a Iria que el avance era muy lento, pero constante. Mantenerse en pie, caminar, hablar más allá de las onomatopeyas o los monosílabos eran metas muy lejanas, pero Ángel se dirigía hacia ellas.

Iria le dio las gracias y le lanzó un beso a Ángel. Después, la pantalla del ordenador se tragó a su marido.

En cada videoconferencia, la doctora Beck se mostraba esperanzada. Iria la odiaba por ello, porque conseguía que ese sentimiento se instalase en su interior, y cuando eso sucedía se imaginaba en su casa de Bueu desayunando con Ángel, caminando por la playa, haciendo la compra en el súper, comprándole un libro a Miranda, discutiendo sobre si cenaban en casa o tomaban un bocadillo de calamares en la playa de Agrelo, o perdiendo cincuenta minutos en elegir una peli en Netflix para quedarse dormida a los diez minutos del comienzo.

En cada videoconferencia regresaba a la vida normal, y entonces la posibilidad de que eso no sucediese se le hacía intolerable y volvía esa sensación de angustia que la paralizaba, el dolor en el pecho, la dificultad para respirar y el ahogo. Y sobre todo volvía el miedo de que Ángel muriese.

O el deseo de que lo hiciera, aunque esto último no se lo confesaba a nadie, ni siquiera a sí misma, excepto cuando se rendía y lloraba.

Se puso ropa deportiva y bajó las escaleras a toda velocidad. Agradeció no cruzarse con nadie. Dejó atrás la Casa Rosa y echó a correr. Anochecía en Loeiro, aunque ya pasaban de las diez de la noche. Galicia tenía una hora más de luz que gran parte de la península. Junio era su mes favorito, porque los días se estiraban, de manera que después del trabajo siempre había tiempo para ir de compras, unas cañas con amigos en una terraza o un paseo por la playa, aunque fuera con una sudadera para combatir el viento nocturno. También era el mes favorito de Ángel.

Notó las lágrimas corriendo libres por su rostro. No cogió el camino del lavadero, sino que subió por el que discurría entre árboles al lado del río.

A la altura de la fuente vio a Sinda venir de frente.

Iria se secó las lágrimas de un manotazo, pero la mujer se percató del gesto. La policía pensó mil excusas sobre la marcha, pero cuando se paró frente a ella, simplemente se permitió llorar sin control.

Se sentó en la escalera que descendía hacia la fuente. Sinda se sentó a su lado y le cogió de la mano. No le preguntó nada.

Iria comenzó a hablar. De la comisaría de Lugo. Del mecánico alto y de ojos negros que le había arreglado el coche y que después la había reconocido cuando tropezaron en un paseo fluvial. De cómo le gustaba el mar a pesar de haber nacido en una ciudad a donde este no llegaba. De su noviazgo. De la casa de Bueu. De su boda. Del día que lo encontró tirado en el baño. De los casi ocho meses en los que solo había escuchado cuatro letras de su boca. De la segunda vez que estuvo a punto de morir y de las horas que pasó en una sala de espera de una clínica de Múnich.

Sinda permaneció sentada a su lado. Con las manos cruzadas sobre la falda negra tras soltar la de ella. Luego se sacó de la manga un pañuelo blanco con dos pequeñas flores bordadas en un extremo. Olía a lavanda. Iria se limpió la cara y se sonó la nariz.

—Me lo llevaré a casa, Sinda, para lavárselo. —La voz de la policía sonaba avergonzada.

—No sea tonta. No tengo nada más que hacer que usar mis prismáticos, leer novelas, hacer bizcochos y poner la lavadora. De hecho, debo de ser la única persona de todo Loeiro que no usa pañuelos de papel. Soy una antigua, claro que eso ya lo sabe. Ea, respire tranquila.

—Lo siento mucho —se disculpó.

—Exactamente, ¿qué siente? —le preguntó ella—. Soy yo la que lo siente. Por lo poco que la conozco, sé que es una persona reservada, y cuando se le pase el sofoco, se arrepentirá de haberle contado toda su vida a la mayor chismosa de Loeiro.

El comentario arrancó una sonrisa a Iria.

—Sé que no dirá nada.

—No lo haré, se lo prometo, pero si quiere que le diga la verdad, la Benita ya me había dicho algo. Su prima tiene un puesto en la plaza de abastos de Bueu y los conoce a usted y a su marido.

—Es usted incorregible, Sinda.

—Lo soy, pero ya sabe que voy de cara. —Sonrió la anciana—. Supongo que será mucho pedir que me cuente también lo que ha venido a investigar, ¿no? Porque lo de la novela está un poco cogido por los pelos.

—No, Sinda —dijo Iria—, no se lo puedo decir.

—Lo entiendo, pero tenía que intentarlo —se resignó ella, poniéndose en pie—. Ahora que están las cosas claras y ya no tiene que inventar excusas para venir a visitarme, le propongo que venga cuando quiera y me interrogue sin contemplaciones. Yo le hago la firme promesa de contarle todo lo que sé de los habitantes de la Casa Rosa. Me refiero a cosas triviales, pero quién sabe si le ayudan en su misteriosa investigación.

Sinda le guiñó un ojo.

Iria se levantó también. Sus músculos se habían enfriado. Ya había anochecido. Decidió coger el camino que subía desde la fuente hasta Moledo para volver a entrar en calor.

—Yo tiro por ahí arriba.

—Tenga cuidado, ya está oscuro, a ver si se va a torcer un pie —le aconsejó la Gestapo.

—Tranquila, hay farolas y está asfaltado —respondió Iria—. Mañana me paso a tomar ese café.

Tras despedirse comenzó a subir la cuesta a buen ritmo. Buscando atajar, giró para descender hacia la playa. Efectivamente, estaba oscuro, pero la luz de las farolas que iluminaban el paseo del río Loeiro la guiaba.

Antes de desembocar en el paseo, paró de correr. Dirigió la vista a la casa de piedra que acababan de restaurar. Sinda le había dicho que era del farmacéutico, aunque no estaba segura.

El golpe la cogió desprevenida.

Después la oscuridad la envolvió de lleno.

La claridad

—¿Ma... má?

La voz de Iria sonaba pastosa. En cuanto intentó mover la cabeza sintió un latigazo.

—Cariño. —Lourdes se levantó de golpe del ajado sofá azul de escay—. Cariño, cariño.

Se abalanzó sobre su hija y la besó. Rompió a llorar. Iria se echó la mano a la cabeza, como si pudiera detener el latido que se había despertado con su consciencia. La tenía vendada.

Miró confusa a su madre, que ya estaba llamando a una enfermera.

Durante la hora siguiente, mientras intentaba asimilar que estaba en un hospital, por la habitación desfilaron enfermeras y médicos que la examinaron y le hicieron preguntas que contestó con mucho esfuerzo. A duras penas alcanzó a decir su nombre, su apellido y su edad.

Mientras se concentraba en seguir con la mirada el dedo del doctor, intentaba recordar infructuosamente por qué estaba ahí.

—Señora Santaclara, no hable. Está en el hospital de Montecelo. Ha sufrido un traumatismo craneal grave. La hemos sometido a una cirugía para eliminar los hematomas y aliviar la presión craneal.

Iria fijó la vista en el techo del hospital, en su blancura cegadora. Sentía un zumbido en los oídos y cierto entumecimiento. El cuerpo le pesaba. Tenía la boca seca. Señaló el vaso de agua.

Su madre pidió permiso al médico para darle de beber y él accedió. Iria dio apenas dos sorbos a través de una pajita. El esfuerzo la dejó extenuada.

—La dejaremos descansar ahora —dijo el doctor, dirigiéndose a Lourdes—. El nivel de sedación es aún muy alto. Tendremos que vigilarla de cerca, podrían presentarse vómitos o convulsiones. Es probable que tenga problemas para hablar o para recordar. No se asuste si está confusa. A priori, la primera exploración es muy alentadora. La cirugía, en principio, ha sido un éxito, pero debemos ser cautelosos.

Las palabras rebotaban en el cerebro de Iria. Intentaba asimilar lo que decían, pero todo le sonaba familiar, aunque lejano. Como si ya hubiese estado en ese hospital, como si esas mismas palabras ya las hubiese oído antes y tuvieran un significado que ahora no podía recordar.

Trató de girar la cabeza, dejar de observar ese techo de un blanco inmaculado, pero no pudo.

Su madre volvió a ocupar el sillón de acompañante. Iria intentó hablarle, pero ella le puso un dedo sobre los labios.

—Ya habrá tiempo para eso —le dijo su madre—. Tienes a César superpreocupado. Ha llamado todos los días.

—¿Cu... ánto... ti... em...?

—Chssss. He dicho que no hables. Nueve días. Te encontraron en Loeiro. Alguien te atacó. Quizá quisieron robarte. No llevabas nada encima, aunque no es raro porque estabas corriendo. Una mujer de Loeiro dice que estuvo contigo sobre las diez y media. Te encontraron por la mañana. Menos mal que ya estamos en junio, porque si no te habrías muerto de frío.

Lourdes le acercó el agua nuevamente.

—El señor Villamor ha insistido en que te llevásemos a una clínica de su propiedad —siguió hablando Lourdes, visiblemente nerviosa, en un estado de excitación impropio de ella—, pero tu padre y yo decidimos que trasladarte era arriesgado. De todas formas, ha sido muy considerado. También ha venido tu jefe y nos ha dicho que investigarán quién te hizo esto. En un primer momento detuvieron a un tipo de Loeiro, un tal Manuel Pousada; parece ser que tiene problemas con las drogas, pero lo soltaron porque no tienen nada contra él. No sé cómo puedes hablar tan mal del comisario Rial, ha sido muy amable y se le veía preocupado de verdad.

Iria comenzó a sentir somnolencia, pero luchó contra ella. Se concentró en los cuadrados de pladur sobre su cabeza y en la barra fluorescente que iluminaba la habitación.

—Y lo mismo debo decirte de los Villamor. Esas flores las ha mandado Ada. Y vino una chica pelirroja, extranjera, para despedirse porque se volvía a su país. Hablaba muy bien nuestro idioma. Y otro de los hermanos, muy guapo, el que sale siempre en las revistas, también vino. Me insistió en que te trasladásemos a su clínica. También te visitó una señora mayor. No me acuerdo del nombre, solo recuerdo que era la maestra de Loeiro.

Algo iba mal. Iria notaba a su madre extraña. Nunca hablaba tanto. Le asaltó un temor súbito.

—Án... gel —acertó a decir.

Su madre se levantó y apagó la luz.

—Ahora deberías dormir, cariño —dijo Lourdes—. Duerme. Ya hablaremos. Solo duerme.

Libro II

Solo después de haber perdido todo, somos libres de hacer cualquier cosa.

Chuck Palahniuk, *El club de la lucha*

Modo avión

El timbre la despertó de golpe. Se había quedado dormida en el sofá después de comer. La combinación de ansiolíticos y analgésicos le provocaba mucha somnolencia.

Solo podían ser César o sus padres. No permitía que nadie más la visitase. Tenía el móvil en modo avión durante todo el día. A la hora de la cena lo activaba y comprobaba que nada grave había pasado fuera de las cuatro paredes de su casa de Bueu.

El globo rojo de su correo corporativo alcanzaba ya el número de mil trescientos veintiocho mensajes. Consultaba en la aplicación de meteorología qué tiempo haría al día siguiente. Cuando el día siguiente llegaba, nunca comprobaba si era cierto que el día estaría nublado o si lloviznaría al atardecer, porque nunca descorría las cortinas, así evitaba ver ese mar que tanto les había gustado y que ahora ella detestaba. Las noticias se sucedían, las guerras, las crisis, los gobiernos, la inflación. La actualidad se deslizaba ante sus ojos.

Después, volvía a activar el modo avión durante veinticuatro horas.

Los días eran cíclicos e idénticos.

Todos, excepto los miércoles.

Los miércoles se pasaba tres horas y media en un autobús para recorrer la distancia que separaba su casa del cementerio de San

Froilán en Lugo, ponía flores en la tumba de Ángel y volvía a coger otro autobús.

El timbre volvió a sonar. Se levantó despacio. Se observó en el espejo. Habían transcurrido cinco meses desde la última operación y casi seis desde el ataque. El pelo rubio le había crecido sin orden ni concierto. No había ido a la peluquería, así que unos mechones eran más largos que otros. Había adelgazado mucho, tanto que parecía haber encogido. La ropa le colgaba, como consecuencia de la inactividad y de la pérdida de musculatura, y su rostro lucía unas profundas ojeras.

Quedaba poco de la Iria Santaclara de antes del ataque.

Había estado a punto de morir y no había día que no fantasease con ese hecho. Después contaba el tiempo que faltaba para que fuese miércoles de nuevo. Había elegido los miércoles porque era el día que su suegra cuidaba de su único nieto y así se aseguraba estar sola ante la tumba de Ángel. Aún no le había perdonado que hubiera decidido enterrarlo en Lugo y que no lo hubiesen incinerado como él siempre había querido.

El timbre volvió a sonar. Maldijo a César, y se acercó a la puerta.

Lo primero que vio fue el gran coche negro de lujo, antes de darse cuenta de que era Ulises Villamor. Lo miró confusa.

—¿Puedo pasar? —preguntó él.

Iria se hizo a un lado, consciente de que llevaba dos días con el mismo pantalón de pijama beige, y que tenía una mancha de té en la camiseta.

Ulises entró en el salón y acomodó la vista a la oscuridad. Iria se apresuró a subir los estores para dejar pasar la luz.

—Tienen una magnífica vista aquí también —dijo el empresario.

—Señor Villamor... Sé que debí llamarle. Le estoy muy agradecida por todo lo que hizo cuando sucedió lo de Ángel. Sé que corrió usted con los gastos de repatriación del cadáver y los del entierro.

—Por favor, Iria —lo descartó con un leve movimiento de cabeza—, es lo menos que podía hacer. Usted estaba en el hospital con un coma inducido. Siento muchísimo su pérdida. Tenía muchas esperanzas puestas en la terapia del equipo de la doctora Beck.

—Nadie podía prever lo de la embolia arterial. A pesar de la heparina, se produjo un trombo. —Iria repitió las explicaciones de la doctora—. ¿Quiere sentarse?, ¿tomar algo?

—Tomaré asiento —dijo Ulises—, pero nada más.

El empresario se sentó en una de las modernas sillas de metacrilato del comedor. Las había elegido ella, a Ángel le gustaban más los muebles clásicos. Iria observó a Ulises. Los rasgos fundamentales estaban ahí: la nariz aguileña idéntica a la de Álvaro, las gafas metálicas y el característico flequillo color plata. Sin embargo, lo notó desmejorado. Se sentó enfrente de él, lo miró a los ojos.

—Ninguno de los dos estamos en nuestro mejor momento.

—El mes pasado tuve una arritmia. Nada importante, pero mi equipo médico está haciendo pruebas y no negaré que estoy preocupado —admitió Ulises—. Y esto me lleva a mi otra gran preocupación.

—La sucesión —concluyó Iria.

—Sé que está usted en un proceso de duelo, y que ya no puedo ofrecerle nada más que dinero.

—Dinero que no necesito —lo cortó ella—. Ángel tenía un seguro de vida. He cancelado la hipoteca. Con mi sueldo es más que suficiente.

—Sé que no se ha reincorporado a su puesto.

—Estoy de baja. —Se señaló la cabeza—. Tomo bastante medicación. No puedo trabajar, ni portar un arma.

—En ese caso, no puedo sino rogarle que vuelva a la Casa Rosa y me ayude. —La voz de Ulises estaba despojada de su habitual tono autoritario.

Iria lo miró fijamente. Lo sucedido hacía seis meses volvió a ella de golpe, la incendió por dentro.

—¡Casi me matan! —estalló, perdiendo el control—. Me quitaron los últimos momentos con mi marido y la posibilidad de despedirme de él. Me importa una mierda su Casa Rosa, su empresa y su puto heredero.

Rompió a llorar, triste y avergonzada. Ulises dejó que se desahogara.

—Lo sé, inspectora Santaclara —se disculpó él—, y créame que si pudiera volver atrás, tomaría medidas. Pero no puedo. Sé lo que siente. Echo de menos a mi esposa cada día. Y le puedo asegurar que quedarse en esta casa con las cortinas cerradas no le devolverá a su marido.

Iria se limpió las lágrimas.

—Los términos del acuerdo han cambiado —dijo.

—Explíquese.

—No quiero su dinero —zanjó ella con voz temblorosa—. Lo que quiero es poner ahora mis propias condiciones y son estas: si descubro al asesino de Rosa y Alexa, si descubro quién me golpeó en la cabeza, lo entregaré a las autoridades.

—Pero...

—Nada de peros, señor Villamor. Han muerto dos personas, casi tres. —Era Iria la que sonaba ahora implacable—. Ya no está en condiciones de exigirme nada. Soy policía. Este es mi trabajo. Es todo lo que me queda. Me lo debe, Ulises. Me lo debe.

Otra vez la Casa Rosa

Era incapaz de recordar lo que sintió la primera vez que vio esa casa. Lo que sentía ahora era miedo, rabia y tristeza, aunque, siendo justos, la tristeza ya la traía consigo. Dirigió la vista a la galería y al palomar. En ellos habían muerto dos personas. A unos cientos de metros casi lo había hecho ella.

Con el paso del tiempo, los detalles de lo sucedido en las últimas horas antes de que la atacasen habían ido regresando a su cerebro. Recordaba haber hablado con Sinda, sentada en la fuente. Recordaba haber llorado por Ángel, sin saber que aún no tenía motivos suficientes para llorar. Y se acordaba de los detalles de esa noche. Detalles nimios. El olor de unas rosas, la luz de las farolas sobre el río Loeiro, los racimos de uvas verdes y pequeñas que pendían de una vid, sus zapatillas de deporte azul celeste sobre el asfalto gris oscuro, casi negro.

No recordaba el golpe. Lo siguiente que recordaba era ya el techo blanco de un hospital y a su madre hablando a toda velocidad para no decirle que Ángel había muerto.

César le contó que, dadas las características del traumatismo, era probable que hubiesen utilizado un martillo.

A Iria no le importaba el cómo, le importaba quién. Y ese quién estaba en esa casa.

Timbró con decisión y el portalón se abrió.

Atravesó el jardín. Continuaba manteniendo su característico color rosa, pero las flores de primavera habían sido sustituidas por especies invernales del mismo tono: ciclámenes, prímulas, pensamientos y violas. De nuevo, Carmen la esperaba en la puerta.

—¡Qué alegría, Iria! Me alegro de verte tan bien. Te queda de maravilla el pelo corto.

Iria esbozó una sonrisa. Estaba segura de que el resto de los habitantes de la Casa Rosa no la recibiría con la misma efusividad.

—A mí me gusta más largo —dijo ella, mientras se dirigía al ascensor—. ¿Ha llegado ya César?

—Acabo de hablar con él. Me dijo que llegaría en media hora —le informó Carmen—. Tienes tu habitación preparada. ¿Necesitas que te acompañe?

—No es necesario.

—¿Qué tal este puente de diciembre? —preguntó Carmen.

A Iria le pareció que lo decía solo por nervios, que trataba de cubrir los silencios. No respondió nada, y la mujer habló por ella:

—Los niños han estado esquiando, y Elvira y Álvaro en Canarias. Eduardo no se ha movido de Sanxenxo. Yo me quedé aquí y cubrí a Margarita en los festivos. Prefiero guardar los días y coger vacaciones después de las Navidades.

—¿Quién está en la casa? —Eso sí que le interesaba.

—Eduardo y Álvaro están en el trabajo, con don Ulises. Rafa acaba de salir, justo después de comer. Están Ada y Elvira, viendo una peli con los niños. Tenemos una nueva *au pair*, americana. Es sobrina de una amiga de Ada. Se llama Hailey. Me temo que hasta la hora de la cena no llegarán los demás. Los tendrás a todos aquí, por si necesitas hablar con ellos.

Entró en la habitación. Todo seguía igual. Era ella la que había cambiado.

Acomodó sus cosas en el armario y bajó al salón.

César ya la esperaba allí.

—Ahora es el salón de invierno de verdad. —Señaló la chimenea encendida.

—Técnicamente no será invierno hasta dentro de dos semanas —le sonrió César—. Estás estupenda, Iria.

—Todo lo estupenda que puedo estar, teniendo cerca a esta puta pandilla de asesinos tarados y millonarios.

—Sin rencores, ¿eh? —dijo Araújo.

—Eso es lo que me sostiene ahora —confesó Iria—, el rencor. O más bien la necesidad de saber por qué pasé el último mes y medio de la vida de Ángel metida en esta casa intentando adivinar quién mató a Rosa Piñeiro.

—¿Cuál es el plan exactamente?

—Seguir adivinando qué esconden. Hay varios interrogantes que responder. ¿Quién sale ganando con la muerte de Rosa?, ¿quién es el padre del niño de Elvira?, ¿qué sucedió con ese niño?, ¿qué sabía Alexa?, ¿por qué Eduardo dijo que Alexa estaba muerta cuando entró en la habitación? Y sobre todo, ¿quién sale ganando con esta investigación?, ¿por qué enviaron la foto de la adelfa?

—Y supongo que ya has pensado las respuestas.

—Algunas, aunque puede que ciertas cosas no te gusten. Ya teníamos claro que Ada o Rafa son los que salieron ganando con la muerte de Rosa: ellos heredaron. Pero son Álvaro y Eduardo los que necesitaban poner el foco en esa muerte. Y observando la evolución de los acontecimientos y la entrada de Eduardo en Asisgal, si probamos que Ada mató a su madre, él sería el mayor beneficiado. Y eso nos conduce a que mi principal sospechosa de haber remitido el anónimo a Ulises es Carmen.

—Carmen nunca haría eso —dijo César.

—Adora a Eduardo. Y esto me lleva a otra cosa: me acaba de decir que habláis por teléfono —dijo Iria—. ¿Me he perdido algo?

—No te has perdido nada. Soy un hombre de sesenta y seis años, no un quinceañero. Es cierto que nos vemos, paseamos, vamos al cine los domingos cuando libra o hacemos pequeñas excursiones. La semana pasada fuimos a Foz. Únicamente somos dos señores mayores y solos. Bueno, lo de mayor solo es aplicable a mí.

—César, me alegro mucho de que estés acompañado —dijo ella—. Yo más que nadie te he animado a que conozcas gente nueva. Y sobre todo, ahora me explico esos diez kilos que te has quitado de encima. Pero esa mujer forma parte de esta investigación. No puedes seguir en esto si vas a intimar con un sospechoso.

—Ella no es sospechosa de nada.

—Puedo hacer esto sola. —Iria le puso un brazo sobre el hombro—. De verdad. Sigue saliendo a pescar pulpos y dedícate a pasear por la playa de Mogor con Carmen. Pero no me arriesgaré a que lo que averigüemos por la mañana se lo cuentes a ella por la tarde.

—He sido policía durante casi cuarenta años. Pocos menos de los que tienes tú. —Araújo se puso serio—. Nunca he revelado detalles de una investigación. No necesitas darme lecciones. Yo nunca te he juzgado, pero sé que si en algún momento te tienes que saltar un procedimiento lo harás, en aras de eso que tú llamas justicia y que a veces no coincide con nuestro Código Penal, y jamás te lo he recriminado. Te apoyé en esta investigación extraoficial incluso cuando sabía que el posible culpable quedaría libre. Así que no me des lecciones, Santaclara —repitió—. Quiero descubrir contigo quién mató a Rosa y a Alexa. Pero sobre todo quiero saber quién te abrió la cabeza con un martillo. Eso está por encima de cualquier paseo por la playa. Y si le desvelo algo, lo haré solo con el ánimo de sonsacarle información o hacer que colabore conmigo.

—Entonces, a la faena.

—¿Por dónde empezamos? —preguntó César.

—Por la fuente de información más fiable de este pueblo —le contestó ella—. Nos vamos a casa de la Gestapo.

El Miño lleva la fama y el Sil el agua

—¡Ay, queridiña, qué preocupada he estado por usted! —exclamó Sinda en cuanto le abrió la puerta de su hogar azul y amarillo—. Quería ir a visitarla a su casa, pero César me dijo que no estaba usted para visitas y lo comprendo. Me he enterado de su pérdida. Lo siento mucho.

—Ya ve que estoy viva —dijo Iria—. Muchas gracias.

Sinda se percató de que sus ojos estaban llenos de tristeza.

—Pasen, pasen.

Entraron al salón, donde el tiempo parecía detenido, no desde hacía seis meses sino desde hacía cincuenta años.

—Fui al hospital a verla, pero cuando llegué resultó que aún estaba en coma —dijo Sinda—. Tiene usted unos padres encantadores. Lourdes me dio su teléfono, pero no me he atrevido a llamarla.

—Mi madre me dijo que había venido —confesó la policía—, y sé que debería haberla llamado por teléfono, ella me lo dio como usted le había pedido, pero sé que entenderá que después de lo de... de lo de Ángel no tuviera ganas de nada.

—Pero ha vuelto a la Casa Rosa.

—No me gusta dejar los asuntos a medias —dijo Iria, mientras tomaba asiento en el sofá junto a César.

Sinda se sentó en un sillón orejero verde y un tanto ajado.

—Nunca me llegó a decir cuál era ese asunto que la trajo a Loeiro. Solo me confirmó que estaba investigando algo. No se preocupen. No se lo voy a preguntar —los calmó la Gestapo.

—Tampoco se lo diríamos —intervino César.

—Oh, qué malo es usted, inspector Araújo. No debería subestimar a una vieja cotilla con mucho tiempo y pocos escrúpulos. —Sinda le guiñó un ojo.

Ella y César prorrumpieron en una carcajada. Iria se limitó a sonreír.

—Hablando ya en serio, Iria —dijo Sinda—, no sé si recuerda nuestra última conversación: me ofrecí a que me interrogase sobre todos ellos. Sin justificaciones.

—Lo recuerdo perfectamente. Los primeros días, después de despertar, todo estaba confuso; luego todo fue viniendo a mi mente, poco a poco.

—Imagino que Ulises la mandó venir por algún lío de faldas —comenzó la anciana, que no necesitaba ningún tipo de interrogatorio para lanzarse a hablar—, o por algo de la empresa. Pero teniendo en cuenta la deriva de los hechos y la muerte de la *au pair*, me inclino más por la primera opción.

—Sabe que nosotros no podemos hablar —dijo Iria—, pero nada nos prohíbe escuchar. Láncenos su teoría.

—Bueno, yo sé que todos piensan que el mujeriego es Eduardo, que, por cierto, no sé si lo sabe, pero ahora está muy formalito y a veces hasta se pone traje y corbata. Dicen que trabaja en el rascacielos de cristal ese. Pero, como le decía, que el Miño lleva la fama y el Sil el agua. Que el mujeriego de verdad es el marido de Ada. Que yo no le dije nada el primer día, porque me dijo que era amiga de ella.

Iria asintió con la cabeza.

—Ya sabemos cómo es Rafa. Se le ve venir a la legua y sin prismáticos.

—Sí, supongo que no es un gran descubrimiento. Pero, en fin, a lo que voy, que quizá no es extraño que un hombre busque fuera de casa lo que dentro le falta, y vive Dios que Ada se pasa media vida en el hospital ese, tanto que la mitad de las veces no viene a dormir. El caso es que en esa casa de la esquina, la de Pepe, el de la Portuguesa —la Gestapo les señaló por la ventana una pequeña casa amarilla de una sola planta—, estuvo viviendo una chiquita que trabajaba en el centro de salud de Bueu, se la alquilaron solo durante el invierno porque en verano viene siempre una familia de Madrid. Era higienista dental, y se vino aquí mientras encontraba algo más cercano a su trabajo. Se llamaba Marian. No me andaré con rodeos: esa chica tuvo algo con Rafa. Y digo chica porque era bien jovencita, y esto pasó hace un par de años. Ella tendría unos veinticinco y él ya pasaba de los cuarenta. Él lo negará, pero la casa está aquí al lado y, aunque siempre venía de noche, ya saben lo de mi insomnio.

—¿Es que usted no duerme nunca? —le preguntó Iria sin esperar respuesta.

—Ya quisiera yo dormir, pero ya llegará a mi edad, si Dios quiere, y ya me dirá lo que duerme.

—Bueno, Rafa tuvo un lío. Aunque no sé si eso nos ayuda —dijo César.

—Marian acabó fatal, tuvo que pedir el traslado y ahora trabaja en un centro de salud en Carballo.

—¿Rafa la dejó? —preguntó Iria.

—Sí, la dejó. Pero ella estaba loca por él. Así que fue al hospital de Ada y se lo contó todo. Y ahora viene lo mejor.

—Madre mía, Sinda, ¡acabe usted! —le increpó César.

—Bueno, que resulta que Ada le dijo que lo que hiciera Rafa en su tiempo libre no era de su incumbencia. Así se lo dijo. También le dijo que Rafa y ella no se divorciarían nunca, que perdía el tiempo con él.

—¿Y todo eso se lo contó a usted la tal Marian? —le preguntó Iria, extrañada.

—Por supuesto que no. Se lo contó a su íntima amiga, que es celadora en el centro de salud de Bueu, que a su vez se lo contó a Fátima, que es la hija de la prima de Benita, la que le dije que tenía un puesto de pescado en la plaza de abastos.

—O sea, que esto no hay manera de confirmarlo —concluyó César—. Aunque tampoco es importante. No podemos guiarnos solo por habladurías, Sinda, esto no se hace así.

—Pues yo creo que sí —dijo la Gestapo—, porque si ya hizo eso con Marian, esto confirmaría sus sospechas de que tuvo algo con Alexa.

Iria y César se miraron confundidos.

—Nosotros no sospechamos que fuera Rafa el que tuvo un lío con Alexa —la contradijo Iria—. De hecho, no le hemos dicho nada de líos.

—Bien, a la chiquilla la matarían por algo. Y el pequeño de los Villamor no ha entrado en la cárcel, lo cual quiere decir que ha podido justificar lo del paseo en barco, que por cierto es algo que a mí me tiene loca. Y si Eduardo no fue...

—Tiene usted una imaginación muy viva, Sinda —la cortó César.

—No. Nada de imaginación. Es una cuestión de descarte. Suponiendo que Alexa hubiera tenido una relación con algún hombre de la casa, cosa que aún no me han confirmado —dijo Sinda con retintín—, hay que analizar quién de ellos tiene más papeletas para ser el amante de Alexa. En esa casa hay cuatro hombres. Álvaro solo tiene ojos para su mujer. Podemos también descartar a don Ulises, aunque cosas más raras se han visto. Por lo tanto, solo nos quedan dos: Eduardo y Rafa. El tipo de Eduardo son las mujeres que le sirven para salir en las revistas, y yo no recuerdo a Alexa, pero no creo que fuera así. Así que, en resumen, estoy segura de que, como yo, han llegado a la conclusión de que ha sido Rafa el que tuvo algo con la chica escocesa, ¿no?

Iria y César se miraron desconcertados. No iban a reconocerle a esa maestra jubilada de pueblo, sin más formación en criminología que un puñado de novelas negras, que en este caso los había adelantado por la derecha y sin intermitente. Y, lo que es peor, ninguno de los dos policías se había percatado de ello.

Gente que conoce gente

—Solo es una vieja chismosa.

—Lo tuvimos delante todo el tiempo, César —se lamentó Iria a unos metros de la puerta de Sinda, haciendo caso omiso de su exjefe.

—Eduardo lo confesó —le recordó él.

—No. Eduardo entró en ese salón el día de la muerte de Alexa y dijo en voz alta lo que iban a hacer. Les informó a todos de que él confesaría que había tenido una aventura con la *au pair*. Literalmente, les dijo a Rafa y a Ada que él se encargaría de que no tuvieran que dar explicaciones por el despido de Alexa —le corrigió Iria.

—¿Me estás diciendo que estaba dispuesto a ser sospechoso de la muerte de la *au pair* solo para proteger a su cuñado? —preguntó César con incredulidad.

—Estará protegiendo a su hermana o a sus sobrinos. Y además concuerda, piénsalo, César: si nos centrábamos en esa relación, nos estaría dando un móvil para la muerte de Alexa. Eso quiere decir que Eduardo prefiere ser sospechoso de la muerte de la *au pair* a que descubramos qué sabía Alexa. Y esa información debía ser crucial, quizá nos llevaría a saber quién tenía motivos para matar a Rosa.

César asintió con gesto grave y ambos callaron unos segundos antes de que él retomara la palabra:

—Como siempre dice Abad, el de la comisaría de Compostela, primero los hechos y luego los porqués. Y en este caso, lo primero que tenemos que confirmar es si existió ese embarazo y ese aborto. ¿Crees que Ulises nos dejará entrar en la historia médica de Alexa Ward?

—Estuvimos hace unos meses en el departamento de informática. Ya viste cómo son de cuadriculados, y no podemos conseguir el consentimiento de una muerta.

—Ulises te conseguirá esa historia si se la pides.

—Pero no quiero pedírsela. Tengo una idea mejor.

—Dispara.

—Ya te lo contaré si sale bien. Ahora debo pedirte que no vengas conmigo. Esto tengo que hacerlo sola.

—¿No harás nada ilegal? —se preocupó César.

—Vete a casa, o a pasear con tu Carmen —contestó Iria, críptica.

—No es mi Carmen —dijo el expolicía—. Solo nos vemos los fines de semana, y no todos.

—Jefe, no me des explicaciones, que no soy tu hija.

César refunfuñó por lo bajo algo relativo a no meterse en líos y se encaminó hacia su coche.

Iria esperó a que este desapareciera y se dirigió a una casa pintada de un azul desvaído. La puerta se abrió después de dos timbrazos.

—¡Hola, Benita! ¿Puedo pasar?

La mujer la miró con sorpresa y desconfianza.

—Me alegro de que ya esté bien —dijo aun así con amabilidad—. Nos asustamos muchísimo cuando la atacaron. Vimos pasar la ambulancia y me impresionó mucho saber que era usted.

—Gracias —dijo Iria, de corazón.

—Pues usted dirá. Yo estaba por salir a misa de ocho —se explicó Benita—. Generalmente no voy entre semana, pero es el aniversario de la muerte de mi cuñado, así que estoy un poco apurada. ¿Quiere hablar con Toño? Está en su habitación.

—Quiero hablar con Nolo —le pidió Iria.

—Le juro que él no tuvo nada que ver con lo suyo —se alarmó ella—, pregúntele a su comisario. Lleva ocho meses limpio, inspectora. Él no fue. Eso quedó claro hace meses. Es cierto que lo detuvieron, pero lo soltaron al cabo de unas horas. Ni siquiera estaba en Loeiro cuando la atacaron.

—Tranquila —dijo Iria—. No se trata de nada de eso. Quiero pedirle un favor. Necesito contactar con un conocido común.

Benita la miró extrañada de que esa mujer y su hijo pudieran compartir algún tipo de amistad o círculo social.

—Debe de estar en el bar, tomando algo —dijo ella—. En un rato empieza el partido y a él le gusta verlo allí, pero si quiere, lo llamo por teléfono.

—Si hace el favor, dígale que lo espero sentada en el puente —indicó Iria—. Y usted salga ya, que no llega.

Nolo tardó solo diez minutos en aparecer. Iria se dio cuenta de que había ganado peso y lucía una nueva dentadura.

—Te veo bien, Nolo.

—¿Qué quiere? —contestó él, tan brusco como incómodo.

—Pues un favor, Nolo, un favor, como esos que le hacías a veces a Rial o a González.

—No sé de qué me habla. —El hombre desvió la mirada, fijándola en sus zapatos.

—Vale, no sabes de qué te hablo —dijo Iria—, así que iré al grano: necesito contactar con el Jóker.

Nolo la miró con sorpresa.

—No tengo ni idea, inspectora. Desde que salí del talego no lo he vuelto a ver, se lo juro.

El Jóker, pronunciado con jota, debía su nombre al juego de palabras entre el personaje de cómic y la pronunciación del término «hacker». Él solito, sin ayuda, había puesto contra las cuerdas a la Xunta de Galicia con un ciberataque, a los ayuntamientos de las siete grandes ciudades e incluso había troleado importantes videojuegos causando desastres y pérdidas en el sector.

Lo que había comenzado como un juego para demostrar su pericia lo había llevado directamente al centro penitenciario de A Lama, cuando empezó a sacarle rendimiento a sus habilidades, exigiendo cuantiosas sumas a las empresas para recuperar la información que previamente les secuestraba, práctica que en el mundillo informático era conocida como *ransomware*, o *malware* de rescate.

—Pero tú conoces a mucha gente. Y esa gente conocerá al Jóker. Anota mi número y hazme una perdida —dijo Iria, quien procedió a dictarle su número de móvil.

Nolo le hizo la llamada perdida e Iria grabó el contacto en la agenda.

—Y ojito a quién se lo das, que no quiero bromas —le advirtió.

—De verdad que no voy a saber dónde encontrarlo —repitió Nolo.

—Dile que lo necesito para ayer y que hay pasta de por medio. —Ignoró sus reticencias—. Y también para ti, pero se la daré a tu madre, que sé que estás limpio y no te viene bien tener pasta calentita en el bolsillo.

—¿Cuánta pasta? —preguntó, visiblemente interesado.

—Lo hablaré con tu madre. Tú consigue que el Jóker me llame y mantén la boca cerrada.

Nolo se limitó a asentir y se alejó de ella, de vuelta al bar.

Iria se dirigió a la Casa Rosa. Tenía por delante una complicada cena con sus habitantes. Y después tendría que pedirle dinero a Ulises Villamor, sin especificarle que lo quería para atacar informáticamente Asisgal y conseguir unas cuantas historias médicas.

Un órdago

Habían sido apenas seis meses, pero a Iria le parecía que había pasado toda una vida. En cuanto entró en el comedor todos la miraron con curiosidad. Ella misma le había pedido a Ulises que no estuviera en la cena, y él aceptó igual que había aceptado que investigase los asesinatos de Rosa y Alexa sin condiciones ni exigencias por su parte. Seguramente, porque confiaba en que ninguno de sus tres hijos fuera culpable. A ella le importaba un carallo. Sabía que no era racional, pero, en su cabeza, el culpable de esas muertes y de su ataque lo era también de la muerte de Ángel. Porque si Ángel no hubiera estado en Alemania, quizá ahora estaría vivo. Quizá, de alguna manera, las terapias de estimulación habían provocado la embolia. Quizá. Se aferraba a ese quizá, los culpaba a ellos para no culparse a sí misma.

—Bienvenida, Iria —dijo Elvi, que fue la primera en levantarse y darle dos besos.

Uno a uno la fueron saludando. Laura y Dani no estaban. Rafa dijo que los niños habían cenado temprano y se habían retirado para estudiar. Estaban en el piso superior con Hailey. Eduardo le cedió un sitio a su lado e Iria se sentó. Se interesaron por su estado de salud y por las secuelas del accidente. Le preguntaron cómo estaba, le dieron el pésame, le ofrecieron una bebida y comida del bufé frío que había preparado María.

Todos hablaban al mismo tiempo y luego todos callaron a una.

Iria mordisqueó una tostada de salmón ahumado que Ada le había servido. Estaban esperando que dijese algo y ella solo podía pensar en tragar el bolo de comida, que semejaba hacerse más grande cuanto más lo masticaba. Sintió náuseas.

—¿Te ha comido la lengua el gato, inspectora?

Era Eduardo el que hablaba, con su acostumbrada prepotencia.

Iria alternó su mirada entre unos y otros.

Inspiró.

—No —dijo tras expulsar todo el aire—. Es solo que estaba pensando qué deciros. Porque, mientras me dais el pésame o me ofrecéis comida, o me preguntáis por cómo me he recuperado del ataque, ataque que estoy segura de que uno de vosotros perpetró, casi soy capaz de olvidar que uno de los presentes intentó matarme.

—Por el amor de Dios —se escandalizó Ada—, no puedes estar hablando en serio. Seguramente un ladrón te dio un golpe para atracarte. Estoy convencida de que ninguno de nosotros...

—Ninguno de vosotros, ¿qué? —la cortó la policía, enfadada—. ¿Ninguno de vosotros me golpeó? ¿Ninguno de vosotros mató a Alexa? ¿Ninguno de vosotros mató a Rosa?

Comenzaron a mirarse los unos a los otros, demasiado sorprendidos para hablar o quizá demasiado temerosos para hacerlo.

Fue Eduardo, finalmente, el que tomó la palabra.

—Iria, es obvio que tienes algún tipo de secuela derivada del golpe —insinuó el menor de los Villamor.

—No, Eduardo —le aclaró—. Estoy muy lúcida. Bastante más que cuando hace medio año tu padre me contrató porque estaba seguro de que uno de vosotros había asesinado a su esposa.

—Papá nunca haría eso —replicó Álvaro, que abría la boca por primera vez en toda la noche.

—Tu padre está convencido de que uno de vosotros envenenó a vuestra madre y me contrató para averiguarlo. Pregúntate si eres lo bastante crédulo para tragarte el cuento de que me trajo para encontrar unos papeles o incluso para descubrir el destino de cien mil euros desaparecidos cuatro años atrás. Sé cómo murió Rosa, sé cómo lo hicisteis y sé con qué —mintió Iria—. Sé lo que sabía Alexa, que no es lo que me hicisteis creer. Si algo me sucede estando aquí, el comisario Rial recibirá una carta con todo lo que he descubierto, así que cuidaos mucho de intentar volver a atacarme. Os seguiré de cerca, y cuando encuentre las piezas del puzle que me faltan, se lo comunicaré a Ulises. Esto afecta a vuestra vida, a vuestros matrimonios, a vuestra libertad y a vuestro futuro en Asisgal. Si sois listos, los inocentes colaboraréis conmigo. Si sois culpables, id pensando qué haréis el resto de vuestra vida cuando descubra quién ha sido, porque yo personalmente me encargaré de que la paséis dentro de una cárcel.

Iria se levantó y salió del comedor. En lugar de subir a su habitación, abandonó la casa.

Que se matasen entre ellos.

Treinta mil euros

—Me volví loca. No sé qué me pasó. Yo no soy así, siempre he sido bastante templada, tanto en mi vida personal como en el trabajo —confesó Iria—. Si pudiera retroceder las últimas veinticuatro horas, lo haría, pero no puedo.

Estaban en casa de César. Iria pensó en volver a la suya, pero le asaltó el pánico de dormir sola.

—¿Exactamente qué les dijiste? —le preguntó su exjefe, mientras le tendía una manzanilla caliente.

—No lo tengo muy claro. Estaba como poseída —reconoció Iria—. Les dije que sabía que uno de ellos había intentado matarme y que sabía que habían matado a Rosa y cómo lo habían hecho. También dije que sabía lo que ocultaba Alexa.

—¿Estás loca? Alexa murió por lo que sabía. Te estás exponiendo a un gran peligro de manera innecesaria —la regañó César.

—Les dije que si algo me pasaba, le llegaría una carta a Rial con el relato de todo lo que había descubierto —aclaró ella.

—Ahí has estado viva. Pero, en fin, no creo que esto nos favorezca: si están alerta, se volverán más peligrosos. Es mucho más fácil trabajar desde la sombra.

—No es que nos haya ido muy bien hasta ahora —lo contradijo Iria.

César le alcanzó una manta al ver que ella se estremecía.

—En cuanto recibí tu llamada te preparé la habitación de invitados. Mañana iré a la Casa Rosa a buscar tu maleta.

—Eso estaría bien, necesito mi medicación —reconoció Iria.

—¿Sigues con las pastillas?

Y cómo no seguir. Cómo explicar que la evidencia de que no vería nunca más a Ángel a veces le asaltaba de súbito, casi a traición, cuando estaba cocinando, leyendo o haciendo la compra. Que cuando eso sucedía se le cerraba la garganta y no podía respirar. Que el pecho le estallaba de pura ansiedad, y que sabía que si a un ansiolítico le seguía otro, podría dormir hasta el día siguiente, en un sueño narcótico, sin pesadillas. Esas comenzaban cuando abría los ojos, y contra ellas no tenía nada, salvo las pastillas. No podía contarle eso a César, aunque sospechaba que él sabía a la perfección por lo que estaba pasando.

—Me he propuesto dejar este mes los ansiolíticos. El médico dice que para dejar los antidepresivos debo esperar al menos hasta febrero. Y lo cierto es que aún tengo bastantes dolores de cabeza, así que necesito analgesia. Por eso no puedo volver al trabajo. No puedo conducir ni llevar un arma encima.

—¿Lo ves? Sigues siendo una mujer responsable —dijo él—. Ahora deberías acostarte. Solo son las once, pero ha sido un día largo para ti. Has hecho más cosas hoy que en los últimos seis meses. Te he dejado encima de la cama una camiseta de mi hijo y un cepillo de dientes nuevo.

Iria le dio las gracias. Aún no se había puesto en pie cuando el móvil vibró en el bolsillo de su sudadera. Lo cogió y observó la pantalla. Era un número extraño con un prefijo más extraño aún.

Podía ser algún tipo de estafa, pero ella sabía quién era.

Salió del salón. Cuanto menos supiera César de sus tratos con Jóker, mejor. No pudo hablar. Una voz se limitó a citarla para el día siguiente a las ocho de la tarde en el lago de Castiñeiras y a indicarle que llevara treinta mil euros.

—¿Treinta mil euros? —repitió Iria, pero al otro lado de la línea ya no había nadie.

—¿Treinta mil euros, Iria? —dijo César a su espalda—. ¿En qué carallo estás metida?

Jóker

El teléfono la despertó pasadas las diez. Era Nolo, que le pedía verla. Iria quedó en encontrarse con él en una hora en el muelle de Aguete. Se levantó, se dio una ducha y volvió a ponerse la misma ropa de la noche anterior. Estaba hambrienta. César había salido, así que se dirigió a la cocina. Abrió la nevera, que estaba a rebosar. Le parecía admirable cómo se había adaptado su exjefe a su vida en soledad. Sabía que su hijo Elías había estado muy encima de él para evitar que cayese en una depresión, aunque estaba claro que aquello no había sido como lo de Ángel. Él era mucho más joven que Chelo y nunca había estado enfermo. No estaba siendo justa, lo sabía. Le daba igual, desde luego la vida tampoco lo era. Cerró la nevera de un portazo.

Se hizo una tostada y se preparó una tortilla francesa. Sentía que podría comerse un elefante. César irrumpió en la cocina justo cuando se estaba sentando a la mesa, a punto de dar cuenta de la tortilla, mientras esperaba que se le enfriase el café. Traía pan fresco y un par de cruasanes.

—Tienes tu maleta en la habitación —dijo él.

Iria lo conocía bien. Sabía que aún le duraba el enfado de la noche anterior, tras contarle su trato con Jóker.

—He quedado con Nolo. Imagino que lo envía Jóker.

—¿Cómo se te ocurrió?

—Si le pido esas historias clínicas a Ulises, nunca podré estar segura de que no las haya modificado. No me fío de él tampoco. De ninguno de ellos.

—¿Y contactas con un delincuente?

—Te dije que no preguntases —le replicó Iria—. Esto no es, ni nunca ha sido, una investigación policial. ¿Te crees que no me gustaría pedirle a un juez una orden para entrar en el servidor de Asisgal?

César inspiró hondo. No iba a enfrentarse a Iria ahora. Sabía que su estado aún era frágil.

—No te reunirás con Nolo en el muelle de Aguete, a la vista de una panda de marineros jubilados que irán con el cuento a todo el que quiera escucharlo. La poli y el yonqui, qué bonito.

—He quedado en El Rincón de Poty —le informó Iria.

—Santaclara, no me jodas. Llámalo y hazlo venir aquí, nadie se va a creer que habéis quedado para comer.

—No quiero involucrarte en esto, yo me ocupo —insistió Iria, mientras se levantaba de la mesa y metía los platos en el lavavajillas. Sabía que cuando la llamaba por su apellido no había mucho margen para la discusión.

—Lo verás aquí. Yo me marcho. Hazlo subir —le ordenó César.

Antes de que ella pudiera replicar, él ya se había puesto la cazadora que acababa de quitarse y salía por la puerta.

Media hora después, Nolo estaba sentado en el sofá del salón de César Araújo, observando el entorno con curiosidad. A Iria se le ocurrió que estaba analizando los puntos débiles de la vivienda para entrar a robar. Desechó el pensamiento, sabedora de que Nolo se merecía el beneficio de la duda, ya que llevaba muchos meses limpio, y si ahora se estaba desviando del buen camino era precisamente porque ella lo estaba incitando.

—Dice Jóker que me escribas lo que necesitas en un papel. Te lo llevará esta noche al sitio que te indicó ayer. A mí no me ha dicho dónde es. También me ha dicho que me pagues lo que tú creas, pero que no lo descuentes de lo que él te pidió.

Iria le prometió que le llevaría una cantidad en cuanto pudiese, pero que se la entregaría a Benita. Luego despachó a Nolo y, en cuanto cerró la puerta, llamó a Ulises y le dijo que necesitaba treinta y dos mil euros para comprar una información. Había discurrido un par de historias a modo de excusa que sonaban más o menos creíbles, pero, como imaginaba, Ulises no hizo ninguna pregunta. Ni siquiera aludió al incidente de la pasada noche con sus hijos, por lo que intuía que no se lo habían contado.

A las dos de la tarde, Olga, la secretaria de Ulises, apareció en casa de César y le entregó un paquete cuadrado, como si se tratase de un repartidor de Amazon.

El día transcurrió tranquilamente. César cocinó un pollo con mole, e Iria se quedó dormida en el sofá.

Anocheció antes de las seis de la tarde. César la despertó pasadas las siete y cuarto.

—Dios mío, creo que podría dormir toda una vida.

—Tienes que dejar esa mierda, Santaclara. Arriba —le ordenó él—. Yo te llevaré al lago. Y no me digas que puedes conducir, porque no puedes. Si pudieras hacerlo, no te pasarías media vida metida en el autobús camino de Lugo.

—Lo sé —admitió ella—, pero es mejor que no te quedes. Me dejas allí y ya te llamo yo cuando acabe.

—De eso nada. Esperaré en el coche. —El tono de César no admitía réplica—. Quiero que ese tipo me vea bien. No te voy a dejar en medio del monte con un delincuente que sabe que llevas encima esa cantidad de dinero.

—¿Te conoce? —preguntó Iria.

—Todo el mundo me conoce, he sido el inspector jefe de Pontevedra durante mucho tiempo.

—Yo a él solo lo conozco de oídas. Me interesó mucho el caso. Lo llevaron desde la Brigada Central de Investigación Tecnológica y lo tenían bastante armado, pero el juez se pasó de vueltas y aceleró la instrucción, que fue nefasta. La cagó a base de bien. Le cayó mucho menos de lo que se merecía.

—Vamos ya —le ordenó César—. Tenemos quince minutos hasta allí, pero quiero que lleguemos antes.

El lago de Castiñeiras era un lago artificial que contaba con una estupenda área recreativa. Iria no había vuelto desde que era pequeña, cuando la llevaban de excursión en el cole, o cuando acompañaba a su tía Mari Carmen, que tenía allí una granja de cabras. En verano había mucha gente paseando por el parque natural o haciendo rutas de senderismo, pero en pleno diciembre y a esas horas de la noche no se veía un alma. No había mejor sitio para llevar a cabo una transacción delictiva.

Iria bajó del coche llevando el dinero en una bolsa del súper. En la zona de las barbacoas, distinguió a una persona. Se dirigió a ella con decisión.

Jóker resultó ser una figura menuda embutida en una sudadera extragrande con una capucha que le tapaba el rostro. Vestía unos pantalones cargo en los que cabrían dos chicos como él. Los llevaba medio caídos y el tiro le llegaba a las rodillas. Parecía un rapero norteamericano.

—¿Tienes la pasta? —dijo la figura.

Por la voz, Iria calculó que tendría veintipocos años, y eso porque sabía que era mayor de edad cuando lo detuvieron. De no saberlo, no le habría echado más de dieciséis.

—Primero los papeles.

—Yo no uso papeles. —El chico le tendió una memoria USB.

—¿Cómo sé que eso es lo que quiero? —preguntó desconfiada.

—Porque si quiero joder a alguien, no voy a empezar por una inspectora de policía.

Iria le entregó la bolsa.

Jóker la cogió sin molestarse en comprobar qué había dentro.

—¿No lo cuentas? —dijo ella.

—Tampoco tú te vas a arriesgar a joderme. Si quieres algo más, escríbeme un mensaje de texto al número con el que te llamé ayer por la noche, así te ahorrarás la comisión de Pousada.

Jóker comenzó a andar en dirección opuesta al lugar donde Araújo tenía aparcado el coche. Tras haber avanzado unos pasos, se giró.

—Si llego a saber cuál era el trabajo te habría cobrado menos —dijo el chico—. Siempre he odiado ese puto engendro de cristal.

Dos segundos

César se pasó todo el trayecto hasta casa regañándola por lo que había hecho, maldiciendo por haberse dejado convencer para cometer esa locura y prometiendo que la próxima vez que se embarcase en una actividad delictiva la encerraría en una habitación bajo llave.

—¿Has acabado? —le preguntó Iria, tras dejarlo hablar un buen rato—. Porque entonces voy a recordarte que nos enfrentamos a una familia de millonarios que tienen todo a su favor para combatirnos. Y nosotros no tenemos nada. No somos policías, ya no, no podemos pedir órdenes judiciales, ni interrogarlos, ni detenerlos. No podemos registrar sus cajones, ni buscar sus trapos sucios legalmente. Si sabemos lo que sabía Alexa, sabremos quién la mató y eso nos conducirá a quien mató a Rosa. Si lo único que nos podía decir Alexa es que su hijo era de Rafa, ¿por qué se inculpó Eduardo? Necesito respuestas, y si para eso tengo que gastarme el dinero de los Villamor en conseguir ayuda para acabar con ellos, lo haré. Estarás de acuerdo conmigo en que hay mucho de justicia divina en eso.

César la miró fijamente durante un instante.

—Todavía tengo que decidir si esta nueva Iria me gusta o me da miedo —le dijo él, volviendo a fijar la vista en el asfalto, justo antes de coger el desvío de la carretera de Seixo a Aguete.

—Ya no me importa mucho gustarle a nadie —admitió ella—, pero tú eres una de las pocas personas cuya opinión me afecta.

—No sé dónde me deja eso, teniendo en cuenta que tu actual círculo social se reduce a una anciana cotilla, un exyonqui, un hacker profesional y una pandilla de millonarios sospechosos de asesinato.

Iria soltó una carcajada.

—Es maravilloso volver a verte reír. —César sonrió—. Siempre dije que eres la persona con más sentido del humor que conozco. Supongo que por eso congeniamos tan bien, a pesar de la diferencia generacional.

Aparcó delante de su apartamento. Iria lo miró y le puso la mano sobre el hombro.

—Gracias, jefe. Gracias por todo lo que estás haciendo por mí. Sé que estoy insoportable, pero imagino que aún recuerdas lo que es abrir los ojos por la mañana y durante un par de segundos no recordar nada. Durante esos dos segundos vuelves a ser la persona que eras, pero luego, todos los días, tu cerebro se despereza, la consciencia vuelve y recuerdas que la vida ya no es como hace dos años. Y entonces lo único que tienes por delante es un día entero, sin nada que hacer más que esperar al día siguiente y a esos dos segundos.

—No te recuerdo tan filosófica —replicó César—, voy a tener que empezar a tomar esas pastillas que te metes.

—Anda, vamos, quiero ver qué me ha conseguido Jóker por treinta mil euros.

En el *pendrive* había varias carpetas.

—Pensé que solo le habías pedido la historia médica de Alexa Ward.

—Cometió el error de pedirme una cantidad antes de saber qué quería. —Iria sonrió—. Así que por el mismo precio le pedí también las de todos los habitantes de la Casa Rosa, Ulises incluido.

—Bien pensado. Abre la historia de Alexa —le indicó César.

—Mucho decir que soy una delincuente y ahora estás más interesado que yo —dejó caer mientras se movía entre las carpetas—. Aquí está. Obviando que tuvo gripe en octubre de 2019, lo único que tenemos es el aborto programado el 5 de febrero de 2020. Aquí lo tienes. Feto de once semanas.

—Once semanas —calculó César—. Tenía razón la Gestapo: cuando fue a pasar las Navidades a la Casa Rosa ya estaba embarazada. Claro que podía tener una relación con Eduardo, pero es altamente improbable, y está claro que a Rafa le gustaban jóvenes.

—Creo que le gustan todas —rebatió Iria—, pero hay algo mucho más interesante. Rosa Piñeiro encargó un estudio genético del niño. Y... ¡bingo!

—No tiene el ADN de Eduardo —dijo César—. Bien, esto confirma lo que ya sabemos: que casi con toda seguridad era hijo de Rafa. Te has gastado treinta mil euros en confirmar algo que la Gestapo adivinó mirando por la ventana.

—No —lo contradijo ella—. Me he gastado ese dinero en saber que Rosa Piñeiro sabía que el hijo de Alexa no era de Eduardo, y aun así le dio cien mil euros para taparle la boca.

—Bueno, era su yerno, y aunque por alguna extraña razón a tu amiguita Ada no le importa que él se tire todo lo que se menea, lo cierto es que es comprensible que los Villamor quisieran que esa chica guardara silencio.

Iria se dio cuenta de que él no se percataba de lo que significaba eso.

Si Rosa Piñeiro sabía que Eduardo no era el padre del hijo de Alexa, esa no podía ser la razón para desheredarlo. Mañana haría un par de averiguaciones, y si se confirmaban sus sospechas, habría amortizado hasta el último céntimo del dinero de Ulises Villamor.

Rosa

Loeiro, 2 de febrero de 2020

Ada Villamor entró en el salón de invierno. Su madre estaba sentada junto a la chimenea, leyendo. Se acercó a ella y la besó.

—¡Hola, mamá!

—¡Hola, cariño!

—Siento no haber venido antes. He estado liadísima, con los niños, el ballet de Laura y las clases de judo de Dani. Han entrado un par de investigadores nuevos y tengo que ponerlos al día. Rafa anda metido en otro de sus negocios, y ya sabes cómo se pone cada vez que empieza un proyecto, así que casi no aparece por casa, además...

—Además, estás poniendo un montón de excusas porque te fuiste de aquí el día de la cabalgata de Reyes diciéndome que era una vieja anticuada —le reprochó su madre—, que tu hermano podía acostarse con quien quisiera y que despedirías a Alexa solo si yo despedía a tu hermano del consejo de administración de Asisgal. Me acusaste de clasista y de machista, cuando sabes que nadie ha defendido nuestros derechos como yo. Si hay mujeres en puestos directivos de Asisgal, es porque yo convencí a tu padre, y no lo hice en el siglo XXI, lo hice hace treinta años, cuando ninguna empresa de este país ponía a mujeres al frente de sus negocios. Más de la mitad de las directoras de los centros de Asisgal son mujeres, y no precisamente porque así lo haya querido Ulises.

Ada bajó la mirada.

—Lo siento, mamá —se disculpó—. Realmente no me pareció bien lo que me pediste.

—Solo te dije que una *au pair* que deja a un niño solo de noche no merece su puesto. Me importaba un pimiento con quién se acostaba. No diré que me parezca bien que mi hijo haga eso en mi casa, personalmente considero que esa chica se tomó demasiadas confianzas, pero lo más grave es que descuidó a tus hijos y eso no lo consentiré. No bajo mi techo.

—Y por eso me fui —dijo Ada—, y vengo a decirte que tenías razón. Estaba equivocada. Voy a despedir a Alexa. Saldrá para Edimburgo dentro de dos semanas.

Rosa contempló a su hija con sorpresa.

—¿Por qué ahora? —preguntó finalmente—. ¿Por qué no hace un mes?

—Alexa está embarazada. Le he ofrecido abortar en nuestra clínica, dado que aún está dentro del límite legal, y cien mil euros. A cambio, se compromete a olvidarse de todo este asunto.

—Estaba claro que andaba buscando dinero. Y tu hermano es un estúpido y tú haces mal en defenderlo siempre. Ya sé que es el pequeño, y que todos lo protegemos, desde nosotras hasta Carmen, que no me cuenta de la misa la media. Así que no entiendo por qué tengo esta conversación contigo y no con él.

—Porque el niño no es suyo —confesó Ada, sin mirar todavía a su madre.

Rosa lo comprendió todo al instante.

—¿Rafa lo sabe? —preguntó, tras darse cuenta de lo que su hija le estaba intentando decir.

Ada asintió. Su madre estiró la mano y se la colocó en la barbilla.

—Nena, nena... —Le levantó la cara hasta situarla muy cerca de ella—. Déjalo. No te empeñes en esto. Escucha a tu madre. Déjalo.

—Mamá, no es tan fácil —dijo Ada—. Los niños, papá...

—Los niños se acostumbran a todo. Estoy segura de que en su clase hay más niños con padres divorciados que con padres casados. Y tu padre será feliz si tú eres feliz. Hoy en día hay divorcios hasta en las casas reales. Y si se pone tonto, le recordaré que no es más que el hijo del maestro de Loeiro. —Rosa sonrió—. Siempre juego esa baza cuando se pone esnob.

Ada rompió a llorar, aunque reía al mismo tiempo.

—¿Lo ves? —dijo Rosa—. Estás al borde del ataque de nervios. ¿Te pido una tila?

—No —hipó ella.

—Ada, escúchame bien, no sé qué tipo de trato tenéis. Sea el que sea, estoy segura de que exige respeto mutuo y discreción. Él no ha tenido ninguna de las dos cosas. Déjalo, es el momento idóneo, te lo ha puesto en bandeja.

Ada volvió a negar.

—Es que —comenzó a decir ella—, es que... no puedo. No tienes ni idea, mamá.

Rosa seguía sosteniendo la barbilla de su hija.

—Ada, lo sé —afirmó muy despacio—. Lo sé desde siempre. Al principio no entendía por qué estabas con él. Luego até cabos. Eres mi hija. Eres mi vida, los tres lo sois. Sé todo sobre vosotros. Y no os juzgo.

—¿Papá? —La voz de Ada era temblorosa.

—Tu padre no sabe ni intuye nada.

—En ese caso, seguiré casada con Rafa. Es el padre de mis hijos.

Rosa soltó la cara de su hija y se echó hacia atrás. Dejó escapar un largo suspiro.

—¿Estás segura de esto? —le preguntó su madre finalmente.

Ada asintió.

—Tendré que disculparme con tu hermano —dijo Rosa.

—No será necesario —replicó Ada—, ya he hablado con él. Esta es la otra cosa que quería decirte. Le he pedido que confirme que él era el padre si alguien pregunta. Pocas personas saben lo que sucedió esta Navidad y todos piensan que Eduardo era el que estaba con Alexa. Dejemos que lo sigan pensando. No quiero que papá, Carmen, Elvira o Álvaro sepan lo de Rafa.

—Como tú digas, nena. No lo comparto, pero si Eduardo está de acuerdo, se hará como tú digas.

Cosas que desunen a una familia

Iria abandonó la casa de César cuando aún no había amanecido. Le dejó una nota encima de la mesa de la cocina y salió en silencio. No quería involucrarlo ni contaminarlo con sus sospechas. Estaba segura de que él no la apoyaría en esa excursión, e intentaría convencerla de que estar cerca de los Villamor resultaría peligroso.

Caminó hasta Seixo y cogió un taxi hasta Pontevedra. Dio un paseo por el río, y luego desayunó en un bar cercano a las oficinas de Asisgal. Desde los ventanales observó el edificio en toda su inmensidad. No era intrínsecamente feo, tan solo se encontraba en la ciudad equivocada. Quizá no desentonaría en Dallas o en Abu Dabi, pero en las orillas del Lérez estaba fuera de lugar. Era como ver una pirámide en Wall Street.

Hacia las nueve de la mañana comenzó a verse movimiento en las inmediaciones. Esperó media hora más, aunque conocía las costumbres de los Villamor y sabía que todos acudían a su trabajo puntualmente.

Entró en el edificio y dio su nombre en el mostrador. Recibió una tarjeta de visitante y pasó por el arco de seguridad.

El secretario de Eduardo le dijo que su jefe no recibía a nadie sin cita previa y le instó a pedirla por teléfono o por correo electrónico, indicando el asunto que quería tratar.

—Dígale, por favor, que la inspectora Santaclara está aquí —insistió.

—Su identificación, por favor —le pidió él.

—No la he traído. Escúchame bien, Juanjo —Iria pasó al tuteo, haciendo hincapié en el nombre del secretario, que recordaba de su visita anterior—, si Ulises Villamor sabe que he estado aquí y no me has dejado ver a su hijo se va a enfadar mucho. Así que solo te pido que levantes ese teléfono y le digas a Eduardo que quiero hablar con él. Si no me recibe, me daré la vuelta y me iré. Pero si no lo haces, cogeré el móvil, llamaré a Ulises y me encargaré personalmente de que no vuelvas a subir ni a bajar en este ascensor de cristal en lo que te queda de vida.

Juanjo la miró desconcertado, incapaz de asimilar que aquella mujer de pelo corto y aspecto desvalido lo estaba amenazando. No reaccionó hasta que la vio coger su móvil y buscar en él el contacto de Ulises Villamor, cuyo número de teléfono particular no tenía nadie, salvo su familia y su secretaria personal. Levantó el teléfono a toda velocidad.

—La inspectora Santaclara solicita verle —dijo el secretario—. Ya le he informado de que... Entendido.

Colgó el teléfono.

—Puede pasar.

—Gracias, Juanjo —dijo Iria, dirigiéndose al despacho de Eduardo Villamor.

Eduardo se puso en pie para recibirla.

—¡Qué sorpresa, inspectora! Después del espectáculo delirante de la otra noche, pensé que no tendrías ganas de volver a ver a ningún miembro de esta familia.

—Simplemente quería informaros de para qué me había contratado vuestro padre —dijo Iria—, fue solo un ejercicio de sinceridad.

—No —replicó él—. Estás enfadada porque tu marido ha muerto y necesitas buscar un culpable. Y aunque toda esa fantasía de que uno de nosotros mató a nuestra madre fuera verdad, eso no te hará sentir mejor.

—No es una fantasía. Es real. Uno de vosotros la mató. Y mató a Alexa para que no hablara conmigo.

—Los tres adorábamos a mamá. Era la única persona que nos conocía de verdad, sabía cómo éramos, conocía nuestras virtudes y nuestras flaquezas. Era ese tipo de persona capaz de querer sin juzgar y sin idealizar a quien quiere. No le contábamos nuestros problemas, pero ella siempre llegaba a ellos y nos hacía ver qué era lo correcto. Y aunque no le hiciéramos caso siempre, sabíamos que ella siempre nos acogería. La queríamos muchísimo. Los tres —repitió—. Su muerte temprana e inesperada nos dejó a todos devastados. Crees que nos conoces porque has dormido unas semanas en una habitación de la Casa Rosa y has husmeado en nuestros papeles o en nuestras historias médicas. Si la conclusión a la que has llegado es que uno de nosotros mató a mi madre, o eres una perfecta incompetente o estás loca —le escupió.

—Entonces haz extensivo ese adjetivo a tu padre, porque él también lo cree. —Iria sonaba tranquila, aunque el discurso de Eduardo la había impresionado—. Escúchame bien: no es un delirio. Te voy a decir lo que es un delirio: decirle a todo el mundo que dejaste embarazada a una niñera para encubrir a tu cuñado. Porque uno a un cuñado le compra una corbata en Navidad, no se hace cargo de pagarle los abortos de sus amantes.

—No sé de lo que hablas. —Ya no sonaba tan seguro.

—Hablo de que tiene que haber una razón muy poderosa para asumir eso ante tus padres —dijo ella.

—En cualquier caso, ya sabes por qué quería desheredarme —concluyó él.

—¿Te crees que soy gilipollas? ¿Te crees que estás hablando con alguien que ha hecho un curso de detectives con un tutorial de YouTube? —Iria alzó la voz—. Podría llegar a creerme que tu madre estuviera decepcionada porque te tirabas a la niñera, pero nunca te desheredaría. No encaja, Rosa estaba más que acostumbrada a que hicieras esas cosas. Era el año 2020, nadie deshereda a un hijo soltero por mantener relaciones sexuales libres y consentidas con una mujer. No hay nada de malo en ello. Y te diré más: tu madre sabía que ese niño no llevaba tu ADN.

Eduardo la miró expectante, pero guardó silencio.

—Desde que me contaron esta historia, no me la creí. Es todo raro, ¿sabes? —continuó Iria—. Para empezar, estoy segura de que tu hermana estaba al tanto de todo, porque sé que no es la primera vez que esto sucede y ella le consiente a Rafa sus aventuras. Esto echa por tierra la posible teoría de que asumiste esto para proteger a tu hermana. Los niños no tenían por qué enterarse, así que creo que tampoco lo hiciste para que tus queridos sobrinos no supiesen que su padre también quería que la niñera le leyera un cuento de buenas noches.

El pequeño de los Villamor no se inmutó.

—Así que me he pasado toda la noche intentando adivinar qué coño hiciste para que tu madre se cabreara tanto contigo. Los dos sabemos que no te podía desheredar. Está claro que ella se enfadó mucho, pero teniendo en cuenta que solo quería amenazarte, creo que lo que más le importaba era tener un as en la manga para que dejases de hacer eso que tanto la había alterado, fuera lo que fuera.

Eduardo se removió en su asiento.

—Y entonces até cabos —dijo Iria con tranquilidad—. Y me di cuenta de que estaba todo claro. Así que he venido aquí para que niegues lo que he descubierto. No me lo vas a confirmar, me repetirás de nuevo que estoy loca, que la muerte de mi marido me ha nublado el juicio, que no tengo pruebas, e incluso puede que me eches del despacho, pero he venido hasta aquí para ver tu cara cuando te diga que he descubierto que tu cuñada, la que está casada con el Villamor estéril, estaba embarazada.

Él alzó la vista, sorprendido.

—¿Qué pasa, Eduardo? ¿Elvira no te había dicho lo de Álvaro? ¿O es que acaso tu hermanito tiene secretos con su mujer?

—¿Quién dice que mi hermano es estéril? Todos sabemos que es Elvira la que no puede tener hijos —acertó a decir.

—Lo dice su historia médica. Pero no hablemos de Álvaro, hablemos de ti. Estoy convencida de que te hiciste pasar por el padre del hijo de Alexa porque tu madre sabía que te tirabas a alguien, y pensaste que era buena idea que todo el mundo creyera que ese alguien era Alexa Ward. Ella accedió y de ahí esa conversación telefónica que escuchó la madre de Elvira en la que hablabais del acuerdo al que habíais llegado con la *au pair*.

—No sé de qué conversación me hablas —negó él.

—Me da igual. Sé lo que me digo. Llegasteis a un trato con Alexa a cambio de dinero. Y funcionó, solo que tuvisteis muy mala suerte, y Rosa os descubrió. Por eso estaba tan enfadada tu madre contigo, porque averiguó que te acostabas con Elvira, y para Rosa la familia era lo más importante. Y estarás conmigo en que nada desune más a una familia que tirarte a la mujer de tu hermano. Las comidas familiares en la Casa Rosa resultarían de lo más tenso si tu madre se lo hubiera llegado a contar a Álvaro, ¿verdad?

Eduardo bajó la mirada.

—¿No vas a decirme que estoy loca? —lo azuzó ella.

—No tienes pruebas —dijo él, tras unos segundos de silencio.

—Pero las tendré. —Se levantó y se encaminó hacia la puerta—. Gracias por escucharme —dijo antes de salir del despacho.

Iria sonrió a Juanjo, se dirigió al ascensor y pulsó el piso cero. Durante el descenso de los treinta pisos disfrutó de la vista de la ciudad, mientras llamaba a César y le pedía que pasase a recogerla a las puertas del engendro de cristal.

Rosa

Loeiro, 1 de marzo de 2020

—Elvira, querida —la saludó Rosa, con amabilidad—. ¿Cómo te encuentras?

—Estupendamente —respondió ella, al tiempo que entraba en la galería y se sentaba junto a su suegra—. Feliz, relajada y deseando poder dar ya la noticia a todo el mundo. Para entonces ya estaremos todos viviendo aquí. Estoy liadísima con el traslado. Será un placer estar aquí con vosotros, pero creo que estáis exagerando: es imposible que acabemos todos encerrados en nuestras casas. No se puede parar un país.

—Créeme que si tu suegro dice que pasará, no tenemos motivos para dudarlo. Estoy muy preocupada por ti, por lo que pueda ocurrirnos a todos, pero es que encima tú... en tu estado... y estás tan delgada, Elvira —dijo Rosa—. Sé lo poco que comes y no seré yo de ese tipo de personas que dicen que las embarazadas tienen que comer por dos ni otras barbaridades por el estilo, pero creo que tendrías que poner especial atención a tu alimentación. Deberías pedir cita con uno de nuestros nutricionistas.

—Lo haré, en un par de semanas, cuando se lo digamos a todo el mundo —sonrió, satisfecha.

—En fin. Gracias por venir con tan poco margen. Sé que debí llamarte con más antelación, pero ha surgido una cuestión de forma repentina. Es un asunto delicado, y quería tratarlo contigo en persona. Ni siquiera sé cómo afrontarlo.

—Siempre es un placer venir a verte, suegra. Tú dirás.

Rosa la examinó atentamente y no observó en ella ningún signo de preocupación.

—Voy a ser todo lo directa que pueda, tratando de no ofenderte —comenzó ella, visiblemente turbada—, así que no me andaré con preámbulos. He tenido noticia de una circunstancia que desconocía. No sé cómo decirlo.

—De la única forma posible, siendo sincera —la animó Elvira, que no demostraba la menor curiosidad.

—Ese hijo ¿es de Álvaro? —le soltó sin más.

Al segundo se arrepintió de su brusquedad. Estuvo a punto de disculparse. Buscó la reacción de su nuera, quien permanecía inmutable.

—Voy a llamar a Carmen —Elvira pulsó el timbre—, me apetece un té.

Rosa se mostró confusa.

—Elvira, te he hecho una pregunta —le increpó.

Carmen entró y preguntó qué querían tomar. Elvira pidió un té negro con leche y Rosa se limitó a indicar con un gesto que no quería nada.

La observaba atónita.

—Elvira, ¿me has escuchado? —insistió.

Ella se volvió hacia Rosa.

—Claro que te he oído —dijo—, y estoy segura de que Álvaro se disgustaría muchísimo si supiera que me has preguntado eso.

—No tiene por qué saberlo —presionó—. Solo quiero una respuesta.

—Rosa, no sé qué te han contado, pero no voy ni siquiera a molestarme en...

—Es estéril —le espetó la mujer.

Por primera vez, Elvira se quedó sin palabras. Fue solo un instante fugaz, pero Rosa vio cómo el rostro de su nuera se desencajaba.

Carmen entró en la galería y depositó sobre la mesa la bandeja con el té. En cuanto volvieron a quedarse solas, Elvira se recompuso. Se sirvió el té y le echó leche. Dio un sorbo. Rosa estaba segura de que estaba tan caliente que debía abrasarla por dentro, pero el rostro de su nuera permanecía de nuevo impasible.

—Llevo catorce años dedicada a hacer feliz a Álvaro —dijo Elvi, mientras dejaba la taza—, y mi marido quiere un hijo. Y yo se lo voy a dar, Rosa, así que de ti depende que Álvaro sea un padre feliz o que le arruines aquello que más ha deseado en su vida. Por lo tanto, creo que deberías ahorrarle el disgusto y ocultarle esa información.

—Él sabe que no puede tener hijos. Se hizo unas pruebas en el año 2011. Ulises me lo confirmó. Y decidió no decirte nada porque tú insistías en asegurar que eras tú la que no podía tener descendencia. Para Álvaro, tú siempre eres lo más importante. Si le cuentas ahora que estás embarazada, lo destrozarás —dijo Rosa, sin poder evitar un tono de reproche en su voz.

Su nuera volvió a dar un sorbo al té. Rosa esperó que ella rompiera el silencio, pero saboreó el té y la miró.

—Pues entonces está todo dicho —dijo Elvira, tras dar un último sorbo. Colocó la taza en la mesa y se puso en pie.

Rosa la miró sorprendida.

—No puedes marcharte —le recriminó.

Elvira no recordaba haberla visto nunca tan alterada. Rosa era siempre un ejemplo de afabilidad y corrección.

—Claro que puedo —dijo ella—. Me voy a ir a nuestro ático a tener una conversación con mi marido. Voy a agradecerle su apoyo, y voy a contarle que vamos a ser padres y que este hijo vendrá a completar nuestra felicidad. También le diré que los milagros suceden, y que, de forma inesperada y a pesar de que la naturaleza jugaba en nuestra contra, estoy embarazada de ocho semanas.

—No te atreverás. —Rosa observaba a Elvira boquiabierta, como si fuera esta la primera vez que lo hacía.

—Por supuesto que lo haré —replicó su nuera—. Y si tú decides hablar con él y decirle que sospechas que este bebé no es suyo, tú y solo tú serás la responsable de la infelicidad de tu hijo.

—¿Es por la herencia? ¿Estás haciendo esto para que Álvaro sea el próximo presidente de las empresas del Grupo Villamor? —comprendió de repente las intenciones de Elvira.

—Yo no he dicho eso. Piensa lo que quieras. En fin, me voy, tengo por delante esa conversación con Álvaro.

Elvira cogió su abrigo y sus guantes y besó a su suegra en las mejillas a modo de despedida.

—Detente —dijo Rosa, enfadada—. No voy a permitir que engañes a mi hijo. Sé que piensas que puedes dar a luz al futuro presidente de nuestra empresa, pero te digo ya que no será tan fácil. Pediremos una prueba de ADN.

Elvira desplegó una enorme sonrisa.

—Hazlo —dijo ella antes de salir por la puerta de la galería—, y te aseguro que descubrirás que este niño es un Villamor. Un verdadero Villamor.

¿A dónde nos llevan estos hechos?

—¿De Eduardo? —preguntó César.

—De Eduardo —confirmó Iria—. Tampoco es tan extraño, esa mujer ha hecho grandes sacrificios para entrar en esa familia. Y yo creo que se dio cuenta de que quedándose embarazada de Eduardo tenía todas las papeletas para ascender aún más. La considero lo suficientemente diabólica para jugar a dos bandas. Puede que ambos hermanos estén enamorados de ella. Tenemos que presionarla.

—No me gusta nada que te hayas plantado en el engendro de cristal sin avisarme, ¿qué pretendías exactamente al contarle a Eduardo tus sospechas y todo lo que habías averiguado hasta ese momento? Que yo recuerde, nunca has sido partidaria de descubrir así tus cartas.

—Nos habíamos quedado sin hilos de los que tirar, y Eduardo será muchas cosas, pero no es de los que mienten, es más de guardar silencio. Sabía que si lo enfrentaba por sorpresa y con evidencias sacaría algo en limpio.

—No te ha confirmado nada, aunque tengo que reconocer que tu teoría resulta plausible y explica el documento de la desheredación —dijo César, mientras aparcaba a las puertas de la Casa Rosa—. Estoy pensando que Álvaro tuvo que saber que el hijo no era de él, se había hecho esas pruebas hace mil años.

—Y está claro que ella no lo sabía. O actuaron de común acuerdo. En ese caso, esto es todavía más retorcido —especuló Iria—. Se procuraron un heredero Villamor para acabar reinando en el país de Asisgal.

—¿Qué pasó con el crío?

—Lo perdió, seguro. —Iria se encogió de hombros—. Pero en su historia clínica no hay nada de eso. Las revisé todas ayer por la noche. Seguramente no fue a una clínica de Asisgal. Voy a decirle a Jóker que averigüe si en el primer trimestre de 2020 Elvira Lamas acudió a alguna consulta ginecológica ajena a Asisgal. Estoy segura de que no acudió a la sanidad pública. Le pediré que rastree todas las clínicas privadas de Galicia. No creo que fuera con su Predictor en el bolso hasta Madrid. —Echó mano a su móvil y tecleó el mensaje.

—¿Vas a pedirle más pasta a Ulises?

—Ni de coña. Ya le estoy escribiendo que los treinta mil euros deberían alcanzar para algún trabajo adicional.

El Jóker contestó al instante. Tan solo un pulgar hacia arriba.

—Ya está en ello —confirmó—. Es muy bueno en lo suyo. En poco tiempo nos dirá algo.

—Te estás acostumbrando a delinquir. ¿Y qué vamos a hacer hasta que nos conteste?

—Interrogaremos a Elvira y a Ada, por eso quería que vinieses. Y también hablaremos con Ulises, en cuanto podamos. Pero antes de nada quiero coger aire y pensar. Pensar, César. Están pasando tantas cosas y tan deprisa que no estamos viendo a dónde nos llevan estos hechos.

—Elvira está pirada, es una trepa. Se acostó con Eduardo para conseguir un heredero que le garantizase ser la madre del futuro presidente de Asisgal. Recuerda lo que dijo el doctor Bascoi: está obsesionada con ellos. Rosa lo descubrió y Elvira la mató. Y mató a Alexa porque necesitaba que todo el mundo siguiera creyendo que era la fiel esposa de Álvaro Villamor. Para mí, estos hechos nos llevan a Elvira.

—No es tan fácil, llevo todo el camino dándole vueltas.

—¿Y qué has concluido?

—Rafa pudo matar a Rosa porque ella sabía de su aventura con Alexa, pero no parece muy probable porque su mujer seguramente estaba enterada, de modo que su matrimonio no corría peligro. Elvira pudo hacerlo para guardar el secreto de la relación con Eduardo. Esa misma causa nos llevaría al propio Eduardo. Incluso Álvaro pudo matar a su madre para guardar ese secreto, es un poco rebuscado, pero está muy obsesionado con su mujer, quizá la perdonó y quería protegerla. Aunque, sobre todo, la que más tenía que perder era Ada, porque un hijo de Elvira lo habría cambiado todo en términos de la herencia, pero lo que sucedió es que Rosa murió antes de que ese posible nieto naciera, y todo siguió igual. —Iria se quedó casi sin aire.

—O sea, que todos pudieron matar a Rosa y a Alexa, pero tu sospechosa principal es Ada. Esta es tu conclusión —resumió César.

—No sé si es la más sospechosa, pero es la que tiene un móvil más claro. Así que vamos a entrar ahí y vamos a hablar con ellos, analizando hasta su último parpadeo. Quiero que se delaten los unos a los otros. Les haremos creer que cada uno de ellos es nuestro principal sospechoso. Los amenazaré con todo lo que se me ocurra.

—Te estás obsesionando —le advirtió él.

—Lo sé. Pero me lo merezco. Uno de ellos empuñó un martillo y casi me mata —replicó Iria—, creo que me merezco estar obsesionada hasta el punto de hackearlos, espiarlos y amenazarlos.

César observó su perfil bajo la última luz de la tarde. El pelo corto y rubio le daba un aire de chiquillo desvalido. No quedaba ni rastro de la Iria con la que comía todos los jueves, de la Iria con la que peinó el bosque buscando el cadáver de Carlota Pereira, la que lo consoló dentro del coche patrulla cuando supo lo de la metástasis de Chelo.

Iria creía que la culpa de todo la tenían los habitantes de la Casa Rosa. Él no podía decirle que toda su rabia y su tristeza las causaba la muerte de Ángel, porque esa verdad era mucho menos gratificante. Descubrir quién mató a Rosa y a Alexa era lo que la sostenía ahora. Y no iba a privarla de ese sostén.

—Vamos allá —dijo César, mientras llamaba al timbre.

Los recibió una chica rubia, entrada en kilos, con el rostro sonrosado y unos grandes ojos azules.

—Soy Hailey, la *au pair* —dijo ella.

—Hola, Hailey —dijo Iria—. Soy la inspectora Iria Santaclara y él es César Araújo.

—Lo sé. Los niños hablar de vosotros. —El español de Hailey era bastante básico aún.

—¿De dónde eres?

—De Alabama —contestó—. Ada mucho amiga de mi tía.

—Es cierto, ella estuvo allí en el bachillerato —recordó Iria—. ¿Puedes avisar a Elvira, por favor?

—La señora Elvira no está.

—¿No está? No pasa nada, la esperaremos en el salón —dijo Iria.

—No, no. No me explico correcto —balbuceó Hailey—. La señora Elvira salió hace muy poco, pero llevaba maleta grande. Dijo que iba a viaje. Largo viaje.

El personaje

El apartamento de Eduardo en Sanxenxo no era tal. Era un dúplex con cuatro habitaciones, tres baños, un despacho y vistas a la playa de Silgar. Eduardo adoraba y odiaba Sanxenxo a partes iguales. Le gustaba salir al amanecer en su barco, y tomar vinos en las tascas de toda la vida, las que frecuentaba en noviembre cuando no había rastro de esa horda de nuevos ricos, ejecutivos o modelos de medio pelo, que asomaban por el pueblo y los pubs del puerto náutico luciendo su ropa de marca, haciéndose selfis, cenando en Rotilio, tomando copas o clases de vela, con la única finalidad de contar en sus oficinas o en sus redes que habían coincidido con un expresidente del Gobierno, con el rey emérito o con magnates como los Ortega, Slim o Villamor.

Adoraba caminar bajo la lluvia hasta Portonovo, el puerto en invierno o la librería de Xaime. Pero odiaba el circo estridente de toda esa gente que ansiaba hacer de esa villa una nueva Marbella. Nunca entenderían que era solo un pueblo, cuya esencia no desaparecía cuando lo invadían esos nuevos turistas. Un pueblo que latía bajo el lujo y el esnobismo. Un esnobismo del que él era el máximo exponente, pero del que era capaz de apearse en cuanto los focos se apagaban. Por eso le gustaba el mar, porque los focos no llegaban hasta allí. Estaba cansado de ese ruido mediático, que le garantizaba una imagen alejada de ese otro Eduardo que en realidad necesitaba muy pocas cosas para ser feliz. Mar, libertad y, por supuesto, a Elvira.

Sanxenxo era el único lugar donde Elvira y él podían estar juntos. Y solo por eso mantenía ese piso, para interponer una ría entre su hermano y él.

La observó mientras dormía: su pelo siempre tan corto, su piel clara y su fragilidad. Eso era lo que más le gustaba de ella. Esa mezcla de fortaleza y vulnerabilidad fue lo primero que le atrajo de Elvira. Eso, y quizá el saber que nunca podría haber nada entre ellos. Eso siempre estuvo ahí, y la hizo más deseable. Por lo menos hasta que la tuvo, hasta que se hicieron amantes y descubrió que no solo la deseaba, sino que estaba enamorado de ella, porque fue entonces cuando se dio cuenta de que ya no había vuelta atrás. La quería, quería lo que Álvaro tenía. A ella a su lado, cuidándolo, pendiente a toda hora de que él ocupase el lugar que le correspondía.

Porque en todos esos años había aprendido a conocerla, había visto su verdadero rostro: el de la ambición sin límites, el del sacrificio, el de la necesidad de sobresalir, de subir y subir, como si no hubiera un techo. Era inteligente, manipuladora y fría. Y aun así la quería. Eso es lo que le había dicho a su madre. Por eso necesitaba ese personaje que era Eduardo Villamor. Ese tipo que saltaba de puerto en puerto y de chica en chica. Un estereotipo. Un gilipollas prepotente que escondía al Eduardo que conocía muy poca gente. El Eduardo que charlaba con Carmen en la cocina mientras se tomaba un chocolate con churros cuando llegaba de sus entrenamientos, o el que era capaz de pasar toda la noche en el muelle de Sanxenxo pescando calamares como si fuese uno más entre los lugareños.

Siguió observándola, hipnotizado, hasta que ella abrió los ojos. Se irguió desconcertada, intentando ubicarse. Alternó la mirada entre Eduardo y la maleta.

—Es cierto —le confirmó él, mientras le retiraba el flequillo oscuro de los ojos—. Estás aquí y has venido para quedarte.

—Por un momento pensé que lo estaba soñando.

Guardaron silencio. Eduardo llevaba años pidiéndole eso, que abandonase la Casa Rosa y a Álvaro y que se mudase con él. Iria Santaclara y su manía de meter las narices en los asuntos ajenos lo habían precipitado todo. Cuando ella abandonó su despacho, llamó a Elvira y le dijo que todo se había descubierto.

Había llegado la hora de decidir.

Y Elvira lo había escogido a él.

—Ya veo que no es un sueño. —Desplegó una gran sonrisa—. Lo he hecho. Me he traído solo lo básico. Tengo que pedirle a Carmen que me mande el resto.

—¿En serio que lo único que te preocupa ahora mismo es la ropa? —preguntó Eduardo.

—Por supuesto que no. Me preocupa lo que esa poli entrometida nos ha obligado a hacer. —Su voz se endureció—. Me preocupa tu padre, la salud de Álvaro y lo que diga la gente.

—Tenemos que adelantarnos a ella. No queda otra —le recordó él—. Debemos jugar fuerte nuestras bazas. Papá me tiene ahora en la oficina, no renunciará a eso tan fácilmente. Como te dije ayer, ya no tiene sentido ocultarlo. Es mejor que papá y Álvaro se enteren por nosotros que por Iria Santaclara. Venderemos esto como lo que es: una historia de amor. Les contaremos a todos que hemos luchado contra ello, pero que no hemos podido evitarlo. Le convenceremos de que esto es real. Luego diremos que queremos tener un hijo y diremos también que nada impide que te quedes embarazada, y papá se dará cuenta de que pronto tendrá lo que siempre ha querido: a su hijo favorito en su oficina y un heredero en camino que legitime su decisión de que yo sea el presidente de la empresa cuando él muera. Y lo único que debe aceptar es que te divorciarás de Álvaro y nos casaremos.

—¡Lo tenías todo planeado! ¡Por eso aceptaste el puesto con tu padre! —Elvira soltó una carcajada—. Me engañaste totalmente con toda tu indiferencia hacia el negocio. Me lo creí de verdad.

—No estaba fingiendo —dijo él.

Elvira lo miró confusa.

—Odio esa oficina, esa vida de rutina, negociaciones, contratos, fusiones y dinero —confesó.

—No te entiendo —dijo ella.

Él la miró con cierta tristeza.

—Es el precio que tengo que pagar para tenerte.

—No has intentado convencer a tu padre de lo nuestro. Si lo hicieras, igual no te obligaba a aceptar el puesto —le recriminó ella.

—No es eso lo que estoy diciendo. Podría llegar a convencer a mi padre de que esta es mi vida, la única que tengo, y que la quiero pasar frente al mar, con un barco cerca y junto a la mujer que amo. No es por él por quien tengo que estar en esa oficina. Es por ti. —Sonaba resignado.

Elvira abrió la boca y la volvió a cerrar. Se levantó de la cama y se acercó a la ventana. Llovía a cántaros. Se giró hacia su cuñado.

—No es cierto —acertó a decir finalmente.

—Lo es —dijo Eduardo—. Cuando mi madre estuvo a punto de desheredarme, te deshiciste de nuestro hijo. Ni siquiera me lo consultaste. Si hubieras podido hacerlo pasar por un hijo de Álvaro lo habrías conservado, pero cuando mi madre te hizo elegir... simplemente elegiste a mi hermano y te deshiciste de nuestro hijo —repitió—. Te he pedido mil veces que dejes a Álvaro, pero no diste el paso hasta ayer. Lo único que tenías que hacer era abrir el armario y coger una maleta, y jamás te lo habías planteado. Ambos sabemos qué es distinto esta vez. Ahora estoy dentro de la quiniela de la sucesión y tengo más boletos que nadie, y eso es lo que siempre has querido. Conmigo no tienes que disimular, Elvi.

—Nunca me han tenido en cuenta. Elvira la pobretona. Elvira la trepa sin estudios. —Una lágrima se deslizó por su mejilla—. Nunca he contado en esa familia porque...

—Chssss —la calló él—. Está todo en tu cabeza. Yo sé cómo eres, sé lo que quieres y no es malo. No pasa nada. Lo haré por ti, porque te quiero. Me quedaré en la empresa. Y tú y yo estaremos al frente de ese imperio. Es lo que siempre has querido. Por eso te operaste, te convertiste en una réplica de Laura y te casaste con Álvaro.

—¿Cómo sabes eso? —Elvira sollozaba.

—Siempre lo sospeché. —Eduardo le cogió de las manos y la sentó a su lado—. Se lo dejé caer a Loli y me lo confirmó. No es malo que lo desees, Elvi.

—Yo siempre he cuidado de Álvaro —se defendió ella—. Siempre lo he tratado bien.

—También lo sé. —Eduardo le secó las lágrimas—. Pero ahora yo puedo darte lo que siempre has querido, y por eso has hecho esa maleta y vamos a contarles a todos los habitantes de la Casa Rosa que te vas a divorciar y que pronto tendremos un hijo. Y nos encargaremos de que Álvaro lo encaje lo mejor posible.

—¿Y si no lo hace? —preguntó ella alterada.

—No soy Toño Pousada —dijo Eduardo, confiado—. No me va a tirar por un puente, soy su hermano pequeño. Le convenceremos de que esto es por tu bien. Te quiere mucho. Lo apoyaremos, pediremos perdón, le daremos la razón, admitiremos que esto estuvo mal, diremos que intentamos que no sucediese, pero que lo que sentimos es demasiado fuerte, y es verdad. Álvaro tendrá que resignarse.

—No creo que entre en razón. —Elvira negó con la cabeza—. Tú no sabes de lo que es capaz. No sabes cómo se puso ayer cuando me vio salir de casa con la maleta.

—Todos somos capaces de muchas cosas, sobre todo cuando está en juego lo que más queremos —le recordó.

—¿Crees que Iria tiene razón? ¿Que uno de nosotros mató a Rosa?

—Todos la queríamos —dijo él—. Pero yo sé lo que soy capaz de hacer por ti. Y mi hermano siente lo mismo.

Algo que se estropea

—Gracias por traerme, César. Espero que mañana ya pueda recoger mi coche en el taller —dijo Carmen—. Desde que volvió Iria nos hemos visto muy poco.

—No es ningún secreto que ella quiere retomar el caso para el que la contrató Ulises, y yo quiero estar a su lado.

—¿El tema ese de los papeles?

—Si atas al perro y me invitas a tomar una cerveza, te lo cuento —le contestó él, misterioso.

Aparcó delante de la puerta de la pequeña casa en la barriada de Mogor. Dado que Iria ya les había contado a todos los habitantes de la casa que creía que uno de ellos había matado a Rosa, César decidió hacer partícipe a Carmen de los motivos de su presencia en Loeiro, y así poner en común lo que habían descubierto Iria y él.

Yuli ladraba como loco. César pasó ante el animal apurando el paso. Era solo un pequinés, pero nunca le habían gustado los perros y este resultaba especialmente molesto. Carmen se rio a costa de sus temores y sacó dos cervezas bien frías de la nevera.

—¿Qué tienes que contarme, inspector jefe Araújo? —bromeó.

—Es bastante serio, Carmen —comenzó él—. Se trata de la muerte de Rosa. Ulises piensa que es posible que alguien la envenenara.

—¿Qué estás diciendo? —se escandalizó ella—. Eso es imposible. ¿Quién iba a querer matarla?

—Pues eso es lo que intentaba averiguar Iria. Y no debía de andar muy desencaminada, porque alguien la golpeó con un martillo en la cabeza.

—Y mató a Alexa, para que no hablara con ella —concluyó la mujer, pensativa.

—Carmen, tú los conoces desde siempre, ¿quién podría querer matarla?

—No puedes pedirme que lance una acusación así, sin ton ni son, sin ninguna base o sospecha.

—Lo que te voy a decir es confidencial. Alexa no tuvo ningún lío con Eduardo. Fue con Rafa. Y ni en sueños adivinarías... —César se calló de golpe al ver que ella bajaba la vista—. ¿Lo sabías? —preguntó cuando se recuperó de la sorpresa.

No contestó.

—Iria te interrogó —le reprochó—, y tú le mentiste.

—No lo hice —se defendió Carmen—. No fue así. Eduardo me dio a entender que él era el padre del niño de Alexa y así se lo dije a Iria. No le mentí. Pero yo he visto crecer a ese chico, he pasado mil tardes con él. Lo conozco. Sé que no es como todo el mundo piensa. Es sencillo, cariñoso y nada prepotente, pero se esconde tras esa fachada de vividor y mujeriego para ocultar algo que yo sé desde siempre.

—¿Tan obvio era que estaba enamorado de Elvira?

—No lo era en absoluto, pero a mí no podía engañarme. De la misma manera que sé que nadie en esa casa ha matado a Rosa. Llevo veinte años viviendo con ellos, atendiendo sus necesidades, ordenando sus cosas, observando qué leen, qué películas les gustan, qué música escuchan, qué ropa prefieren, qué regalos se hacen los unos a los otros o cuál es su comida favorita. Veinte años, día tras día, uno encima de otro. Y siempre supe lo que sentía Eduardo por Elvira. A mí no podía ocultármelo.

A César le asaltó una duda más que razonable:

—¿Eduardo también sentía algo por Laura? —se apresuró a preguntar.

—Eduardo nunca conoció a Laura, o eso creo, yo por aquel entonces aún no trabajaba en la Casa Rosa. Una vez creí oírselo decir, y así tuvo que ser porque Eduardo nunca pasaba el mes de agosto en Loeiro; desde muy niño acudía a Mallorca para formarse en las mejores escuelas de vela, creo que empezó con unos diez años. Ya te dije que participó en los Juegos Olímpicos de Pekín. Fue muy emocionante.

—Sinceramente, no me importan mucho sus éxitos deportivos —le confesó César—. Sé el cariño que le tienes, pero nos ha mentido y mucho.

—¿Y qué querías?, ¿que te confesase que estaba enamorado de la mujer de su hermano, que además es un hombre muy nervioso e inestable? Cuando Elvira y Álvaro se casaron, Eduardo tenía apenas dieciocho años, y ella le llevaba casi diez. A partir de ahí, él se dedicó a alejarse de ella. Lo vi convertirse en el hombre que es ahora, que no se parece en nada al chiquillo que yo crie en esa cocina, mientras su madre se dedicaba a procurarle el bienestar a un montón de gente necesitada, olvidando algunas veces, y que Dios me perdone, que los que más la necesitaban eran sus hijos.

—Es la primera vez que oigo a alguien hablar mal de Rosa Piñeiro —apuntó el expolicía.

—No estoy hablando mal de ella, pero estaba volcada en apoyar a Ulises y en sus labores filantrópicas, mientras que sus hijos no eran felices, o por lo menos no tanto como uno imaginaría que lo son, teniendo en cuenta la cantidad de dinero que hay en esa casa.

—Ya se sabe que eso no es garantía de nada.

—Es cierto —admitió Carmen.

—¿Alguna vez tuviste constancia de la relación entre Elvira y Eduardo? —le preguntó César.

—Alguna vez, cuando Álvaro estaba de viaje de negocios, me di cuenta de que ella no había dormido en su habitación, aunque se esforzaba en abrir la cama, pero una cama deshecha es una cama deshecha. Sé distinguir perfectamente cuándo alguien ha dormido en una cama y cuándo no. Pero nunca busqué pruebas. Tampoco sé cuándo comenzó. Solo sé que él estaba loco por ella, bastaba con prestar un poco de atención para verlo.

—¿Y prestaste la suficiente para adivinar quién mató a Alexa? —intentó que no hubiera ironía en su voz.

—Elvira es, sin duda, la que más tenía que perder si se desvelaba que Alexa no era quien tenía la aventura con Eduardo —afirmó Carmen—. Siempre he sospechado de ella. Esa es la única explicación para que Eduardo mintiese a la policía y dijese que Alexa ya estaba muerta cuando entró en la habitación. Estaba claro que quería desviar la atención de la policía. Solo se sacrificaría así por ella. Lo sé.

—¿Por qué callaste?

—Porque no tengo pruebas y porque una no debe morder la mano que le da de comer —se explicó la mujer—. Y ahora me toca a mí hacer una pregunta.

—Tú dirás —la animó César.

—¿La causa de todos estos paseos y excursiones es esta investigación? —Su voz sonaba decepcionada.

—¡Por supuesto que no!

—Está bien. —Carmen se levantó y alisó los pliegues de la falda azul marino de su uniforme—. Pues en ese caso te voy a pedir que esta conversación quede entre nosotros.

César se levantó y cogió su abrigo.

—¿Cenamos el viernes? —dijo él.

—No sé si estaré muy cansada —contestó ella.

—Carmen, siento no haberte dicho nada de la investigación. —La notaba disgustada y sentía que debía darle una explicación—. No podíamos. De hecho, incluso ahora, no debería haberte confiado nada. He firmado un acuerdo de esos que tanto le gustan a tu jefe.

—Soy una estúpida, déjalo. —Carmen se mostró incómoda—. Estoy asimilando lo que me has dicho. Aquí hay algo que no me cuadra. ¿Por qué don Ulises piensa que alguien mató a la señora Rosa?

César pensó en contarle lo de la fotografía de la adelfa, pero ya había hablado demasiado.

—Eso tampoco te lo puedo contar...

—Doña Rosa estaba enferma. Pregúntale a Ada. Su corazón ya le había dado algún susto. Don Ulises se equivoca.

—¿Estás segura?

—Completamente —contestó Carmen con firmeza.

Él se despidió y salió de allí con la sensación de que algo se había estropeado entre ellos.

Y con la duda sobre si esa afirmación acerca de la precaria salud de Rosa Piñeiro no tendría como única finalidad proteger a los habitantes de la Casa Rosa.

Rosa

Loeiro, 8 de marzo de 2020

—Berto, ¿ya has plantado los bulbos de primavera?

—Aún no es primavera, doña Rosa —dijo el jardinero.

—Tu padre siempre los plantaba a principios de marzo —le recordó ella.

—No es tanto una cuestión de fecha, sino del estado del suelo en función de cómo ha sido el invierno —le explicó Berto—. Esta semana añadiré algo de compost y arreglaré los rosales. La que viene me pondré con los bulbos.

—No dejes que te dirija, Berto. Ella se cree que sabe más que nadie de flores.

Eduardo irrumpió por sorpresa en la conversación. Se acercó a besar a su madre, que le ofreció la mejilla.

—Vayamos dentro —se limitó a decir Rosa.

Una bienvenida que en nada se parecía a las que solía prodigarle su madre habitualmente. Supo al instante que algo iba mal. Se dirigieron a la suite contigua a la habitación de sus padres. Eso tampoco era usual. Ese espacio estaba reservado solo para ellos dos y no acostumbraban a recibir allí a sus hijos.

—He hecho algo malo —dijo zalamero—. Vas a castigarme porque no obedecí la orden de volver a España hace siete días. Ya ves que he podido volar con total normalidad. La situación no puede ser tan grave como papá nos ha hecho creer.

—Te dijimos que volvieras de inmediato. Os quiero a todos aquí.

Eduardo miró a su madre.

—No puedes estar enfadada solo por eso. —No recordaba haber visto nunca a su madre tan seria.

Rosa se dirigió al cajón del aparador que estaba a su izquierda y extrajo un papel. Se lo tendió a su hijo.

Eduardo cogió el documento y lo examinó con atención.

—¿Qué significa esto, mamá? —preguntó al tiempo que lo blandía ante ella—. ¿Vas a desheredarme? Sé lo que pretendes. Estás intentando que empiece a trabajar con papá. ¿Esto es un ultimátum?

—No se trata de eso —dijo Rosa—. Estoy tan decepcionada, triste...

—No te entiendo —insistió él—. Habla claro.

—Elvira está embarazada.

Él se quedó paralizado.

—Es una gran noticia para Álvaro y para ella —dijo al fin.

Al ver su sorpresa, Rosa dudó.

—Esperaba que ella te lo hubiera contado.

—Pues no lo ha hecho.

—Quizá eso significa que aún tiene esperanzas de hacerlo pasar por un hijo de Álvaro, eso fue lo último que me dijo, cuando yo ni siquiera sospechaba que ese hijo fuera tuyo —replicó ella.

Eduardo sintió que le faltaba la respiración. Se dejó caer en el sofá de la estancia.

—¿No vas a decirme que estoy equivocada? —La voz de Rosa tenía una dureza que el joven ni siquiera había imaginado en su madre.

Se tapó la cara con las manos.

—Eduardo —le gritó ella—, ¿cómo has podido hacerle esto a tu hermano? Elvira lo es todo para él. Es el amor de su vida.

No contestó. Se instaló entre ellos un silencio espeso.

—¿De verdad Elvira te dijo que ese hijo no es de Álvaro? —acertó a decir él, con voz entrecortada.

—Álvaro no puede tener hijos —dijo ella, cediendo y poniéndole la mano sobre la espalda al percibir en él un dolor inesperado. Veía un rostro de su hijo que nunca había imaginado—. Pero me dijo que le haría creer que lo era. Y luego me dijo que, si le hacía una prueba de ADN, descubriría que ese niño era un verdadero Villamor. No me costó mucho sumar dos y dos.

—Elvira no es el amor de Álvaro, mamá. Laura lo era. Yo no sé si es el amor de mi vida o no. Esas son frases que se dicen. Solo sé que he intentado que esto no pasase. Y después he intentado ponerle fin. Y no puedo —confesó—. Ni siquiera soy capaz de trabajar en la empresa y ver a mi hermano todos los días. Y ahora tengo que estar con ellos aquí. No me hagas esto, mamá. Una cosa son unas semanas al año, pero no puedo más.

Rosa se dio cuenta del alcance del problema. Vio que estaba llorando silenciosamente. Nunca lo había visto llorar desde que era un adulto. Ahora entendía muchas cosas. Los viajes, su empeño en alejarse de la casa y del negocio, o esa necesidad de dar una apariencia de trivialidad a todo lo que le rodeaba.

Se dio cuenta en ese instante de que no conocía a su hijo pequeño en absoluto y se sintió tan abatida que también se dejó caer en el sofá. Siempre se había preocupado por Álvaro, por el estado precario de su salud mental. Por Ada y sus miedos y sus secretos, que no eran tales para su madre. Sabía que no había prestado la debida atención a Eduardo, quizá porque lo tuvo cuando ya era bastante mayor, y en parte porque había delegado su cuidado en

Carmen, que se mostraba encantada de pasar tiempo con él, y antes de que Carmen llegase en Dolores, su antecesora. Nunca lo vio débil ni indefenso, y ahora sabía que le había fallado.

—No imaginé que fuera algo tan serio —dijo ella—. ¿Qué vais a hacer?

—No lo sé, mamá —admitió Eduardo—. Yo sé lo que quiero, pero no sé lo que quiere ella.

Rosa sintió una ira profunda contra esa mujer que estaba jugando con sus dos hijos. Cogió el documento y lo rompió en mil pedazos.

—Lo único que pretendía era que dejaras en paz a la mujer de tu hermano. —Depositó los papeles encima de una mesita—. Ahora ya veo que la decisión está en manos de ella.

—¿Y si lo elige a él, mamá? —Había desesperación en su voz.

—Si lo elige a él, tendrás que ser fuerte. Todavía no sabemos qué quiere hacer con el niño. —Rosa se mostró confusa—. Esto puede acabar con tu hermano.

—¿Se lo dirás a papá?

Su madre negó con la cabeza.

—Hay muchas cosas de vosotros que Ulises no sabe. —Recordó su conversación con Ada—. Esta será una de ellas. No digo que yo sea un paradigma de modernidad, pero tu padre no entendería esto. Dejémoslo así. Ya me dirás qué habéis decidido. Pero lo que no consentiré es que sigáis engañando a Álvaro.

—Hablaré con ella —dijo Eduardo—. Le diré que lo sabes.

—Dile que si no se decide, seré yo la que se lo cuente a su marido.

El corazón de Rosa Piñeiro

—Carmen dice que es completamente imposible que Rosa muriese asesinada por sus hijos —dijo César.

—En todos los asesinatos sale algún vecino diciendo que el asesino es un tipo encantador y muy normal —replicó Iria—. Y en este caso ni eso. Todos los habitantes de esa casa son despreciables, empezando por Ulises Villamor, al que solo le preocupa su empresa.

Volvían de Lugo en el coche de César, que insistió en evitarle la odisea del autobús, alegando que, cuanto antes estuvieran de vuelta, antes podrían retomar la investigación.

—¿Llegaste a preguntarle a Ada alguna vez por la salud de su madre y por su infarto? Carmen insiste en que Ada estaba al tanto de que su madre estaba enferma.

Iria meneó la cabeza.

—Nunca se lo pregunté. Una vez saqué el tema de la muerte de su madre y se largó al gimnasio completamente desencajada.

—Pues quizá ha llegado el momento de que lo hagamos —le insinuó su exjefe.

—Odio ir a esa casa.

—Odias todo lo que esa casa te recuerda. Pero esta vez irás a la luz del día y acompañada por mí. Son las cuatro y media. Es posible que Ada ya haya vuelto.

—Está bien, vamos allá —accedió Iria.

—¿Has hablado con Rial últimamente? —César dejó atrás el desvío a Aguete y puso rumbo a Loeiro.

—No. Vino a interrogarme al hospital y luego mandó a un agente a mi casa para volver a repetirme las mismas preguntas. No tienen ni idea de quién fue.

Él no insistió. Sabía que el tema era especialmente doloroso para ella. Se prometió que esa misma tarde se acercaría a la comisaría para tener una charla con Rial. Iria se merecía un poco más de atención que dos interrogatorios que ya estaban cogiendo polvo dentro de una carpeta olvidada.

Carmen les abrió la puerta de la Casa Rosa. César percibió su frialdad. Era algo sutil, pero la conversación del día anterior había cambiado la forma en que la mujer lo miraba. A sus ojos era un traidor. Les dijo que Ada estaba con Hailey y los niños en el estudio, e Iria le pidió que fuese a buscarla. La conversación que tenía en mente no era apta para los oídos de dos adolescentes, así que Iria y César la esperaron en la galería.

Ada la saludó de forma correcta, pero con frialdad.

—Estoy ayudando a los niños con los deberes, así que no tengo mucho tiempo. Vosotros diréis.

—Tenemos algunas dudas —contestó Iria—. Si nos las aclaras, nos iremos por donde hemos venido.

Ada levantó una ceja, inquisitiva.

—Sabemos lo de Alexa y Rafa. —A estas alturas, Iria no consideraba necesario dar muchos rodeos.

—Pues si ya lo sabéis, no sé dónde están las dudas —replicó ella.

—Las dudas están en el hecho de que no parece importarte. Estarás conmigo en que resulta desconcertante.

—Mi matrimonio y los problemas que puedan surgir dentro de él no son de vuestra incumbencia, y agradecería que no llegasen a oídos ni de mi padre ni de mis hijos.

—Alexa, Silvia, Marian... Son muchos problemas juntos, ¿no?

—No voy a prestarme a esto, Iria. No sé a dónde queréis ir a parar.

—A que si tu madre se enteró, igual tenías una razón para matarla.

—Eso no es motivo para matar a una madre. —Ada seguía imperturbable—. Es simplemente un motivo para divorciarse.

—No, si lo que está en juego es la presidencia de Asisgal. A lo mejor a tu madre no le hacía gracia tener una hija divorciada, era una mujer conservadora en lo que a la familia se refiere. Quizá te hizo elegir entre Rafa y la empresa, y ya has demostrado que no estás dispuesta a renunciar a ninguno de los dos, ya que le has perdonado su infidelidad —la contradijo Iria.

—No voy a tratar con vosotros cosas que solo afectan a la intimidad de mi matrimonio. Respecto a mis ambiciones dentro del Grupo Villamor, creo recordar que ya tratamos ese tema cuando me preguntaste por esa ficticia desaparición de papeles —le recordó Ada—. No voy a repetirte mis argumentos. No sé quién os ha metido en la cabeza que a mi madre la asesinaron. Eso es un despropósito. Su fallecimiento fue terrible, pero no hubo nada extraño.

—¿Cómo fue? ¿Podrías hacernos un relato de los hechos? —preguntó César.

—¿En serio? —Ada alzó la voz por primera vez—. Me parece cruel e innecesario.

—Tu madre falleció de un infarto fulminante y tú fuiste la única que la asistió —le recordó Iria—. Eres médica. Tu versión de cómo fue su muerte es más que necesaria.

Ada no lo peleó más. Soltó aire y empezó a hablar. Volvió a fijar la vista en ese suelo blanco y negro, ese gran tablero de ajedrez sobre el que había muerto Rosa Piñeiro.

—Era la una y media de la tarde. Amenazaba lluvia, así que salí al jardín para pedirles a los niños que entrasen. La vi asomada a la galería y la saludé con la mano, o quizá ella fue la que me saludó a mí y yo le devolví el saludo. No lo recuerdo exactamente, y eso me jode mucho, porque es la última imagen que tengo de mi madre con vida. —Los ojos se le llenaron de lágrimas—. Cuando entramos en casa no me dirigí a la galería, sino que fui al baño. Luego le insistí a Dani para que se lavase las manos. Durante estos años he calculado muchas veces cuánto tiempo perdí antes de ir a la galería. Cuatro minutos, quizá cinco. Trescientos segundos. Puede que mi madre estuviese viva si yo no hubiera bebido dos vasos de agua de golpe esa mañana o si no estuviera sumergida en esa histeria colectiva que nos hacía lavarnos las manos a todas horas, aunque no hubiéramos tenido contacto con nadie del exterior.

Ni Iria ni César interrumpieron su relato. Ada hablaba sin mirarlos. Mantenía la vista en un punto fijo, sobre ellos.

—Cuando entré en la galería estaba tendida en el suelo. Una taza de su juego de té favorito, el Old Country Roses Royal Albert, estaba destrozada a sus pies. Me acerqué, le busqué el pulso y no lo encontré. Inicié entonces la reanimación cardiopulmonar siguiendo todos los protocolos, mientras gritaba que llamasen a una ambulancia. Me rendí media hora después, justo cuando llegaron los sanitarios. Ellos continuaron con la reanimación, pero yo ya sabía que no daría resultado. Y eso, Iria —concluyó Ada—, fue lo que sucedió el día que falleció mi madre. ¿Estás satisfecha?

Iria se sonrojó.

—Lo siento, Ada —se disculpó la policía—. Solo tengo una última pregunta: ¿estaba tu madre enferma del corazón?

—Lo estaba. Un mes antes de morir tuvo una arritmia, y días después un pequeño amago de infarto. No se lo dijo a mi padre, pero yo la acompañé a hacerse unas pruebas. Sus cardiólogos estaban valorando una intervención quirúrgica. Papá estaba entonces muy preocupado por los primeros avances de la pandemia, así que se lo ocultamos. No hay día que no me arrepienta de no haber insistido para que acelerase las consultas y las pruebas, pero me dijo que estaba preocupada por otros asuntos. Decidí no decir nada tras su muerte. Ya no tenía remedio y no quería que mi padre me reprochase que no le hubiera informado de ello. ¿Es suficiente ya? —preguntó Ada—. ¿Puedo volver con mis hijos?

—Por supuesto —dijo César, adelantándose a Iria—. Nosotros ya nos vamos.

Abandonaron la casa en silencio, no se atrevieron a abrir la boca hasta que entraron en el coche.

—Ha sido estremecedor —dijo él—. ¿Estás satisfecha?

—Mucho. —Iria cogió su portátil de la parte de atrás del coche y abrió un archivo—. Mira esto, yo no necesito verlo porque revisé esas historias de arriba abajo la noche que Jóker me las dio. Pero sé que no me creerás si no lo ves.

—¿El qué?

—La historia médica de Rosa Piñeiro Vangeneberg. Aquí la tienes —le alcanzó el portátil a César—: Rosa Piñeiro no estaba enferma del corazón. La única consulta del mes anterior a su muerte fue la relativa a una revisión en el oftalmólogo, que indicó que tenía una catarata aún muy incipiente. Su última revisión de carácter general fue en octubre de 2019, y todo estaba correcto, excepto el azúcar, pero ni siquiera le recetaron medicación. El electrocardiograma era impecable.

—Pero... —César se mostró confuso.

—Pero nada. Toda esa cháchara de Ada es muy emotiva, pero, una vez más, nos ha mentido. Carmen estaba equivocada, Rosa no estaba enferma. La mataron, y estoy casi segura de que fue su hija Ada. Ahora solo tenemos que probarlo.

El jubilado

Araújo sintió un peso en el estómago cuando entró en la comisaría. Se había marchado en silencio, tras pedirle a sus compañeros que no le organizasen ninguna comida de despedida. Tampoco había vuelto a poner un pie allí, y habría seguido sin hacerlo si no estuviera seguro de lo que estaba pasando.

Tan solo habían transcurrido un par de años desde su último día de servicio, y sin embargo comprobó que había varias caras nuevas. Demasiadas, pensó. Al instante, varios de sus excompañeros acudieron a saludarlo y perdió más de media hora en ponerlos a todos en antecedentes sobre su nueva vida, improvisando disculpas por lo mucho que había tardado en visitarlos.

Pasado el alboroto inicial, anunció que iría a saludar a Rial.

La historia de una ciudad es también la historia de sus crímenes. No recordaba quién había dicho eso, quizá algún colega. En el momento en que se vio ante el despacho del comisario, lo único que pensó es que esa frase era aplicable también a él. La historia de su vida era eso, una sucesión de crímenes, de investigaciones, de operaciones contra la droga, el blanqueo o la trata de mujeres. Asesinatos de esposas a manos de sus maridos. Ajustes de cuentas. Robos en chalets, bandas organizadas, pequeños hurtos.

No era emocionante. Era sórdido y penoso, pero él no sabía hacer otra cosa. O eso creía. Fue Rial el que le insinuó que debía retirarse, que su estado psicológico tras la muerte de su mujer no era el adecuado, y que debería pasar a la situación de segunda actividad sin destino. Prefirió jubilarse sin ruido y esa era la razón por la que ahora se tiraba las tardes entre viejos marineros en el náutico de Aguete. Ninguno de sus compañeros sabía nada de esto y él prefirió decir que estaba cansado de la vida policial.

Pidió que le anunciasen a Rial que estaba allí. El comisario salió a recibirlo a la puerta, con una fingida cordialidad que Araújo conocía bien.

—Pensé que nunca más te vería por aquí —dijo Rial.

—También lo creí yo —le contestó él—. Pero estoy muy preocupado por Iria. Ahora que se ha recuperado, temo que la persona que atentó contra su vida vuelva a intentarlo. Sé que fuiste a visitarla personalmente. Fue un detallazo, estoy seguro de que llegó a oídos de Ulises.

—Sí, es bueno que sepa que estamos pendientes de lo que ocurre en su casa —explicó Anxo mientras le invitaba a sentarse y ocupaba su puesto detrás de la mesa—. Me han contado que estabas colaborando con Iria en esa investigación que os traíais entre manos. Me hubiera gustado que me informaras de ello.

—Solo estábamos asesorándolo en un asunto —le quitó importancia—. Eso fue hace meses, no creí que tuviera que rendirte cuentas. Él sigue preocupado por el asesinato cometido en su casa. Es cierto que trascendió muy poco en los medios de comunicación, pero tiene miedo de que explote. Ya me trasladó que apenas habíais avanzado con el caso —se aventuró.

—No tenemos nada. Dos fibras de algodón y un informe de la forense que sitúa al único sospechoso fuera de la casa a la hora en que se cometió el crimen. Con eso no vamos a ningún lado.

César tomó nota de esas dos fibras de algodón.

—Claro, claro, ya le dije a Villamor que así es imposible llegar a ninguna conclusión —disimuló, como si ese dato no fuera novedoso para él—. En realidad no he venido aquí por eso, sino, como te decía, estoy preocupado por Iria —César retomó el hilo de la conversación—, y aunque te interesaste por el asunto personalmente en sus inicios, creo que es una pena que lo único que hicieras después fuera mandar a un agente a su casa. En fin, al grano, que quisiera saber en qué punto está la investigación del ataque a Santaclara.

—Sabes tan bien como yo que no te puedo decir nada —se replegó Anxo.

—Lo sé. Pero pensé que te podrías saltar el procedimiento y contarme algo, para que os eche una mano. Ya sabes, cuatro ojos ven más que dos.

—Joder, César, es que no me creo que estés diciendo esto.

—Tienes razón, jefe. —César puso especial énfasis en la palabra «jefe», hasta el punto de que sonó casi grotesca—. Tú nunca harías nada impropio y fuera del procedimiento. Fíjate que he trabajado un montón de años contigo y solo te he visto hacerlo en contadas ocasiones. Sobre todo si te presionaban, si te lo pedía algún político de medio pelo o algún jefazo.

Anxo lo miró incómodo.

—No me hace puta gracia tu tono, Araújo. —Su voz aparecía ahora despojada de cualquier atisbo de cordialidad.

—Ni a mí me hace puta gracia que todo lo que hagas para saber quién intentó matar a Iria sea mandarle a un novato con una lista de preguntas a su casa de Bueu. Puede que ella esté convaleciente y de luto, pero yo estoy en plenas facultades y necesito saber qué habéis hecho. —César lo miró fijamente.

—Ya no trabajas aquí —le recordó el comisario.

—No. Ahora ocupa mi puesto un gilipollas que accedió a él porque a mí me mandaste para casa. Y los dos sabemos de quién es hijo, de la misma forma que sabemos lo mucho que te gusta que determinadas personas te deban favores.

—No tengo tiempo para escuchar tus teorías conspiratorias. Voy a pedirte que te marches. Estoy ocupado. Tengo que hacer una llamada —dijo Anxo al tiempo que descolgaba el teléfono.

César le arrebató el auricular y colgó con violencia.

—Escúchame bien: si no haces tu trabajo, escribiré a las redacciones de todos los periódicos de Galicia contando que la inspectora Iria Santaclara fue atacada con un martillo mientras estaba alojada en la casa del magnate Ulises Villamor. Que todos los habitantes de esa casa tenían motivos para querer verla muerta porque estaba investigando un asunto familiar para su padre. Y también diré que estás dilatando la investigación para dispensar un trato de favor a los hijos de uno de los empresarios más ricos de este país. Haré eso de forma anónima —la voz de César fue subiendo de volumen a medida que avanzaba su discurso—, pero dejaré alguna pista, y cuando den conmigo diré que quería conservar mi anonimato porque te tengo miedo. Contaré que me prejubilaste y luego pasaré a relatar en exclusiva cómo en esta comisaría se priorizan los trabajos de investigación en función de los intereses del gobierno de turno. Porque eso sí que te lo voy a reconocer: tu capacidad para bailarle el agua a unos y a otros para salvar tu culo, cabrón de mierda.

Anxo Rial se quedó paralizado, intentando asimilar las palabras de César, tan sorprendido que durante unos instantes no acertó a articular sonido.

—Tú no me vas a decir lo que tengo que hacer en mi comisaría, y menos en ese tono —dijo al cabo de unos segundos.

—Por supuesto que te lo diré, y no podrás amenazarme con un disciplinario porque me jubilaste —replicó César—. Y ahora, comenzaré por recordarte cómo se hace tu trabajo: vas a hacer un bonito oficio solicitando al juez una orden para obtener la ubicación de los móviles de todos los habitantes de la Casa Rosa entre las ocho y las once de la noche del día que atacaron a Iria. Es así de sencillo.

—Eso no probará nada.

—Eso probará que haces tu trabajo y no estás protegiendo a los Villamor. Y ya me encargaré yo de tirar del hilo con esa información. —César se puso en pie sin despegar los ojos de los de Anxo—. Y ahora, jefe, me voy a marchar. Quiero lo que te he pedido en cuanto el juez te dé acceso a esas ubicaciones. Si no tengo noticias tuyas enviaré esos comunicados. Y por el mismo precio, quiero el informe del laboratorio de esas fibras que aparecieron en la habitación de Alexa Ward. Si me lo niegas, le diré a Ulises que te lo pida. Y entonces, solo entonces, dejaré de venir a tocarte los cojones. Tengo menos ganas que tú de poner un pie en esta comisaría.

César salió del despacho, con calma, sin permitirse el gusto de dar un portazo o de girarse para contemplar el rostro enfurecido del comisario Anxo Rial.

El próximo movimiento

—¿Dónde estabas? —preguntó Iria en cuanto César entró por la puerta de casa.

—He ido a hacer la compra y unas gestiones en el banco —mintió César—. Pasé por la plaza, pero no había nada decente. Solo traigo pan. Haré una tortilla.

—No tienes que cocinar para mí todos los días, podemos ir a la de Poty —dijo ella—. Por cierto, he estado dándole vueltas al asunto y creo que es posible que vuelva a la Casa Rosa.

—No me parece buena idea. Vas a meterte en la boca del lobo. Has sacado a la luz muchos trapos sucios y ellos lo saben —le recordó Araújo—. Si intentaron matarte en junio, imagínate lo que son capaces de hacer ahora.

—Voy a husmear en sus cajones, eso solo lo puedo hacer si estoy allí.

—No tienes una orden judicial —dijo César.

—Tengo el permiso de Ulises Villamor —replicó ella—. Me parece más que suficiente. Solo quiero hacer un pequeño registro.

—Se me ocurre una idea mejor: pídele a Ulises que los reúna a todos para comer fuera y dile que mientras ellos no están, nosotros haremos ese registro. Piénsalo bien, si vuelves a vivir en esa casa, estarán más que prevenidos.

—Me parece buena idea, pero si no vuelvo allí, regresaré a mi casa o todos los vecinos empezarán a hablar mal de nosotros y mi reputación de viuda reciente se verá empañada —bromeó ella, que no quería reconocer que en realidad no le hacía ninguna gracia pasar una noche más en la Casa Rosa.

César se dio cuenta de que era la primera vez que ella pronunciaba la palabra «viuda» en su presencia. Decidió cambiar de tema rápidamente.

—¿Has sabido algo de Jóker?

—Por eso estaba deseando que llegases. Me llamó hace un rato. Ni rastro de la paciente Elvira Lamas Pardo en el año 2020 en ninguna de las clínicas de Galicia. Pero, milagrosamente, una Dolores Lamas Pardo acudió a la clínica de un ginecólogo en Vigo, el doctor Pérez Abella. El 12 de marzo consta la interrupción del embarazo. Acudió a tres revisiones posteriormente, ya en pleno confinamiento. Confirmadísimo: nuestra querida Elvi se deshizo del crío; en cuanto reciba una copia de ese archivo con la historia médica se lo voy a restregar a Eduardo Villamor.

—Lo de usar el nombre de su hermana no fue muy ocurrente, pero se agarrarán a eso y no tienes pruebas de que el niño fuera de su cuñado. Se me abren en el horizonte un montón de hipótesis, pero todas son contradictorias. Sabemos que Rosa sabía que Elvira estaba embarazada porque Rafa te dijo que había escuchado una conversación entre ambas. Si Rosa sabía que ese hijo no era de Álvaro, no tenía sentido abortar si pensaba matarla. Si Rosa no lo sabía, ¿por qué abortar? —preguntó el policía.

—A ella no le importaba la opinión de Rosa, se trata de Álvaro —le explicó Iria—. Creo que su intención inicial era hacer pasar el crío como hijo de su marido y así posicionarse para la sucesión. Seguramente Rosa sabía que Álvaro no podía tener hijos y se lo dijo. Y ahí se le acabaron las ganas de ser madre. Hizo lo mismo unos meses antes con el proceso de adopción.

—La pintas como un cíborg sin escrúpulos.

—Créeme, detrás de esa carita de niña buena y ese aire delicado a lo Audrey Hepburn se esconde una auténtica máquina de planificar y conspirar con un único fin: que Álvaro sea el futuro presidente del mayor conglomerado empresarial en materia sanitaria de este país. Me muero por saber cuál es su próximo movimiento. De todas formas, y aunque veo a Elvira muy capaz de matar a su propia madre por un vestigio de poder, sigo creyendo que la confirmación de este embarazo vuelve a colocar a Ada como sospechosa principal. Este embarazo pudo haber sido la sentencia de muerte de Rosa. Ada se aseguró así toda la herencia de los Piñeiro, como siempre hemos mantenido. Sabemos que nos ha mentido, sostiene que Rosa estaba enferma del corazón y su historia médica dice todo lo contrario y...

El móvil interrumpió las especulaciones de Iria.

—Es Sinda. ¡Qué raro! —Se apresuró a aceptar la llamada—. Sinda, ¿ocurre algo?

César la observaba con curiosidad, mientras veía cómo se transformaba su cara.

—Ahora mismo vamos. Espérenos en casa de Benita. Gracias por llamar.

—¿Qué ha pasado? —preguntó él.

—Lo que tenía que pasar —dijo Iria—: que Elvira ha movido ficha y todo ha estallado por los aires.

Veintidós años después

En la calle había reunidos algunos vecinos que guardaron silencio en cuanto Iria y César salieron del coche. Sin duda conocían su identidad porque la agresión a Iria había sido la comidilla de Loeiro. Saludaron con un escueto «buenas tardes» y se dirigieron a casa de Benita. No fue esta la que abrió la puerta, sino Sinda.

—Pasen, pasen —dijo al tiempo que cerraba tras ellos—. Llevan media hora congregados aquí delante. Ya se acabó el espectáculo. No sé qué están esperando.

—¿Qué fue de su teoría de que no hay nada malo en querer saber lo que pasa en la casa del vecino? —Iria sonrió, consciente de que Sinda estaba muy alterada.

—No se ría de mí, que aún estoy conmocionada. Benita está acostada, le he dado una pastilla. Como le dije cuando la llamé, la policía se ha llevado a Nolo y a Toño. En cuanto se ha quedado dormida, he sido yo la que me he puesto nerviosísima y he pensado en llamarla, porque igual usted conoce al que se los ha llevado.

—Puedo hacer un par de llamadas, déjelo de mi cuenta. Pero díganos primero qué ha pasado —dijo César—. Iria me ha contado que ha habido una pelea.

—Y la culpa es mía y solo mía —se lamentó Sinda—. Mire que yo siempre soy más de observar que de andar repartiendo chismes, pero claro, este chisme afectaba a Álvaro, y ya sabe todo lo que pasó con Toño.

—¿Por qué no empieza por el principio? Sentémonos en el sofá —la animó Iria.

—Pues verá, todo empezó con los prismáticos, por supuesto. Ayer sobre las cinco de la tarde, cuando casi anochecía, salí a dar una vuelta. Antes de salir vi una figura en la puerta de la Casa Rosa con una maleta, así que me dije que igual era un buen lugar al que ir a dar mi paseo de todos los días, porque con el abrigo y el gorro que llevaba era imposible saber quién era. Por la mañana no pude ir a caminar porque tuve que ir al centro de salud, y luego fui al supermercado, después al banco, y cuando me di cuenta ya era la hora de comer, y entonces me senté en el sofá a ver la serie que han hecho sobre el asesinato ese de hace unos años en A Horta do Obradoiro y luego...

—¡Sinda, por Dios!, vaya al grano —la cortó Iria.

—Lo sé, parezco una vieja chocha. Son los nervios. Bueno, pues eso, que salí a dar un paseo y cuando llegué a la altura del muelle me di cuenta de que la figura era Elvira. Como se lo digo, y llevaba una maleta. Le pregunté muy educada si se iba de viaje, pero no me contestó. Solo meneó la cabeza y me deseó buenas tardes porque en ese momento llegó un taxi. Cuando el taxi arrancó, salió corriendo su marido de casa. Lo saludé, pero ni me vio, se giró y se volvió por donde había venido. Y claro, antes de subir hacia mi casa entré en la de Benita y se lo conté todo. Es que era muy raro, saben. Ella siempre conduce un coche deportivo negro, nunca va en taxi. Parecía que estaba escapándose o algo así.

—Y Benita se lo contó a Toño.

—Exactamente. Y esta tarde, cuando Toño ha salido a airearse con Nolo después de comer, se han encontrado con Álvaro. Que ya le digo yo que qué mala suerte, que Álvaro apenas sale de la Casa Rosa si no es en coche. Parece ser que vio el taxi que había venido el día anterior a recoger a Elvira, parado justo aquí al lado. Creo que venía a por la nieta del Cachón. Se plantó delante del taxista y comenzó a golpear la ventanilla para que la bajase. Luego le preguntó a dónde había llevado a su mujer. Y entraron en acción Nolo y Toño.

—Veintidós años esperando este momento —concluyó Iria.

—Exacto. Se dijeron cosas horribles. Toño le preguntó si se le había vuelto a escapar otra mujer, le dijo que seguramente estaba con otro igual que Laura había estado con él. Y que nadie con dos dedos de frente querría estar casada con un pirado. Entonces, según ha contado el taxista, Álvaro se abalanzó sobre Toño, Nolo se arrancó a defenderlo y lo tiró por el puente.

—¡Dios mío!

—Tranquilos. Creo que solo se ha roto un brazo. Se lo ha llevado la ambulancia. Después ha venido la policía y el resto ya lo saben. ¿Ven como es todo culpa mía?

Merry Christmas

«Giza 45». Ese era el nombre del documento que le enviaba Rial. Se desperezó al instante y se levantó de la cama. Iria ya estaba en pie, porque hasta su habitación llegaba el sonido de la ducha. Las paredes de ese apartamento eran de papel, confiaba en que no oyera sus ronquidos.

César observó el mensaje sin entender qué significaba aquello, hasta que cayó en la cuenta de que simplemente le estaba contestando a lo que le había pedido. Lo abrió y leyó en diagonal el profuso documento del laboratorio. «Fibras de más de 36 milímetros, extremadamente largas». «Índice de uniformidad 89,8 %». «Diámetro de la fibra de menos de 3 micras». «Resistencia excepcionalmente alta al estiramiento».

Ninguna de las prendas halladas en la habitación de Alexa presentaba esa composición. Tampoco estaba presente en ninguno de los tejidos de la ropa de cama, cortinas, toallas o menaje en general.

Él no entendía nada de hilos y fibras, más allá de los sedales de su caña de pescar, pero del informe se desprendía que no se trataba de un tejido normal. Recurrió a San Google. Efectivamente, el Giza 45 era definido como el mejor algodón del mundo. «Combina la frescura del algodón con la suavidad de la cachemira». «Representa solo el 0,4 % de la producción total de Egipto».

Buscó en internet productos con esa composición. Una camiseta básica, como la que se ponía él para salir a pescar en verano, costaba ciento cuarenta euros. Un pijama, doscientos veinte. Nada que no estuviera al alcance de los habitantes de la Casa Rosa.

Ignoraba si con un registro sería capaz de saber a quién pertenecían esas dos fibras. No debía de haber tantas marcas comerciales que usaran ese tipo de algodón. Con carácter general se utilizaba para la ropa de cama, pero el asesino de Alexa Ward seguramente no había entrado en la habitación de la *au pair* arrastrando una sábana o una funda de almohada. Consultaría con Carmen qué tipo de ropa de cama se usaba en el resto de las habitaciones de la casa.

Se dio una ducha rápida, hizo su cama y abandonó la habitación intentando adoptar un aire despreocupado. Iria estaba preparando una macedonia y unas tostadas con aguacate. Rehusó acompañarla y le dijo que iba a comprar el pan y a hacer algún recado, pero en lugar de encaminarse hacia la panadería, montó en su coche y se dirigió a la Casa Rosa. Era muy agradable tener compañía nuevamente, aunque le hubiera gustado que fuera Carmen la que preparase esas tostadas. No había vuelto a saber de ella y quizá era mejor así, aunque echaba de menos su charla y sus paseos, y no pocas veces había cogido el móvil para enviarle un largo mensaje que luego no se atrevía a enviar.

Había pasado más de una semana desde la pelea entre los hermanos Pousada y Álvaro. El mayor de los Villamor ya había salido del hospital. Habían tenido que someterlo a una cirugía para fijarle tres clavos, ya que el hueso se había roto en varios fragmentos.

Los hermanos Pousada habían salido en libertad con cargos, si bien Ulises le había confirmado a Benita que renunciarían a cualquier tipo de acusación particular y que les proporcionaría asistencia letrada.

Elvira había regresado a Loeiro para cuidar de su marido, aunque Ulises había informado a Iria de que ocupaba una habitación de invitados en el piso superior.

Le abrió la puerta Hailey. César pidió ver a Ulises y esperó en el vestíbulo, que lucía un imponente árbol de Navidad, mientras iba a avisarlo. Desde allí podía divisar la galería y las gotas de lluvia discurriendo por la ventana. Deseó que Carmen irrumpiera en el vestíbulo, pero fue Hailey quien lo hizo para acompañarlo ante el magnate.

Apenas había vestigios de decoración navideña en el despacho, que presentaba su aspecto habitual, a excepción de una de esas bolas que encierran pueblos nevados. A su hijo Elías le gustaban muchísimo y cuando era niño se dedicaba a coleccionarlas. Ulises se percató de que la observaba.

—Los niños me la trajeron de Nueva York. La semana pasada viajaron allí con sus padres para las habituales compras navideñas. A mi esposa le encantaba la Navidad —recordó Ulises—, y por esa misma razón apenas la soporto ahora, pero los chicos no tienen ninguna culpa. No es usual que falten a clase, aunque con todo lo sucedido en la casa decidimos que era necesario alejarlos de aquí.

—Me alegro de que los ánimos estén calmados y mantengan las ganas de hacer turismo —ironizó César.

—El ambiente en esta casa se ha tornado bastante irrespirable —confesó Ulises, mientras cogía la bola y la volteaba, haciendo que una lluvia blanca flotase dentro de ella—. Ada y Rafa han hecho bien en sacar a los niños de Loeiro. Después de lo que me comunicaron usted e Iria, estoy aún en shock. Tras la marcha de Elvira, Álvaro tuvo una fuerte recaída anímica, de ahí la vuelta de mi nuera en cuanto le dieron el alta. Le rogué encarecidamente que regresara, aunque tanto ella como Eduardo han manifestado su deseo de estar juntos. El doctor Bascoi acude prácticamente a diario. No me gustaría que Álvaro volviese a ingresar.

—Me han dicho que no van a presentar cargos contra Pousada.

—Su madre me lo ha rogado y he atendido a su petición —asintió Ulises—. Estoy seguro de que mi difunta esposa hubiera actuado de igual manera.

—Seguro que sí. Todo el mundo habla de que Rosa era una gran mujer. —César tomó aire y miró a Ulises de tú a tú, a los ojos—. Necesito pedirle algo. No puedo decirle cómo, pero he tenido acceso a determinada información relativa a la investigación policial del crimen de Alexa. Quería pedirle que nos dejase a solas aquí durante unas horas, para que Iria y yo podamos llevar a cabo un registro completo.

—Pues vengan y háganlo cuando quieran, tienen mi autorización, pero me gustaría saber qué información es esa. —Lo miraba contrariado. Era evidente que no estaba acostumbrado a que nadie le ocultara información.

—Si lo hacemos así, con todos en la casa, estarían prevenidos. —César obvió la petición del empresario—. Se nos ha ocurrido que quizá podría usted organizar una comida de Navidad en algún hotel o restaurante. Con toda la familia fuera de casa, trabajaríamos con mayor diligencia. El servicio puede coger un día de fiesta, dadas las fechas que son.

Ulises lo miró dubitativo, con el ceño fruncido.

—Puede dejar las cámaras instaladas, no robaremos nada.

—En ningún momento ha pasado por mi cabeza esa posibilidad. Simplemente no entiendo por qué la inspectora Santaclara no ha regresado.

—Porque tiene miedo, señor Villamor —respondió César, que no sabía dónde demonios había dejado ese hombre su capacidad para empatizar con el dolor ajeno.

Ulises lo miró confuso durante unos instantes. Luego pareció venirle a la memoria la agresión que sufrió Iria el pasado junio.

—Entiendo —acertó a decir.

—En cuanto al registro... —insistió César.

—Está bien —accedió al fin—. Prepárense para venir. Mi secretaria le hará llegar las llaves y el dispositivo para desconectar la alarma. Pero hasta ese día llegan los secretos. Quiero un informe pormenorizado de sus descubrimientos cuando finalicen con el registro.

—Por supuesto —aseguró César. Ya había aprendido que a Ulises había que decirle siempre aquello que quería escuchar.

Tirar del hilo

La mañana del 25 de diciembre amaneció fría, pero con cielos claros. Iria había pasado la Nochebuena con sus padres, aunque se había retirado temprano aduciendo que estaba muy cansada. Les mintió y les dijo que pasaría la Navidad sola, porque quería visitar la tumba de Ángel. Sabía que su madre no le reprocharía que deseara ir al cementerio en una fecha tan señalada.

Por primera vez no lloró ante esa tumba, ni recorrió el perfil de las letras que componían su nombre con la yema de su dedo índice. Tampoco habló con su marido ni le contó cómo había sido su semana, ni le dejó dos tulipanes rojos. Todas esas cosas que conformaban la rutina de los miércoles tendrían que esperar una semana más porque ese día tenía una misión más importante por delante.

Se puso ropa cómoda para el registro de la Casa Rosa. Unas mallas y una sudadera. Cogió el plumífero y un gorro de lana y esperó pacientemente a que César pasara a recogerla. Era su tercera noche en la casa de Bueu, porque, a pesar de la oposición de César, no quería imponerle su presencia durante más tiempo. Pese a su propia reticencia inicial, y de las llamadas de su exjefe para asegurarse de que se encontraba bien, estaba más serena y tranquila. Sentía que volvía a querer estar en su casa, o quizá era su casa la que había dejado de serle hostil, como si supiese que ya comenzaba a dejar atrás ese rencor hacia cada objeto que le recordase a Ángel. Porque esos objetos seguían allí, y él no.

Seguía sin animarse a conducir, aunque llevaba días sin tomar ansiolíticos. César llegó puntual, a las doce, la hora a la que Ulises le había confirmado que toda su familia saldría hacia Culler de Pau, el restaurante con dos estrellas Michelin que ese día cerraría sus puertas para todos ellos. El empresario le había contado que Álvaro se había mostrado reticente a acudir, y aunque él había insistido en que era necesario normalizar la situación, al final había decidido ingresar voluntariamente en El Sendero. Había partido esa misma mañana. Ni Eduardo ni Elvira se habían atrevido a declinar la invitación de Ulises. Iria casi deseó colarse en esa primera reunión familiar tras desvelarse la traición de Elvira y Eduardo.

Pero tenía cosas más importantes que hacer.

César esperó hasta ese momento para contarle que había tenido acceso a un archivo del laboratorio en el que se analizaban dos fibras, que habían resultado ser de un algodón si no extraño, al menos sí bastante exclusivo.

—¿Y dónde está la novedad? —preguntó Iria—. Todo en esa casa lo es. Desde la comida hasta los juegos de té.

—Bueno, supongo que si uno de ellos tiene una prenda cuya composición se corresponda con esas fibras, estaríamos un poquito más cerca de la verdad.

—¿Y tienes rayos X en los ojos o algo así? —Lo miraba incrédula.

—No, tengo una lista de marcas de ropa que utilizan ese algodón. Mi hijo lleva dos días buscando como un loco, y me ha conseguido el listado que está en el asiento trasero. Carmen me ha confirmado que ni la ropa de cama ni el resto del menaje se corresponden con esas marcas.

—Si encontramos algo, será circunstancial.

—Al menos tendremos un hilo del que tirar —ironizó él.

—Nunca mejor dicho —replicó ella.

César se sintió reconfortado: había conseguido sacarle una sonrisa a Iria y eso ya no ocurría casi nunca.

Llegaron a la casa sobre las doce y media. Desconectaron la alarma y entraron en la gran mansión. Se dirigieron primero a la habitación de Álvaro. Parte de su ropa aún estaba en el armario, sobre todo sus trajes y su vestimenta más formal. Ninguna encajaba con el listado de César.

—¿Cómo conseguiste el informe del laboratorio? —preguntó Iria mientras abría los cajones y verificaba las marcas de camisas, camisetas, pijamas y demás prendas de algodón.

—¿Cómo conseguiste tú que Uxía Fuentes te diese acceso a la autopsia? —contraatacó su exjefe.

—No sé si te quiero contar eso —confesó ella.

—Pues entonces no me preguntes. No estoy especialmente orgulloso de mis métodos.

—¿Qué mierda lee este tío? *¿Quién se ha llevado mi queso?* —Iria observó el libro extrañada.

—Autoayuda para ejecutivos.

—Aquí no hay nada interesante.

De la habitación de Álvaro pasaron a la que solía ocupar Eduardo. El desastre maravilloso, como lo había definido Carmen, no era tal desastre en absoluto. La habitación estaba escrupulosamente ordenada. La ropa estaba clasificada por colores y los libros, por orden alfabético. Una gran televisión, un tocadiscos y una colección de vinilos de distintos estilos, desde jazz hasta rock, eran lo más destacable de la estancia.

—No sé si se la ha ordenado Carmen o es él el que la tiene así —aventuró Iria.

—Lo de Carmen es una posibilidad. Él no ha vuelto desde que se descubrió el pastel. Hay que reconocerle a Elvi que no solo ha elegido al Villamor guapo y fértil, sino al que parece inmensamente más interesante —apuntó César.

—También es prepotente, algo déspota, arrogante, altivo y bastante maquiavélico.

—Acabas de definir a Ulises, Santaclara.

—Están todos cortados por el mismo patrón. Vámonos, aquí tampoco hay nada.

Le tocaba el turno a la habitación que ocupaba Elvi desde que había vuelto.

—Ahí sí que será todo de marca —apuntó Iria mientras recorrían el pasillo.

Se miraron y se entendieron al instante. Se apresuraron a entrar en su cuarto. Efectivamente, había ropa cara, muy cara. Y una camiseta verde de ciento cuarenta euros de la marca Cachemira.

La primera de la lista que había elaborado Elías Araújo.

Te veo

La comida discurrió con bastante normalidad. Una sucesión de platos deliciosos y un excelente maridaje. Durante el postre, procedieron al intercambio de regalos. Hacía dos años que Dani había descubierto que no existía Papá Noel, ni el Apalpador, ni los Reyes Magos, pero conservaban la tradición de repartir los regalos el día de Navidad y el 6 de enero porque seguían manteniendo la ilusión por abrir los paquetes. Habían demorado su apertura hasta ese momento, ya que Eduardo había pasado la Nochebuena en Sanxenxo para evitar coincidir con Álvaro.

Nadie hizo alusión al cisma familiar producido por la relación de Eduardo y Elvira. Ulises había tenido una seria conversación con su hijo pequeño, pero cuando este le confirmó su intención de casarse con ella y seguir trabajando a su lado, la idea ya no le pareció tan descabellada. Eduardo había jugado bien sus cartas.

Faltaba, por supuesto, el asunto de Álvaro. Ulises estaba seguro de que acabaría por asumir la situación. No era la primera vez que algo así sucedía en una familia. Quizá podrían nombrar a Álvaro director de Operaciones Internacionales y trasladarlo a Estados Unidos. Su cabeza iba a mil por hora.

Ada les había pedido a todos que obviaran la situación ante los niños, al menos de momento, dado que venían de un periodo convulso, con la muerte de Alexa y el atentado de Iria.

Tras el reparto de regalos, Ada los sorprendió a todos al proponer una visita a Vigo para ver las famosas luces de Navidad y subir a la noria. Todos se quedaron estupefactos. Nunca salían todos juntos a la calle. Las fotos que se captasen estarían al día siguiente en los periódicos y en las redes sociales, pero, para sorpresa general, Ulises accedió.

—Quizá no sea malo que vean que detrás de nuestra empresa hay una familia unida —dijo con satisfacción, obviando el hecho de que su hijo mayor estaba en una clínica con una recaída de su depresión y que dos policías se hallaban en ese instante registrando la casa para encontrar las pruebas que demostrasen quién había matado a su mujer.

Hasta que los demás se montaron en sus respectivos coches, Elvira y Eduardo no se quedaron solos. Llevaban nueve días sin verse. Él se acercó para besarla y ella se mostró fría.

—¿Qué sucede? —preguntó Eduardo.

—Tu hermana me odia, Rafa me mira con un aire de superioridad insultante —dijo ella—, y estos días con Álvaro han sido un infierno. Estaba preparada para sus insultos, pero no para que me suplicase. Yo... le tengo cariño, han sido muchos años. Y él no para de repetir que me entiende, que me perdona. Incluso ha llegado a decirme que me permitirá verte, que lo único que necesita es tenerme al final del día a su lado. Quiere que siga siendo su mujer y que mantengamos nuestro matrimonio exactamente como hasta ahora.

Eduardo la miró de reojo, confuso.

—¿Estás enamorada de él? —preguntó—. ¿Eso es lo que intentas decirme?

—¡No me vengas con esas! —replicó ella—. Lo he dejado todo por ti. Es solo que me da mucha pena.

—¿Desde cuándo te importan algo los sentimientos de los demás?

—No seas tan duro conmigo —Elvira alzó la voz—, y sobre todo no olvides lo que estoy haciendo por ti.

—¿Tú? ¿Por mí? —Eduardo meneó la cabeza, incrédulo—. Tú no haces nada por nadie que no seas tú. Conmigo no tienes que disimular. Eres capaz de renunciar a tu familia y a tu dignidad para conseguir lo que quieres. Así que no me vengas con esas. Tú no estás haciendo nada por mí. Lo haces por ti. Por fin vas a tener lo que siempre has deseado. Yo te daré el lugar que te mereces en esta familia. Y esa es la razón por la que estamos juntos y por la que has dejado a Álvaro. Sácate la careta. Yo no soy ni Álvaro, ni Ada, ni mi padre. Yo te veo.

—Y si soy tan horrible, ¿qué haces conmigo? —Había un punto de histerismo en la voz de Elvira.

Eduardo disminuyó la velocidad y aparcó su deportivo rojo en el arcén. Se giró hacia ella.

—Quererte —dijo enfadado—. Y si no eres capaz de quererme de la misma forma, al menos recuerda algo: sé lo que has hecho y por qué lo has hecho. Y sigo aquí. Esto debería bastarte.

Una pérdida de tiempo

—Ya lo dijo Carmen —recordó César, mientras sostenía la camiseta entre las manos—. Eduardo mintió para salvarla.

Iria la observaba fijamente. Recordó el ruido de sus zapatillas rebotando sobre el asfalto, el sol poniéndose tras el monte de Moledo, el sudor corriendo libre por su espalda. Recordó el golpe en el cráneo y la oscuridad.

Apoyó la espalda en la pared de la habitación y dejó que su cuerpo resbalase hasta el suelo. Se cubrió la cara con las manos. César se sentó a su lado y le pasó un brazo por el hombro. Ella descubrió su rostro y apoyó su cabeza en la de él. Permanecieron así largo rato.

—Casi me mata —murmuró Iria.

—Pero no lo hizo. —César no la soltó. La sentía pequeña y frágil—. Iremos a por ella.

—No tenemos nada —replicó—. Dos hilos de una fibra que aparece en un informe filtrado extraoficialmente. Una camiseta encontrada en un registro casi ilegal. Una misteriosa foto enviada a Ulises Villamor cuatro años después de la muerte de su esposa, para dar pie a la teoría de que Rosa Piñeiro fue asesinada. La convicción de una empleada de hogar que no ve con buenos ojos a la amante de un hombre al que quiere como si fuera su hijo. Esto no vale una mierda.

—Tenemos la verdad de nuestro lado —insistió César—, y puede que pronto la policía sepa algo sobre la geolocalización de los móviles de los habitantes de esta casa mientras sufrías el ataque. Eso será una fuente oficial.

Iria se soltó y lo miró extrañada.

—¿Qué has hecho?

—Mover unos hilos —contestó César, críptico.

Ella estalló en una carcajada que sonó casi desquiciada.

—Definitivamente, los putos hilos son los que nos van a resolver el caso.

César se incorporó y le extendió la mano para ayudarla a levantarse.

—Te ha debido de afectar el golpe —bromeó él—, antes hacías mejores chistes.

—He perdido la práctica. En fin, ¿qué sugieres que hagamos con esto?

—Déjala en su sitio, se lo filtraré a Rial. Con eso y la geolocalización tendrá que mover ficha. Mientras, sigamos con el registro, aún nos quedan habitaciones y un montón de despachos. Esta casa es inmensa —concluyó César.

—Rial te mandaría a tomar por culo en condiciones normales. —Iria lo miró intrigada—. Cuando todo esto acabe, si es que acaba alguna vez, quiero que me cuentes qué sabes de él para tenerlo contra las cuerdas.

—Me debe una. No necesitas saber más.

Bajaron a la primera planta y entraron en el despacho de Ulises. Iria se encargó de los cajones del escritorio y se encontró con uno cerrado con llave.

—Teniendo en cuenta que era el único que sabía que veníamos, coincidirás conmigo en que el contenido de este cajón puede ser interesante —apuntó la policía.

—Quizá tiene la foto de la adelfa y no quiere que la encuentre ninguno de sus hijos.

—No lo sé, pero no puedo abrirlo sin cargarme la cerradura, así que nos quedaremos con las ganas —concluyó Iria tras examinar de cerca el cajón.

—Aquí no hay nada. Cambiemos de despacho.

—Esto es una pérdida de tiempo —dijo Iria mientras se dirigían a la estancia contigua—. Han pasado cuatro años.

—Quizá —César abrió la puerta—, o quizá no.

Plantas que matan

Estaba en el segundo cajón de su despacho, dentro de una carpeta azul de gomas, de las de toda la vida. En rotulador también azul había escrito «Analíticas de enero». Era un artículo impreso de unas ocho páginas titulado «Plantas que matan». El subtítulo, en una letra mucho más pequeña, rezaba: «Cómo evitar que su jardín sea una trampa mortal».

Los párrafos destinados a las adelfas estaban profusamente subrayados en rotulador rosa fluorescente. Además de ese artículo, había otro sobre los efectos de la oleandrina en el organismo y una noticia de un periódico en inglés sobre una mujer de Norfolk que había asesinado a su tía abuela, que estaba a su cuidado, dándole infusiones en las que mezclaba hojas de adelfa. Se llamaba Susan Page y había cobrado un seguro de vida de doscientas mil libras.

—Al final el viejo tenía razón —dijo César.

—Yo tenía razón —dijo Iria—. La única que objetivamente salía ganando era Ada. Ha mantenido un matrimonio que es una farsa para tener dos hijos. Se acabó, César. Se acabó.

Iria rompió a llorar. No sabía por qué lloraba. Solo sabía que no podía parar.

Mujeres que matan

Ulises observó la carpeta en silencio, sentado tras la mesa de su despacho de la Casa Rosa. Desde su ventana el paisaje marítimo permanecía inalterable. El mar no entendía de festividades navideñas.

Iria y César habían decidido esperar veinticuatro horas antes de hablar con el magnate, para enfriar los ánimos y transmitirle el resultado de sus investigaciones con serenidad, en la medida de lo posible.

—No puede ser —dijo.

A Iria le sorprendió la frialdad con la que había recibido la noticia.

—Lo es —afirmó Iria.

—¿Qué va a hacer con esta información? —le preguntó.

—Dígamelo usted. El cuerpo de su mujer fue incinerado. Han pasado casi cinco años, ni siquiera entiendo por qué Ada ha guardado esto. Nadie en su sano juicio conservaría esta documentación en su escritorio.

—Cuando volvió me puso como condición que los resultados de esta investigación le corresponderían a usted. Me dijo que se lo debía —le recordó Ulises—. Estoy respetando mi promesa. Por eso le repito la pregunta: ¿qué va a hacer con esta carpeta? ¿Qué va a hacer con mi hija y con Elvira?

—Si le parece, llamaremos a Anxo Rial para que pida una orden y entre en la habitación de Elvira. Con esa camiseta y un buen interrogatorio puede arrancarle una confesión a su nuera. No renunciaré a eso. Pero me temo que no tenemos ni una sola prueba de que su mujer fuese asesinada. Esto no nos vale para nada. Así que usted decidirá qué va a hacer con Ada. Quizá no haya castigo penal, pero usted ya conoce la verdad. Es lo que siempre quiso. Personalmente, lo único que quiero es salir de aquí y no volver a saber nada de ustedes.

—Lo que siempre quise es que esto no hubiera sucedido y que una hija mía no fuera capaz de acabar con su madre para heredar esta casa y la fortuna de los Piñeiro. Supongo que esa fue la causa. Elvira estaba entonces embarazada y ella debió de enterarse.

—Rafa lo sabía.

—Es irónico. Lo sabíamos todos menos Álvaro —reflexionó Ulises—. A mí me lo contó Rosa poco antes de morir, pero ignoraba que fuese de Eduardo. Nunca le pregunté a Elvira qué sucedió con ese niño. Imagino que cuando Rosa la encaró, decidió abortar o quizá lo perdió. Ya no importa nada. Lo cierto es que mis únicos herederos son los hijos de la asesina de mi mujer y de un verdadero imbécil.

—Puede usted tener más nietos. Eduardo es joven. O puede quitar esa cláusula del testamento.

Ulises negó con la cabeza.

—Eso sería traicionar la voluntad de Rosa. En cuanto a Eduardo... el amor de su vida es una mujer sin escrúpulos que asesinó a una chica de veinticuatro años para que no se descubriese su adulterio. Imagino que pensó que al descubrirse la relación con Rafa, usted acabaría adivinando las razones por las que Rosa estaba tan enfadada con Eduardo. No sé si Eduardo logrará en algún momento querer a otra persona. En ese sentido, todos los hombres de esta casa somos iguales. Somos hombres de una sola mujer, lo cual es bastante extraño en los tiempos que corren —concluyó.

—Si le parece bien, dejo en sus manos todo lo relativo a Ada. De todas formas, quizá exista alguna explicación a la existencia de esta carpeta. ¿Realmente cree que su hija pudo matar a Rosa? Hable con ella. Intente buscar esa explicación y, si no la hay, debería denunciarla. Sé que es su hija, pero...

Ulises negó con la cabeza.

—César se encargará de informar a Rial de lo sucedido con Elvira y Alexa: esa chica merece justicia —continuó Iria—, y no pienso olvidar, ni por usted ni por nadie, por qué me hice policía.

—Lo entiendo —masculló Ulises—. ¿Y ahora?

—Ahora creo que voy a cogerme unas vacaciones. Quizá me vaya a algún sitio donde haya sol y mar.

—Aún seguimos sin saber quién la atacó a usted —le recordó Villamor.

—Fue una de las dos, aunque imagino que a nadie le importa. Usted ya tiene lo que quiere, Ulises.

Iria abandonó la habitación y la casa. Antes de salir, aún echó un último vistazo al imponente jardín. Con el invierno reclamando sus propios colores que se intercalaban con las múltiples flores le pareció más bonito. Nunca le había gustado el color rosa.

Libro III

La verdad que se nos niega duele hasta el último día.

Claudia Piñeiro, *Catedrales*

Viveiro

El mar en invierno es un lobo oscuro. Iria quisiera entrar en él y no volver a salir. O asomarse a cualquiera de los múltiples acantilados de la Mariña lucense y saltar al vacío. Todos los suicidas temen a la muerte, pero su miedo a vivir es aún más grande.

A Iria le sucedía exactamente lo contrario y se odiaba por ello.

Llevaba casi tres meses en Viveiro, y su figura caminando bajo la lluvia, el frío y el viento ya era reconocible en el pueblo. Le encargaba los libros a Ruth, desayunaba en la pastelería Vale, donde además le compraba los cruasanes a Alonso y el cupón a José Manuel. Si no quería cocinar, comía en el Recuncho. Si quería tomar ese vino especial que un día había compartido con Ángel y cuyo nombre no recordaba, acudía a Casa Chao. Se marchó de Bueu porque necesitaba encontrar un sitio, y Viveiro era perfecto. Un lugar donde nadie hacía preguntas.

A veces, sin descalzarse, se adentraba en la playa de Covas y se acercaba a esa orilla que tenía el filo de un precipicio. Luego se tocaba la cicatriz del cuero cabelludo, y recordaba que estaba viva a pesar de todo. El golpe no había sido lo bastante contundente. También pensaba que el nombre del pueblo era de por sí una enorme burla.

Ahora ya sabía con qué la habían golpeado: con un martillo de cocina de acero, de los que se usan para ablandar la carne.

Desde luego no estaba mal pensado. No era muy grande, por lo que podía esconderse bajo la ropa, y después de lavarlo, regresaría a su sitio y sería empleado una y otra vez para golpear filetes, chuletas o piezas de asado. Se iría llenando de más restos de sangre que se lavarían y se volvería a manchar en un ciclo imparable, hasta que las microscópicas trazas de la sangre de Iria desaparecieran confundidas con las demás.

Elvira siempre había sido una mujer inteligente. Si la geolocalización de su móvil no hubiera demostrado que era la única que había abandonado la casa el día que atacaron a Iria, no tendrían nada contra ella.

Estaba segura de que en el juicio, ayudada por los mejores abogados, podría conseguir una sentencia más que satisfactoria para sus intereses y en unos años estaría fuera. Iria sabía que era probable que la defensa rebatiera la geolocalización del móvil. Eso solo probaba que su móvil se había desplazado, no que lo hubiera hecho ella.

Ulises no había impedido que fuera a la cárcel de A Lama, pero había movido ficha para que el tratamiento en los medios fuera muy benevolente.

Rial había capitalizado todo el éxito de la operación. Una chica de veinticuatro años había muerto y una inspectora de policía había sido víctima de un homicidio frustrado, pero a nadie le importaba. El comisario se llenó la boca con la consabida frase de que la justicia nos hace a todos iguales, para recordar después que Pontevedra seguiría siendo una ciudad segura porque la Policía hacía su trabajo de manera eficaz.

Iria sabía que él nunca habría pedido esa orden judicial si César no lo hubiera obligado. No volvió a preguntarle a su exjefe con qué había amenazado a Rial. Todos tenemos un muerto en el armario, y algunos huelen peor que otros.

Como víctima, le entraban ganas de dar una rueda de prensa y preguntar públicamente por qué Rial no había pedido esa geolocalización hasta seis meses después de su atentado. O por qué había esperado a diciembre para solicitar una orden de registro y buscar una camiseta cuyas fibras encajasen con la muestra encontrada en la habitación de Alexa Ward. Un segundo análisis pericial demostró que esas fibras se correspondían con la camiseta de Elvira, que seguramente se quedaron prendidas en un pendiente, ya que debió de quitarse la camiseta antes de entrar en el cuarto. La defensa también diría que cualquiera en la casa pudo dejar esas dos fibras para incriminarla. Y era cierto.

Era César el que informaba a Iria de todas estas cosas. También le había contado que Ada había salido de la Casa Rosa con un montón de maletas. Los niños se habían ido con Rafa a un piso en Pontevedra. Ella los visitaba siempre que podía, pero se había trasladado definitivamente a Vigo.

Cada vez que César la llamaba para contarle esos detalles, ella aguantaba estoicamente y colgaba tan pronto como podía con una excusa cada vez menos creíble.

Le importaban un carallo los Villamor. Y Rial. Y su trabajo. Ignoraba qué haría cuando decidiese volver a Bueu, cuando lograse superar la pena, el asco y el miedo. No quería pensar en qué sucedería cuando el recuerdo de Ángel se fuera desdibujando, cuando dejara de escuchar sus audios de WhatsApp mientras caminaba bajo la lluvia o cuando consiguiese dejar de hablar con él a todas horas. No quería que ese día llegase, ni sabía a qué se dedicaría cuando un acantilado no fuera más que un montón de rocas y ya no sintiese ganas de saltar.

Pero ese día no había llegado, así que seguía caminando como una autómata por las calles de Viveiro, se sentaba en las terrazas de la plaza o pasaba interminables horas en el sofá del piso que había alquilado por seis meses, encadenando un episodio tras otro de una serie, y volviendo atrás una y otra vez al percatarse de que llevaba veinte minutos sin enterarse de nada.

En pijama, con el pelo sucio y con el televisor encendido, pero sin volumen.

Así la encontraron César y Carmen cuando *timbraron* a su puerta esa tarde de finales de marzo.

Lealtad

—Os agradezco mucho la visita, pero no voy a volver. Solo de pensar en poner un pie en Loeiro se me revuelve el estómago.

—Iria, entiendo lo doloroso que es para ti todo lo sucedido —dijo César—. Pero tú no eres así. Tú nunca dejas nada a medias. Y creo que deberías escuchar a Carmen.

Iria miró a la mujer. Observó su cabello corto y blanco, pero perfectamente peinado, su aspecto pulcro y cuidado, incluso sin la consabida falda azul y la blusa blanca que siempre vestía en el trabajo. Hoy llevaba unos pantalones vaqueros y una blusa azul celeste, bajo un abrigo azul marino. Se había pintado los labios de un rosa pálido. Irradiaba templanza y serenidad. Se alegraba de que César la hubiera encontrado, pero ella no quería remover el pasado, y César debería tener la delicadeza de impedirlo. Él era su amigo, casi un padre. No debería hacerle esto.

—Iria —comenzó ella—, tengo dos cosas que contarte. Le he pedido a César que me traiga porque quiero ser yo la que te diga la verdad. No me vas a perdonar y no pretendo que lo hagas, pero creo que te debo al menos eso.

Iria la miró extrañada.

—Quiero decirte que yo sabía que fue Elvira la que cogió ese martillo. Dos días antes de tu ataque, la encontré en la cocina con él en la mano, y al verme, ella se limitó a comentar lo pesado que era. Yo le contesté que era María la que lo había elegido y que una no discute con la cocinera, y menos si es tan buena como ella. —Carmen esbozó un amago de sonrisa. Iria percibió su nerviosismo—. Lo dejó en su sitio, pero al día siguiente lo eché en falta. Al instante recordé la conversación con Elvira, pero no le di importancia. Le dije a la cocinera que ya aparecería. Y así fue, el martillo reapareció justo al día siguiente de que te atacasen. La vi salir de la cocina a las ocho de la mañana, cuando llegué. Nunca madrugaba tanto.

—¿Y qué te tengo que perdonar? —preguntó Iria.

—No voy a contarlo. No voy a declarar en el juicio. Y si me preguntan, diré que no vi nada. De hecho, no vi nada.

Iria lo comprendió al instante.

—Eduardo te lo ha pedido, ¿verdad?

Carmen asintió.

—No puedo verlo sufrir así. Esto trasciende la lealtad. Sé que es lo que doña Rosa hubiera querido. No sé qué ve en Elvi, pero si ella va a la cárcel, él se consumirá. Y hay algo más: Elvira vuelve a estar embarazada.

Para sorpresa de ambos Iria soltó una carcajada que sonó casi desquiciada.

—No me digáis que no os parece maravilloso que todos los nietos de Ulises Villamor sean hijos de asesinas.

Carmen y César cruzaron una mirada.

—Eso nos lleva a otra cosa. —La mujer estaba sentada casi al borde de una silla y se removió nerviosa—. Tienes que volver, Iria. No sé qué crees haber averiguado, pero Ada no mató a su madre. Estoy completamente segura.

—Esto también trasciende la lealtad —la rebatió ella—. Hay pruebas.

—Cuando Ada se fue de la casa, estaba destrozada —dijo la asistenta—. Yo no sabía qué había sucedido, pero mientras la ayudé a recoger todas sus cosas me contó que su padre la había acusado de matar a doña Rosa.

—Sé que les tienes mucho cariño, pero ¿tu única prueba de que Ada no es una asesina es que lloró porque su padre la echó de casa? —Iria no daba crédito a lo que oía.

—He trabajado veinte años con esa familia. Sé que Ada adoraba a su madre. La he visto llorarla muchas tardes cuando creía que nadie la observaba. Cuando se encontró sus gafas en un cajón, cuando donó su ropa a la beneficencia, o cada vez que el jardinero traía flores frescas de su jardín. Nadie puede fingir así.

—A lo mejor le remordía la conciencia, o el arrepentimiento.

Carmen la agarró de la mano y obligó a Iria a mirarla a los ojos.

—Su dolor es auténtico. Ada es una mujer atormentada. Nunca ha sido feliz. Sé que no mató a su madre, de la misma forma que sé que no quiere ni nunca quiso a Rafa, que teme el juicio de Ulises, que siempre ha protegido a Eduardo y que nunca dejó que Elvira se acercase mucho a sus hijos porque todos en esa casa sabíamos que los detestaba. Sí, soy leal a esa familia hasta el punto de cometer perjurio porque Eduardo me lo ha pedido. Y te pido perdón por ello. Y también te pido que vuelvas y averigües quién mató a Rosa.

—Ese ya no es mi trabajo —se limitó a decir Iria.

—Para la Iria que yo admiraba, la búsqueda de la verdad nunca fue un trabajo —le reprochó César antes de ponerse en pie, coger a Carmen de la mano y dirigirse a la salida.

Sabía que Iria los detendría antes de llegar a la puerta.

El refugio

El piso que Ada tenía en Vigo era una vivienda de lujo en el histórico edificio Bonín, una construcción de principios del siglo XX, con una ubicación privilegiada y vistas al mar en la rúa Areal. Esa vivienda, que había mantenido para poder descansar cuando salía de su trabajo, era ahora su hogar de manera permanente.

Dubitativa, Iria estuvo a punto de dar media vuelta y coger el primer tren a Viveiro. No sabía cómo la recibiría. Intuía que de forma no muy amigable. César se había ofrecido a acompañarla, pero ella sentía que debía hacer esto sola. Tampoco tenía miedo. No sabía si ya lo había superado o si el apasionado discurso de Carmen la había convencido de la inocencia de Ada.

Comprobó en el móvil la dirección exacta que le había enviado Carmen y timbró. Ocho de la tarde. Cabía la posibilidad de que Ada no estuviese, pero su instinto le decía que era probable que se encontrase tras esa puerta y, aún más probable, que no quisiera abrirle.

Volvió a *timbrar*.

—Ada, soy yo, Iria. —Elevó la voz para que Ada la oyese si, como sospechaba, estaba al otro lado.

Lo intentó un par de veces más. Sabía lo que tenía que decir para que Ada le abriese la puerta, pero se resistía a ello.

—Ada, ábreme, por favor, necesito hablar contigo —alzó un poco más la voz—. Te creo. Pero si no me abres, no podré ayudarte. No vengo de parte de tu padre. Me envía Carmen.

La puerta se abrió. Había pronunciado las palabras mágicas.

Le costó reconocerla. En esos tres meses había engordado y su aspecto era ahora descuidado. Nunca había sido excesivamente presumida, ni prestaba una especial atención a su apariencia, pero estaba francamente desmejorada. Iria entendió ahora lo que pasaba por la cabeza de los demás cuando la veían tras la muerte de Ángel.

—¿Puedo pasar? —preguntó.

Ada se hizo a un lado y la invitó a entrar en un espacioso salón con un gran ventanal. Le indicó que se sentase en un sofá de cuero blanco. Ambas se sentían muy incómodas.

—César me ha contado que los niños están con Rafa —dijo la policía.

Su mirada se nubló en cuanto Iria pronunció esas palabras.

—Va a pedir la custodia completa. Se niega a compartirla. Dice que no quiere que mis hijos se críen al lado de una asesina. Creo que lo único que busca es dinero, pero mientras tanto está envenenando a Laura y a Dani. Eso es lo que me has hecho, Iria. No sé qué crees haber descubierto. Pero si todo lo que tienes contra mí es una carpeta que cualquiera pudo dejar en mi escritorio, no me explico a qué se debe tu buena fama como inspectora.

—Hay más cosas —comenzó Iria—, pero estoy dispuesta a escuchar tu versión de los hechos.

En ese instante la puerta de la calle se abrió dando paso a una mujer alta, de pelo rizado y morena. Llevaba ropa deportiva y llegaba visiblemente acalorada. La mujer las miró con sorpresa. Ada tomó la palabra:

—Berta, esta es Iria Santaclara. Ya te he hablado de ella, sobran más presentaciones.

Iria la miró, interrogante.

—Y ella es Berta Lema —dijo Ada—. Mi pareja desde hace veinte años.

¿Quién es Berta Lema?

—Conocí a Berta en quinto de carrera y nos enamoramos al instante. Hasta entonces yo solo había tenido una novia, y fue en Estados Unidos. Se llama Joan y es la tía de Hailey. Seguimos manteniendo una buena amistad, de ahí que me haya mandado a su sobrina.

—Siempre oí que lo habías pasado fatal en Alabama —dijo Iria, que aún no se había recuperado de la sorpresa.

Berta las había dejado solas para ir a darse una ducha.

—Me inventé esa historia porque tras volver me pasaba el día llorando. —Ada se encogió de hombros—. Los primeros amores, ya se sabe.

—¿Por qué esta farsa? —preguntó Iria—. Me vas a perdonar, pero me parece que vivir en el armario en pleno siglo XXI es un poco anacrónico.

—¿Sabes por qué te invité a mi fiesta de cumpleaños?

—¿Porque te gustaba? —aventuró ella.

Ada soltó una carcajada.

—Porque me tratabas como si mi padre no tuviera una clínica y yo no viviese en la enorme mansión de los Piñeiro. Eras la única de toda la clase que me trataba de manera normal. Yo nunca me sentí normal. No me interesaban los chicos, ni mi aspecto físico, ni el dinero de mi padre, ni sus pretensiones y su ambición.

Yo solo quería ser normal y no defraudar a mis padres. No podía decirles que estaba enamorada de una mujer. Así que decidí que era mejor casarme y Rafa me lo puso muy fácil. Yo quería un marido y él mi dinero. Solo mi madre lo sabía. Me lo confirmó poco antes de morir, cuando se enteró de lo de Rafa y Alexa. Y lo entendió.

—¿Y tu padre? ¿Lo sabía?

—A mi padre le daría una apoplejía si lo sospechase. Estás hablando del hombre que no considera digno sucesor a un nieto adoptivo. El mismo que cree que no soy adecuada para dirigir su empresa por el mero hecho de ser mujer. Mi padre vive anclado en el pasado. Mi felicidad y Berta no encajan en su ecuación sucesoria de ningún modo.

—Pero ¿tan importante es la sucesión?

—Te lo dije el primer día: me importa un bledo la empresa, pero llevo tantos años luchando para que me acepte, para que reconozca mi valía... —Ada hizo una pausa, como asimilando tantos esfuerzos perdidos—. Por eso quería que supiese que estaba a la altura, que podía morirse tranquilo si yo me quedaba al mando.

—¿Y por qué decidiste no trabajar en la empresa? —preguntó, aunque conocía la respuesta.

—Paso con Berta dos o tres días a la semana en este piso. Ella también trabaja en el Cunqueiro. Vamos juntas a un par de congresos al año y a veces hacemos pequeñas escapadas. Esto solo es posible trabajando en otra ciudad y fuera del área de influencia de mi padre.

—Estás pagando un precio muy alto para satisfacer a Ulises.

—Nos educó para ello con una férrea disciplina militar. Supongo que no concebimos la vida de otra forma. —Ada abrió los brazos, en un claro gesto de «bienvenida a mi mundo»—.

Fíjate en mis hermanos. Nunca han sido capaces de hacer otra cosa que intentar complacerlo. Hasta Eduardo ha acabado trabajando para él.

—Ada, si resulta que es cierto que alguien puso esa carpeta en tu escritorio, el que lo hizo quería joderte la vida. Y creo que es el mismo que le envió una carta a tu padre para decirle que habían matado a Rosa.

—¿Qué carta?

—Tu padre recibió una carta con una fotografía de una adelfa hace unos meses. Por eso me contrató.

—Eso es un disparate. Mi madre estaba enferma. Tuvo una fuerte arritmia antes de morir. Le estaban haciendo pruebas. Está todo en su historia médica.

—No, Ada —dijo Iria—. No lo está.

Ella se quedó petrificada.

—Si han modificado su historia médica, entonces tienes razón —murmuró—. Sea quien sea, el que lo haya hecho ha ganado.

Iria se quedó pensativa.

—Si alguien ha modificado esa historia médica, creo que podré seguir sus huellas.

Las preguntas adecuadas

—Me gustaría decirle que tiene usted buen aspecto, pero, *filliña*, está muy delgada. Le hace falta un buen cocido de los míos, con pata, oreja, *cacheira*, pollo, chorizo y un buen repollo. Lo de los grelos no es para mí. Y unas filloas, pero de postre, no como en Compostela que las hacen saladas.

—Creo que he engordado dos kilos solo con escucharla.

Iria esbozó una sonrisa. Consultó su móvil, impaciente, esperando el mensaje de Jóker. Le había pedido que comprobase si la historia médica de Rosa Piñeiro se había modificado y, de ser así, que verificase desde qué ordenador de la intranet de Asisgal se había realizado el cambio. Le preguntó si sería muy difícil y él le contestó que lo haría con la mano derecha mientras con la izquierda se rascaba los huevos. Iria se guardó para sí lo que le había parecido su comentario.

Jóker le pidió cinco mil euros más y ella le prometió que se los daría en un par de días, cuando pudiera reunirlo. Sabía que Ada se los conseguiría sin problemas. El hacker accedió. «Dice el Nolo que eres de fiar», le dijo a modo de despedida.

—¿Dónde ha estado? —se interesó la Gestapo mientras le servía un enorme trozo de bizcocho.

—En Viveiro, en Lugo.

—¿Tiene usted a alguien allí?

—A nadie —dijo Iria—. Por eso fui.

—Ay, *neniña*, desde que ha venido usted a Loeiro no levanta cabeza —reconoció la anciana con pesar.

—Es normal, hasta me dieron un martillazo en ella para que no lo hiciese —bromeó la policía, que volvió a echar otra ojeada al móvil.

—No bromee con eso, por el amor de Dios. —Sinda hizo la señal de la cruz a toda velocidad—. Y deje de mirar el móvil, ¿está esperando noticias?

—Nada importante —mintió.

—Imagino que sabe ya lo de Carmen y César. —Sinda cambió de tema rápidamente. Se notaba que estaba deseando hablar de ello—. No digo que no me parezca bien, me parece estupendo. Carmen es una gran mujer, aunque para mi gusto ha vivido muchos años encerrada en esa casa. Dígale al inspector Araújo que la saque de ahí. No pasa nada bueno en la Casa Rosa.

—Ahora ya está todo resuelto —dejó caer Iria.

—Bueno, yo no lo tengo tan claro. Está todo bien embarullado. ¿Quién nos iba a decir que Elvira mató a esa Alexa? ¿Y lo de Eduardo y ella? —La Gestapo había cogido carrerilla—. No sé qué será de él ahora, pobrecito. He oído decir que sigue trabajando con el padre. Ulises será el único que está feliz, doña Rosa siempre decía que nada le haría más ilusión que ver a Eduardo en la empresa. Y el mayor está ahora en Estados Unidos, trabajando en las sucursales que tienen allí. Imagino que para no encontrarse con el hermano. ¡Qué desagradable! Ulises ha decidido poner un océano entre ambos. Y la chica, su amiga, siempre tan modosita, pero dicen que se ha ido a Vigo y es su marido el que cuida de los niños. ¿Y sabe qué? Me parece requetebién, que siempre les toca a las mujeres, y Ada tiene mucho que hacer por esta sociedad. Pero, aun así, si doña Rosa hubiera sabido lo del divorcio, le habría dado el infarto con meses de antelación. Era muy moderna para unas cosas, pero para otras... Bueno, quizá estoy equivocada, porque ahora que lo pienso...

—¿Cree de verdad que Rosa falleció de un infarto? —la cortó Iria.

—Por supuesto que sí —dijo Sinda—. Ya sabe lo que dicen, en casa del herrero, cuchillo de palo. Si la misma semana que nos confinaron vino a traerme un lote de libros para donarlos a la biblioteca y casi se me queda aquí como un pajarito. Se me desmayó y todo. Llamé a la Casa Rosa y me pasaron con don Ulises, que vino a buscarla. Apenas hay unos cientos de metros, pero le juro que estaba palidísima. «Es el corazón, Sinda, ya me ha dado un susto este mes». Así mismito me lo dijo antes de que llegase don Ulises. Y tenía que ver qué preocupado estaba él, que la regañó muchísimo y le dijo que se la llevaba de inmediato a una clínica, pero ella le confesó entonces que ya tenía una cita pedida.

Iria la escuchaba con la boca abierta.

—Nunca me dijo nada de eso —acertó a decir.

—Nunca me lo preguntó —contestó Sinda.

Y el móvil de Iria emitió el característico sonido de una gota, que indicaba que acababa de entrar un mensaje.

Rosa

Loeiro, 13 de marzo de 2020

—Subirás en el ascensor —le ordenó Ulises—. ¿Se puede saber por qué no me dijiste lo de la arritmia?

Rosa nunca había visto a Ulises tan enfadado.

—Estás tan preocupado con el virus ese que no quise echar más leña al fuego. Tenemos a todos nuestros hijos en casa y a nuestros nietos. No necesitáis una preocupación extra. Además, me niego a que me tratéis como si fuera un jarrón de porcelana china.

—Ahora mismo te llevo a la clínica de Pontevedra. Mandaré venir a Rosales, es nuestro mejor cardiólogo.

—No harás nada de eso. Fui la semana pasada con Ada y ya me han confirmado que no es nada preocupante —mintió Rosa, para evitar que fuese Ulises el que sufriera un infarto.

—¿Y por qué te lo callaste y me tengo que enterar al mismo tiempo que la Gestapo? —se quejó él.

—No la llames así. Puede que sea curiosa y entrometida, pero es la persona más culta de Loeiro. Disfruto mucho charlando con ella en la biblioteca.

—Es amiga íntima de la viuda de Pousada —le recordó Ulises—. No me gusta esa mujer.

—Esa mujer tiene a un hijo en silla de ruedas y tú sabes por qué. Te aseguro que somos nosotros los que no le gustamos a ella —le recordó Rosa.

—Bueno, pues llamaré a Ada para que te tome la tensión y te ausculte. —Como siempre, no admitía réplica.

—Ada llamó al mediodía. Hoy duerme en Vigo. —Rosa intentó que su tono sonara casual.

—¿Es que nadie me hace caso? —gritó él—. No quiero que se mueva de aquí. En estos momentos los hospitales son grandes focos de infección. Podríamos enfermar y morir todos. Iré a buscarla en persona.

—No, Ulises, por favor —le rogó Rosa—. Déjame a mí. Yo me encargo.

Él la miró con preocupación. Sabía que le ocultaba algo.

—¿Dónde está Ada? —preguntó.

—Ay, Uli —suspiró Rosa, agotada por la discusión y deseando calmar a su marido—. Prométeme que si te lo cuento, no te enfadarás...

¿Quién mató a Rosa Piñeiro?

Iria se dirigió a la Casa Rosa a toda velocidad. El móvil le quemaba en el bolsillo y el corazón estaba a punto de estallarle. Esperó a que le abriesen la puerta y entró como un torbellino, dejando a Hailey con la palabra en la boca. Fue directa al despacho de Ulises. Eran las seis y media de la tarde, a esa hora solo podía estar ahí.

Entró sin llamar y cerró de un portazo.

—¡Inspectora Santaclara! —le recriminó él.

Iria estaba hecha una furia. Agarró a Ulises por la solapa y lo zarandeó. Sus gafas de metal quedaron ladeadas, a punto de caer al suelo.

—¡Hijo de puta! —gritó ella.

—Suélteme o se arrepentirá —dijo él—. Voy a llamar a la policía.

—¡Yo soy la policía! —rugió, completamente fuera de sí.

—Suélteme —repitió Ulises, templado a pesar de todo.

—No la mató nadie. Estaba enferma. Usted lo sabía. Ada también. Incluso Sinda lo sabía. Cambió su historia clínica porque le dije al comienzo de la investigación que le iba a pedir acceso a ellas. Me ha utilizado para sacar a su hija de esta casa y de su empresa.

Ulises se zafó como pudo y se sentó en su silla. Se colocó las gafas y se apartó el flequillo que le caía sobre el ojo.

—Es mi empresa, mi legado y mi vida —replicó—. Esto es lo que he construido junto a Rosa. Pudimos evitar su muerte, y Ada permitió que esperase más de tres semanas para recibir una segunda opinión porque estaba muy entretenida con... No me haga repetirlo.

—Su hija es inteligente, humana, una excelente profesional y buena madre. Puede que esté enamorada de otra mujer, pero eso no le da derecho a juzgarla, negarle su herencia y hacer que ese idiota que tenía por marido la separe de sus hijos.

—No tiene ni idea —le reprochó el magnate.

—¡Por supuesto que la tengo! —lo contradijo ella—. Sé cómo piensan todos y cada uno de los habitantes de esta casa. También sé que Rosa quería a sus hijos por encima de todas las cosas, no como usted, que es capaz de anteponer su empresa. Fíjese si tengo idea, que estoy completamente segura de que si Rosa viviera, estaría tan enfadada con usted que no lo miraría a la cara.

—Salga de mi casa —ordenó él, más agitado ahora que antes de que lo soltase.

—Desde luego que lo haré. Y sepa que le contaré a sus hijos que por su culpa una mujer ha muerto y casi muero yo.

—Eso lo hizo la loca de Elvira —se defendió él, que estaba empezando a asimilar que Iria lo había descubierto—. Tengo tres hijos. Dos de ellos están enamorados de una desquiciada, y mi hija... es una abominación. Quería a mi mujer, pero esto en parte es culpa de ella, y de esa educación liberal que recibió.

—Nadie tiene la culpa de nada. No hay nada malo en sus hijos. Está todo en su cabeza.

—Yo solo quería a Eduardo trabajando conmigo en nuestro negocio. Álvaro es tan débil y Ada... —insistió, indignado—. Cuando Rosa me lo contó, me sentí un imbécil. Ada lleva toda la vida engañándonos a todos. No podía permitir que ella se quedara al frente de mi empresa. Y ni siquiera podía desheredarla sin contradecir públicamente la voluntad de mi esposa. No podía permitirlo, ella y esa mujer... Me da asco.

Iria comprendió entonces por qué Ulises mantenía siempre esa actitud fría y distante; para evitar que nadie adivinase lo que sentía por Ada y por Álvaro.

—Usted sí que da asco —le espetó—. Y eso es lo único que tiene: un asco de empresa y un asco de vida. No se merece nada más.

Salió de la casa sin volver la vista atrás.

Ya en la calle, se quedó unos segundos observando el río que tranquilamente se adentraba en el mar. Las gaviotas se posaban sobre los *cons*. El sol se escondía tras el monte de Moledo, coronando el tejado de la Casa Rosa. Sacó una fotografía con su móvil.

«Mira esto, Ángel. El mar es un plato y parece que podríamos caminar sobre él. Huele a sal y a noche. No te perdono lo que me has hecho. Deberías estar aquí».

Loeiro era posiblemente uno de los pueblos más hermosos de Galicia.

Y no se había dado cuenta hasta hoy.

¿Qué vas a hacer el resto de tu vida?

Pontevedra, tres meses después

Le habían dicho que Rial la recibiría a las once y media, pero pasaban de las doce y cuarto cuando por fin entró en su despacho.

—Te veo muy recuperada, Santaclara —dijo el comisario a modo de saludo, mientras le indicaba que tomase asiento.

Iria se contuvo para no contestarle que nunca se recuperaría. Lo haría si pensase que Anxo tenía la más mínima posibilidad de entenderlo.

—Sentí mucho lo de tu marido. —El rostro del comisario se tornó serio.

Esta vez Iria sí le creyó. La miraba con pena. Nunca se había visto tan desprotegida frente a él. Se revolvió en su silla.

—Gracias. —Se sorprendió al darse cuenta de que también su agradecimiento era sincero.

—Imagino que el archivo de la causa contra Elvira te habrá disgustado mucho.

—Estaba preparada para ello —negó ella—. Yo sé lo que hizo y por qué lo hizo. Pero hasta el fiscal estaba peleando por archivar el caso. Y aunque no irá a la cárcel, lo sucedido le pesará como una losa. Esto es una capital de provincias, quedará señalada para siempre. Y espero con ansia el día que se tropiece conmigo.

—Iria, no hagas ninguna tontería —le recriminó Rial.

—Yo no hago tonterías, comisario. Si las hiciera, me plantaría en el engendro de cristal y haría volar sus cimientos.

—Bastante han tenido con el ciberataque que sufrieron el mes pasado —dijo él—. No me extraña esa jubilación de Ulises, cediéndole el mando a su hija Ada.

—A lo mejor fue una exigencia del pirata informático —aventuró Iria, enigmática.

—No digas chorradas. Aún lo están investigando los de la Tecnológica. Personalmente, veo la mano de Jóker detrás.

—Jóker acaba de fichar por una multinacional de telecomunicaciones y da charlas sobre lo que puede ayudar a la sociedad un hacker bueno —le comunicó Iria.

—Te veo muy informada, Santaclara —apuntó él, intrigado.

—Como una vez me dijo alguien, en los negocios la información es poder.

—En fin, imagino que has venido a pedir el reingreso. Tu alta llegó ayer —comenzó Rial—. No voy a llevarle la contraria al médico, pero una baja psiquiátrica no es ninguna broma, así que he decidido que te quedes en comisaría. Un poco de papeleo nunca mató a nadie. Te quiero aquí, tranquilita. Nada de investigaciones, ni de estrés, ni de callejear.

Iria lo miró con franqueza. Solo le había faltado decir eso de que calladita estás más guapa.

—¿Sabes una cosa, Anxo? En enero me mudé a un pueblo en el que no me conocía nadie. Me limité a pasear y a pensar. Durante todo ese tiempo, para ahuyentar las ganas que tenía de tirarme por un acantilado, me daba por pensar en el futuro y en qué me gustaría hacer durante el resto de mi vida. He vuelto a mi casa de Bueu y he solicitado el alta, y sigo dándole vueltas al mismo asunto.

—¿Y ya lo sabes? —preguntó casi con burla.

Iria meneó la cabeza.

—No tengo ni puta idea —dijo ella. El exabrupto sorprendió a Rial—. Te diré lo que sí sé: lo que no quiero hacer. Lo que no quiero es conducir de mi casa aquí todos los días para hacer tu trabajo, bailarte el agua y oírte gritar. Así que me voy. Lo dejo, Anxo.

—Iria, está claro que no te has recuperado. Creo que...

—Me marcho, comisario. —Iria dio la conversación por terminada—. Pediré la excedencia antes de que acabe la semana. Y, por cierto, ahora que lo pienso, lo de Elvira no ha estado tan mal. Te esforzaste tanto en decir que tú solito lo habías descubierto todo que ahora eres tú el que tendrá que responder por la mierda de pruebas que recabaste y por cómo todo lo que presentaste era indiciario y no concluyente.

—César y tú me obligasteis a hacer lo que os dio la gana —replicó él.

—Me parece bien, apúntatelo. Puedes decir exactamente eso en una rueda de prensa: que un policía jubilado y una policía convaleciente te tenían cogido por los huevos. Adiós, Anxo.

Lo dejó con la palabra en la boca y abandonó el despacho. Salió de la comisaría y respiró profundo. No lo echaría de menos.

Mil cuatrocientos cuarenta mensajes

Iria aparcó el coche en el muelle de Aguete y se acercó corriendo al barco de César, que ya estaba quitando las amarras. Lo acompañaba un hombre bajo y fornido. César le hizo una señal para que esperase y saltó a tierra.

—Sí que te ha crecido el pelo, Santaclara —dijo a modo de saludo.

—Pero debajo tengo la cicatriz, jefe.

—Deberías dejar de llamarme jefe.

Ella se encogió de hombros.

—Supongo que es la costumbre, aunque esta mañana he decidido que a partir de hoy voy a ser mi propia jefa.

César la miró atónito.

—He mandado a la mierda a Rial —le confirmó ella.

—¿Y qué vas a hacer?

—Pues lo mismo que he hecho hasta ahora. Si he sobrevivido a los Villamor, podré con lo que me pidan.

—¿Vas a investigar por tu cuenta? —se extrañó César.

—Me imagino. O abriré un despacho especializado en derecho penal. Creo que se me puede dar igual de bien rebatir pruebas que encontrarlas.

—No está mal pensado. Pero sabes que la mayoría de la gente es culpable, ¿no? Nunca te imaginé en el lado oscuro.

—Llevo un año trabajando para el lado oscuro —replicó ella.

—Bueno, yo salía ahora para ver si cojo unos centollos y están en veda.

—Nos estamos acostumbrando a vivir peligrosamente y al filo de la ley —dijo con una sonrisa.

—Creo que sí, aunque el ataque informático que sufrió la sede de Asisgal no es comparable a echar unas nasas para conseguir un poco de marisco de la ría.

—Sobre todo porque estamos en junio y todo el mundo sabe que el marisco solo está bueno en los meses que tienen la letra erre. —Iria hizo caso omiso de la insinuación de César.

—¿De verdad lo has dejado? —insistió él.

Iria asintió.

—Me alegro.

—Y yo también. Me pasé por la comisaría solo para coger el alta, y cuando me vi delante de Rial visualicé lo que sería el resto de mi vida. Y lo mandé a la mierda.

César se giró hacia el hombre que aguardaba por él en el barco.

—Marcial, tira tú, que yo me quedo en tierra —gritó.

—No quiero entretenerte —dijo Iria.

—Eso me lo tienes que contar con detalle. ¿Dónde has estado?

—No hay mucho que contar, pero por primera vez en meses me siento tranquila. Volví a Viveiro y estuve allí pensando un poquito más. Bueno, y también cumpliendo promesas —confesó Iria, mientras giraba su antebrazo y le mostraba un tatuaje. «Todo pasa». Lo que le recordaba esa frase es que nunca pasaba como nosotros esperamos, y ella lo había aprendido de la peor manera posible.

—Estaba preocupado por ti. A fin de cuentas, Ulises se ha ido de rositas y Elvira está en la calle, con la sangre de esa chica en las manos —le recordó César—. Han ganado los malos.

—Yo no lo siento así —lo contradijo ella—. Si algo he aprendido es que hay partidas que no se pueden ganar, así que al menos hay que intentar que acaben en tablas.

—Puede ser. Me imagino que sabes que Ada está ahora en la Casa Rosa y que Ulises se ha trasladado a Pontevedra. Carmen me dice que hay otro aire en la casa.

—No hablo con Ada desde que le conté lo de Ulises. Estaba realmente disgustada. Ese hombre es un monstruo. Supongo que iré a verla un día de estos, pero tenía que cerrar el asunto yo sola y no quería que ella tuviera nada que ver. Debía mantenerla alejada de mí y de Jóker. ¿Está Berta con ella?

—No, está ella sola con los niños. Hay cosas que requieren tiempo. Y Eduardo y Elvira están en Sanxenxo.

—Eso sí lo sabía, ha salido en todas las revistas. Es el escándalo del año.

—Venga, vamos al club náutico a tomar un café —propuso César.

—Vale, pero antes tengo que hacer una cosa.

Sacó el móvil del bolsillo y lo desbloqueó. Mil cuatrocientos cuarenta mensajes. Se lo mostró a César. Luego, sin darle más vueltas, desinstaló la aplicación y el icono desapareció de la pantalla de seis pulgadas, despejando la fotografía de un sol de poniente cuyos rayos se diluían sobre la arena de la playa de Loeiro.

Agradecimientos

Este libro es el resultado de la generosidad de mis editores, Lola y María de Lumen y Marcos de Galaxia, que me permitieron escribir sobre mi pueblo de la infancia, que no es Loeiro, sino Loira. Los lugares que aparecen en el libro son reales, aunque no hay ningún engendro de cristal de treinta pisos en la ciudad de Pontevedra. La Casa Rosa no es tal, en su lugar hay una casona, llamada El Almacén, donde sirvió mi bisabuela e incluso mi madre. La playa de Loira es uno de los lugares más hermosos que conozco, quizá porque en él reside mi infancia y la nostalgia que la acompaña. Así que le dedico este libro a mi hermano Álex, que me enseñó a amar ese pueblo donde él nació y nunca vivió. Esta es una novela llena de la luz del verano, quizá porque la escribí en un invierno muy oscuro. Cuando la vida golpea, la literatura siempre me salva. La literatura y todos los que me quieren, que siempre me acompañan. Gracias, gracias, gracias, sabéis quiénes sois.

Gracias Lourdes por acompañarme en el camino.

Y, finalmente, gracias a los lectores que con paciencia esperaban otro Abad y Barroso, porque sé que me acompañaréis hasta Loeiro y entenderéis por qué necesitaba escribir este libro; quería escribir un libro como los que leía cuando la vida no me había pasado por encima, cuando no buscaba el sentido de la vida en los libros y, aun así, eran los libros los que le daban sentido a la vida.

Bienvenidos a mi infancia.

Bienvenidos a Los Crímenes de Loeiro.

Este libro
terminó de imprimirse
en Madrid
en mayo de 2025